FANPRO

Geboren wurde **Daniela Knor** am 30.10.1972 in Mainz, wo sie auch aufgewachsen ist. Beim Studium hat sie zunächst mit Anglistik, Ethnologie und Vor- und Frühgeschichte begonnen, dann aber auf ein Fernstudium in Geschichte, Neuerer deutscher Literaturwissenschaft und Psychologie umgesattelt, weil es sie kurzzeitig an die Mosel und anschließend nach Regensburg verschlagen hat.

In Regensburg lebt sie mit ihrem Mann, zwei Pferden und etlichen Hühnern immer noch. Sie haben dort einen kleinen Bauernhof mit Obstanbau gepachtet, der es ihnen auch ermöglicht die Pferde in Eigenregie zu halten.

Mit dem Schreiben von Fantasy-Romanen hat Daniela schon während der Schulzeit begonnen (manchmal auch in langweiligen Unterrichtsstunden). Außer den DSA-und Rhiana-Romanen gab es bis jetzt keine Veröffentlichungen, aber mittlerweile ist die Schriftstellerei schon zu einer Hauptbeschäftigung geworden. Wenn ihr neben dem Schreiben, dem Obstbaubetrieb und den Pferden noch Zeit bleibt, liest sie viel und spielt gelegentlich in einer DSA-Spielrunde.

Daniela Knor

Dunkle Tiefen

Ein Roman in der Welt von
Das schwarze Auge©

Originalausgabe

FanPro
Band 12006

Titelbild: Swen Papenbrock
Karte: Ralf Hlawatsch

Redaktion: Catherine Beck
Lektorat: Catherine Beck
Satz und Layout: Sarah Nick
Umschlaggestaltung: Ralf Berszuck
Druck und Bindung: GGP Media GmbH, Pößneck

Printed in Germany 2005
2 3 4 5 08 07 06 05
1. Auflage

ISBN 3-89064-538-0

Für meine Schwester
in Erinnerung an viele verrückt-kreative Momente

Wieder einmal haben viele Leute geholfen, damit dieser Roman überhaupt Gestalt annehmen konnte.

Dafür danke ich sämtlichen Beteiligten bei FanPro, aber vor allem natürlich Catherine Beck, Florian Don-Schauen, Sarah Nick und Thomas Römer.

Darüber hinaus danke ich Peter Diehn für seine engagierte Hilfe bei all meinen Fragen, Torsten Bieder für seine unermüdliche Unterstützung, Franz Gradl für seine Einführung in die Kunst des Kletterns, André Wiesler für hilfreiche Kritik, Tyll Zybura und Katharina Pietsch für ›angroschologische‹ Anmerkungen und Momo Evers für ihre Unterstützung bei der Recherche.

Ganz besonderer Dank gilt meinen Lesern!

Weitere Informationen zu meiner Arbeit im Internet unter
www.daniela-knor.de.vu

Dort gibt es als zusätzlichen Service auch den Stammbaum der Mirschag-Sippe zum Ausdrucken, was das Blättern beim Lesen erspart.

Stammbaum der Mirschag-Sippe

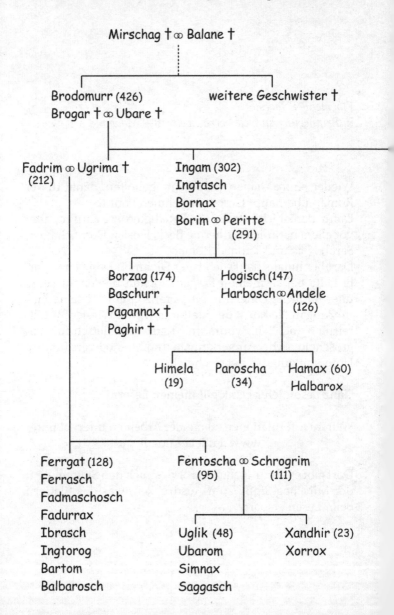

Mirschag † ∞ Balane †

Brodomurr (426)
Brogar † ∞ Ubare †

weitere Geschwister †

Fadrim ∞ Ugrima †
(212)

Ingam (302)
Ingtasch
Bornax
Borim ∞ Peritte
(291)

Borzag (174)
Baschurr
Pagannax †
Paghir †

Hogisch (147)
Harbosch ∞ Andele
(126)

Himela
(19)

Paroscha
(34)

Hamax (60)
Halbarox

Ferrgat (128)
Ferrasch
Fadmaschosch
Fadurrax
Ibrasch
Ingtorog
Bartom
Balbarosch

Fentoscha ∞ Schrogrim
(95)   (111)

Uglik (48)
Ubarom
Simnax
Saggasch

Xandhir (23)
Xorrox

Diesen Stammbaum gibt es auch unter www.daniela-knor.de.vu zum Ausdrucken.

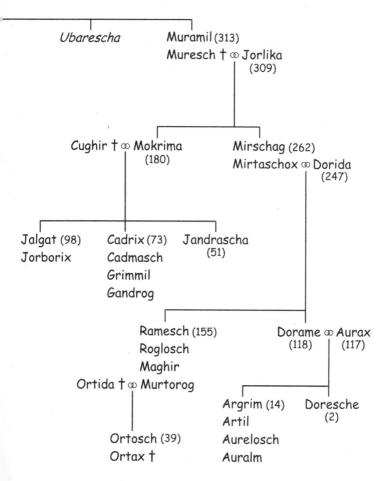

Ubarescha   Muramil (313)
Muresch † ∞ Jorlika
(309)

Cughir † ∞ Mokrima   Mirschag (262)
(180)   Mirtaschox ∞ Dorida
(247)

Jalgat (98)   Cadrix (73)   Jandrascha
Jorborix   Cadmasch   (51)
              Grimmil
              Gandrog

Ramesch (155)   Dorame ∞ Aurax
Roglosch   (118)   (117)
Maghir
Ortida † ∞ Murtorog

Argrim (14)   Doresche
Artil   (2)
Aurelosch
Auralm

Ortosch (39)
Ortax †

»Nur wer die dunkelsten Tiefen durchmessen
und die Zeichen erkannt hat,
wird im Licht wandeln.«

– Kaiser Rohal der Weise, um 480 BF

I. Kapitel

Eine kleine Binge der Angroschim, westlicher Eisenwald, 1028 BF

Der helle Klang von Metall auf Metall hallte von den Wänden des schmalen Stollens wider. Ping, ping, ping. Drei schwere Schlägel prallten in einem sich stetig wandelnden Rhythmus auf die Eisen, deren Spitzen sich in das erzhaltige Gestein fraßen.

Wenn es nur mal noch erzhaltig wäre, dachte Ortosch missmutig. *Die paar Bröckchen lohnen doch kaum den Aufwand. Sicher war das hier ein guter Erzgang, als Großvater ihn entdeckt hat. Aber wir hätten längst nach einer tieferen Lagerstätte Ausschau halten sollen, anstatt diese Strecke immer weiter zu treiben.*

Diese Gedanken spukten ihm schon seit Beginn der Schicht durch den Kopf. Sie drehten sich im Kreis, verwoben sich mit dem Klingen von Eisen und Stein, dem leisen Echo und dem unermüdlichen Gesang der kleinen Swerkablaumeise in ihrem Käfig. Sie formten ein Lied, das sich in endloser Folge wiederholte, während er selbst dazu den Takt schlug. Es beschäftigte seinen Verstand, hüllte ihn in Selbstvergessenheit, während seine Arme wie von Zauberhand bewegt ihre monotone Arbeit verrichteten.

Kleine Felsstücke und Staub rieselten unter seinen Händen zu Boden, und wenn ein größerer Brocken fiel, wichen seine Füße in den ledernen Stiefeln der Gefahr ganz ohne sein Zutun aus. Er war für diese Arbeit geboren worden. Die Stiele seiner Werkzeuge lagen in seinen Fäusten, als seien sie mit ihm verwachsen. Die Muskeln der kräftigen, behaarten Arme zeigten noch immer kein Zeichen der Ermüdung, obwohl er bereits zwei Stunden auf das Gestein einhämmerte.

Dennoch fühlte er sich dabei nicht glücklich. Er spürte zwar die grimmige Befriedigung, sich Stück für Stück weiter in das Innere des Gebirges zu fressen, doch die tiefe Zufriedenheit, von der ihm seine Verwandten schon als Kind berichtet hatten, wollte sich bei ihm einfach nicht einstellen.

Was Vater nur wieder darin bestätigen würde, dass mein Weg eben der des Drachenkämpfers ist ... wenn er davon wüsste, was in mir vorgeht.

»So, Trinkpause!«, verkündete Fadrim Sohn des Fobosch. »Mein Hals fühlt sich schon an wie eine Schutthalde.«

Ortosch blinzelte irritiert, als der Rhythmus, der ihn getragen hatte, so plötzlich abbrach. Wie aus weiter Ferne kehrte sein Bewusstsein zu den anderen Angroschim in den Stollen zurück. Erst jetzt bemerkte er, dass auch seine Kehle rau geworden war und seine Kopfhaut unter dem gefütterten, stählernen Helm juckte.

Der junge Xorrox, dessen Bartstoppeln erst ein paar lächerliche Rim[1] lang waren, stellte die Schaufel ab, mit der er das von den Hauern losgeschlagene Gestein in einen Eimer beförderte. War der Kübel voll, leerte er ihn in die Lore aus, neben deren Gleis der Wasserschlauch lag, den Xorrox nun holte.

»Hat jemand Hunger? Soll ich auch was zum Essen mitbringen?«, fragte er in die Runde.

Die drei älteren Männer schüttelten die Köpfe und nicht einmal Ortosch konnte sich ein Grinsen verkneifen. Jeder von ihnen wusste, dass Xorrox Sohn des Schrogrim mit einem unersättlichen Appetit gesegnet war und nur einen Vorwand gesucht hatte, um die Notrationen antasten zu dürfen.

»Dann eben nicht«, grummelte der dicke Lehrjunge.

Er reichte seinem Großvater als Erstem das Wasser, wie es dem erfahrenen Angroscho mit seinen zweihundertzwölf Jahren zustand. In Fadrims feuerrotem Haar zeigte

---

[1] Zwergisches Längenmaß: 1 Rim = etwa 0,4 cm

sich seit einer Weile erstes Weiß und sein sorgfältig gekämmter Bart, dessen zwölf hineingeflochtene Zöpfe für die Anzahl der von ihm besiegten Gegner standen, wallte bis weit über den breiten, ledernen Gürtel. Unerschütterliche Zuversicht lag in seinen dunkelgrünen Augen.

Die Ähnlichkeit zwischen dem untersetzten Fadrim und seinem für gerade einmal dreiundzwanzig Jahre viel zu beleibten Enkel Xorrox war unübersehbar. Sie lag nicht nur in dem ebenfalls flammend roten Haarschopf, der struppig unter dem Helmrand hervorlugte, sondern auch in den rundlichen Gesichtszügen. Darüber konnten selbst die kohlschwarzen Augen des Lehrjungen nicht hinwegtäuschen.

»Hat unsere Arbeit hier denn überhaupt noch Sinn?«, wagte Ortosch einzuwenden, während Fadrim den Beutel an seinen Sohn Balbarosch weitergab. »Natürlich verstehe ich nicht annähernd so viel davon wie du, Onkel, aber mir kommt es vor, als enthielte das Gestein kaum noch Erz.«

Balbarosch, der im Gegensatz zu seinem Vater und seinem Neffen eher grobknochig als feist gebaut war, schoss Ortosch einen strafenden Blick zu.

Was fällt einem Kurzbart wie dir ein, die Entscheidungen der Älteren in Frage zu stellen!, stand darin deutlich zu lesen.

Ortosch hatte nichts anderes erwartet. Seit seiner Feuertaufe vor vier Jahren schenkte man selbst halben Kindern wie Xorrox mehr Aufmerksamkeit als ihm, dem unerprobten Jungmann, der weder Verdienste um die Sippe noch ruhmreiche Heldentaten, ja nicht einmal besonderes Geschick in einem Handwerk vorzuweisen hatte. Manchmal fühlte er sich wie ein rohes, ungeschmiedetes Stück Eisen aus der Schmelze, das völlig nutzlos war, solange es niemand in eine brauchbare Form brachte. Doch bis Angrosch aus ihm ein Werkzeug oder eine Waffe geschmiedet haben würde, mochten nach Ansicht der anderen noch hundert Jahre vorübergehen. Ortosch selbst bezweifelte, dass es jemals dazu kam.

»Dein Eindruck trügt dich nicht«, gab Fadrim freimütig zu, woraufhin Balbarosch erstaunt die dichten Brauen hob.

»Was willst du?«, wandte sich der Älteste an seinen Sohn. »Soll ich meine eigenen Fähigkeiten verleugnen, nur um den Jungen zurechtzuweisen? Diesen Fels noch zu verhütten, wäre eine Verschwendung unserer knappen Holzkohle.«

Balbarosch setzte den Trinkschlauch an den Mund und zog es vor zu schweigen.

»Aber warum sind wir dann noch hier?«, wollte stattdessen Xorrox wissen.

»Weil ich es in der Nase habe, dass wir ganz nah an irgendetwas dran sind«, erklärte Fadrim verheißungsvoll. »Sieh her und lerne! Was fällt dir an dem Gestein auf, in das wir in den letzten Tagen vorgedrungen sind?«

Ortosch nahm von Balbarosch das Wasser entgegen und spülte seinen Mund damit, bis es zwischen den Zähnen nicht mehr knirschte, während Xorrox ratlos die mit den charakteristischen Schrämspuren überzogene Stollenwand musterte.

»Es ist heller?«, rätselte der Junge.

»Soll das alles sein, was dir dazu einfällt?«, hakte sein Großvater streng nach.

Xorrox riss sich zusammen und erinnerte sich an seine früheren Lektionen. Unbewusst das Gehabe seiner Lehrer imitierend, betastete, schmeckte und beroch er den Fels. »Es führt weniger Erz, eigentlich kaum etwas«, meinte er dann. »Außerdem ist es brüchiger, spröder, vielleicht auch trockener.«

»Na, bitte, du kannst es doch«, lobte Fadrim zufrieden.

»Meinst du, wir müssen die Decke abstützen?«, erkundigte sich Balbarosch mit einem skeptischen Blick nach oben.

»Noch nicht«, urteilte sein Vater. »Das wird schon noch halten. Aber ich hatte erwartet, so weit unter dem Berg auf härteres Gestein wie zum Beispiel Granit zu stoßen.

Dass es im Gegenteil lockerer wird und so trocken ist, macht mich neugierig. Also los! Sehen wir uns das genauer an!«

Er griff sich sein Werkzeug vom Boden und nahm die Arbeit wieder auf. Die drei jüngeren Angroschim taten es ihm nach. Sogleich erfüllte das Lied von Eisen und Stein aufs Neue den matt erleuchteten Stollen. Ortosch fand zurück in den leicht versetzten Dreiklang der Schlägel und tauchte wieder ein in seine triste, innere Welt, an deren Rand stets ein dunkler Abgrund gähnte. Manchmal schob er die Kante von sich fort, doch an anderen Tagen blickte er direkt hinab in die finsteren Tiefen, von denen er spürte, dass ihre Leere ihn zu verschlingen drohte.

Irgendetwas ist anders, meldeten seine Sinne nach einer Weile und zogen ihn damit in die äußere Wirklichkeit des Gebirges zurück. Ja, er konnte es fühlen. Die Schwingung, die der Aufprall in Werkzeug und Fels erzeugte, hatte sich verändert.

Auch die beiden anderen Hauer hielten nun inne und tauschten einen vielsagenden Blick.

»Was ... was ist denn?«, fragte Xorrox verwundert.

»Diese Wand ist hohl«, bestätigte Fadrim, was Ortosch instinktiv geahnt hatte.

Der Lehrling riss überrascht die Augen auf. »Wirklich? Meint ihr, wir finden eine richtige Grotte? Eine, die noch kein Angroscho je betreten hat?«

Die Aufregung des Jungen brachte seinen Großvater zum Schmunzeln. »Wer weiß? Ortosch, du nimmst das Gestein über uns weg, damit weniger auf uns fällt, falls die Wand nachgibt! Schau nicht so, Balbarosch! Die Decke wird halten. Komm, wir versuchen hier einen Durchbruch! Ich würde den Hort des grausamen Yskandur darauf verwetten, dass der Fels hier am dünnsten ist.«

Fadrim und sein Sohn gingen mit neuem Eifer zu Werke. Selbst Xorrox schaufelte und schabte mit ungewöhnlicher Hingabe, obwohl sie dadurch nicht schneller vorankamen.

Wahrscheinlich glaubt er, dass wir einen Haufen Edelsteine finden werden, vermutete Ortosch kopfschüttelnd, ohne in seiner Arbeit nachzulassen. *Oder er hofft auf ein Abenteuer, einen Kampf mit einer Höhlenspinne oder etwas ähnlich Törichtes. Stattdessen werden wir auf ein dunkles Loch voll abgestandener Luft stoßen und mit leeren Händen nach Hause kommen.*

»Ha! Da ist es!«, rief Fadrim aus.

Alle beugten sich vor, um den schmalen Spalt zu betrachten, der so unscheinbar aussah wie jede andere Falte im Gestein. Doch ihr Anführer steckte seine Hand hochkant hinein und am Spiel der Muskeln und Knochen konnten die anderen erkennen, dass er jenseits der Engstelle mit den Fingern wackelte.

»Balbarosch, hilf Ortosch, die Wand über mir dünner zu machen! Ich werde die Öffnung vergrößern«, ordnete Fadrim an.

Er brauchte nicht allzu lange, um den Umfang des Lochs so auszuweiten, dass zwei Hände bequem hindurchpassten. Sein Enkel platzte fast vor Neugier und vertauschte die Schaufel mit einer der beiden Lampen, die den Angroschim in der ewigen Nacht unter Tage Licht spendeten. Xorrox drängte sich neben seinen Großvater, um in den Spalt zu leuchten.

»Kannst du irgendetwas erkennen?«, wollte er wissen.

»Nein, du lästiger Kobold«, brummte Fadrim, der nicht wusste, ob er seinen Enkel nun doch zurechtweisen oder nur über ihn lachen sollte. Aber mit Kindern konnte er einfach nicht böse sein. Kein Angroscho brachte das ernsthaft übers Herz.

»Seid mal still, Männer!«, gebot er Balbarosch und Ortosch, die gehorsam vom umgebenden Fels abließen. »Xorrox, hol mir den Swerka!«

Der Junge wäre vor Eifer fast über die Lampe gestolpert, als er hastig dem Befehl seines Großvaters nachkam. Der alte Zwerg hielt den filigran aus Draht geknüpften Käfig vor den Durchbruch. Für einen Moment verstummte der gelb und blau gefiederte Vogel auf seiner Stange, um mit schief gelegtem Kopf das Loch in der Wand zu beäugen. Dann entschied er, dass es wichtiger war, mit seinem Gesang ein Weibchen anzulocken, als langweilige Höhlen anzustarren.

Fadrim ließ noch ein wenig Zeit verstreichen, bis er davon überzeugt war, dass keine giftigen Gase aus dem Hohlraum drangen. Erst danach gab er seinem Enkel den Käfig zurück und steckte selbst seine Nase in die Öffnung, um prüfend die Luft einzuziehen. »Trockener als ein leerer Bierkrug«, kommentierte er, als er sich wieder aufrichtete. »Und da ist noch etwas.« In seine Augen trat ein verheißungsvolles Funkeln. »Wenn ich damit Recht habe, wird das ein Jahrhundertfund.«

Na, wunderbar, wir haben tatsächlich einen Schatz gefunden, dachte Ortosch. *Die ganze Binge wird Kopf stehen, aber den Ruhm fährt allein Fadrim ein.*

»Was ist es, Großvater?«, bohrte Xorrox, als der älteste Angroscho sich wieder dem Durchbruch zuwandte. »Was?«

»Zappel hier nicht so herum, sondern gib mir lieber einen ordentlichen Felsbrocken!«, wehrte Fadrim ab.

»Das ist gemein«, murrte der Junge, reichte ihm jedoch brav einen faustgroßen Stein.

»Still jetzt!«, forderte Balbarosch.

Fadrim steckte die Hand mit dem Gesteinsbrocken durch die Öffnung und ließ ihn fallen. Die Angroschim hielten den Atem an, um angespannt zu lauschen. Der kurze Augenblick, bis ein leiser Ton den Aufprall verkündete, kam ihnen länger vor, als er tatsächlich war. Außer Fadrim, der sein Ohr direkt an das Loch gehalten hatte, hörte niemand das Geräusch, das den Ältesten verwirrte. Wenn ihm seine Sinne keinen Streich gespielt hatten, war der Stein nicht auf Fels getroffen. Der Laut hatte zu dumpf geklungen. Und war da nicht noch ein kaum wahrnehmbares metallisches Klicken gefolgt?

»Etwa fünf Draschim[2]«, schätzte er die Tiefe. Das seltsame Geräusch behielt er lieber für sich, bis er Gewissheit hatte.

»Wie gehen wir vor?«, erkundigte sich sein Sohn.

»Wir brauchen ausreichend Seil, wenn wir die Höhle erkunden wollen«, stellte Fadrim fest. »Das bisschen, das wir bei uns haben, hilft uns da nicht weiter. Xorrox, du läufst nach Hause und besorgst uns ein Dumad[3]. Nein, besser zwei halbe Dumad. Außerdem Kletterhaken und einen Flaschenzug. Und lass dir beim Tragen helfen!«

»Wieso ich?«, maulte der Junge, ohne den Blick von der verlockenden Öffnung losreißen zu können. »Das kann doch auch Ortosch machen.«

»Jetzt reicht es aber!«, polterte sein Großvater. »Ortosch wird hier gebraucht, du nicht. Seit wann treffen Lehrlinge die Entscheidungen im Berg? Setz deinen faulen Hintern in Bewegung, aber plötzlich!«

Erschrocken über die unerwartete Heftigkeit des sonst so geduldigen Alten zog Xorrox den Kopf ein, schnappte eine der Lampen und trollte sich. Fadrim war sicher, dass der Junge – von seiner Neugier beflügelt – schneller laufen würde, als es im ersten Trotz den Anschein hatte.

»Ich hau mir auf den Daumen, wenn ich in meiner Jugend auch so aufmüpfig war«, meinte der alte Angroscho, doch sein Zorn war bereits wieder verraucht.

»Sollte er nicht besser auch eine Waffe mitbringen?«, warf Balbarosch respektvoll ein. »Nur, um sicherzugehen?«

»Ach, was«, wehrte sein Vater ab. »Zur Not hat noch immer ein ordentlicher Hieb mit dem Schlägel gereicht.«

Zumindest, solange es nicht gegen Drachen ging, fügte Ortosch in Gedanken hinzu.

Gemeinsam machten sich die drei Hauer wieder daran, den Gang bis zu seinem natürlichen Ende in der Höhle voranzutreiben. Sie konzentrierten sich dabei ganz auf den

---

[2] zwergisches Längenmaß: 1 Drasch = etwa 6,7 m
[3] zwergisches Längenmaß: 1 Dumad = etwa 74 m

oberen Teil der Wand und wollten das untere Drittel zunächst als Geländer stehen lassen. Die Öffnung wurde immer größer. Mehr und mehr Gestein prasselte – anstatt auf den Boden des Stollens zu fallen – in die undurchdringliche Dunkelheit hinab, doch wenn sein Aufprall manchmal seltsam klang, so ging dies im durch den Widerhall verstärkten Lärm unter.

Noch bevor Xorrox von seinem langen Marsch zurückkehrte, war der Durchbruch schließlich so weit angewachsen, dass ein erwachsener Angroscho hindurchpasste, solange er sich dabei nicht aufrichtete. Balbarosch griff sich die verbliebene Lampe und versuchte, weiter in die neu entdeckten Bereiche hineinzuleuchten. Fadrim lehnte sich ebenfalls vorsichtig über den Rand, während Ortosch gelangweilt zurückblieb.

»Bei Angroschs prächtigem Bart!«, staunte der älteste Zwerg.

»Denkst du, was ich denke?«, fragte sein Sohn unsicher.

»Kein Zweifel«, erwiderte Fadrim. »Menschen wagen sich nicht so tief in den Berg.«

»Dann muss ... «, setzte Balbarosch an, wurde jedoch von Xorrox' lautem Geschrei jäh unterbrochen.

»Hab ich was verpasst?«, rief der Lehrling außer Puste vom schnellen Lauf. »Großvater, ich hab die Seile und ...«

»Wie wäre es, wenn du jetzt endlich mal die Klappe hältst?«, fuhr ihn sein Begleiter an.

Murtorog Sohn des Mirtaschox schob sich an dem eingeschüchterten Jungen vorbei und warf die schwere Seilrolle, die er geschultert hatte, achtlos zur Seite. Ortosch versteifte sich beim Anblick der beeindruckenden Gestalt unwillkürlich. Sein Vater war für einen Angroscho auffallend groß und dabei kräftig gebaut. Haar und Bart des geachteten Absolventen der Drachenkämpferschule zu Xorlosch glänzten wie poliertes Kupfer. Weit über dreißig Zöpfe unterschiedlichen Flechtmusters wiesen ihn als Bezwinger jedes erdenklichen Gegners aus. Auch wenn er dieselbe Kluft aus lederner Hose und grobem Hemd trug wie die drei Hauer, hing an seinem Gürtel nicht das Werkzeug der Bergleute, sondern der meisterhaft geschmiedete Lindwurmschläger, den bereits sein Urgroßvater Brogar geführt hatte.

Die braunen, fast schon das Kupfer der Haare widerspiegelnden Augen streiften seinen Sohn nur flüchtig. Ortosch empfand die ganze, vor Selbstbewusstsein strotzende Erscheinung seines Erzeugers einmal mehr als unausgesprochene Anklage. Mit jeder Faser des kampfgestählten Körpers schien Murtorog ihm vorzuwerfen, dass er mit seinem pechschwarzen Bart und der deutlich schmaleren Statur schon äußerlich kein bisschen nach seinem Vater kam.

»Sieh dir das an, Murtorog!«, lud Fadrim den Neuankömmling ein. »So etwas bekommt man nicht alle Tage zu Gesicht.«

Ortoschs Vater lehnte sich in die Öffnung und musterte die Entdeckung seines Großonkels, so weit der Schein der Lampe reichte. »Ewiges Schmiedefeuer! Das muss ein alter Förderschacht sein«, stellte er verwundert fest.

Xorrox, der hastig einen Rucksack abgesetzt hatte, lief vor Aufregung rot an. Er reckte sich und stellte sich auf die Zehenspitzen, um an den Erwachsenen vorbei einen Blick auf die vermeintliche Höhle zu erhaschen.

»Daran ist nicht zu rütteln«, bestätigte der ältere Zwerg. »Senkrechte Wände entstehen zwar manchmal auf natürliche Art, aber wohl kaum in den herkömmlichen Abmessungen und zum Quadrat angeordnet.«

Murtorog und er lachten über die alberne Vorstellung und Balbarosch stimmte mit ein.

»Das heißt, dass wir nicht die ersten Angroschim in diesem Berg sind, nicht wahr?«, erkundigte sich Xorrox. Endlich gelang es ihm, sich zwischen seinen Großvater und seinen Onkel zu quetschen, sodass er den bearbeiteten Fels mit eigenen Augen sehen konnte. »Werden wir dann da unten überhaupt noch etwas finden?«

»Du kannst einen wirklich Löcher in den Bauch fragen«, antwortete Fadrim, aber sein nachsichtiger Tonfall milderte die gereizten Worte. »Das werden wir wissen, wenn wir nachgeschaut haben.«

Doch die Gedanken seines Enkels überschlugen sich und waren schon wieder weiter. »Nach oben müssten wir steigen«, sinnierte der Junge. »Da ist doch ganz bestimmt eine alte Stadt! Vielleicht liegen sogar noch vergessene Schätze herum, weil die Angroschim alle von einem gewaltigen Drachen ...«

»Xorrox, deine Phantasie geht mit dir durch«, tadelte ihn sein Großvater. »Wenn es hier in der Gegend eine bedeutende Binge gegeben hätte, wüssten wir sicher davon. Wahrscheinlich war es nur ein kleiner Vorposten. So wie wir.«

»Aber in Brodomurrs Geschichten heißt es doch immer ...«, wollte sich der Junge verteidigen.

»Steh den Erwachsenen nicht länger im Weg herum, du kleine Stollenplage!«, befahl Fadrim, der einmal mehr am Ende seiner Geduld angelangt war, und bugsierte den Lehrling zur Seite. »Wir wollen jetzt nachsehen, ob meine alte Nase richtig gelegen hat. Balbarosch, lass uns den kleinen Federling auf einen Erkundungsflug schicken!«

Der jüngere Zwerg nahm ein Ende des längsten Seils auf, um es an den Tragegriff des kleinen Vogelkäfigs zu knoten.

»Ich hoffe wirklich, ihm passiert nichts«, gab er zu. »Irgendwie gewöhnt man sich einfach an so ein Tierchen.«

Fadrim Sohn des Fobosch nickte und strich sich verlegen über den Bart. »Hat uns immerhin schon drei Jahre begleitet, die treue Seele. Manche werden gar nicht so alt.«

Murtorog brummte nur etwas Unverständliches, verdrehte dabei jedoch die Augen. Für solche Sentimentalitäten hatte er nichts übrig. Balbarosch trat vor, um sich auf den Rand des Durchbruchs zu setzen, sodass seine Füße über dem Abgrund baumelten. Sein Vater und Murtorog hockten sich hinter ihn und packten zur Sicherheit in seinen breiten, stabilen Gürtel, wobei jeder von ihnen die freie Hand auf die verbliebene niedrige Mauer legte, um sich dort abstützen zu können, falls Balbarosch das Gleichgewicht verlor. Auch Xorrox und Ortosch hielten sich für den Fall bereit, dass ihre Hilfe gebraucht wurde.

Weit nach vorn gebeugt, damit der Käfig nicht an der Wand entlangschabte, ließ Balbarosch den Swerka langsam und vorsichtig in die Tiefe hinab. Da niemand in den Schacht leuchtete, wurde der Käfig rasch von der totenstillen Finsternis verschluckt.

»Er singt nicht mehr«, wisperte Xorrox aufgeregt.

»Sie hören immer auf zu singen, wenn es dunkel wird, du Kissenbovist!«, zischte Ortosch zurück.

Die heftige Antwort darauf blieb dem Lehrling jedoch im Hals stecken, als Murtorog den beiden Jungzwergen einen wutentbrannten Blick zuwarf.

Plötzlich schlackerte das zuvor straffe Seil locker herum. Balbarosch testete mit leichten Pendelbewegungen, ob sich der Käfig nur an einer Unebenheit der Wand verfangen hatte, doch das schien nicht der Fall zu sein.

»Er ist unten«, verkündete er.

»Gut«, meinte Fadrim. »Xorrox, mach dich nützlich und zähle bis dreihundertdreiundvierzig! Aber nicht zu hastig und nicht laut!«

Der Junge klappte den Kiefer wieder zu. Während sein konzentrierter Blick verriet, dass er seine Aufgabe erfüllte, fragte sich Ortosch zum ersten Mal, wie sich der kleine Vogel dort unten fühlen mochte. Konnten Meisen Angst vor dem Unbekannten haben?

Da Balbarosch sich wieder aufgerichtet hatte, bis es daran ging, den Swerka zurück nach oben zu holen, drehte Murtorog sich nach dem Rest des Seils um und überprüfte die verbliebene Länge. Offenbar war der Schacht viereinhalb Draschim tief.

»Dreihundertdreiundvierzig«, schnappte Xorrox, als habe er die ganze Zeit über die Luft angehalten.

Was er nicht hat, dachte Ortosch. *Sonst wäre er genauso umgekippt wie der Federling.*

»In Ordnung, Balbarosch, zieh ihn wieder rauf!«, ordnete Fadrim an.

Schlinge für Schlinge des Seils wanderte zurück über die Kante. Gebannt starrten sämtliche Angroschim auf die Stelle, wo der Swerka in Sicht kommen musste. Endlich tauchte der Käfig aus dem Dunkel auf. Der kleine Vogel darin schüttelte sein Gefieder, wippte ein paar Mal auf der Stange und stimmte zaghaft aufs Neue seinen trillernden Gesang an. Die Zwerge atmeten erleichtert durch.

»Angrosch sei Dank!«, pries Fadrim ihren Gott. »Entweder gibt es dort unten keine matten Wetter oder die alten Luftschächte versehen noch immer ihren Dienst.«

»Jedenfalls ist Angrosch dir wohl gesonnen«, behauptete Murtorog. »Jetzt können wir gefahrlos nachsehen, was dort unten einst abgebaut wurde.«

»Und hoffen, dass es ein so reiches Lager ist, dass sie es nur angekratzt haben«, fügte Balbarosch gut gelaunt hinzu.

»Wenn es so ist, gebe ich heut Abend ein Fässchen aus«, versprach Fadrim. »Oder auch zwei.«

»Das gilt!«, lachte Murtorog, wurde jedoch augenblicklich wieder ernst.

Er kramte einen Kletterhaken aus dem von Xorrox abgestellten Rucksack und lieh sich Balbaroschs Schlägel. Die anderen Angroschim machten vor dem Durchbruch Platz, damit Murtorog den Haken knapp unter der Decke in die Wand hämmern konnte. Abschließend prüfte er sein Werk, indem er zwei Finger durch die Öse quetschte und sich mit seinem vollen Gewicht daran hängte.

»Hält«, meinte er schlicht. »Aber wir gehen sicher.«

Mit einem zweiten Kletterhaken stapfte er vier große Schritte im Gang zurück, um ihn dort in die Wand zu hauen.

»Was soll das nützen?«, erkundigte sich Fadrim, der mehr von Bergbau als vom Klettern verstand.

»Wir binden das Seil einen Draschim vor dem Ende hier fest«, erklärte Murtorog und machte sich sogleich an die Ausführung seines Plans. »Dadurch reicht es nur bis etwa zwei, drei Drumodim[4] über den Boden des Schachts. Sollte der vordere Haken ausbrechen und uns dadurch den Strick aus der Hand reißen, wird Ortoschs Fall rechtzeitig abgefangen, sodass er nicht auf dem Grund aufschlägt.«

Die schreckliche Vorstellung lähmte für einen Moment die Gedanken der Angroschim.

»Das ist klug«, lobte Fadrim dann, während seinem Enkel eine ganz andere Erkenntnis dämmerte.

»Och, wieso ausgerechnet Ortosch?«, beschwerte sich Xorrox. »Ich will der Erste sein!«

»Unsinn!«, wies sein Großvater ihn zurecht. »Ortosch wird gehen. Er ist der Leichteste von uns allen.«

Und der Verzichtbarste, setzte Ortosch in Gedanken zynisch hinzu. *Niemand würde das kostbare Leben eines Kindes riskieren, aber mich schickt Vater natürlich ohne zu zögern vor.*

Murtorog würdigte weder seinen missmutigen Sohn noch den unvernünftigen Jungen eines Blickes, sondern führte das Seil zu dem Haken am Rand des Abgrunds, um es mit dem altbewährten Schachtsteigerwurf dort zu verknoten.

»So, komm her, Ortosch!«, forderte er.

Widerwillig trat sein Sohn zu ihm. Gemeinsam fertigten sie aus zwei weiteren kurzen Seilen Brust- und Sitzgurt, die Ortosch anlegte, da sie ihn auf dem Weg nach unten sichern und aufrecht halten würden. Er kannte die Prozedur von ihrer Arbeit als Schachtfeger, auf der er seinen Vater schon oft begleitet hatte. Ihre kleine, nur von ihrer eigenen Sippe bewohnte Binge konnte es sich nicht leisten, einen Krieger durchzufüttern, der sich ausschließlich dem Waffenhandwerk widmete. Doch Murtorog hätte vermutlich ohnehin darauf bestanden, sich nützlich zu machen.

---

[4] zwergisches Längenmaß: 1 Drumod = etwa 1,7 m

Nachdem beide Gurte sorgfältig mit dem vorderen Ende des Seils verbunden worden waren, hielt sein Vater Ortosch den mit aufwendig hineingeätzten Ornamenten verzierten Lindwurmschläger entgegen.

»Hier! Vielleicht wirst du ihn brauchen.«

Ortosch schluckte trocken. Er glaubte nicht, dass dort unten eine Gefahr lauerte.

Es ist nichts weiter als ein alter Förderschacht, sagte er sich trotzig.

Dennoch ergriff ihn die Geste seines Vaters gegen seinen Willen. Die alte Axt war ein kostbares Erbstück, eine ehrwürdige Waffe, und Murtorog hatte oft genug betont, dass sein linkischer Sohn es nicht wert sei, sie zu führen. Wortlos nahm Ortosch sie entgegen, um sie in die Halterung an seinem Gürtel zu schieben. Balbarosch reichte ihm eine der Lampen.

»Es kann losgehen«, verkündete Murtorog.

Er nahm das Seil hinter dem ersten Haken auf, um Stück für Stück nachzugeben, wenn Ortosch hinabstieg. Fadrim, Balbarosch und selbst der schmollende Xorrox packten ebenfalls den Strick, um ihr Gewicht in die Waagschale zu werfen, wenn es nötig werden sollte.

Ortosch drehte der Öffnung den Rücken zu und stieg rückwärts auf die verbliebene Stufe. Prompt stieß er unter der niedrigen Decke mit dem Helm an den Kletterhaken. Gebückt kämpfte er um sein Gleichgewicht, balancierte sich noch einmal in einen halbwegs sicheren Stand. Auch wenn sein Vater ihn schon hin und wieder abgeseilt hatte, kostete es den jungen Zwerg noch immer Überwindung, sich rücklings in die Tiefe sinken zu lassen.

Er atmete ein weiteres Mal hörbar durch, dann ließ er sich allmählich nach hinten kippen. Seine freie Hand krampfte sich unbewusst um das straffe Seil. Der schwarze Abgrund in seinem Inneren verschmolz in einem Aufblitzen von Panik mit der unheimlichen Finsternis des realen Schachts. Das Gefühl dauerte nur einen Wimpernschlag, bevor Ortosch spürte, wie sich ihm die Stricke ins Fleisch schnürten und sein Gewicht trugen, doch dieser kurze Augenblick der Todesangst genügte, um kalten Schweiß auf seine Stirn zu treiben.

Die Füße gegen den Fels gestemmt, hing Ortosch direkt am unteren Rand des Durchbruchs in der Luft. In seiner Linken hielt er tapfer die Lampe fest, mit der rechten Hand umklammerte er das Seil, wodurch er sich in einer aufrechteren Position stabilisieren konnte. Über die Kante hinweg traf sein Blick den seines Vaters.

»Bist du bereit?«, fragte Murtorog sachlich.

Ortosch nickte nur. Er richtete seine Aufmerksamkeit nun ganz auf den eigentlichen Abstieg. Solange er mit den Füßen an der Wand entlang einfach mit dem länger werdenden Seil nach unten lief, waren die einschneidenden Gurte das Unangenehmste. Zumindest wenn er von dem mulmigen Gefühl absah, rückwärts in unbekannte Dunkelheit zu tauchen. Doch je tiefer er kam, desto größer wurde die Gefahr, durch eine zu heftige Bewegung das fragile Gleichgewicht zu verlieren und sich unkontrolliert herumschlingernd am Fels aufzuschürfen.

Nach einer Weile empfand er beim Atmen einen merkwürdigen schmerzhaften Druck in der Nase, dann sogar weiter innen im Kopf.

Hier stimmt etwas nicht, dachte er verunsichert. Obwohl ihn die Konzentration auf das Absteigen sonst stets vollkommen in Anspruch nahm, überkam ihn hier plötzlich der Drang, sich die spröden Lippen zu lecken. Doch selbst seine Zunge fühlte sich ausgedörrt an.

Es ist die Luft, erkannte er. *Wie kann sie so ungewöhnlich trocken sein? Selbst über einer Esse atmet es sich leichter. Was hat das zu bedeuten?*

Er war versucht, nach oben zu rufen, sich aus dieser unterirdischen Wüste herausziehen zu lassen. Doch was sollte er seinem Vater sagen? Dass er verzagt hatte, wo ein kleiner Swerka unbeschadet wieder zurückgekehrt war? Der

Durchbruch zum Erzgang bildete nur noch einen matten Schein weit über ihm. So kurz vor dem Ziel konnte er nicht aufgeben. Xorrox würde ihn in der ganzen Binge zum Gespött machen.

Plötzlich verhielt seine langsame Abwärtsfahrt.

Der zweite Haken!, fiel ihm ein. *Nur noch ein paar Drumodim, dann bin ich unten.*

Schon gab das Seil wieder nach. Ortosch bereitete sich innerlich darauf vor, die Beine wieder unter sich statt vor sich zu bringen. Zum ersten Mal wagte er einen Blick nach unten und bereute es sofort. Sein ängstlicher Aufschrei entrang sich der rauen Kehle nur als heiseres Krächzen. Panisch strampelnd hing er senkrecht in den Gurten, prallte mit der Schulter gegen die Felswand und pendelte daran hin und her, während er am länger werdenden Seil dem Grauen entgegensackte.

Verzweifelt rudernd und mit den Füßen Halt suchend, versuchte er, sich möglichst weit zur Seite zu werfen. Die plötzlichen Ausschläge des Seils alarmierten die unerreichbaren Angroschim über ihm, deren aufgeregte Rufe durch den Schacht hallten. Ortosch fiel mehr gegen die Wand, als dass er auf dem Boden aufkam, doch zumindest war er nicht direkt auf der grinsenden Fratze gelandet, die ihm von unten aus leeren Augenhöhlen entgegengeblickt hatte.

Er rappelte sich mit dem Rücken zum Fels auf und wich noch weiter zurück. Während er mit zitternden Fingern die Axt aus ihrer Halterung nestelte, sah er sich hastig um. Entgegen seinem ersten Eindruck im schwankenden Schein der Lampe bewegte sich keine der drei schrecklichen Gestalten. Erleichtert atmete er ein wenig freier und wagte es, sich derjenigen zu nähern, die nur einen Drumod neben ihm lag.

»Ortosch, verflucht! Was ist da unten los?«, brüllte sein Vater.

Erst jetzt bemerkte Ortosch, dass die anderen schon mehrmals nach ihm gerufen hatten. »Alles in Ordnung!«, schrie er mit kratziger Stimme hinauf. Zu mehr konnte er seinen wunden Hals nicht zwingen.

Falls man das so sagen kann, wenn man gerade in eine Gruft gestolpert ist, setzte er in Gedanken hinzu und richtete den Blick wieder auf den Toten zu seinen Füßen. Er hatte schon Leichen gesehen. Innerhalb einer großen Sippe verstarb unausweichlich alle paar Jahre ein Zwerg. Aber obwohl es sich zweifellos um einen Angroscho handelte, war an diesem Toten alles seltsam.

Die Haut sah aus wie hartes, brüchig gewordenes Leder und spannte um den fast zum Skelett ausgemergelten Körper. Dort wo die Augäpfel gewesen waren, gab es nur Dunkelheit hinter halb geschlossenen Lidern. Die Lippen hatten sich gänzlich zurückgezogen, sodass die Zähne zu dem makaberen Grinsen hervortraten, das Ortosch so erschreckt hatte. Die Haare dagegen, einst unter einem Helm verborgen, der nun ein Stück neben der Mumie lag, wirkten ebenso wie der imposante Bart und die dicken Augenbrauen nahezu unverändert.

Der Tote steckte in Kettenhemd, Lederhose und Stiefeln, die – gerade so wie der Gürtel – aufwendig mit geometrischen Mustern punziert und mit goldenen Beschlägen ausgestattet worden waren. Sein Helm und die Scheide des Drachenzahns an seiner Seite wiesen ebenfalls goldene und silberne Ornamente auf. Die große, Felsspalter genannte Doppelblattaxt war seinen Fingern im Tod entglitten, doch auch sie verdeutlichte in ihrer prachtvollen Verarbeitung, die von eingelegten Edelsteinen gekrönt wurde, unmissverständlich, dass Ortosch einen hochrangigen Stammesführer, wenn nicht gar einen Bergkönig vor sich haben musste.

Weshalb es ihm nur noch rätselhafter erschien, aus welchem Grund dieser wichtige und sicher zu Lebzeiten sehr geachtete Krieger unbestattet in einem alten Förderschacht lag. Die Art, in der der steife Körper an der Wand klemmte, deutete an, dass er gegen den Fels geschleudert und dort tot niedergesunken war, aber welcher Gegner vermochte derlei?

Ortosch lief ein Schauer den Rücken hinab. Unwillkürlich sah er sich nach dem riesigen Lindwurm um, den er sich in seiner Vorstellung ausmalte.

Sei nicht albern!, ermahnte er sich. *Wenn in diesem Berg noch immer ein Drache hausen würde, hätte er uns längst entdeckt. Wir geben uns nicht gerade Mühe, unsere Meiler und Schmelzöfen zu verbergen.*

Innerhalb der Reichweite seiner Lampe konnte er zwei weitere Mumien ausmachen. Die eine nur einen halben Drumod von ihrem einstigen Anführer entfernt, die zweite ein kurzes Stück den Stollen hinein, der am Grund des Schachts abzweigte. Um sich freier bewegen zu können, löste der junge Zwerg den Knoten, der seine Gurte mit dem langen Seil verband.

Jetzt bin ich wirklich auf mich gestellt, schoss es ihm durch den Kopf. *Sie können mich nicht mehr schnell nach oben ziehen, wenn es wässrig wird*[5].

Der Gedanke an einen plötzlichen Wassereinbruch war in der extremen Trockenheit dieses merkwürdigen Ortes jedoch so abwegig, dass Ortosch selbst darüber lächeln musste. Für einen einzigen Schluck hätte er im Augenblick sogar ein unfreiwilliges Bad in Kauf genommen.

Ein wenig entspannter betrachtete er den zweiten Toten. Auch dieser vor ungewiss langer Zeit verstorbene Angroscho trug den vielfach geflochtenen Bart des ruhmreichen Kämpfers und war in ein Kettenhemd gewandet. Doch seine Ausrüstung wies längst nicht die erlesene Qualität derjenigen seines Königs auf. Die zu Klauen verdörrten Finger umklammerten noch den Stiel der Sehnenschneider genannten Axt, obwohl der rechte Arm in einem unnatürlichen Winkel vom Körper abstand. Eindeutig an der gewaltigen Delle in seinem Helm zu erkennen, musste er

---

[5] Da den Zwergen das Wasser suspekt, das Feuer dagegen heilig ist, kennen sie ›brenzlig werden‹ nicht.

einen ebensolchen Hieb auf den Schädel erhalten haben. Ortosch zweifelte nicht daran, dass dieser Schlag tödlich gewesen war.

Ihm fiel ein, dass er über den unglücklichen Angroschim, deren Leiber darauf warteten, endlich dem heiligen Feuer übergeben zu werden, seinen eigentlichen Auftrag völlig vergessen hatte. Pflichtbewusst hob er die Laterne und richtete sein Augenmerk auf die Wände des Schachts und den Stollen. Überrascht trat er näher heran, um die schwarze Schicht zu berühren, die etwa in der Mitte des Schachtgrundes aus den Tiefen des Gebirges hervorwuchs und zu beiden Seiten in den Stollen hinein anstieg. Selbst der Boden des waagrechten Gangs bestand gänzlich aus dem matten, bröckeligen Gestein.

Ortosch wischte darüber und konnte es kaum fassen, als dunkler Staub seine Handfläche überzog.

»Das ist Kohle!«, wollte er ungläubig ausrufen, doch seine raue Kehle versagte ihm den Dienst. *Und offensichtlich ist noch reichlich davon übrig. Fadrim, nein, alle werden ein Freudenfest feiern!*

Ihm war es gleich, aber seine Tante und seine Großmutter würden fröhlich sein, und das gönnte er ihnen. Er beschloss, noch einen raschen Blick in den Stollen und auf die dritte Mumie zu werfen, bevor er der extremen Trockenheit entfloh.

Es fehlt jede Spur von Lorengleisen oder einem Förderkorb, stellte er nüchtern fest. *Die ursprünglichen Entdecker müssen den Abbau bald aufgegeben haben. Bestimmt hat es mit den toten Kriegern zu tun.*

Der junge Zwerg betrat vorsichtig den Gang, der sich jenseits des Lichtscheins in der Dunkelheit verlor. Eindeutig zweigte nach nur wenigen Drumodim ein weiterer Stollen ab, doch Ortosch durfte sich nicht mehr als ein paar Schritte in diese Richtung wagen, da die Luft dort tödlich sein konnte, und er keinen Vogel bei sich trug, der ihn gewarnt hätte.

Vermutlich gibt es dort ohnehin nichts zu sehen, redete er sich ein, aber nachdem er so unerwartet auf ein Kohleflöz und sogar tote Angroschim gestoßen war, glaubte er selbst nicht mehr daran.

Neugierig sah er auf den letzten der Leichname hinab, der bäuchlings hingestreckt auf dem Boden lag. Ortosch wagte nicht, die Mumie zu berühren, um sie umzudrehen. Nach Kleidern, Rüstung und dem fallen gelassenen Lindwurmschläger zu urteilen, handelte es sich um einen weiteren kampferprobten Recken, der hier sein blutiges Ende gefunden hatte. In Kettenhemd und Rücken klaffte ein eindrucksvoller Spalt, als habe jemand eine riesige Lanze hindurchgetrieben. Ortoschs Magen verkrampfte sich bei dieser Vorstellung, als solle er selbst durchbohrt werden. Der Jungzwerg schüttelte sich und kehrte hastig in den Schacht zurück.

Für seinen Vater war mehr als genug Zeit vergangen, um den kurzen Rest des Seils aus dem Kletterhaken zu ziehen, stattdessen den Flaschenzug aufzuhängen und das Seil dort einzufädeln. Damit würde es wesentlich leichter werden, ihn wieder hinaufzuziehen. Ortosch verknotete das Seil wieder sorgfältig mit seinen Gurten und ruckte dann dreimal heftig daran. Weit über sich hörte er die Stimmen der anderen Angroschim, die sein Signal bemerkt hatten. Er machte sich darauf gefasst, jeden Moment angehoben zu werden, woraufhin er rasch die Beine nach vorn bringen musste, damit er Abstand von der Wand behielt. Es würde nicht ganz einfach werden, weil er dabei auf jeden Fall vermeiden wollte, auf den toten Bergkönig zu treten.

Gerade als sich das Seil straffte und sein Gewicht erneut die Stricke in seinen Körper presste, fiel sein Blick auf ein in den Fels gemeißeltes Zeichen.

Was ist das? Eine Rune?, rätselte er. *Warum sollte jemand hier einen einzelnen Buchstaben hinschreiben? Vielleicht eine Abkürzung für den Namen der Sippe?*

Die Form erinnerte ihn an das Zeichen für NG, aber Ortosch konnte nicht sicher sein. Das Seil zog ihn fort und die Rune verschwand in der zurückbleibenden Finsternis.

Sturmnacht

Weißliches Licht umgab mich wie an einem nebligen Wintertag. Doch ich spürte keine Kälte auf meiner Haut. Vielmehr war es stickig, wenn auch nicht heiß. Kein Lufthauch regte sich. Beklemmung schnürte mir den Atem ab. Selbst an den windstillsten Tagen und an den abgeschiedensten Orten hatte ich das leise Säuseln der Lüfte stets vernommen. So plötzlich davon abgeschnitten zu sein, war ein Gefühl, als hätte mein Herz aufgehört zu schlagen.

Ich musste von hier fort. Ich bewegte mich und stieß an etwas Hartes, Glattes. Ich tastete mich daran entlang, aber es gab kein Ende. Milchig weiße Platten – war es Glas? Oder Kristall? Oder gar kälteloses Eis? – umschlossen mich von allen Seiten. Wohin ich mich auch drehte, selbst über mir und unter meinen Füßen, trafen meine Hände auf die Grenzen dieses schrecklichen Kerkers, dieses erstickenden Gefängnisses. Es hatte kantige Winkel, die mich für kurze Augenblicke Hoffnung schöpfen ließen, bis meine Finger erneut enttäuscht wurden. Immer schneller kreiste ich suchend um mich selbst. Immer fester trommelten meine Fäuste gegen die undurchdringlichen Wände, trat ich vergebens um mich, ohne den schmerzhaften Aufprall meiner Zehen zu beachten. Die Panik löschte jeden sinnvollen Gedanken aus. War ich für die Ewigkeit hier gefangen? Mein ganzes Sein reduzierte sich auf den einen Wunsch, das eine, unbändige Verlangen: »Hinaus!«

Plötzlich fand ich mich außerhalb wieder. Von außen betrachtet erkannte ich endlich, dass mein Gefängnis die Form eines riesigen, vieleckigen Kristalls besaß. Größer als ich und von enormem Umfang. Noch immer kämpfte irgendetwas darin, doch durch das trübe Glas konnte ich kaum mehr als sich bewegende Schlieren erkennen. Dann wuchs das befremdliche Gebilde an, blähte sich auf. Ich wich zurück. Eine Ahnung von Gefahr, nein, höchster Bedrohung, streifte mich. Weiter und weiter dehnte sich der gewaltige Kristall aus. Mit einem Mal wusste ich – was dort um seine Freiheit rang, durfte niemals entfesselt werden. Ein scheußliches Knacken. Ich warf mich zu Boden, als die Platten in tausend Stücke barsten. Klirrend regneten die Splitter hernieder und mir blieb nichts, als meinen Kopf notdürftig mit den Armen zu schützen. Scharfe Klingen schnitten mir durch Haut und Kleider. Ein heißer Hauch blies über mich hinweg, wie ein Wind direkt aus der Khom. Eine kräftige Böe riss an mir. Ein Schatten verdunkelte das Licht.

Ehe ich mich versah, stand ich auf einem felsigen, mit grünen Wiesenflecken gesprenkelten Berghang. Der Himmel war grau, mit Wolken verhangen, und ringsherum ragten raue Gipfel empor, an denen letzter Schnee klebte. Im Talgrund schlängelte sich ein Bach, doch der Anblick, der lieblich hätte sein sollen, löste blankes Entsetzen aus. Wo klares Wasser über die Steine rinnen sollte, floss zähes, tiefrotes Blut und sättigte die Luft mit seinem metallischen Geruch.

Mein Blick wanderte die gegenüberliegende Felswand hinauf. Dort oben, am Rand des gefährlichen Abgrunds, stand eine verlorene Gestalt und sah mich an. Trotz ihrer Jugend lag in ihren Augen so viel Leid und Verzweiflung, dass eine nie gekannte Woge des Mitgefühls in mir aufwallte. Ich musste diesem armen Wesen helfen, seinen Schmerz und Kummer lindern.

Der Blutstrom im Tal schwoll an und lenkte dadurch meine Aufmerksamkeit wieder auf sich. Meine Sicht veränderte sich, umfasste immer mehr Berge und Schluchten, und überall waren die Bäche angefüllt mit Blut. Vereinigten sich zu Flüssen, überzogen das Land mit einem Netz aus roten Adern. Doch diese Adern spendeten kein Leben, sie trugen es mit sich fort, gespeist von Abertausenden hingeschlachteter Kreaturen.

Mit einem Aufschrei schrak ich aus dem Albtraum hoch. Draußen tobte ein Sturm. Spiegelte in seinem Wüten mein aufgewühltes Inneres. Der Wind heulte durch alle Ritzen meiner Behausung, wirbelte sogar die Asche des Herdfeuers auf. War mein Traum nur dem wilden Treiben der Naturgewalten geschuldet? Aber im Gegensatz zu den Traumbildern hatte mich kein noch so heftiger Rondrikan jemals in Furcht und Schrecken versetzt. Nein, etwas war geschehen. Etwas, das niemals hätte geschehen dürfen.

In der nächtlichen Dunkelheit gab meine Gefährtin verschlafen einen fragenden Laut von sich.

»Ich weiß nicht genau«, antwortete ich mehr mir selbst. »Etwas Mächtiges ... ist erwacht.«

»Im Jahr der Rückkehr des Saggasch Sohn des Schrogrim von seiner Lehrzeit in Xorlosch schmiedete Bornax Sohn des Brogar eine Weiheaxt zum Dank für das Ende der priesterlosen Zeit.«

Saggasch Sohn des Schrogrim glättete mit einem sorgfältig angesetzten Schlag auf seinen feinen Schriftmeißel die Kontur der letzten Rune. Der junge Angroschgeweihte pustete den Staub aus den Ritzen und richtete sich auf, um sein Werk zu betrachten. Zufrieden strich er sich über den noch kurzen, matt roten Bart. Die neueste Zeile an der Wand der Heiligen Halle fügte sich harmonisch in die endlosen Reihen der Chronik seiner Sippe. Selbst ein kundiges Auge vermochte nicht zu unterscheiden, welche Teile der Inschrift noch von Muresch Sohn des Brogar stammten und welche sein Nachfolger verfasst hatte.

Im Vergleich zu älteren Bauwerken größerer Bingen mochte der kleine Tempel unbedeutend erscheinen. Für Saggaschs Sippe stellte er jedoch ihren ganzen Stolz dar. Angrosch selbst hatte die vier Drumodim hohe Kuppel geschaffen, auf die Saggaschs Ahnen unvermutet im Berg gestoßen waren. Die weitgehend naturbelassene, gewölbte Decke erinnerte noch immer an den Baumeister des Weltengefüges, während der Boden eingeebnet und mit einem Mosaik aus helleren und dunkleren Steinfliesen ausgelegt worden war. Die Wand der einstigen Höhle hatten die Angroschim zu einem perfekten Kreis gestaltet, der von acht als Relief gearbeiteten Säulen in acht Segmente unterteilt wurde. In der Mitte des Raums standen die achteckige, aus schwarzem Basalt gemauerte Esse und der wuchtige Amboss, der gleichermaßen als Altar und Aufbewahrungsort für den Ritualhammer des Priesters diente. Dahinter – direkt gegenüber des Eingangs – leuchtete in einer als

Rundbogen gefertigten Nische das rötliche Licht der Laterne mit der Ewigen Flamme, die niemals verlöschen durfte.

Saggasch horchte auf. Der Gesang einer Meise und die Tritte mehrerer Paare genagelter Stiefel näherten sich. Schon hallten sie im Gewölbe des Festsaals wieder, der direkt an das Heiligtum grenzte. Stimmen wurden laut, sodass der junge Priester neugierig hinüberging und die zwei hohen Stufen hinaufstieg, die in den großen Gemeinschaftsraum führten. Hinter dem schlichten Portal des Tempels kamen ihm bereits sein Großvater Fadrim sowie Balbarosch und Xorrox entgegen, die vor Begeisterung strahlten.

»Ich habe neue Arbeit für dich, mein Junge«, tönte der älteste Zwerg mit Blick auf den zierlichen Hammer und Meißel, die sein Enkel noch immer in der Hand hielt. »Du kannst in der Chronik verzeichnen, dass Fadrim Sohn des Fobosch ein Kohleflöz entdeckt hat. Und einsegnen musst du den Stollen natürlich auch!«

Vor Überraschung verschlug es Saggasch die Sprache. Keiner von ihnen hatte je von Kohlevorkommen in dieser Gegend gehört. Im ganzen Eisenwald galt ein solcher Fund als besondere Gnade Angroschs.

»Ha, da bleibt dir die Spucke weg, was?«, prahlte Xorrox, der die Gelegenheit, gegenüber seinem älteren Bruder aufzutrumpfen, nicht verstreichen lassen konnte. Es fiel ihm immer noch schwer zu akzeptieren, dass er Saggasch, der seinem jugendlichen Alter von achtundvierzig Jahren gemäß nur ein bedeutungsloser Kurzbart sein sollte, durch seine Stellung als einziger Priester der Binge Respekt und Achtung zollen musste. Balbaroschs strenger Blick erinnerte ihn auch jetzt daran.

»Bei Malmarzroms Hammerschlag! Das grenzt ja schon an ein Wunder!«, brachte Saggasch schließlich heraus.

»Das will ich meinen«, stimmte Fadrim ihm zu. »Komm! Wir wollen der Familie die guten Neuigkeiten verkünden. Und dann haben wir ein Fest vorzubereiten!«

Der junge Geweihte schloss sich seinen Verwandten an und gemeinsam durchquerten sie den Saal, den seine Erbauer bewusst niedriger als die Kuppel des Heiligtums gehalten hatten. Abgesehen von den Durchgängen zu den Wohnbereichen, dem Tempel und den Werkstätten, die alle von mit geometrischen Ornamenten verzierten Rundbögen überwölbt waren, zeigten sich Wände und Decke schmucklos, obwohl die Angroschim selbst anders darüber dachten. Für sie lag die Schönheit bereits in Struktur und Färbung des Gesteins.

Wuchtige, doch keineswegs grob gearbeitete Tische und Bänke, an denen sämtliche Zwerge der kleinen Binge Platz fanden, nahmen die Mitte des Raums ein. In zwei gegenüberliegenden Ecken warteten riesige Kamine darauf, mit ebensolchen Feuern den Saal zu wärmen. Außer an jenem Portal, das zu den Werkstätten und darüber hinaus ins Freie führte, gab es keine Türen, denn die Angroschim bevorzugten schwere Filzvorhänge gegen die Zugluft.

Xorrox beeilte sich, seinen älteren Familienmitgliedern die steifen Bahnen zur Seite zu halten, um seine Scharte gegenüber dem Angroschpriester wieder auszuwetzen. Halb erwartete er ein gehässiges Grinsen seines Bruders, doch diese Zeiten waren endgültig vorbei, seit der kleine, aber kräftig gebaute Saggasch die Weihe erhalten und seine traditionelle Lehrzeit in einem fremden Tempel abgeleistet hatte.

Auch in den Wohnbereichen fehlten Türen aus Holz völlig. Mirschags Sippe legte viel Wert auf ihre Freiheit, selbst in kleinen Dingen. Jeder sollte ungehindert gehen dürfen, wohin es ihm beliebte. Dafür waren sie einst aus den Hallen ihres Stammes gezogen und dafür standen sie noch immer mit ganzem Herzen ein.

Als sich die vier Angroschim dem kleinen Gemeinschaftsraum näherten, wie er zu jeder der einzelnen Familienunterkünfte gehörte, schlug ihnen bereits das Trällern eines ganzen Chors kleiner Vögel entgegen.

Dieses endlose Konzert hat mir in Xorloschs Heiliger Halle wirklich gefehlt, stellte Saggasch einmal mehr fest. In der uralten Zwergenstadt in den Ingrakuppen hielten nur noch wenige Bewohner der tiefsten Stollen die gefiederten Helfer der Bergleute. Da im eigentlichen Xorlosch seit Tausenden von Jahren keine Grubengase mehr aufgetreten waren, galt die Zucht der Blaumeisen dort als nostalgische Angelegenheit für einen kleinen Kreis von Liebhabern.

In einer Bergbau betreibenden Binge waren die bunten Mahner dagegen unverzichtbar, und Fadrim legte einigen Stolz in seine besonders prächtigen Swerkas, die nach dem Helden der Elfenkriege, Swerka vom Amboss, benannt waren, der es angeblich als Erster vollbracht hatte, eine Meise zu züchten, deren blauer Kopffleck bis weit auf den Rücken reichte.

Als der alte Zwerg und seine Nachkommen das Heim ihrer Familie betraten, stieg ihnen der appetitanregende Geruch einer würzigen Pilzpfanne in die Nasen. Erst jetzt bemerkten sie, wie hungrig sie nach ihrer ungewöhnlich langen Schicht waren.

»Fast hätten wir ohne euch angefangen«, rief ihnen Bartom entgegen, einer von Balbaroschs sieben Brüdern, der ihm jedoch glich wie ein Zwilling dem anderen. In seiner Stimme schwang ein Vorwurf mit, doch er grinste dabei.

»Blödsinn!«, fuhr seine einzige Schwester Fentoscha sofort auf. »Niemals würden wir die Mahlzeit ohne Vater beginnen.«

Fadrim Sohn des Fobosch blickte gutmütig und froh in die große Runde seiner Kinder und Enkel. »Wenn ihr hört, was heute passiert ist, werdet ihr gar nicht mehr an Essen denken«, behauptete er.

Alle Augen hingen nun erwartungsvoll an ihm, und Xorrox musste sich sehr am Riemen reißen, um nicht zuerst mit der Neuigkeit herauszuplatzen.

»Aber ich will es mir erst einmal bequem machen«, spannte sein Großvater die Zuhörer noch mehr auf die

Folter. »Wir haben schließlich eine anstrengende Schicht hinter uns.«

Während Balbarosch den Swerkakäfig zu den vielen anderen hängte und Xorrox ihr Werkzeug wegräumte, ließ sich Fadrim bedächtig auf seinem Ehrenplatz nieder. Er genoss es sichtlich, im Mittelpunkt der Aufmerksamkeit zu stehen. Seine Kinder, die seine Vorliebe für solche Auftritte kannten, spielten augenzwinkernd mit und taten so, als könnten sie vor Ungeduld kaum noch auf ihren Sitzen bleiben.

»Also, meine Lieben, eure Brüder und ich sind heute auf einen alten Förderschacht gestoßen«, begann er. »Einen, den andere Angroschim vor unserer Zeit angelegt haben müssen. Und ...« Er hob Ruhe gebietend die Hand, als erste Zwischenrufe laut wurden. »Und sie haben aus Gründen, die für uns nicht mehr ersichtlich sind, den Abbau aufgegeben, bevor die Lagerstätte erschöpft war.«

»Das ist großartig, Vater«, freute sich Fadmaschosch, ein weiterer von Balbaroschs Brüdern, der jedoch durch ungewöhnliche Blässe auffiel und die schwarze Haarfarbe seiner Mutter geerbt hatte. »Es wurde höchste Zeit, einen neuen Erzgang zu finden.«

»Es ist aber gar kein Erzgang«, ließ sich Xorrox vernehmen.

»Das Gebirge ist dort unten voller Kohle«, fügte Fadrim rasch hinzu, bevor sein Enkel weitersprechen konnte.

»Kohle?«

Plötzlich riefen und fragten alle am Tisch ungläubig und aufgeregt durcheinander.

»Kohle! Heißt das, wir werden endlich nicht mehr so viel Zeit unter freiem Himmel verbringen müssen?«, jubelten Saggaschs Brüder.

»Ja, Schluss mit der ewigen Holzfällerei!«, stimmte Bartom ein.

»Wir werden endlich ganz als Bergleute arbeiten können!«

»Ich kann's kaum erwarten, keine Kohlenmeiler mehr im Regen oder gar im Sonnenschein aufschichten zu müssen«, freute sich Balbarosch.

»Das bedeutet doch bestimmt, dass wir einen neuen Förderaufzug konstruieren dürfen, oder?«, rechneten Fadmaschosch und Fadurrax sich aus, die die Leidenschaft für Mechanik teilten. »Wie tief ist der Schacht?«, wollten sie sogleich wissen.

»Und wie dick ist die Kohleschicht?«, erkundigte sich ihre Schwester. »Werden wir mehrere Stollen übereinander anlegen können?«

»Langsam, langsam, Kinder!«, mahnte Fadrim und wirkte sehr zufrieden dabei. »Ich selbst war noch nicht unten. Wir haben Ortosch abgeseilt und der ...«

»Er hat gesagt, es war ganz schön gruselig«, mischte sich Xorrox ein. »Da liegen drei tote Angroschim herum, die ...«

Saggasch runzelte bei diesen Worten die Stirn. Tief in seinem Innern, wo er die Nähe zu seinem Gott spüren konnte, beschlich ihn eine dunkle Ahnung. »In dem Schacht sind drei Leichen? Wann wolltest du mir das sagen?«, beschwerte er sich bei seinem Großvater. »Als Priester ist es meine Pflicht, mich darum zu kümmern!«

»Die haben es nicht mehr eilig«, wies Fadrim ihn zurecht. »So wie es aussieht, müssen sie schon seit langer Zeit dort liegen. Einer von ihnen scheint sogar ein bedeutender Anführer gewesen zu sein. Wir werden ihnen eine anständige Feuerbestattung zukommen lassen und damit hat sich die Sache.«

Dagegen konnte Saggasch nichts einwenden. Seine Freude über den glücklichen Fund war jedoch verflogen. Düstere Befürchtungen überschatteten sein Gemüt.

Als Ortosch hinter seinem Vater den Wohnbereich ihrer Familie betrat, empfing ihn kein Vogelgesang. Stattdessen plärrte seine kleine Cousine Doresche aus Leibeskräften und scheuchte damit ihre Mutter vom Essen auf. Vier Generationen aus einer langen Linie von Kriegern und Waffenschmieden saßen um den Tisch im mit Trophäen geschmückten Raum. Auf dem Ehrenplatz an der Mitte der Tafel thronte Muramil Sohn des Brogar, der seit dem Tod seines Zwillingsbruders, dem alten Angroschpriester Muresch, die Stellung des Familienoberhauptes innehatte. Eine Narbe spaltete seit dem Sippenkrieg in seiner Jugend die Braue über dem linken Auge, das glücklicherweise verschont geblieben war, und aus der Dämonenschlacht hatte er einen steifen Knöchel zurückbehalten. Dennoch hielt er sich noch immer aufrecht und schwang den Schmiedehammer mit ungetrübter Präzision. Lediglich sein langer weißer Bart verriet die dreihundertdreizehn Lebensjahre.

»Ihr kommt spät«, stellte er schlicht fest, als Ortosch und Murtorog ihre Ausrüstung ablegten.

»Das können sie gleich erklären«, meinte Jorlika Tochter der Jalgata, die Witwe seines verstorbenen Bruders. »Sie sollen sich erst einmal setzen, damit sie etwas in den Magen bekommen, bevor die anderen alles aufgegessen haben.«

»Ortosch, geht es dir gut?«, erkundigte sich Großmutter Dorida. »Du bist ja ganz blass!«

Murtorog winkte ab, bevor sein Sohn etwas erwidern konnte. »Er hat drei Leichen gesehen. Es wird Zeit, dass er sich daran gewöhnt.«

»Es hat Tote gegeben?«, ließ sich sein Zwilling Maghir vernehmen. Auch er lebte nur für das Kriegshandwerk, auch wenn er die strengen Aufnahmeprüfungen der Drachenkämpferschule nicht bestanden hatte.

Wahrscheinlich ärgert er sich, dass er einen vermeintlichen Kampf verpasst hat, dachte Ortosch griesgrämig und zwängte sich schweigend zu seinen vier Cousins auf die Bank.

»Nein, Fadrim ist auf einen alten Schacht gestoßen«, berichtete Murtorog, während er sich ebenfalls setzte. »Ich habe Ortosch hinuntergeschickt, um die Lage zu erkunden, aber anscheinend hat er sich wegen ein paar morscher Knochen beinahe in die Hose gemacht.«

Die kleinen Jungs neben Ortosch kicherten.

»Du sollst nicht immer so streng mit ihm sein!«, rügte Großmutter Dorida und ihre braunen Augen funkelten fast schwarz dabei. »Jeden Tag, den er bei uns ist, haben wir allein seiner Tapferkeit zu verdanken!«

»Wenn er so ein gelungener Prachtbursche ist, warum zeigt er dann an nichts Interesse?«, hielt Murtorog dagegen. »Aus ihm wird weder ein Krieger noch ein guter Schmied.«

Ortosch stürzte einen Krug Bier seine noch immer trockene Kehle hinunter und tat, als sei er nicht anwesend.

»Geht das schon wieder los?«, beschwerte sich Muramil. »Ich kann diesen ewigen Streit nicht mehr hören! Murtorog, erzähl uns lieber endlich, was es mit diesem Schacht auf sich hat!«

»Offenbar haben andere Angroschim ihn angelegt, um dort unten Kohle abzubauen«, erklärte sein Großneffe.

Staunen malte sich auf den Gesichtern der Erwachsenen am Tisch ab.

»Und wenn Ortosch sich nicht irrt, haben sie kaum etwas gefördert, bevor sie den Berg fluchtartig verlassen haben«, fuhr Murtorog fort. »Jedenfalls wäre das eine Erklärung dafür, dass ihre Toten unbestattet blieben, obwohl sich sogar ein Bergkönig darunter befand.«

»Ein Rogmarok?«, wunderte sich Muramil und blickte Ortosch an. »Woher willst du das wissen?«, fragte er.

Ortosch schilderte ihm, in welchem Zustand er die Mumien vorgefunden und was sie bei sich getragen hatten.

»Diese Leichen müssen wirklich uralt sein«, schloss seine Urgroßmutter Jorlika daraus. »So alt, dass man darüber sogar den Heldentod eines Bergkönigs vergessen konnte.« Die alte, weißhaarige Zwergin schüttelte ungläubig den Kopf.

»Mir kommt das alles sehr seltsam vor«, sagte Muramil und kratzte sich nachdenklich an seinem unter dem vielfach geflochtenen Bart verborgenen Kinn.

»Aber sehen wir es doch einmal von der praktischen Seite«, warf Ramesch, ein weiterer Bruder Murtorogs ein. »Was auch immer diese ehrwürdigen Ahnen getötet hat, ist lange fort. Diese Gegend ist seit Jahrhunderten friedlich wie die Brumborim[6]. Das heißt, wir können diese Kohle abbauen und müssen uns nicht mehr mit Holzkohle herumplagen!«

»Ja, du hast Recht«, stimmte seine Mutter Dorida ihm zu, die eine leidenschaftliche Schmiedin war. »Mit Steinkohle werden die Essen heißer und der Stahl von besserer Qualität sein.«

»Darauf trinke ich!«, verkündete der alte Muramil und hob seinen Humpen.

»Das werden wir alle heute noch ein paar Mal tun«, schätzte Murtorog. »Fadrim hat angekündigt, zur Feier seines Fundes ein Fest auszurichten.«

»Und das sagst du erst jetzt?«, zog sein Zwilling Maghir ihn auf.

»Ihr lasst mich ja kaum zu Wort kommen«, gab Murtorog gut gelaunt zurück.

Die vier Familien der Mirschag-Sippe waren rasch zusammengerufen. Keine von ihnen ließ sich lumpen, ihren Teil zum Gelingen des Festes beizutragen, denn Fadrims Fund würde ihnen allen zu Gute kommen. So brachte jeder mit, was seine Vorräte auf die Schnelle an Bier und einfachen Gaumenfreuden hergaben, und wer noch Hände frei hatte, trug Zimbeln oder Angroschellen, eine kupferne Kesselpauke oder gar ein selbst geschmiedetes Horn, um zur musikalischen Untermalung beizutragen.

---

[6] Zwergischer Name der sanftmütigen Hügelzwerge

Die dicken, hoch aufgeschichteten Holzscheite in den beiden Kaminen des Festsaals wurden zu gemütlich prasselnden Feuern entfacht. Die Angroschim verteilten sich um die reich gedeckten Tische, schmausten und leerten fröhlich ein Fass nach dem anderen. Sie stampften im Takt der Instrumente, die den Rhythmus ihrer täglichen Arbeit im Berg und am Amboss imitierten, und sangen lauthals mit, wenn *Angroschs Trunk* oder der beliebte alte *Stollenkanon* angestimmt wurden. Die kräftigen Paukenschläge fuhren ihnen beschwingend in die Eingeweide und ließen gemeinsam mit dem Dröhnen der Hörner den Fels vibrieren.

Ortosch saß – einen Humpen mit süffigem Dunklem in der Hand – so nah bei den Flammen, dass die Hitze drohte, seine Haut zu versengen. Der Lärm des Festes um ihn her war in seinem Inneren zu einem fernen Rauschen verblasst. *Magmangr*[7], Angroschs Blut, ergoss sich in den dunklen Abgrund am Rande seines Seins und vermischte sich mit der Glut des äußeren Feuers. Er starrte mit halb geschlossenen Augen in das tosende rote Inferno, das ihn immer weiter ausfüllte und zu verzehren drohte.

Schon einmal hatte die Lohe mit gierigen Zungen an ihm geleckt, als er bei seiner Feuertaufe durch die Flammenwand geschritten war. Sehr zum Entsetzen des Xorloscher Geweihten, der nach Mureschs Tod in ihrer Binge die Aufgaben eines Priesters übernommen hatte, bis Saggaschs Ausbildung abgeschlossen war. Gegen die Meinung der Sippenoberhäupter hatte der Angroschdiener durchgesetzt, Ortosch nicht nur nach der Tradition der Ambosszwerge, sondern auch nach Xorloscher Ritus zu prüfen. Einen ganzen Tag lang an einem ›Drachenzahn‹ genannten Dolch zu schmieden, erschien dem frommen Angroscho nicht mehr als eine intensivere Andacht – im Vergleich zu seiner Methode lächerlich einfach –, und vielleicht hatte er diese Ansicht für einen Augenblick bitter bereut, als Or-

---

[7] magmangr – zwergisch für heißes, flüssiges Gestein

tosch plötzlich mitten in den Flammen innegehalten hatte, um stumm ihren flackernden Tanz zu betrachten. Rauch war von seinen Haaren und dem dichten, schwarzen Bart aufgestiegen, doch der junge Zwerg hatte es nicht einmal bemerkt. Gelähmt von Fassungslosigkeit und dem Zwang, Angroschs Urteil hinzunehmen, war der Geweihte dem Täufling nicht zu Hilfe gekommen. Noch nie hatte er einen solchen Fall erlebt. Entweder waren die Anwärter im Vertrauen auf ihren Gott zügig durch das Feuer getreten oder hatten ängstlich davor verzagt und waren Kinder geblieben. Obwohl es in Wahrheit nur einen kurzen Moment gedauert hatte, war der Priester über den Anblick des sich vermeintlich selbst verbrennenden Jünglings um Äonen gealtert. Und behielt diesen Zwischenfall tunlichst für sich.

Jeden Tag, den er bei uns ist, haben wir allein seiner Tapferkeit zu verdanken!, hörte Ortosch noch einmal die Stimme seiner Großmutter. Sie bezog sich damit nicht auf seine Feuertaufe, über deren wahren Ablauf der Geweihte Schweigen bewahrt hatte und an die selbst Ortosch nur eine verschwommene Erinnerung besaß.

Was soll so tapfer daran sein, Tag für Tag in diesen Schlund zu blicken und einfach weiterzuleben?, fragte er sich. *Zeugt es nicht viel mehr von Angst und Feigheit? Wenn ich tapfer und mutig wäre, würde ich aufhören, davor zurückzuschrecken, und mich der Finsternis stellen! Ich würde mich von ihr verschlingen lassen und ihre Schrecken ergründen, anstatt weiter in ihrem Schatten mein Leben zu fristen.*

Doch in seinem tiefsten Innern wusste er, dass es die Dunkelheit nach dem Verlöschen der Lebensflamme war, die ihre Finger nach ihm ausstreckte. Der Tod begleitete ihn – seit seinem ersten erschrockenen Atemzug.

Ein kühler Hauch streifte ihn und ließ das Kaminfeuer leicht flackern. Ortosch blickte sich nach dem Eingang zum Wohnbereich seiner Familie um, dessen Filzvorhang den Luftzug verursacht haben musste. Vor dem dunklen, schweren Lodenstoff stand Brodomurr Sohn der Broda.

Gespräche verstummten. Mehr und mehr Gesichter wandten sich dem Grund für die plötzliche Stille zu. Sogar die Musikanten bemerkten trotz des von ihnen selbst erzeugten Lärms, dass etwas vor sich ging, und ließen Schlägel und Zimbeln sinken.

Brodomurr, der älteste Zwerg der Binge und für die meisten seiner Verwandten der älteste Angroschim, den sie je gesehen hatten, musterte schweigend die Versammlung. Seine kohlschwarzen Augen waren unter den langen, zottigen Augenbrauen kaum noch zu erkennen. Vierhundertsechsundzwanzig Jahre voller heftiger Kämpfe und harter Arbeit, sengender Hitze am Schmiedefeuer und staubiger Stickigkeit im Stollen, Geburten und Abschiede, Freude und Leid, hatten sein Angesicht geformt wie verwittertes Gestein. Der prachtvolle weiße Bart reichte in unzähligen Zöpfen bis zu den Knien herab, während die Haare auf dem Scheitel ein wenig schütter geworden waren. Trotz seiner einfachen Kleidung, die sich nicht von der robusten Arbeitskluft seiner jüngeren Familienmitglieder unterschied, trat er Ehrfurcht gebietend und einschüchternd auf, als sei er nicht nur Ältester einer unbedeutenden kleinen Sippe, sondern ein Bergkönig in seinem ureigensten Reich.

Selbst Muramil war über hundert Jahre jünger als der Bruder Brogars, ihres Stammvaters, und zu den wenigen Gelegenheiten, zu denen sich der Alte noch zeigte, überließ Muramil ihm bereitwillig den Platz als Familienoberhaupt.

»Du ehrst uns durch deine Anwesenheit, Brodomurr«, begrüßte er ihn.

Der uralte Zwerg knurrte etwas, das Zustimmung, Ablehnung oder auch nur ein Räuspern gewesen sein mochte. Langsam, aber unaufhaltsam wie eine Gerölllawine, hielt Brodomurr auf den Lehnstuhl zu, den Murtorog rasch für ihn ans Feuer gestellt hatte.

»Habt wohl geglaubt, ich würde euch das ganze Bier allein überlassen«, brummte er, woraufhin die Anspannung von den Jüngeren wich.

44

»Dann hätten wir dich wohl kaum eingeladen«, meinte die alte Jorlika grinsend und schenkte ihm einen Krug ein. Brodomurr ließ sich auf seinen Ehrenplatz sinken. Fast unmerklich richtete sich die gesamte Festgesellschaft neu aus. Die Erwachsenen drehten sich so, dass sie mitbekamen, was sich um den seltenen Gast herum abspielte, während sich die Kinder näher heranschoben, damit ihnen kein Wort des Alten entging, der sie gleichermaßen ängstigte wie faszinierte.

»Nur nicht so schüchtern, mein Junge«, rumpelte Brodomurr mit einer Stimme wie knirschender Fels und winkte Fadrim heran, der – obwohl nur halb so alt – doch selbst bereits Großvater war. »Erzähl mir ein bisschen mehr über deinen Kohleschacht!«

Noch einmal berichtete Fadrim stolz von seinem unerwarteten Fund und den seltsamen Umständen, von denen er begleitet war. Die anderen Angroschim wurden nicht müde, seinen Schilderungen zu lauschen, bedeutete dieser Glücksfall doch Wohlstand und bessere Arbeitsbedingungen für jeden von ihnen. Fröhlich prosteten sie Fadrim immer wieder zu, auch wenn sie dadurch seinen Bericht unterbrachen. Nur Brodomurr hörte ungerührt zu und nahm dabei hin und wieder einen kräftigen Schluck aus seinem Humpen.

Auch als Fadrim längst geendet hatte, starrte der Alte weiterhin auf einen Fleck am Boden. Erneut breitete sich erwartungsvolle Stille aus, doch nichts geschah.

Gerade als die Spannung ihren Höhepunkt überschritten hatte und die ersten Zwerge wagten, miteinander zu flüstern, murmelte Brodomurr: »So einen vertrockneten Leichnam nennt man *Mumi-e*.«

Das Wort aus der Sprache der Menschen kam wegen der direkt aufeinander folgenden Vokale holprig über seine Lippen. Da die Angroschim ihre Toten seit Urzeiten in Feuerschächte warfen oder verbrannten, kannten sie keinen eigenen Ausdruck für ausgetrocknete Leichname.

»Das erinnert mich an ...« Er verstummte wieder, was seinen Zuhörern Zeit gab, sich ihm ganz zuzuwenden. Die Kinder rückten noch weiter nach vorn und hockten sich dort zu Füßen des Alten nieder. Ihre geheimen Wünsche waren an Väterchen Angroschs Ohr gedrungen. Brodomurr würde eine seiner Geschichten aus der Zeit der Ahnen vortragen.

»Das erinnert mich an eine Begebenheit, die sich zu Zeiten unseres Sippengründers Mirschag Sohn des Ugin in der alten Heimat Tosch Mur zugetragen hat«, hob der Sippenälteste an. »Strahlende Helden hat unser Volk in jenen Tagen hervorgebracht und selbst die Bingen unserer Vettern hier im Eisenwald waren noch reich und prächtig anzuschauen. Isnalosch, die eiserne Stadt, versetzte sogar Besucher aus dem unvergleichlichen Xorlosch in Staunen.

Doch auch in jenen Tagen gab es einige wenige, verderbte Angroschim, die den Ränken des Drachen erlegen waren. Und manchen von ihnen gelang es, ihre Schlechtigkeit gut zu verbergen, sodass ihre Familien arglos blieben und ihnen wohl gesonnen waren. Aber ...«

Die Kinder vor ihm zuckten zusammen, als der Alte plötzlich die Stimme hob. »Den allsehenden Augen Angroschs entgeht nichts! Niemand vermag den gestrengen Weltenschöpfer zu täuschen! Und so kam es, dass eines Tages eine nichts ahnende Sippe rechtschaffener Mortarim[8] in die Heilige Halle des Feuertempels von Algoram zog, um zwei ihrer Angehörigen, die bei einem Grubenunglück gestorben waren, Angroschs Flammen zu übergeben. Die Priester bereiteten die Leichname für die Bestattung vor und gaben ihnen ihre aus Angroschs Schätzen geliehenen Besitztümer mit, wie es sich nach alter Sitte auch heute noch gehört. Voller Schmerz nahmen die Verwandten endgültig Abschied, als die Geweihten die Toten andächtig in die unauslotbaren Tiefen der Feuerschächte gleiten ließen.

---

[8] Kurzwort für Groschamortarim (Kinder der Wacht);
Name, den sich die Amboss-Zwerge selbst gegeben haben

Doch was für ein Schreck fuhr ihnen in die Glieder!«, rief Brodomurr so heftig aus, dass ein junges Mädchen selbst vor Schreck aufschrie.

»Wie von einem Katapult geschossen, flogen die beiden Leichen wieder aus dem Abgrund hervor und landeten unter den kreischenden Trauergästen.«

Die Kinder hielten entsetzt den Atem an, aber auch unter den älteren Angroschim rissen viele schockiert die Augen auf. Nur Saggasch, der junge Geweihte, runzelte nachdenklich die Stirn.

»Die weisen Priester des bedeutenden Tempels hatten so etwas noch nie erlebt«, fuhr der Sippenälteste fort. »Sie blickten misstrauisch in den Schacht hinab, aus dem spürbar die Hitze von Angroschs alles verzehrendem Blut aufstieg. Nichts deutete darauf hin, dass die heilige Stätte entweiht und von Schergen des Drachen sabotiert worden war. Sie beschlossen, es einfach ein zweites Mal zu versuchen. Wieder übergaben sie die Toten dem Schacht und wieder spuckte der Schlund sie aus! Achtmal wurden die Leichen auf ihre letzte Reise geschickt und achtmal kehrten sie zur Oberfläche zurück. Mit jedem Mal dörrte die Hitze des Magmangrs sie mehr aus, bis sie am Ende nur noch Haut und Knochen waren. Da erkannten die Priester, dass ihr Tun vergebens war, und zogen sich zurück, um den Rat ihres Gottes zu erbitten.

Nun hört, was Angrosch ihnen offenbarte! Vielfach hatten die beiden Toten zu ihren Lebzeiten gefrevelt und ihre eigenen Brüder an die Feinde verraten! Zur Strafe sollten sie die Hallen des Gottes erst betreten dürfen, wenn sie ihre Schuld gesühnt hätten. Man trug sie in die tiefsten Stollen des Gebirges, wo sie dazu verdammt sind, 7.777 Jahre lang an jedem achten Tage aufzuerstehen und im Dienste Angroschs zu arbeiten, bis sie ihm zurückgegeben haben, was sie ihm einst genommen.«

Brodomurr lehnte sich auf seinem Stuhl zurück, um zu unterstreichen, dass seine Geschichte beendet war. Außer dem Knacken und Knistern des Feuers herrschte tiefe Stille im Saal. Hatte nicht jeder von ihnen schon einmal zu seltsamer Stunde verdächtige Geräusche aus dem Berg gehört und sie als das Werkeln eines unermüdlichen Verwandten abgetan? Selbst die mutigsten Angroschim fröstelte plötzlich in der warmen Halle.

»Willst ...« Fadrim musste sich räuspern, bevor er weitersprechen konnte. »Willst du damit sagen, diese *Mumi-en* in meinem Schacht sind verfluchte Diener des Drachen, die zu einem höheren Zweck dort liegen?«

Und sich regelmäßig von den Toten erheben, um ihre Verbrechen zu sühnen?, fügte die meisten Zwerge schaudernd in Gedanken hinzu.

»Was für unsere Ahnen galt, gilt auch für uns«, antwortete Brodomurr schlicht.

»Aber das würde ja bedeuten, dass wir sie an Ort und Stelle belassen müssen«, schloss Borim Sohn des Brogar, das Oberhaupt einer weiteren Familie, daraus.

»Wir können doch nicht täglich bei der Arbeit über sie hinwegsteigen«, warf Fadrims Sohn Balbarosch ein.

»Ich will in meiner Schicht keinem wandelnden Toten begegnen«, gestand dessen Bruder Bartom.

»Sollen wir uns deshalb Angroschs Zorn zuziehen?«, hielt Muramil, Ortoschs Urgroßonkel, dagegen. »Das Wissen um die Vergangenheit wird uns von den Ahnen geschenkt, damit wir daraus lernen.«

Etliche junge Angroschim, die sich vor kurzem noch darauf gefreut hatten, die Kohle zu fördern, saßen nun mit bleichen Gesichtern auf den Bänken.

»Und wenn diese ... diese *Mumi-en* nun nicht an ihrem Platz bleiben?«, gab Dorida, Ortoschs Großmutter zu bedenken. »Indem wir einen Aufzug bauen, verschaffen wir ihnen schließlich einen Ausgang.«

Die Vorstellung von drei bewaffneten Untoten, die in einem Förderkorb fuhren, löste nervöses Gekicher unter den jüngeren Angroschim aus.

»Still, Kinder!«, forderte Fadrim ungehalten, dem die Entwicklung der Dinge überhaupt nicht gefiel. »Diese Gefahr besteht doch nicht, oder?«, wandte er sich an Brodomurr.

»Die Überlieferung schweigt darüber, ob die beiden Frevler eingemauert wurden«, erwiderte der Älteste wenig hilfreich.

Saggasch konnte sich nicht länger zurückhalten und sprang von seinem Sitz auf. »Das ist doch alles abergläubischer Unsinn«, platzte er heraus.

»Hüte deine Zunge, Jungchen!«, drohte Muramil, unterstützt von den strafenden Blicken nahezu aller Anwesenden. »Wenn du etwas zu sagen hast, dann tu es auf die gebotene Weise!«

Der junge Angroschpriester bemühte sich, entsprechend demütig zu nicken, aber seine Wut darüber, dass man ihm vermutlich kaum Gehör schenken würde, stand ihm dabei im Weg. Gegen Brodomurr aufzubegehren, kam einem Jüngling wie ihm nicht zu. Einzig sein Zorn verlieh ihm die Kraft, sich über die Gebote der Tradition hinwegzusetzen.

»Als Geweihter ist es meine Pflicht, einzugreifen, wenn Angroschs Name missbraucht wird«, erklärte er und löste damit heftigen Widerspruch aus.

»Du wagst es, Brodomurr der Lüge zu bezichtigen?«, rief seine Mutter aufgebracht.

»Nein! Nein!«, beeilte sich Saggasch zu versichern. »Natürlich nicht. Unser ehrwürdiger Ältester würde niemals lügen.«

Die Zornesfalten auf den Gesichtern glätteten sich, aber die Skepsis blieb.

»Was meinst du dann?«, wollte Fadrim wissen.

»Ich glaube, dass du die Geschichte genau so wiedergegeben hast, wie sie dir berichtet wurde, Brodomurr«, versuchte der junge Geweihte das Sippenoberhaupt zu beschwichtigen.

Der Älteste blickte daraufhin weniger streng, doch sie wussten beide, dass eine Auseinandersetzung unausweichlich war.

»Es liegt nicht in meiner Macht, zu entscheiden, ob sich diese Begebenheit tatsächlich jemals im Tempel von Algoram zugetragen hat«, gab Saggasch zu. »Niemand, der nicht selbst dabei war, kann das wissen.«

»Auch mein guter Mann, Muresch Sohn des Brogar, kannte viele alte Geschichten aus den Tagen der Ahnen«, erinnerte sich dessen Witwe Jorlika. »Er hat niemals angezweifelt, dass sie dazu dienen, die Erinnerung an wahre Ereignisse wach zu halten.«

Die Erwähnung seines Vorgängers stachelte Saggaschs Wut erneut an. Für die meisten von ihnen war Muresch ihr ganzes Leben lang der Verkünder von Angroschs Wort gewesen, und es fiel ihnen schwer, über seinen Tod in der schrecklichen Schlacht an der Trollpforte hinwegzukommen. Noch viel härter kam es sie jedoch an, einen unerfahrenen Kurzbart als seinen Nachfolger anzuerkennen, den sie eben noch als Säugling auf den Armen gewiegt hatten.

»Ich bin aber nicht Muresch«, betonte der junge Priester, auch wenn er damit in ihren Augen nur seine Unzulänglichkeit unterstrich. »Aber denkt daran, dass er es war, der mich über viele Jahre unterrichtet hat! Er war es, der mir beigebracht hat, Angroschs wahren Willen von Aberglauben zu unterscheiden. Und deshalb sage ich euch: Weder er noch meine Lehrer in Xorlosch haben jemals angedeutet, dass es Umstände geben könnte, unter denen einem toten Angroschim die anständige Bestattung verweigert werden darf.«

»Du bist jung«, wehrte Muramil herablassend ab. »Was wiegt deine kurze Lehrzeit gegen die gesammelte Erfahrung eines langen Lebens? Willst du behaupten, nach so wenigen Jahren schon alles zu wissen, was deine Lehrherren in Jahrhunderten erworben haben? Sie haben dir nur die nötigen Grundlagen vermittelt. So wie auch ich es mit meinen Lehrlingen halte.«

Die anderen alten Zwerge murmelten nickend ihre Zustimmung.

»Muramil hat Recht«, pflichtete sein Bruder Ingam Sohn des Brogar ihm bei. »Sicher kennt unser junger Saggasch noch nicht alle Geheimnisse unseres Gottes. Nicht einmal die ältesten Priester könnten sich dessen rühmen. Aber sollten wir nicht bedenken, dass die Toten in unserem Fall Waffen tragen und offenbar im Kampf gestorben sind? Ist es nicht sehr unwahrscheinlich, dass man sie in dieser Haltung in einen Feuerschacht werfen wollte, der sie dann trocknete wie Dörrpflaumen? Ich denke, sie liegen noch so, wie sie gestorben sind. Nichts deutet darauf hin, dass sie Frevler waren.«

Ingams Worte gaben den Zwergen zu denken.

»Hm«, machte Jorlika. »Ich finde, die Tatsache, dass sie zu *Mumi-en* geworden sind, ist ein deutliches Zeichen. Warum sind ihre Körper nicht zu Staub zerfallen, wie es mit den Unglücklichen geschieht, deren Skelette man manchmal findet? Es ist eine Mahnung, die wir nicht missachten dürfen.«

»Und Brodomurrs Geschichte ist der Schlüssel, um diese Botschaft zu verstehen«, stimmte Muramil ihr zu.

Der Sippenälteste nickte zufrieden.

»Aber ...«, setzte Saggasch an, doch sein Großvater Fadrim gebot ihm mit einer Geste zu schweigen und ergriff stattdessen selbst das Wort.

»Könnte es nicht sein, dass wir sie falsch verstehen?«, erkundigte sich Fadrim respektvoll. »Wir alle sind uns doch einig, dass mein Fund ein großes Glück für unsere Binge bedeutet. Wie könnte Angrosch so grausam sein, uns die seltene Kohle in einem Atemzug zu schenken und zugleich wieder zu nehmen?«

Seine Kinder und Enkel flüsterten aufgeregt miteinander. Neue Hoffnung malte sich auf ihren Gesichtern ab.

»Ich glaube, dass diese Angroschim Helden waren, die ihr Leben gegeben haben, um eine Gefahr aufzuhalten, die ihre ganze Sippe bedrohte«, fuhr Fadrim fort. »Sie verschafften ihren Angehörigen den nötigen Vorsprung, um sich in Sicherheit zu bringen. Dafür hat Angrosch ihre Leiber erhalten, damit ihr Andenken nicht in Vergessenheit gerät. Er hat sie durch uns finden lassen, damit wir Zeugen ihrer Tapferkeit werden und sie voll Anerkennung endlich den heiligen Flammen übergeben.«

Murtorog, Maghir und Mirtaschox, die sich dem Kriegshandwerk am meisten von allen verschrieben hatten, klopften beifällig mit den flachen Seiten ihrer Äxte, die sie nur zum Schlafen ablegten, auf die Tische.

»Auch dafür gibt es keinen Beweis«, musste Ingam Sohn des Brogar zugeben. »Aber ich finde, dass in Fadrims Worten nicht wenig Wahrheit steckt.«

»Vor allem steckt darin die Gier nach der Kohle«, versetzte Brodomurr hart.

»Wenn wir unsere Weisheit nicht mehr aus dem Wissen unserer Ahnen beziehen, woran sollen wir uns dann noch halten?«, warf Jorlika ein.

Betretenes Schweigen machte sich breit.

»Brodomurr ist der Älteste. Er muss entscheiden«, meinte Muramil.

»Ich sage, schließt die Frevler wieder ein!«, beharrte das Sippenoberhaupt.

»Wir sollen Angroschs Segen einfach so zurückweisen?«, empörte sich Fadrim, und er war nicht der Einzige, den diese Forderung erzürnte.

»Wartet!«, rief Ingam dazwischen, bevor der Streit eskalieren konnte. »Warum schließen wir nicht einen Kompromiss?«

Alle wandten sich erstaunt dem alten Mechanicus zu. Es kam selten genug vor, dass jüngere Zwerge gegen die älteren aufbegehrten, aber wenn es dazu kam, wurde niemals offen ein Mittelweg ausgehandelt. Die Führer der

Sippe durften nicht das Gesicht verlieren, indem sie nachgaben. Ein junger Angroschim hätte nie gewagt, so etwas vorzuschlagen, doch Ingam gehörte selbst zu den Ältesten und nicht einmal Brodomurr konnte ihm das Wort verbieten.

»Was schlägst du vor?«, erkundigte sich Muramil, obwohl ihm die Idee nicht behagte.

»Wäre es uns nicht allen lieber, wenn Fadrim Recht hätte und wir ungestört die Kohle fördern könnten?«, fragte Ingam in die Runde, ohne eine Antwort zu erwarten. Jeder von ihnen wusste, dass es sich so verhielt, aber das änderte nichts an dem Problem der Mumien. »Brodomurr Sohn der Broda, wenn die Botschaft deiner Geschichte auf jeden dieser Art von Leichnam zutrifft, dann können wir sie gar nicht verbrennen, nicht wahr?«

»So ist es«, bestätigte der Älteste knurrig.

»Fadrim Sohn des Fobosch und Saggasch Sohn des Schrogrim, sollten die seltsamen Toten von den Flammen wieder ausgespuckt werden, werdet ihr dann zustimmen, sie wieder in den Schacht einzumauern?«, wollte der Mechanicus wissen.

Fadrim und sein Enkel nickten.

»Dann schlage ich vor, dass wir es einfach versuchen«, sprach Ingam aus, was alle bereits geahnt hatten.

»Und fordern Angroschs Zorn heraus?« Jorlika Tochter der Jalgata warf Brodomurr einen sorgenvollen Blick zu.

Der uralte Zwerg schüttelte den Kopf. »Ich bin dagegen. Das ist mein letztes Wort.« Damit erhob er sich schwerfällig und verließ mit sturer Miene den Saal.

Ingam zuckte die Achseln. »Unnachgiebig wie ein Felsblock«, murmelte er laut genug, dass die meisten ihn verstehen konnten.

Auch Muramil sah dem Sippenoberhaupt nachdenklich hinterher. Konnte es sein, dass Brodomurr mit den Jahren versteinerte, so wie es manche Legende von den ältesten aller Angroschim behauptete? Er selbst fand den Vorschlag seines Bruders vernünftig. In der Geschichte aus Algoram versuchten die Geweihten sogar achtmal, die Frevler zu bestatten, ohne dass der Gott sie dafür strafte. Dann würde Angrosch bestimmt auch ihnen erlauben, sich von der Wahrheit zu überzeugen.

»Saggasch, mein Junge«, wandte er sich an den Priester und winkte ihn näher heran, »sicher gibt es doch Wege, wie Angrosch milder zu stimmen ist, wenn wir ihn tatsächlich damit reizen würden, Feuer an diese *Mumi-en* zu legen.«

»Abgesehen davon, dass ich noch immer nicht an diese Geschichte glaube, sollten wir einfach keinen Zweifel daran lassen, dass wir die Toten in der Tat für Helden halten«, meinte Saggasch. »Einer von ihnen ist immerhin wahrscheinlich ein Bergkönig! Mein Rat wäre, sie aufzubahren und einen Scheiterhaufen aufzuschichten, der ihres Ranges würdig ist. Bald beginnt außerdem der Feuermond. Kann es eine bessere Zeit geben, in Angroschs Hallen einzuziehen, als den ihm geweihten Monat?«

»Damit bin ich einverstanden«, verkündete Muramil. »Bis zum Tag des Feuers sind es nicht mehr allzu viele Schichten, aber es ist genügend Zeit, um einen Lastenaufzug zu bauen und die Leichen zu bergen. Dann soll Angrosch für uns entscheiden, was weiter zu geschehen hat!«

»So wollen wir es halten«, freute sich Fadrim erleichtert.

»Trinken wir auf Muramils Weisheit!«, forderte Ingam und hob seinen Bierkrug.

»Auf Muramils Weisheit!«, antwortete ein vielstimmiger Chor.

Nur Jorlika verschmähte ihr Dunkles, um sich stattdessen zu ihren Söhnen Mirschag und Mirtaschox hinüberzubeugen.

»Ich werde kein Auge mehr zumachen können, solange diese Toten nicht zu Asche verbrannt sind«, raunte sie ihnen zu. »Wir müssen Wache halten vor unseren Türen!«

3. Kapitel

Ortosch erwachte aus dem todgleichen, traumlosen Schlaf, der allen Angroschim zu Eigen ist, und sah sich nach der Ursache des Geräuschs um, das ihn geweckt hatte. Im Dämmerlicht einer einzigen kleinen Öllampe ließ sein Großvater Mirtaschox das Kettenhemd klirrend auf den dafür vorgesehenen Ständer gleiten. Mit einem leisen Stöhnen sank der alte Zwerg, in dessen kupferrotes Haar sich weiße Strähnen mischten, auf sein spartanisches Lager. Er wickelte sich in eine dünne Wolldecke und schloss die dunkel umschatteten Augen, die in seinem bleichen, eingefallenen Gesicht zu groß wirkten. Kaum hatte er die Lider gesenkt, als auch schon sein Mund aufklappte, um lautstark zu schnarchen.

Großvater ist zu alt, dachte Ortosch beim Anblick seines übernächtigten Verwandten. *Er sollte keine Nachtwache mehr halten müssen.*

Er machte sich nichts vor. Mirtaschox hätte jeden Vorschlag, ihn zu schonen, weit von sich gewiesen. Sein Großvater war längst noch kein Greis wie Brodomurr. Aber sein Enkel sah ihn mit den Augen der Jugend, die eine schlaflose Nacht sehr viel gnädiger verzieh.

Um Ortosch herum waren die einfachen, harten Schlafstätten aus mehreren Lagen Filz und Decken verwaist.

Bestimmt hat Großmutter mich wegen des Festes schlafen lassen, obwohl es längst Zeit zum Aufstehen ist, vermutete er. *Vater wird ihr wieder vorwerfen, dass sie mich verhätschelt.*

Allein der Gedanke an einen Vortrag seines Vaters über Pflichterfüllung und die Tugenden des Kämpfers genügte, dass Ortosch versucht war, zurück in den Schlaf zu flüchten. Doch je später er sich blicken ließ, desto mehr Munition lieferte er Murtorog für Vorhaltungen. Er beschloss, sich das Leben nicht unnötig schwer zu machen, und stand lieber auf.

Gähnend tappte er barfüßig nach nebenan, um sich zu erleichtern und zu waschen. Obwohl das Wasser, das beständig aus einem Rohr in der Wand in ein Becken rann, wo es in einem Loch wieder verschwand, angenehm warm war, weil es über die nie völlig erkaltete, zentrale Esse geleitet wurde, fühlte sich Ortosch von ihm erfrischt und wach. Er zog sich wieder an und fettete seine unbedeckten Hautpartien sorgfältig mit der aschehaltigen Salbe, die schon seine Vorfahren seit ungezählten Generationen auftrugen. Die einen sagten, sie schütze die Angroschim gleichermaßen vor Kälte und Nässe wie vor Staub und Funkenflug. Die anderen hielten sie aufgrund der eingerührten Asche aus dem Schmiedefeuer für ein Mittel, ihre Verbundenheit mit Angrosch zu zeigen, dem Schmied, der die Welt geschaffen hatte. Ortosch hatte sich noch nie Gedanken darüber gemacht, denn er fühlte sich nicht berufen, solche schwierigen Fragen zu entscheiden. Er tat einfach, was die Älteren ihm vorgelebt hatten.

Nachdem er neben seinem schnarchenden Großvater rasch Socken und Stiefel übergestreift hatte, marschierte er durch den kurzen, mit Filzvorhängen gedämmten Gang, in dem er bereits das Durcheinander vieler Stimmen hören konnte. Bei der Größe seiner Familie war das nichts Ungewöhnliches. Ihn hätte viel eher das Gegenteil erstaunt.

Als er den Gemeinschaftsraum betrat, der zugleich auch als Küche und Speisesaal diente, hatten die meisten seiner Verwandten ihr Frühstück bereits beendet und bereiteten sich auf ihr Tagewerk vor. Die jungen Vierlinge, von denen jeweils zwei sich zum Verwechseln ähnlich sahen, tollten kreischend zwischen den Erwachsenen herum, wobei sie sich mit ihren Spielzeugäxten jagten. Dass dabei die Trophäen und Erbstücke an den Wänden und in ihren Nischen blieben, mutete wie pures Glück an, aber dennoch fühlte sich keiner der Angroschim genötigt, dem wilden Treiben Einhalt zu gebieten. Ortoschs Onkel Aurax fütterte sogar inmitten der tobenden Schar voller aus Vaterstolz gespeister Geduld die kleine Doresche, die mit ebenso unerschütterlicher Langmut den Brei wieder aus ihrem Mund hervorquellen ließ.

Murtorog und sein Zwilling Maghir trugen als Einzige ihre Waffen und Rüstungen. An der Tür hatten sie schon zusammengerollte Seile nebst einer Grubenlampe bereitgestellt und streiften sich gerade die Rucksäcke mit der Kletterausrüstung über die Schultern, als sie Ortosch entdeckten, der sich neben seinen Urgroßonkel Muramil an den Tisch setzte.

»Na, endlich!«, begrüßte Murtorog seinen einzigen Sohn grimmig. »Beeil dich! Wir wollen in Fadrims Schacht nach oben steigen, um die alte Binge zu finden, zu der er gehören muss.«

»Das könnte gefährlich sein«, gab Ortoschs Tante, Dorame Tochter der Dorida zu bedenken. »Es sind schon viele alte Gänge eingestürzt, die lange niemand gewartet hat.«

»Das weiß ich«, schnaubte ihr Bruder gereizt.

Ortosch sagte nichts dazu, sondern kaute gleichgültig weiter. Im Stollen würde er vorläufig Ingam und seinen Gehilfen nur im Weg stehen, die einen Förderkorb bauen wollten, und er hatte wenig Lust, sich Fadrims Nachkommen, die in einem anderen Gang Erz abbauten, anzuschließen, nur um seinem Vater auszuweichen. Er fühlte sich zwar unbehaglich dabei, mit Murtorog loszuziehen, aber andererseits konnte er sich nicht erinnern, dass ihm jemals etwas Freude bereitet hatte. Stets legte sich der düstere Schatten in seiner Seele über alles, was er tat. Außer vielleicht ...

»Nein, Ortosch wird heute zu Hause bleiben«, entschied seine Urgroßmutter Jorlika. Es klang so endgültig, dass Murtorog nichts einzuwenden wagte, sondern nur verärgert die Stirn runzelte.

Ortosch dagegen sah verwundert zu der alten Zwergin hinüber, die auf einem Stuhl vor der Feuerstelle saß und sich von ihrer Schwiegertochter Dorida das weiße Haar zur traditionellen Kanorgamascha flechten ließ. Die komplizierte Frisur breitete den Stolz der Zwerginnen in einem Netz aus Zöpfen über den Rücken aus, war jedoch so geschickt angelegt, dass die Haare niemals störend vor die Augen oder gar auf den Amboss fielen. Da sich eine Angroschna die Kanorgamascha nicht selbst flechten konnte, kam diese Aufgabe für gewöhnlich ihrem Ehemann zu und galt als Ausdruck seiner Liebe und Bewunderung. Doch seit Jorlika verwitwet war, sprang ein, wer immer gerade Zeit hatte.

»Dorida sagt, du hast dein Kettenhemd noch immer nicht fertig gestellt«, wandte sich die alte Zwergin an ihren Urenkel. »Das bereitet mir Sorge. Ich will, dass du nichts anderes mehr tust, bis du eine eigene Rüstung hast! Du weißt ja: Das selbst geschmiedete Kettenhemd ist der beste Schutz.«

Maghir und Murtorog fanden den alten, ausgebeuteten Erzgang leer vor. Den ganzen Weg das Lorengleis entlang bis zum Förderschacht begegnete ihnen niemand. Nur das Geräusch ihrer Schritte und der Gesang des kleinen Swerkas, den sie sich von ihrem Großonkel Fadrim geliehen hatten, hallte in dem scheinbar endlosen, unbeleuchteten Gang.

»Ingam und seine Leute werden wohl erst einmal die Bauteile für eine Plattform zurechtsägen und schmieden«, vermutete Murtorog, als sie die letzte Bahnschwelle hinter sich ließen und sich dem Durchbruch näherten.

»Soll uns recht sein. Dann treten wir uns hier nicht auf die Füße«, meinte sein Zwilling. »Das ist also der geheimnisvolle Schacht?«

Maghir warf einen neugierigen Blick in das dunkle Loch, doch er konnte die gefährliche Tiefe nur erahnen, denn die pechschwarze Finsternis verriet nichts darüber, was sich in ihr verbarg. Erinnerungen stiegen in dem stattlichen Zwergenkrieger auf und ließen ihn erschauern. Erinnerungen, die er nur zu gern vergaß.

»Schwer vorstellbar, dass dort unten einfach so drei tote Angroschim liegen sollen«, sagte er scheinbar gelassen, aber sein Bruder spürte den Hauch des Grauens dahinter.

Seite an Seite hatten sie auf dem Schlachtfeld gestanden, als das Unvorstellbare geschehen war. Als die Schergen des zurückgekehrten Dämonenmeisters ihre abscheulichen Zauber gewirkt und die gefallenen Kameraden der Zwillinge zu unheiligem Leben erweckt hatten. Niemals würden sie die grausigen Bilder aus ihren Köpfen verbannen können, wie die zerschmetterten, blutbesudelten Körper plötzlich zuckten, um sich wie die Leiber plumper Stoffpuppen vom Boden zu erheben. Die Blicke aus den toten Augen, die keine Blicke waren. Das dumpfe Murmeln sinnloser Laute, wie eine groteske Parodie ihrer eigenen brummelnden Sprache. Welche Qual, auf das vertraute Antlitz des Großvaters einschlagen zu müssen, dessen versklavter Arm die Axt wider den eigenen Enkel hebt.

»Noch wissen wir nicht, ob sie tatsächlich untot sind«, erwiderte Murtorog auf das Unausgesprochene. »Ortosch hat sich nur erschrocken und dazu mussten sie sich nicht einmal rühren.«

Maghir grinste, doch es wirkte gezwungen. »Du hast Recht. Wahrscheinlich ist alles in bester Ordnung. Das hier ist unser Berg und der Dämonenmeister wurde längst besiegt. Es hat nichts mit der Trollpforte zu tun.«

Sein Bruder nickte. »Ich bin sicher, diese drei waren Helden. Finden wir heraus, was ihnen zugestoßen ist!«

Auch Muresch Sohn des Brogar und Ugrima Tochter der Ubare sind tapfer für ihr Volk gestorben, aber das hat sie nicht davor bewahrt, dass sie im Tod missbraucht wurden, dachte Maghir, verkniff sich jedoch eine Bemerkung. Es hatte keinen Sinn, Murtorog zu widersprechen. Er war der Ältere, wenn auch nur um wenige Zwölftelstunden, und er übertraf seinen jüngeren Bruder in jeder Hinsicht. Spätestens als Murtorog in die Drachenkämpferschule aufgenommen worden war, die ihn – Maghir – abgelehnt hatte, konnte kein Zweifel mehr daran bestehen, wer von ihnen trotz aller Ähnlichkeit zum Anführer bestimmt war.

Die Zwillinge wandten ihre Aufmerksamkeit der Wand des Schachts zu. Die Eisen der Hauer hatten eine wellige Oberfläche hinterlassen. Schräge, manchmal gar senkrechte Rippen und Rillen wechselten in rascher Folge, aber selten waren die Vertiefungen ausreichend, um einem Kletterer Halt zu bieten.

»Das wird ein anstrengender Aufstieg«, prophezeite Maghir. »Wir müssen uns Haken für Haken hinaufarbeiten.«

»Allerdings«, stimmte sein Bruder ihm zu. »Aber wie hoch kann es schon noch sein? Zwei, höchstens drei Draschim. Tiefer hätte doch nie jemand auf gut Glück geteuft[9]. Das schaffen wir.«

»Dein Wort in Angroschs Ohr«, sagte Maghir ergeben. »Wenn uns die Haken ausgehen, ...«

»Trag ich dich persönlich wieder runter«, lachte Murtorog. »Aber nur, weil dann auch das Seil nicht reicht.«

Sie wussten beide, dass es nur ein Scherz war, aber das hielt sie nicht davon ab, ihren gefährlichen Plan mit Sorgfalt und überlegt anzugehen. Nachdem sie sich angeseilt und das Seilende an dem Kletterhaken verknotet hatten, dem bereits Ortoschs Leben anvertraut worden war, verteilten sie die Lasten. Da Murtorog voransteigen und die Haken einschlagen musste, übernahm es Maghir, den Rucksack mit Proviant, Lampenöl und Stemmeisen zu tragen. Um die Hände frei zu haben, befestigte er sogar den

---

[9] bergmännischer Fachausdruck für das Ausheben eines Schachts

kleinen Käfig mit dem trällernden Swerka an seinem Gürtel, so wie Murtorog die Laterne und die beiden schweren Beutel mit den Stahlhaken an seinen hing.

Wie sie befürchtet hatten, ging es nur langsam voran. Wenn Murtorog sich gesichert hatte, musste er so weit oben, wie seine Arme reichten, den nächsten Haken in den Fels treiben, damit sie sich ein Stück weiterhangeln konnten. Jeder Handgriff musste sitzen und erforderte die volle Konzentration des mutigen Angroscho, sodass ihm keine Zeit blieb, sich Gedanken darüber zu machen, was ihn oben erwarten mochte. Diese Frage hatte ihn die halbe Nacht beschäftigt und die Aussicht auf Antworten spornte ihn nun an, durchzuhalten.

Es musste über dem Schacht irgendwo eine Binge geben. Einsame, verlassene Stollen, in denen einst Zwerge gelebt hatten. Vielleicht war einiges eingestürzt, aber ein paar Räume hatten sicher überdauert. Werkstätten und der Angroschtempel. Wenn in diesem Berg Angroschim gesiedelt hatten, dann durfte wenigstens eine kleine Kapelle nicht fehlen. Und dort hatten sie dann auch eine Chronik geführt, aus deren alten Inschriften Murtorog entnehmen wollte, was hier vor Jahrhunderten oder gar Jahrtausenden vorgefallen war.

Als er wiederum den Blick nach oben richtete, um nach der geeignetsten Stelle für den nächsten Kletterhaken Ausschau zu halten, lenkte eine Veränderung des Schattenspiels im schwankenden Schein der Lampe seine Aufmerksamkeit weiter hinauf. Ungläubig sorgte er für einen möglichst sicheren Stand, dann friemelte er die Grubenleuchte von ihrer Halterung an seinem Gürtel, um sie höher zu heben.

»Bei Angroschs Bart, Maghir, sie dir das an!«, rief er aus.

Sein Bruder verrenkte sich, soweit die Gurte es gestatteten, und versuchte, die gesamte Decke zu betrachten, die sich über ihnen ausbreitete.

»Was ist das?«, fragte er ebenso erstaunt. »Natürlicher Fels?«

»Ich kann es noch nicht erkennen. Wir müssen näher ran«, antwortete Murtorog, bevor er die Lampe wieder an seinen Gürtel hing.

»Das würde bedeuten, dass diese Angroschim den Schacht von unten nach oben vorangetrieben haben«, rätselte Maghir.

»Das weiß ich«, knurrte Murtorog und drosch mit dem Hammer auf einen weiteren Haken ein. »Aber ich glaube es erst, wenn ich es zweifelsfrei vor mir sehe.«

Sie stemmten und zogen sich einige Dromim[10] weiter hinauf, bis Murtorog die Decke beinahe berühren konnte, aber die wahre Beschaffenheit des Schachtendes stachelte den Zorn des Zwergenkriegers mehr an als gewachsener Fels.

»Hol's der Drache!«, fluchte er und schwenkte die Laterne nach allen Seiten, doch auch mit etwas mehr Licht konnte es keinen Zweifel daran geben, dass sich hier einst der Zugang befunden hatte, von dem jetzt nur noch fingerbreite Ritzen zwischen Wand und Abdeckung geblieben waren. Ein riesiger, massiver Felsblock schnitt Murtorog unbezwingbar von den Antworten ab, die er sich erhofft hatte.

»Ewiges Schmiedefeuer! Was für ein Brocken!«, staunte Maghir. »Wie haben sie das gemacht?«

»Er trägt Schrämspuren. Wahrscheinlich war es die Decke über dem Eingang zum Schacht. Ist ja nicht weiter schwer, einen Einsturz zu provozieren«, vermutete sein Bruder gereizt.

Maghir nickte, obwohl er nicht ganz derselben Meinung war. Einen Felsblock so abbrechen zu lassen, dass er exakt über die Öffnung passte und dabei nicht zerbrach, stellte durchaus eine schwierige und gefährliche Aufgabe dar. Vielleicht war es sogar einfacher, einen Monolith an anderer Stelle zurechtzuschlagen und erst nachträglich an den gewünschten Ort zu transportieren. Was konnte die An-

---

[10] zwergisches Längenmaß: 1 Drom = etwa 0,28 m

groschim bewogen haben, einen solchen Aufwand zu betreiben? Wenn die toten Krieger am Grund einfach nur etwas aufhalten sollten, bis ihre Sippe geflohen war, hätte man den Schacht nicht in dieser Weise versiegeln müssen.

Sie wollten die Bedrohung einschließen, erkannte er. *Endgültig für alle Zeiten. Eine Bedrohung, die sich nur durch ein halbes Gebirge aufhalten lässt.*

Unwillkürlich blickte er nach unten, wo abgrundtiefe Finsternis die Mumien verbarg. *Was, wenn Brodomurr Recht hat? Wenn diese Toten selbst das Übel sind?*

Wieder tauchten die schrecklichen Bilder vor seinem geistigen Auge auf und das Entsetzen der Schlacht schüttelte seinen Körper.

»Maghir!«, brüllte Murtorog seinen Bruder an. »Maghir, sieh mich an! Willst du uns beide umbringen? Wir hängen hier förmlich im Nichts! *Das* ist wirklich, nicht die Vergangenheit!«

Der schweißgebadete Angroscho unter ihm klammerte sich an das Seil und atmete tief durch, um seine flatternden Nerven wieder zu beruhigen.

»Ich ... es geht schon wieder«, schnaufte er. »Schon gut.«

»Wir steigen runter, sobald du wirklich so weit bist«, versprach Murtorog. »Diese *Mumi-en* waren nicht der Grund für all das hier. Wir werden die Wahrheit eben auf einem anderen Weg herausfinden.«

Die Zuversicht seines Zwillings flößte Maghir neuen Mut ein. Sein Bruder hatte ihn noch nie im Stich gelassen. *Sogar an der Trollpforte, als selbst die tapfersten Helden ohne jede Hoffnung waren, glaubte Murtorog an unseren Sieg und behielt Recht,* erinnerte er sich. *Murtorog behält immer Recht.*

In den Werkstätten der kleinen Binge herrschte stets emsiges Treiben, doch seit Fadrim das Kohlevorkommen entdeckt hatte, ging es noch geschäftiger zu als sonst. Wenn

Ingam Sohn des Brogar nicht gerade an einer neuen Falle tüftelte, die unliebsame Eindringlinge aufhalten sollte, fertigte er für gewöhnlich hochwertige Armbrüste an, die ihresgleichen suchten. Die Händler der Menschen zahlten in diesen unruhigen Zeiten besser denn je dafür.

Nun jedoch widmete sich der alte Mechanicus ganz der willkommenen Abwechslung, eine ausgefeilte Vorrichtung zu ersinnen, mit der sich Kohle wie Bergleute von einem einzigen Zwerg in dem Schacht ebenso nach oben wie nach unten bewegen ließen. Ihm schwebte eine Konstruktion vor, die die Masse eines Gegengewichts ausnutzte. Ein Prinzip, das er in seiner Jugend in einer Stadt der alten Heimat Tosch Mur gesehen hatte, was jedoch nahezu dreihundert Jahre in der Vergangenheit lag, sodass ihm sein Gedächtnis keine große Hilfe mehr war.

Wie es aussah, würde er noch eine Weile über seinen Bauplänen und Berechnungen brüten, weshalb seine Schüler Uglik und Ubarom, die beide zu den Enkeln Fadrims gehörten, und ihre ausgelernten Onkel Fadmaschosch und Fadurrax bereits damit begonnen hatten, an einem Provisorium zu werkeln, das denselben Zweck erfüllen sollte, bis ihr Meister seine endgültige Lösung ausgearbeitet hatte.

So kam es, dass die Werkstätten von einem besonders lauten und vielfältigen Gewirr von Geräuschen erfüllt waren, als Ortosch bereits den dritten Tag in Folge auf sein Kettenhemd verwendete. Ingams Lehrlinge sägten und hobelten unermüdlich an Brettern und Balken für eine stabile Plattform im Schacht und eine große Trommel, auf die das Seil aufgerollt werden sollte. Fadurrax und Fadmaschosch schwangen derweil die Hämmer, um allerlei Winkel, Stangen, Bleche und Verbindungsstücke zu schmieden. Wie aus dem immer größer werdenden Haufen von Teilen am Ende ein passgenaues Ganzes entstehen sollte, erfüllte selbst die anderen Zwerge mit Staunen. Stets kamen einige von ihnen bei ihren täglichen Verrichtungen vorüber, um neugierige Blicke auf die Fortschritte der eifrigen Mechanici zu werfen.

Balbarosch und Bartom brachten ihren Brüdern und Neffen die benötigten Baumstämme aus ihren Vorräten für die Kohlenmeiler und versorgten die ganze Schmiede mit Holzkohle. Der Hüttenkundige Harbosch und seine Kinder sorgten für Nachschub an Roheisen, das auch seiner Frau Andele als Grundstoff ihrer Arbeit diente, denn sie war eine ebenso hervorragende Waffenschmiedin wie die meisten Mitglieder von Ortoschs Familie. Drahtzieher und Werkzeugmacher, Lehrlinge und Meister, sie alle teilten sich die Räume rund um die große Esse, sodass nur eine Glut unterhalten werden musste und der Rauch durch einen einzigen Kamin abziehen konnte.

Das Fauchen und Knarren des enormen Blasebalgs vermischte sich mit dem Zischen abgelöschten Metalls, dunkle Stimmen kontrastierten mit hellen Hammerschlägen. Klirren und Scheppern, Rumpeln und Schleifen, die unterirdischen Gänge hallten wider vom Klang des regen Werkens der Angroschim, wie es seit Urzeiten die Gebirge Aventuriens erfüllte.

»Ortosch? Schläfst du etwa mit offenen Augen?«, riss Dorida ihren Enkel aus seinen Gedanken. Sie schüttelte lächelnd den Kopf und senkte den Blick wieder auf den Axtstiel, den sie gerade sorgfältig mit Leder umwickelte, damit er griffiger wurde.

Schuldbewusst griff Ortosch wieder zu der schmalen Zange und dem kleinen Hammer, mit deren Hilfe er jeden einzelnen Ring in das Kettengeflecht fädelte, um ihn dann mit einem präzisen Schlag zu vernieten. Jeden einzelnen der 15.000 Ringe. Seine Großmutter konnte ihm nicht vorwerfen, dass er nicht die nötige Geduld besaß. Ortosch hatte als Bestandteil seiner Ausbildung jeden Arbeitsschritt selbst durchgeführt. Vom Schmelzen des Eisens aus dem Erz über das langwierige Ziehen des Drahtes bis zum Lochen der Ringenden. Was jedoch den meisten Angroschim als Schande galt, war, dass er sich nun schon seit drei Jahren damit aufhielt.

»Dem Jungen fehlt einfach die nötige Leidenschaft für Stahl«, hatte Muramil einmal seufzend festgestellt. »Ohne Hingabe wird er nie ein überragendes Werkstück vollbringen.«

Ortosch konnte sich nicht helfen. Die ewige Gleichförmigkeit seiner Aufgaben langweilte ihn einfach und dann kroch die Düsternis wieder in seinen Geist. Um diesem Schatten zu entfliehen, nutzte er jede Gelegenheit, sich Abwechslung zu verschaffen, selbst wenn das bedeutete, mit seinem Vater unter der blendenden Sonne die Schachtausgänge zu überprüfen oder in engen Schloten herumzukriechen und zu kraxeln.

Dorida stand auf, um der neuen Waffe am Schleifstein die endgültige Schärfe zu verpassen. Es war zwar nur eine einfache, schmucklose Axt, zum Verkauf bestimmt, dennoch übertraf sie in der Güte des Stahls und seiner Haltbarkeit jede Arbeit, die ein menschlicher Schmied vollbringen konnte.

Wenn ich nicht lerne, so gut zu schmieden wie sie, werde ich nie richtig zur Familie gehören. Ich werde immer nur ein Handlanger bleiben, befürchtete Ortosch. Doch schon regten sich Stolz und Trotz. *Na und? Ich bin eben nicht wie die anderen. Was kann ich dafür? Wenn sie mich nicht haben wollen, hätten sie mich eben sterben lassen sollen, als es noch leicht war! Jetzt bin ich nun einmal hier.*

Beinahe hätte er mit dem Hammer mitten in das fertige Geflecht geschlagen und die Arbeit von Stunden ruiniert.

Das hätte gerade noch gefehlt!, zürnte er. *Dass ich meine völlige Unfähigkeit beweise, nur weil ich mich in dummen Vorwürfen ergehe. Großmutter hat mich aufgezogen, nicht mein Vater, und sie ist auch die Einzige, die mich trotz allem immer verteidigt.*

Er ließ den Blick zur Esse schweifen. Das sanfte Glimmen der Kohle beruhigte seine aufgewühlte Seele. Im bedächtigen Rhythmus des Blasebalgs schwoll die Hitze an, dass die Glut weiß aufleuchtete, und kühlte in rötliche Töne gleitend wieder ab. Wie unter dem trägen Hauch eines riesigen, schlafenden Ungeheuers. Immer gleich und doch jedes Mal neu. Hypnotisch. Ohne es zu merken, glich Ortosch seinen Atem dem Auf und Ab, das ihn bannte, an. Tauchte ein in das Funkeln und Bersten, das Glühen und Verlöschen. Heißer und noch heißer werden und langsam darin vergehen. Trug er nicht selbst eine Flamme im Herzen? Ein Feuer entfacht mit dem Funken aus Angroschs Esse? Selbst sein Herz schlug nun im Rhythmus der Glut, langsam, zu langsam. Es brannte in ihm, brannte und erlosch.

»Er wird zurückkommen, Mädchen«, murmelte Dorida. »Bis jetzt ist er noch immer zu uns zurückgekehrt. Seine Lebensflamme ist zäh. Viel zäher als deine oder meine.«

»Aber warum passiert ihm das?«, fragte eine junge, hellere Stimme besorgt. »Er sah aus wie tot!«

»Ist er aber nicht«, brummte Onkel Roglosch und schwere Schritte genagelter Stiefel entfernten sich.

Ortosch hielt vor Scham die Augen geschlossen. Warum musste ihm das ausgerechnet passieren, wenn Paroscha vorbeikam?

»Du weißt doch, dass seine Mutter und sein Bruder bei der Geburt gestorben sind«, erinnerte Dorida die junge Zwergin. »So ein tragisches Unglück geschieht uns Angroschim dank Angroschs Gnade nur selten, aber es hat schlimme Folgen für das überlebende Kind. Dort, wo andere kleine Jungen in ihrer Seele die Nähe ihres Zwillingsbruders spüren, dort findet Ortosch nur die Leere, die der Tod hinterlässt. Verstehst du – es ist fast so, als ob ihm bereits ein Teil seiner Lebenskraft geraubt wurde, bevor er zur Welt kam. Aber er ist tapfer. Andere Kinder folgen ihrer

Sehnsucht nach dem Bruder und verlassen uns. Ortosch ist stark. Er kämpft gegen seinen dunklen Schatten an.«

Tue ich das?, fragte sich Ortosch. *Sie hat mir das schon so oft erzählt, dass ich selbst nicht mehr weiß, ob es stimmt.*

Er fühlte, wie sich eine Hand in seine stahl.

»Armer Ortosch«, sagte Paroscha voller Mitgefühl. »Ich mag ihn, weil er nicht den ganzen Tag an einem Zwilling klebt.« Sie stockte, als habe sie sich selbst dabei ertappt, schon zu viel verraten zu haben.

Sie mag mich?, wunderte sich Ortosch. *Mich, der nicht einmal ein paar Ringe schmieden kann, ohne vor dem Amboss umzukippen wie die Häuser der Menschen, wenn Angroschs Zorn seinen Leib erzittern lässt?*[11] Diesen Kommentar hatte er von seinem Vater oft genug gehört, um ihn verinnerlicht zu haben. Murtorog betrachtete ihn als Schwächling. Wie konnte Paroscha etwas anderes von ihm denken? *Wahrscheinlich hat sie nur Mitleid*, vermutete er und vergaß darüber, die Lider gesenkt zu halten.

Augenblicklich glitt die Hand des Mädchens aus seinen Fingern. Doridas mütterliches Gesicht beugte sich erleichtert über ihn.

»Da bist du ja wieder«, freute sie sich. »Geht es dir gut?«

»Ja, mir fehlt nichts«, erwiderte Ortosch und versuchte, an ihr vorbeizuschielen.

»Ich muss los. Mutter wartet auf mich«, behauptete Paroscha hastig.

Ortosch erhaschte nur noch einen flüchtigen Blick auf ihr im Schein der Esse rötlich glänzendes, blondes Haar, bevor sie zur Tür hinauseilte.

Aufbruch

Mein beängstigender Traum ließ mir keine Ruhe mehr. Ob ich am Feuer saß und in meinem Eintopf rührte oder über den Klippen spazieren ging, wo die Möwen so laut kreisch-

---

[11] zwergische Umschreibung für ein Erdbeben

ten, dass es mir sonst jeden Gedanken aus dem Kopf vertrieb – stets säuselte der Wind mir leise Mahnungen ins Ohr, rauschte in den Bäumen, um mich an die stürmische Nacht zu erinnern.

Das Wasser in dem Bach, aus dem ich schon so lange schöpfte, schmeckte plötzlich metallisch, wie Blut. Am nächsten Tag kam es mir wieder gewöhnlich vor, doch dafür tauchte die untergehende Sonne alles in blutrotes Licht. Natürlich tat sie das nicht zum ersten Mal, aber für mich war es dennoch bedeutungsvoll. Längst hatte ich gelernt, auf die Zeichen zu achten, die sich in vermeintlich harmlosen Geschehnissen verbargen.

Die Welt hatte sich auf kaum wahrnehmbare Weise verändert und ich war in einem Traum vor der Gefahr gewarnt worden. Grundlose Träume gab es nicht. Niemand wusste das besser als ich. Ob es mir gefiel oder nicht, die Götter hatten offenbar eine Aufgabe für mich. Also schön. Ich war bereit. Sollte das Unheil nur kommen. Ich würde mich ihm stellen.

Doch es tat sich nichts. Auch am darauf folgenden Tag wirkte – oberflächlich betrachtet – alles wie immer. Das Meer brandete krachend an die Felsen, die Möwen schrien, der Bach gluckste und der Wind wehte so mild, als wolle er mich verspotten, denn ich spürte noch immer das Toben der Elemente in mir – wie über eine große Entfernung hinweg.

Magie war am Werk, dessen wurde ich mir immer sicherer. Es gab einen Bezug zu der Landschaft, die mich umgab, aber die Quelle dieser neuen Strömung im Fluss der arkanen Kräfte befand sich nicht hier. Die Umgebung, in der sich diese Macht in meinem Traum befreite, hätte der Schlüssel zu ihrem Ursprung sein müssen. Dort waren wenigstens Hinweise oder sogar mehr zu finden. Doch ich konnte mich nur an leere Weite erinnern. Es hätte überall sein können, wo es eine baumlose Ebene gab. So kam ich nicht weiter.

Ich verspürte wenig Lust, aufs Geratewohl in die Welt hineinzuwandern und mich unter allerlei Volk zu mischen, um mehr in Erfahrung zu bringen. Dafür schätzte ich die Einsamkeit hier draußen zu sehr. Wenn ich schon ausziehen musste, um der Sache auf den Grund zu gehen, sollte es abseits jeden Trubels sein. Vielleicht konnte mir die Mitleid erregende Gestalt aus meinem Traum weiterhelfen. Das war zumindest eine Spur, denn die gebirgige Wildnis, in der ich sie getroffen hatte, war mir bekannt vorgekommen. Ich hatte diese Berge mit Sicherheit bereits durchquert. Wahrscheinlich sogar des Öfteren, was die Möglichkeiten einschränkte. Und wenn ich nebenbei noch etwas von dem Schmerz aus dem gequälten Gesicht tilgen konnte – umso besser.

Meine alte Gefährtin war überrascht, als ich mein Bündel packte.

»Wir müssen eine Reise machen«, eröffnete ich ihr.

4. Kapitel

Paroscha Tochter der Andele folgte ihrem Großvater durch das wuchtige, massive Eisentor der Binge hinaus ins Freie. Sie war sehr stolz darauf, dass ihr der Aufenthalt unter dem erschreckend hohen, weiten Himmel so leicht fiel wie kaum einem anderen Angehörigen ihrer Sippe. Selbst ihre Brüder, die ihr an Alter und Stärke einiges voraus hatten, konnten das unterschwellige Gefühl der Bedrohung außerhalb des Bergs niemals ablegen, doch Paroscha spürte davon nichts. Der tägliche Gang zu den Schmelzöfen gehörte zu der Arbeit, die sie liebte, und wenn sie im nächsten Jahr erst die Feuertaufe abgelegt hätte, würde ihr Großvater ihr die letzten Geheimnisse darüber beibringen, wie man durch spezielle Ingredienzien auch noch den geringsten Anteil eines seltenen Metalls aus dem Erz gewann.

Borim Sohn des Brogar gelang es nicht, so ruhig zu bleiben wie seine Enkelin. Immer wieder wanderte der Blick seiner felsgrauen Augen heimlich zu den Gipfeln hinauf, über denen jederzeit die Silhouette eines geflügelten Ungetüms auftauchen konnte, das mit seinem Feueratem danach trachtete, die Völker der Angroschim zu vernichten.

Jahrtausende des Kampfes wider das Drachengezücht, aber auch gegen Orks und Goblins, Menschen und Elfen, hatten die Ambosszwerge wachsam und vorsichtig gemacht. Borims Ahnen hatten die Lage ihrer Zuflucht nach dem in der alten Heimat verlorenen Sippenkrieg mit Bedacht gewählt. Sie hatten sich nicht nur wegen der Erzvorkommen für das schmale Tal entschieden, sondern auch, weil es sich leicht verteidigen ließ. Abgesehen von einem fußbreiten Steig, den einst die Gebirgsböcke ausgetreten hatten und der nur bei trockenem Wetter passierbar war, gab es nur einen Weg hinein, auf dem mögliche Angreifer von beiden Seiten aus geschützten Stellungen heraus unter Beschuss genommen werden konnten. Sollte es einem Feind trotzdem gelingen, bis zum Ende des Tals vorzustoßen, konnten die Verteidiger den kleinen Bach stauen, der vor dem Eingang der Binge vorüberfloss, und den Steg entfernen, über den Paroscha und Borim gerade marschierten. So entstand im Bedarfsfall ein Wassergraben, der es schwieriger machte, das Tor mit einem Rammbock zu berennen.

Die niedrigen, gemauerten Kuppeln der Schmelzöfen lagen zur Linken, im Schatten des steilen Abhangs, an dem sich die dazugehörigen Schlote hinaufzogen, damit der dicke schwarze Qualm sich nicht am Talgrund ballte und alles mit einer Schicht Ruß bedeckte. Sie waren in unmittelbarer Nähe des Bingeneingangs angelegt worden, um den Weg zu den Werkstätten möglichst kurz zu halten. Doch Borim Sohn des Brogar ging zu Paroschas Überraschung an dem mit Schlackeresten übersäten Platz vorüber.

Jenseits davon schlängelte sich der Pfad durch kurz gefressene Wiesen, auf denen die Schafe und Ziegen der kleinen Ansiedlung grasten. Zwischen nach Zwergenart aus starken Mauern errichteten Stallungen und Scheunen scharrten stattliche braune Hennen nach Futter, ohne die beiden rotbärtigen Angroschim zu beachten, die mitten auf der Wiese weitere Scheite auf einen fast mannshohen Holzstoß schichteten.

»Garoschem[12], Onkel Borim«, begrüßten die beiden Zwerge respektvoll ihren älteren Verwandten und nickten Paroscha freundlich zu. Wie alle Mitglieder ihrer Sippe, die sich längere Zeit im Freien aufhalten mussten, trugen sie Kettenhemden und Helme, um stets für einen Kampf gewappnet zu sein. Die Beile, die sie zum Holzfällen verwendeten, würden ebenso gut als Waffen dienen.

---

[12] zwergischer Gruß

»Garoschem, Bartom und Balbarosch«, erwiderte der Hüttenkundige. »Ist der Scheiterhaufen noch nicht groß genug?«

Bartom Sohn des Fadrim zuckte die Achseln. »Immerhin sind es drei Leichen«, gab er zu bedenken.

»Aber nach allem, was man so hört, werden sie brennen wie Zunder«, hielt Borim dagegen. »Wenn sie sich überhaupt verbrennen lassen«, fügte Balbarosch hinzu.

Der ältere Zwerg winkte ab. »Falls Brodomurr Recht hat, wird es nicht einmal nützen, wenn wir den halben Wald anstecken. Ihr vernachlässigt die Meiler und bringt mir keine Kohle mehr. Es wird den Schmieden nicht gefallen, wenn ich kein Eisen liefern kann.«

»Aber Vater sagt, wir sollen auf Saggasch hören. Der Priester will eine Bestattung, die eines Bergkönigs würdig ist«, beharrte Balbarosch, obwohl es ihm unter dem missbilligenden Blick des Älteren, dessen ehemals schwarzer Bart längst grau meliert war, sichtlich schwer fiel.

»*Ich* sage, die Sippe braucht rauchende Schmelzöfen!«, erklärte Borim scharf. »Sorgt dafür, dass sie nicht ausgehen!«

Paroscha duckte sich unter seinem Zorn genauso wie die beiden Söhne Fadrims, obwohl er sich gar nicht gegen sie richtete.

»Wir werden sicher bald mehr als genug Steinkohle haben«, verteidigte sich Bartom. »Damit wird auch deine Arbeit leichter.«

»Und wenn nicht?«, knurrte Borim, machte jedoch kehrt und überließ es den Jüngeren, über seine Worte nachzudenken.

Alle lechzen sie nur noch nach Fadrims neuer Kohle, ärgerte er sich. *Jeder wird sie haben wollen, sogar meine Frau fordert sie als Nährboden für die Pilzgärten! So viel können wir gar nicht auf einmal fördern.*

»Großvater, glaubst du denn, dass es verfluchte Angroschim sind?«, erkundigte sich Paroscha kleinlaut, denn Brodomurrs Erzählung hatte ihr einen gehörigen Schrecken eingejagt. Im Grunde sehnte sie sich danach, dass jemand, dem sie so sehr vertraute wie Borim, die Geschichte ins Reich der Märchen verwies.

»Woher soll ich das wissen?«, gab der alte Zwerg nur mürrisch zurück. Ob sie nun durch verderbte Drachenmagie oder den Zorn Angroschs entstanden, die Vorstellung von Untoten war Borim zutiefst suspekt und er wollte mit dieser Angelegenheit einfach nur verschont werden. »Es ist jetzt schon etliche Tage her, dass Ortosch sie entdeckt hat, und niemand hat etwas Auffälliges bemerkt«, fügte er in trotzigem Ton hinzu.

Paroscha schloss daraus, dass er die Geschichte nicht für wahr hielt, doch anstatt beruhigt zu sein, förderte ihr Verstand sogleich neue Zweifel zutage. *Bislang gibt es auch keine Möglichkeit für sie, nach oben zu kommen,* dachte sie. *Aber brauchen solche unheiligen Kreaturen überhaupt Seile oder Leitern?*

»Frag Murtorog! Der hat nachts Wache gehalten«, schlug ihr Großvater vor und wies zum Hang über dem Tor der Binge.

Paroschas Blick folgte seiner Geste dorthin, wo Maghir und Murtorog den alten Wildwechsel herabstiegen. Auch wenn sich niemand in ihrer Sippe besser mit den Folgen übler Zauberei auskannte als die beiden schlachtenerprobten Zwergenkrieger, wich das Mädchen weiter hinter Borim zurück. Sie wollte mit ihren Ängsten vor den tapferen Kämpfern nicht albern und kindlich erscheinen. Es wäre ihr schon unter gewöhnlichen Umständen schwer genug gefallen, das Wort an einen so imposanten Angroscho zu richten.

Die Zwillinge sahen aus der Nähe betrachtet allerdings nicht ganz so beeindruckend aus wie sonst. Ihren Schritten fehlte vor Erschöpfung die rechte Festigkeit, sodass sie immer wieder auf dem feinen Geröll ausrutschten, wenn auch ohne zu stürzen. Die Müdigkeit wich nur teilweise aus ihren Gesichtern, als sie Borim und Paroscha grüßten.

Der alte Zwerg schüttelte verständnislos den Kopf. »Tag für Tag rennt ihr hinaus, um diese alte Binge aufzustöbern, und nachts haltet ihr vor unseren Türen Wache. Sei vernünftig, Murtorog!«, mahnte er, da er wusste, wer von beiden die treibende Kraft war. »Auch dir sind Grenzen gesetzt.«

Der Drachenkämpfer lächelte schwach. »Es ehrt mich, dass du denkst, wir schliefen gar nicht mehr«, meinte er trotz allem belustigt. »Aber wir wechseln uns mit Muramil und Mirtaschox ab. Und heute Nacht wollen Dorida und Aurax diese Pflicht übernehmen.«

»Mhm«, brummte Borim, aber es klang nicht überzeugt. »Seid ihr denn endlich auf etwas gestoßen?«

»Nein«, antwortete Maghir. »Es gibt so viele Stellen, wo ein Schacht oder ein Zugang versteckt sein könnte. Manche sind um diese Jahreszeit noch unter Schnee und Eis verborgen. Eigentlich müssten wir unter jedem Busch nachsehen, in jeder Spalte. Und wir wissen ja nicht einmal, in welcher Richtung und wie weit diese Ansiedlung von uns entfernt war. Das Ganze gleicht Xargoschs legendärer Suche nach dem Messingknopf im Goldschatz.«

Seine unter den dichten Brauen nahezu versunkenen Augen huschten kurz zu seinem Bruder, als fürchtete er, dessen Zorn erregt zu haben, doch Murtorog klopfte ihm nur schwerfällig auf die Schulter.

»Du bist müde, Bruder, das ist alles«, meinte der Drachenkämpfer nachsichtig. »Gehen wir uns mit Bier und Lammeintopf stärken, dann sieht die Welt schon wieder anders aus!«

Paroscha und Borim sahen den Zwillingen nach, bis sie im Schatten des Tores verschwunden waren.

»Er ist wie besessen«, stellte der alte Zwerg besorgt fest. »Diese Schlacht an der Trollpforte hat ihn verändert. Als ob ...«

Er versank in grüblerisches Schweigen und seine Enkelin war bereits versucht, ihn daran zu erinnern, dass sie die

Ausbeute des letzten Verhüttungsvorgangs überprüfen wollten.

»Als ob er anhand dieser Fremden beweisen müsste, dass unser Leben nicht darüber entscheidet, was nach dem Tod mit unseren Körpern passiert«, murmelte er. »Er kann nicht vergessen, dass Muresch sich gegen ihn erhoben hat.«

»Was meinst du damit, Großvater?«, wollte Paroscha verwirrt wissen.

»Nichts«, wehrte Borim ab. »Das sind Fragen für Priester und weisere Angroschim als uns.«

Dass die geheimnisumwitterten Mumien unter ihnen in der Finsternis lagen, bereitete den im alten Förderschacht arbeitenden Angroschim ein mulmiges Gefühl. Doch da keiner von ihnen die Toten gesehen hatte, verspürten sie eher ein leichtes Gruseln als echte Furcht. Der grünäugige Uglik mit dem von Jugend an dunkelgrauen Bart brachte seine Brüder Ubarom und Xorrox sogar zum Lachen, indem er hinter Ortoschs Rücken lautlos eine wilde Grimasse aufsetzte und so tat, als wolle er sich mit Zähnen und Klauen auf den Jüngeren stürzen.

»Sehr witzig«, meinte Ortosch ironisch, denn ihm lief bei der Erinnerung an seinen ersten Blick in das grinsende Gesicht des vertrockneten Schädels noch immer ein Schauder über das Rückgrat. Er wandte sich wieder Eisen und Schlägel zu, um weiter die steinerne Stufe abzutragen, die Fadrim zunächst zur Sicherheit im Durchbruch stehen gelassen hatte, die nun jedoch ein Hindernis darstellte, wenn der Kohleabbau beginnen sollte.

»Ich fand's lustig«, prustete Xorrox und machte die Faxen seines älteren Bruders nach.

»Ja, ja, wir haben es alle gesehen. Schaff mir lieber das lose Zeug aus dem Weg!«, forderte Ortosch, obwohl es für den dicken Zwergenjungen kaum etwas zu tun gab. Eigentlich waren sie beide nur deshalb hier, weil sie dabei sein wollten, wenn die Teile des Aufzugs zusammengefügt wurden, und nicht etwa, weil jemand sie wirklich brauchte.

Ingam Sohn des Brogar hatte sein Einverständnis dazu gegeben, da ihm das Interesse der jungen Angroschim für seine Kunst schmeichelte, aber nach einer anstrengenden Schicht, die wie so oft länger als geplant gedauert hatte, begann er die Erlaubnis zu bereuen. Je weiter die Zeit voranschritt, desto schlechter konnte er sich konzentrieren, während die Jungzwerge immer mehr Unfug zu treiben schienen, der ihn nur ablenkte.

»Ortosch, wie lange dauert das noch?«, erkundigte er sich vorwurfsvoll.

»Wenn er dafür so lange braucht wie für sein Kettenhemd, stehen wir nächstes Jahr noch hier«, frotzelte Ubarom.

»Mein Kettenhemd ist fertig!«, fauchte Ortosch.

»Hui, da bin ich aber beeindruckt«, erwiderte Ubarom spöttisch. »Sicher, dass das nicht die Spinnweben sind, die es angesetzt hat?«

»Komm her, wenn du dich traust, du blödes Stück Schratscheiße!«, rief Ortosch und ließ sein Werkzeug fallen, um sich mit geballten Fäusten aufzurichten.

»Schluss jetzt!«, brüllte Fadmaschosch, dass es im Schacht hallte wie Donnerschlag.

Für einen Augenblick hielten die Angroschim den Atem an, als ob ihnen allen zugleich der Gedanke gekommen sei, dass sie mit ihrem ungebührlichen Lärm die Totenruhe störten.

Nachdem sie seit zwei Tagen an dieser Stelle hämmerten, hätte ihnen die Idee lächerlich erscheinen können, aber eine Empfindung jenseits des Verstands flüsterte ihnen zu, dass sich die Stille im Berg auf subtile Weise verändert hatte. Mit betretenen Gesichtern sahen sie sich an.

Fadmaschosch schüttelte das beunruhigende Gefühl als Erster ab und fixierte wieder Ortosch. »Der Meister hat dir eine Frage gestellt, und ihr anderen haltet gefälligst die vorlauten Mäuler!«, befahl er leiser.

»Danke, Neffe, aber ich bin dieses Gezänk leid«, erklärte Ingam. »Die Jungs sind müde und hungrig, wie du und Fadurrax vermutlich auch. Geht nach Hause! Hier gibt es ohnehin nichts mehr für euch zu tun. Ich will noch einmal in Ruhe alles überprüfen, bevor wir den Aufzug morgen in Betrieb nehmen.«

»Wenn du es so haben möchtest, Meister«, sagte Fadmaschosch respektvoll.

»Ja, lasst mir nur eine Lampe da! Das ganze Werkzeug und den Abfall nehmt ihr mit«, ordnete der alte Mechanicus an.

»Ihr habt es gehört«, wandte sich Fadurrax an die Jüngeren. »Sammelt die Sachen ein und ab mit euch!«

Die Jungzwerge kamen eilig ihren Befehlen nach, wobei sie schuldbewusst schwiegen, sich jedoch vielsagende Blicke zuwarfen. Ubarom rempelte Ortosch an, als er sich an jenem vorbei in den Stollen drückte, und prompt landete Ortoschs Ellbogen in seinem Magen.

»Wenn ich einen von euch unterwegs beim Raufen erwische, könnt ihr morgen Pilze ernten!«, drohte Fadmaschosch, der annahm, dass alle lieber dabei sein wollten, wenn die Mumien geborgen wurden.

Ingam Sohn des Brogar schaute den abziehenden Störenfrieden kopfschüttelnd nach. Kaum zu glauben, dass aus diesen nichtsnutzigen Hitzköpfen einmal besonnene Sippenführer werden sollten.

Als sich das Schaben und Trampeln der vielen Stiefel in der Ferne verlor, drehte sich der alte Zwerg zu seinem Werk um. Er stand auf den dicken Eichenbohlen der Plattform, die von seinen Gehilfen an den vorangegangenen Tagen auf einem stabilen Gerüst errichtet worden war, das sie mit eigens gemeißelten Löchern in der Felswand selbst abgestützt hatten. Gegenüber des Durchbruchs klaffte vor der Wand ein viereckiges Loch im Holzboden, durch das der Förderkorb abgesenkt werden sollte. Es war mit einem hüfthohen Gitter gesichert, da die Angroschim aus den vielen Grubenunglücken der Vergangenheit vor allem eines gelernt hatten: vorauszudenken.

In der Mitte zwischen Aufzug und Stollenausgang stand die Winde, auf deren Trommel das mit Stahldraht verzwirbelte Hanfseil darauf wartete, von der Bedienmannschaft abgerollt zu werden. Jeweils zwei Zwerge konnten zu beiden Seiten mit anpacken, um Bergleute oder Kohle vom Grund des Schachts zu hieven.

Ingam musterte noch einmal eingehend, wie gut das Gestell mit dem Untergrund verbunden war, denn die beste Winde nützte nichts, wenn sie von den einwirkenden Kräften aus der Verankerung gehebelt wurde. Er drehte die Trommel in beide Richtungen, um ihre Leichtgängigkeit zu testen, und warf dabei auch einen Blick auf die Flaschenzugkonstruktion, über die das Seil zum Förderkorb verlief. Alles lief rund, ohne zu stocken oder sich zu sperren.

Der Mechanicus begutachtete ein letztes Mal die Qualität des Seils, dann ging er zum Aufzug hinüber. Der aus stabilen Brettern und Stahl gefertigte Korb machte einen soliden Eindruck, aber auch hier sah sich Ingam jede Kleinigkeit noch einmal genau an. Das Leben seiner Verwandten hing davon ab, dass ihm kein noch so kleiner Fehler entging, und diese Verantwortung nahm er sehr ernst. Er prüfte, wie gut das Seil auf den Rollen des Flaschenzugs in der Führung lag, und inspizierte zu guter Letzt den gewaltigen, mit seinen Enden in der Felswand versenkten Balken, an dem die gesamte Last aufgehängt war. Zwei Pfeiler links und rechts des Lochs im Boden sorgten dafür, dass das Holz unter dem Gewicht keinesfalls brechen konnte.

Alles ist genau, wie es sein sollte, freute er sich und lächelte zufrieden über sein Werk. *Noch nicht das, was mir für die Zukunft vorschwebt, aber äußerst brauchbar.*

Ein leises Prasseln ließ ihn verwundert zum Durchbruch blicken. Mit der Laterne in die Schatten leuchtend, lugte er um die Winde herum. Nichts. Aber etwas musste das Geräusch verursacht haben. Ingam spürte ein leichtes Zittern der Plattform, als hätte jemand dagegengeschlagen. Seine Augen weiteten sich. Und dann rannte er.

Es war spät geworden in der kleinen Binge. Das abendliche Herdfeuer hatte sich als verborgenes Glühen unter die Asche zurückgezogen, wie die meisten Angroschim unter ihren Decken verschwunden waren. Nur Ortosch saß trotz des langen Tages noch an der großen Tafel, den Blick auf seinen Großvater Mirtaschox gerichtet, ohne ihn zu sehen. Während sich der alte Zwerg für die Nachtwache rüstete, kreisten die Gedanken seines Enkels noch immer um die gehässigen Bemerkungen Ubaroms.

Im Gegensatz zu Xorrox sind wir keine Kinder mehr, haderte Ortosch im Stillen mit seinem Gegner. *Ich dachte, nach der Feuertaufe hätten die ewigen Spötteleien ein Ende. Aber vielleicht war das dumm. Er hält sich für etwas Besseres. Er glaubt, er kann auf mich herabsehen, weil ich anders bin. Nutzlos und überflüssig. Es wird immer jemanden geben, der mit dem Finger auf mich zeigt. Ich werde nie richtig dazugehören.*

Der schwarze Abgrund in seiner Seele dehnte sich aus und Ortosch ließ ihn gewähren. Die Dunkelheit verschlang die quälende Erinnerung an unzählige Schmähungen und Hohn, nahm den Nadelstichen die Schärfe und legte sich wie Balsam sanft auf die Wunden, die verletzende Worte geschlagen hatten. Vergessen war der einzige Trost. Warum das alles nicht für immer vergessen?

»Junge, willst du dich nicht allmählich hinlegen?«, fragte Mirtaschox irritiert. »Du schläfst ja schon im Sitzen ein.«

Widerwillig tauchte Ortosch so weit aus der nebelhaften Leere auf, dass er seinen Großvater wieder wahrnahm.

»Ja, ja, ich geh ...« Weiter kam er nicht, denn in diesem Augenblick wurde der schwere Türvorhang beiseite gerissen und Borim Sohn des Brogar stürmte herein, dass die Flamme seiner Grubenlampe zischte.

»Entschuldigt die späte Störung, aber ist Ingam bei euch?«, wollte er wissen und ließ den Blick hektisch durch den Raum schweifen.

»Dein Bruder ist noch nicht zurück?«, erkundigte sich Mirtaschox stirnrunzelnd.

»Er wollte noch einige Dinge überprüfen und ist deshalb allein im Schacht geblieben, als wir anderen gegangen sind«, erklärte Ortosch, doch er wusste selbst, wie unwahrscheinlich es war, dass der Mechanicus absichtlich so lange ausblieb.

»Trotzdem müsste er längst wieder hier sein«, meinte auch Borim. Der alte Hüttenkundige wollte schon auf dem Absatz kehrt machen, als Mirtaschox ihm einen Lindwurmschläger von der Wand reichte.

»Sicher ist sicher«, brummte er. »Gehen wir ihn suchen!«

Die Vorstellung, dass dem ein wenig wunderlichen alten Angroscho etwas passiert sein könnte, verscheuchte die dunklen Schleier der Selbstversunkenheit endgültig aus Ortoschs Verstand.

»Ich komme mit!«, rief er und warf beim Aufspringen beinahe die Bank um, auf der er gesessen hatte.

Sein Großvater hob eine Braue, verwundert über den ungewohnten Eifer seines Enkels, sagte jedoch nichts, als Ortosch hinter Borim hinauswischte. Der alte Zwerg zögerte einen Moment. Er überlegte, ob er dem Jungen eine Waffe mitnehmen sollte, entschied sich aber rasch dagegen. Ortosch musste lernen, selbst nachzudenken, bevor er handelte. Das würde er nicht, wenn andere seine Fehler für ihn auswetzten.

Im Gang zum Festsaal trafen die drei Angroschim auf Bornax, einen weiteren Bruder Ingams, der bei Fadrims Familie nach dem Vermissten gesucht hatte, und nun von einem nur in Stiefeln und Nachthemd steckenden Fadmaschosch begleitet wurde. Sie mussten keine Worte wechseln, um zu wissen, dass von dem Mechanicus jede Spur fehlte.

In der nur spärlich durch ein paar Kienspäne beleuchteten Halle vor dem Tempel schlossen sich ihnen Ingtasch, Ingams dritter Bruder, der ihm am ähnlichsten sah, und Mirschag, Mirtaschox' Zwilling, an. Unter lautem Rufen nach ihrem Verwandten eilten sie gemeinsam im Laufschritt an den Werkstätten vorüber, schlugen den Weg zu den Förderstollen ein, hasteten durch die leeren Stollen und über Rampen immer tiefer in das Gebirge hinein. Nur das Echo ihrer eigenen Stimmen antwortete ihnen.

Besonders der Gang, aus dem sie noch vor kurzem Erz gefördert hatten, zog sich schier endlos dahin.

»Da vorne ist etwas«, verkündete Fadmaschosch, der – dicht gefolgt von Ortosch – längst die älteren, schwerfälligeren Zwerge hinter sich zurückgelassen hatte.

Am äußersten Rand ihres schwankenden Lichtscheins konnte Ortosch zunächst nur eine graue Masse erkennen, die sich im Näherkommen als Schutthaufen entpuppte. Ein Hauch Gesteinsstaub hing noch immer in der Luft.

»Angrosch steh uns bei! Ein Einsturz!«, rief Fadmaschosch. »Meister Ingam?«

Er drückte Ortosch fahrig die Laterne in die Hand und warf sich neben seinem alten Lehrer, den die herabregnenden Felsbrocken bäuchlings hingestreckt hatten, auf die Knie. Hastig wühlte er das Geröll zur Seite, unter dem Ingam halb begraben lag.

»Vorsicht! Es könnte noch mehr einbrechen!«, warnte Mirtaschox, aber es blieb ihm und Mirschag überlassen, die nun deutlich höhere Decke über dem Durchbruch im Auge zu behalten.

Ingams Brüder sprangen ungeachtet aller Gefahren Fadmaschosch zur Seite, um den Verschütteten zu befreien. Ortosch leuchtete ihnen, doch er tat es nicht bewusst. Er konnte den Blick nicht von dem lösen, was von Ingams auf den Boden gerichteten Gesicht zu sehen war. Der Kopf wirkte zu schmal, zu flach, und der verbeulte Helm ließ keinen Zweifel daran, dass er niemals auf einen intakten Schädel gepasst hätte. Ingam war tot.

»Helft uns!«, flehte Ingtasch.

Mirtaschox schaute wieder zur Decke hinauf.

»Da ist sicher alles runtergekommen, was lose war«, meinte sein Bruder Mirschag.

Sie steckten ihre Äxte in die Gürtel und räumten aus dem Weg, was in ihrer Reichweite lag, damit ein halbwegs gangbarer Pfad entstand, auf dem Ingam nach Hause getragen werden konnte. Ortosch bückte sich mechanisch, um endlich ebenfalls mit anzupacken, doch sobald er den ersten Felsbrocken berührte, jagte ihm augenblicklich eine überwältigende Mischung aus Entsetzen und Panik, fremdartigem Lebendigsein und Entschlossenheit zu töten durch die Adern. Bildfetzen eines schreienden Ingam und fallenden Gesteins wirbelten in seinem Kopf. Erschrocken ließ er den Stein wieder fallen und starrte ihn an, als wäre es ein Geist.

»Hast du in die Sonne geschaut?«, schimpfte Borim, dem in seiner zornigen Verzweiflung nur ein Ziel für seine Wut gefehlt hatte. »Du sollst das Zeug wegräumen!«

Gehorsam beugte Ortosch sich erneut hinab und schloss widerstrebend die Finger um den faustgroßen Brocken. Nichts geschah. Der Fels fühlte sich einfach nur rau und kantig an, als hätte es die anderen Eindrücke nie gegeben.

Saggasch Sohn des Schrogrim presste die Kiefer so fest aufeinander, dass sein matt roter, kurzer Bart zitterte. Er fixierte einen Punkt jenseits des Tempelportals, auf das er und sein Großvater zuschritten, aber es gelang ihm nicht, die ermahnenden Worte des Älteren auszublenden.

»Das ist der erste Todesfall, um den du dich allein zu kümmern hast«, stellte Fadrim Sohn des Fobosch fest. »Mach uns keine Schande, Saggasch! Du musst die Liturgie des Ewigen Schmiedefeuers für Ingam sprechen und ...«

»Sengende Sonne!«, fluchte der junge Geweihte. »Ich weiß, was zu tun ist! Ich bin Priester, schon vergessen?«

»Ich versuche nur, dir zu helfen«, antwortete Fadrim beleidigt. »Neuerdings kann man keinen Satz mehr an dich richten, ohne dass du gleich vor Zorn kochst. Was glaubst du, wie lange ich mir das noch bieten lasse?«

Fragt sich, wer sich hier was von wem bieten lassen muss, grollte Saggasch, doch er schwieg, da sie die Heilige Halle erreicht hatten.

In der Mitte des Heiligtums war Ingam Sohn des Brogar nach alter Sitte aufgebahrt worden, damit sich jeder in angemessener Ruhe von ihm verabschieden konnte. Muramil, der zwar nicht zu den Vierlingen gehörte, aber dennoch ein Bruder des Verstorbenen war, stand mit gesenktem Haupt neben dem Toten und hielt stumme Andacht. Seine Brüder Ingtasch und Borim flankierten den Leichnam, an dessen Seite sie die ganze Nacht Totenwache gestanden hatten. Auch wenn es nur noch selten vorkam, dass Aasfresser wie Gruftasseln oder gar Ghule die Stollen der Angroschim heimsuchten, und in Ingams Fall ausgeschlossen war, dass er noch einmal Lebenszeichen von sich geben würde, hielten die Zwerge an diesem überlieferten Brauch fest.

Der junge Priester straffte sich in seinem grauen Gewand mit den eingearbeiteten Schlitzen, durch die roter Stoff leuchtete, um das Feuer im tiefen Gestein zu symbolisieren.

»Angroschs Segen mit euch, meine älteren Brüder«, grüßte er respektvoll. »Mein Herz ist voll Trauer über unseren Verlust.«

»Angrosch mit dir«, murmelten die drei gramgebeugten Zwerge. Der Kummer und die durchwachte Nacht hatten tiefe Furchen in ihre Mienen gegraben, sodass sie älter wirkten als selbst der greise Brodomurr.

»Warum habt ihr sein Gesicht verborgen?«, erkundigte sich Saggasch verwundert, da es nicht üblich war, das Leichentuch bis über den Kopf des Toten zu ziehen.

»Es ...« Ingtasch schniefte den Tränen nah und Borim musste für ihn einspringen.

»Die Steine haben es zerquetscht. Wir wollten den Frauen und Kindern diesen Anblick ersparen«, erklärte der Hüttenkundige.

Der Geweihte nickte und schwieg betroffen. Er umging die Bahre in einem Bogen, um sich vor dem Altar in die vorgeschriebenen Gebete für den Verstorbenen zu vertiefen. Fadrim trat näher an den Leichnam heran und seufzte.

»Was für ein sinnloses Ende für einen so findigen Kopf«, murmelte er bedauernd. »Er hatte noch so viel vor.«

»Denkst du etwa nur an den Aufzug, den er dir jetzt nicht mehr bauen wird?«, empörte sich Ingtasch schluchzend. »Es war *dein* Stollen, der ihn erschlagen hat!«

»Glaubst du, das macht meine Trauer geringer?«, entrüstete sich Fadrim. »Wenn ich das geahnt hätte, wäre ich doch niemals ...«

»Was wissen wir, wie die Decke vor dem Einsturz aussah?«, warf Ingtasch ihm vor. Die Aussicht, einen Schuldigen für sein Leid gefunden zu haben, verlieh seiner brüchigen Stimme neue Festigkeit. »Wer sagt uns, dass du nicht fahrlässig das Leben anderer riskiert hast?«

»Das Leben meiner eigenen Söhne und Enkel? Was denkst du denn von mir? Ja, der Fels war brüchiger als zuvor, aber doch nicht lose!«, ereiferte sich Fadrim. »Frag Murtorog, wenn du meinen Worten nicht traust! Er hat ebenfalls sein Leben diesem Gestein anvertraut, als er Kletterhaken hineingeschlagen hat.«

»Was heißt das schon, außer dass er den Fels damit noch mehr zermürbt hat?«, gab Ingtasch uneinsichtig zurück.

»Willst du jetzt auch noch andeuten, Murtorog trage die Schuld am Tod unseres Bruders?«, mischte Muramil sich ein.

»Tatsache ist, dass der Stollen genau in diesem Bereich eingebrochen ist«, beharrte Ingtasch.

»Das lasse ich nicht auf einem Mitglied meiner Familie sitzen. Murtorog hat genug Erfahrung, um die Beschaffenheit von Gestein zu beurteilen«, hielt der alte Waffenschmied dagegen.

»Er ist gerade mal halb so alt wie ich und verrückt genug, sich jetzt sogar schon die Nächte im Freien um die Ohren zu schlagen, nur um diese Binge zu finden, die vermutlich nie existiert hat«, giftete Ingtasch.

Dem jungen Angroschpriester hinter ihnen drohte die Galle überzulaufen. Die Liturgie des Ewigen Schmiedefeuers zu rezitieren erforderte hohe Konzentration, denn der Text wiederholte sich mit geringfügigen Abwandlungen und musste im richtigen Rhythmus durch einen Schlag mit dem Ritualhammer auf den Altaramboss untermalt werden. Aber dass die älteren Angroschim keine Rücksicht auf ihn nahmen, war nicht das, was ihn am meisten aufbrachte. Er fuhr wütend herum und wies mit dem Hammer auf die Frevler. »Schämt ihr euch nicht, hier in der Heiligen Halle zu zanken wie kleine Kinder? Über den erkaltenden Leib des Toten hinweg!«, fauchte er. »Hinaus mit euch! Schert euch aus dem Angesicht des Gottes, bis ihr wieder zur Vernunft gekommen seid!«

»Aber wir müssen doch die Totenwache …«, wollte Borim einwenden, doch der Geweihte fuchtelte zornig mit dem Symbol seines Amtes.

»Ich sagte: Raus!«, wiederholte er. »Schickt mir würdigere Angroschim, um diese Aufgabe zu erfüllen!«

Die vier gescholtenen Alten traten zögerlich den Rückzug an. Es passte ihnen nicht, von einem solchen Grünschnabel zurechtgewiesen zu werden, aber er sprach nun einmal für Angrosch und er hatte zweifellos Recht.

»Wir sollten uns darauf einigen, dass es ein tragischer Unfall war, für den niemand die Schuld trägt«, schlug Muramil im Hinausgehen vor.

Ingtasch würdigte ihn keines Blickes.

»Das wird sich nun nicht mehr klären lassen«, meinte ihr Bruder Borim. »Mag sein, dass du die Wahrheit sagst, Fadrim, aber ich kann deinem Urteilsvermögen nicht mehr trauen. Von meiner Familie wird niemand diesen Stollen betreten.«

»Wie du willst. Ich habe genug eigene Söhne, um mir zur Hand gehen zu lassen«, erklärte Fadrim stolz.

5. Kapitel

Fadrim Sohn des Fobosch musterte unschlüssig die be-
trächtliche Ansammlung Vogelkäfige, in denen die gelb,
blau und schwarz gezeichneten Swerkas umherflatterten.
Es gab größere Gehege für Brutpaare und ihren Nach-
wuchs und kleinere für die konkurrierenden Männchen,
die nicht müde wurden, ihre Nachbarn mit virtuosem
Gesang zu übertreffen. Zumindest sollten sie das tun. Als
erfahrener Züchter beobachtete der Zwerg seine Meisen
sehr genau und nur die zuverlässigsten Sänger durften ihr
Erbgut an die nächste Generation weitergeben.

Die Söhne des alten Hauers warteten mehr oder weniger
geduldig an der Tür auf ihren Vater. Sie kannten dieses
Ritual genauso wie seinen immer gleichen Ausgang. Am
Ende entschied sich Fadrim doch wieder für denselben
kleinen Swerka, der ihn nun schon seit drei Jahren begleitete. Mit plötzlicher Entschlossenheit nahm Fadrim dann
auch tatsächlich diesen Käfig von der Wand und winkte
seine Kinder hinaus.

»Gehen wir!«, brummte er, bevor er jenen ein letztes
Lächeln schenkte, die an diesem Tag zu Hause bleiben
würden. Fadmaschosch schlief ohnehin noch, und Fadrims
Enkel hatte die Nachricht von Ingams überraschendem Tod
so verstört, dass ihr Großvater sie nicht ausgerechnet mit
in den Stollen nehmen wollte, in dem das Unglück geschehen war. Ihre Eltern würden sich um sie kümmern, mit
ihnen in den Tempel gehen, um ihren Verwandten und
Lehrherrn zu verabschieden.

Als er den Festsaal hinter sich gelassen hatte, beschleunigte Fadrim seine Schritte. Es drängte ihn mehr denn je,
den anderen zu beweisen, dass seine Entdeckung ein Segen für die Binge war.

»Bartom, wir brauchen ein paar stabile Balken. Nachdem uns das Gebirge so übel mitgespielt hat, will ich vor und in dem eingestürzten Bereich die Decke abgestützt haben, damit mir niemand mehr Vorwürfe machen kann. Du wirst diese Arbeit mit den anderen erledigen, während ich mit Balbarosch den Stollen untersuche, der in die Kohle führt«, ordnete Fadrim an. »Außerdem nehmen wir die Lore und Schaufeln mit, um den Schutt aus dem Gang zu schaffen.«

Eifrig, doch ohne Hast schwärmten seine Söhne aus, um Bauholz und Werkzeug zu beschaffen. Schon bald zogen die sechs Angroschim schwer beladen im Gänsemarsch durch das Innere des Bergs. Fadrim – ein langes Stemmeisen geschultert, an dessen Ende eine Grubenlampe baumelte – marschierte mit seinem trillernden und zwitschernden Swerka vorneweg. Mit jedem Schritt fiel sein Kummer über Ingams Tod und Ingtaschs hässliche Vorwürfe ein wenig mehr von ihm ab.

Es ist allemal besser, die Dinge anzupacken, als zu Hause zu sitzen und Trübsal zu blasen, dachte er, obwohl es ihm sofort ein schlechtes Gewissen bereitete. *Ich muss mir gar nichts vorwerfen lassen!,* begehrte er innerlich auf. *Hab ich etwa Muresch Vorwürfe gemacht, als meine gute Ugrima gestorben ist, nur weil sie ihm und seinen Traumgespinsten folgen musste? Nein! Denn es war ihre Entscheidung, mit ihm in diese furchtbare Schlacht zu ziehen. Und ich konnte sie nicht beschützen, obwohl ich direkt neben ihr stand ...*

Unwillkürlich fragte er sich, ob er dem alten Angroschpriester nur deshalb so leicht vergeben hatte, weil Muresch selbst im Kampf gefallen war. Und sein untoter Leichnam noch dazu von den drachenhörigen Zauberern gegen die eigenen Verwandten getrieben worden war.

Hätte ich ihm auch verziehen, wenn er heute noch in der Halle sitzen und mit uns Bier trinken würde? Aber so ist es nicht, und Ugrima war in ihren letzten Atemzügen wenigstens noch vergönnt gewesen, das siegreiche Ende zu erleben. In meinen Armen.

Rasch verdrängte er den aufwallenden Schmerz, wie er ihn seit jenem Tag stets beiseite geschoben hatte. Er war am Leben, umgeben von seinen Kindern und Enkeln, und es gab Arbeit zu erledigen.

An der Einsturzstelle zögerte er, um den nun unbehauenen Fels über sich zu begutachten. Sein zwergischer Instinkt tastete das Gestein förmlich auf Risse und Hohlräume ab, doch er konnte nichts Verdächtiges finden. Genau wie zuvor deutete nichts auf eine Gefahr hin. Vorsichtig stieg er über das verbliebene Geröll. Ein kleiner dunkler Fleck am Boden war alles, was Ingams tragisches Ende hinterlassen hatte.

Fadrim erreichte den Rand des Schachts. Vor ihm auf der Plattform lagen – in einem von sandigem Staub überpuderten Halbkreis – ebenfalls in paar Steinbrocken, aber ansonsten sahen die Konstruktionen unbeschädigt aus. Er stampfte prüfend mit einem Fuß auf die dicken Bohlen, was nichts als das erwartete hohle Geräusch erzeugte. Fadurrax, der sich nach dem Tod seines Meisters für dessen Werk verantwortlich fühlte, drängte sich an seinem Vater vorbei und versuchte, auf dem Holzboden zu wippen. Doch sie hatten das darunter liegende Gerüst absichtlich so aufwendig gestaltet, dass die Plattform nicht bei jeder Kleinigkeit in Schwingungen geriet, weshalb Fadurrax keine Wirkung erzielte.

»Alle Stützbalken sind offenbar intakt«, schloss er daraus.

»Bestens«, lobte Fadrim und trat ebenfalls aus dem Gang, um den Aufzug zu inspizieren. »Was ist mit dem hier? Können wir ihn benutzen?«

Fadurrax nahm seine Arbeit vom Vortag noch einmal in Augenschein, während sich seine Brüder neugierig um ihn versammelten.

»Ich kann keine Beschädigung feststellen. Er wird sicher funktionieren«, erklärte er zuversichtlich.

»Sollten wir uns sicherheitshalber noch zusätzlich anseilen?«, fragte Balbarosch gespielt beiläufig.

»Junge, kannst du ein Hosenschisser sein«, meinte Fadrim kopfschüttelnd. »Wenn dir der Mut fehlt, dein Leben Ingams letztem Werk anzuvertrauen, bleibst du eben hier und ein anderer kommt mit!«

»Nein, nein«, wehrte Balbarosch schnell ab. »Ich dachte ja nur ...«

»Gut, dann kann es losgehen«, fiel sein Vater ihm ins Wort. »Steig ein, Junge! Fadurrax, wenn wir am Grund sind, werden wir versuchen, die erste von diesen *Mumi-en* in den Korb zu stecken. Zieht sie hoch und lasst uns den Korb dann wieder runter! Ihr könnt euch danach an die Arbeit machen, während wir uns da unten umsehen.«

»Du kannst dich auf uns verlassen, Vater«, versicherte Bartom.

»Das weiß ich doch«, brummte Fadrim ungewöhnlich gerührt.

Er reichte Balbarosch den Vogelkäfig, nahm das Stemmeisen in die eine und die Laterne in die andere Hand und betrat den Aufzug, der unter dem neuen Gewicht schaukelte. Seine anderen Söhne nahmen ihre Plätze an der Winde ein, bevor Fadurrax die Sicherung löste, die verhinderte, dass sich das Seil unter Last von selbst abrollte.

Fadrim musste sich eingestehen, dass er ein flaues Gefühl in der Magengegend verspürte, als sich der Korb mit leichtem Schwanken in Bewegung setzte. Unter ihm gähnte der schwarze Abgrund, von dessen fernem Boden ihn nur ein simpler Strick trennte. Balbarosch umklammerte das Geländer so fest, dass die Fingerknöchel weiß hervortraten, sagte jedoch nichts. Auch sein Vater schwieg und flüchtete mit seinen Gedanken zu dem, was vor ihnen liegen mochte. Wie weit hatten ihre geheimnisvollen Vorgänger bereits Stollen vorangetrieben? Würden sie womöglich weitere Tote finden?

Der Förderkorb senkte sich tiefer und tiefer in die Dunkelheit hinab. Den beiden Zwergen erschien die zunächst etwas ruckende, dann – als die vier Angroschim an der

Winde zu einem flüssigen Rhythmus gefunden hatten – gleichmäßigere Fahrt wie eine Ewigkeit. Bald merkte Fadrim, dass ihm tatsächlich Mund und Nase austrockneten, gerade so, wie Ortosch es beschrieben hatte. Die Luft im Schacht hatte sich noch immer nicht völlig mit dem frischeren Wetter aus dem Erzgang vermengt.

Nun, wir haben Wasser bei uns. Es wird schon nicht so schlimm werden, sagte sich Fadrim, um sich selbst zu beruhigen.

Plötzlich ging ein derber Stoß durch den Förderkorb, der die beiden Angroschim aus dem Gleichgewicht brachte, sodass Fadrim die Eisenstange losließ und blindlings nach Halt griff. Das schwere Werkzeug landete auf seinen Zehen, doch zum Glück dämpfte das steife, robuste Stiefelleder den schmerzhaften Aufprall.

Nachdem er sich von dem ersten Schrecken erholt hatte, stellte Fadrim fest, dass es keinen Grund zur Panik gab, da sie schlicht am Boden des Schachts angekommen waren. Anstatt sich erst lange umzublicken, öffnete er die Tür des Korbs und trat hinaus. Balbarosch folgte ihm mit zittrigen Knien.

»Dem alten Väterchen sei Dank für den trefflichen Ingam, der uns sicher hier heruntergebracht hat!«, lobte Fadrim. *Du wirst mir wirklich fehlen, mein Freund,* fügte er im Stillen hinzu.

»Ja, Angrosch sei Dank«, seufzte sein Sohn. »Wenn dieses Ding schon so schlingert, wie muss es dann erst sein, auf einem dieser entsetzlichen Schiffe mitzufahren?«

»Schlimmer, Junge! Glaub mir, es ist viel schlimmer«, erwiderte Fadrim aus eigener Erfahrung, denn er hatte auf dem Weg in die Schlacht an der Trollpforte die Kühnheit besessen, mit einer Fähre den Großen Fluss zu überqueren.

Er wandte sich den Mumien zu, deren Anblick er sich grässlicher ausgemalt hatte. Doch das Gefühl, leibhaftig vor diesen vertrockneten Leichen zu stehen, überraschte ihn dennoch. Dies hier übertraf jede dem Verstand ent-

sprungene Vorstellung. Es war echt. Der Ort und diese leblosen Körper besaßen eine Ausstrahlung. Eine schwache
Ahnung von Tod und Verfall und etwas, das sich mit Worten nicht fassen ließ.

Fadrim erlaubte sich nicht, lange darüber zu grübeln.
Seine Söhne warteten auf sein Signal.

»Also gut, Balbarosch, wir nehmen den hier. Der Förderkorb steht ohnehin fast auf seinem Fuß«, beschloss er und
deutete auf den toten Krieger, der ihnen am nächsten lag.

Behutsam versuchte er, den einst blinkenden, doch nun
matten Sehnenschneider aus dem Griff des Toten zu ziehen, aber die Beschläge auf dem Stiel blieben an den dür-
ren Klauenfingern hängen, sodass die Mumie plötzlich als
Ganzes ein Stück auf Fadrim zurutschte. Die beiden angespannten Angroschim zuckten erschrocken zurück.

»Hol's der Drache!«, fluchte Fadrim. »Wir stellen uns an
wie zwei Kurzbärte vor der Feuertaufe. Komm schon, Junge, pack mit an! Soll er seine Waffe eben selbst festhalten.«

Trotz seines forschen Tons kostete es den älteren Zwerg
ebenso viel Überwindung wie seinen Sohn, den Toten zu
berühren. Die Mumie wirkte in seinen Händen unerwartet zerbrechlich. Nun doch vorsichtiger als vorgesehen
hoben er und Balbarosch den steifen Körper in den Förderkorb, wo sie ihn schräg ablegten, um die ganze Breite
des Aufzugs auszunutzen. Fadrim wollte unbedingt vermeiden, dass die Leiche auf ihrem Weg nach oben über
das Geländer kippte.

»Ihr könnt hochziehen!«, rief er so laut wie möglich in
die Dunkelheit hinauf, wo weit über ihren Köpfen ein helles Viereck das Loch in der Plattform markierte.

Einen Augenblick lang passierte überhaupt nichts, dann
begann das Seil, an dem der Korb hing, sich zu straffen.

»Gut, gehen wir besser in Deckung, falls doch etwas her-
unterfällt«, meinte Fadrim, und Balbarosch folgte ihm rasch
in den Stollen, der sich in der tintigen Schwärze der Kohle
verlor. Sie warfen nur einen flüchtigen Blick auf die dort

liegende Mumie, witterten geradezu wie beunruhigte Tiere in den Abzweig zur Linken und stapften dann tiefer in den Berg hinein. Mit allen Sinnen Luft, Wände und Decke prüfend, dabei stets den Gesang des kleinen Swerkas im Ohr, richteten sie ihre ganze Aufmerksamkeit nach vorn. Wodurch ihnen die Bewegung in ihrem Rücken entging.

Als der Förderkorb die Plattform erreichte und der lippenlos grinsende Schädel aus der Versenkung auftauchte, mussten sich Fadrims Söhne schwer beherrschen, um weiterzukurbeln, anstatt den toten Zwergenkrieger mit offenen Mündern anzustarren. Erst als die Unterkante des Aufzugs wieder bündig mit dem Boden hing, ließ Fadurrax die Sicherheitssperre einrasten und gab damit das Zeichen, dass seine Brüder gefahrlos die Hände von der Winde nehmen konnten.

»Bei Angroschs Bart, seht euch das an!«, staunte der feingliedrige Ferrgat, dessen Bart genau wie der seines Bruders Ferrasch von einem ungewöhnlich hellen Rot war. »Er hält tatsächlich noch die Axt in der Hand.«

Sein Zwilling schauderte. »Unheimlich ist das«, meinte Ferrasch. »Da kann man leicht glauben, dass der noch mal lebendig wird.«

»Du redest Schlacke, Ferrasch«, spottete der kräftigere Bartom. »Das sind nur tote Haut und Knochen.«

»Du glaubst wohl nicht an Brodomurrs Geschichte«, stellte Ferrasch fest, aber es klang mehr wie eine Frage.

»Nein, tu ich auch nicht«, bestätigte Bartom. »Du etwa?«

»Vater hält sie für Unfug und sogar unser kleiner Saggasch«, warf der blasse Fadurrax ein. »Das genügt mir vorerst.«

»Der da überzeugt mich jedenfalls nicht vom Gegenteil«, höhnte Bartom und klopfte an den verbeulten Helm wie an eine Tür. »Hallo? Jemand zu Hause?«

»Was machst du denn da, du Hohlkopf?«, fuhr Ferrgat auf. »Das ist einer unserer Altvorderen! Du beleidigst die Ahnen!«

»Tut mir Leid«, behauptete Bartom achselzuckend. Ein wenig Reue schlich sich jedoch tatsächlich in seine Züge.

»Anstatt solchen Schabernack zu treiben, sollten wir ihn da rausholen und uns die Arbeit vornehmen«, riet Fadurrax. »Sonst kommt Vater zurück, bevor wir fertig sind.«

»Da hast du Recht«, gab Bartom zu. »Schaffen wir ihn da drüben an die Wand, wo er niemandem im Weg ist.«

Die vier Angroschim hoben die erstaunlich leichte Mumie aus dem Korb und trugen sie zu der vereinbarten Stelle. Trotz aller Vorsicht knirschte plötzlich etwas in ihrer Mitte. Der gebrochene Arm des toten Kriegers rutschte aus dem Ärmel des langen Kettenhemds und polterte mitsamt dem umklammerten Sehnenschneider auf die Bretter. Ferrasch konnte gerade noch den Fuß wegziehen. Vor Schreck hielten sie alle den Atem an.

»Ewiges Schmiedefeuer! Mir ist fast das Herz stehen geblieben«, gestand Fadurrax. »Legt ihn ab, bevor er noch weiter auseinander fällt!«

»Nichts lieber als das«, versicherte Ferrasch und bückte sich, um die grausige Last loszuwerden.

»Mann, wer hätte gedacht, dass dieser Alte uns noch so ins Bockshorn jagen kann?«, lachte Bartom, als er endlich wieder Abstand von der Mumie nehmen konnte.

»Ich hab ja gleich gesagt, du sollst ...«, begann Ferrgat.

Der Rest des Satzes ging in einem ohrenbetäubenden Donnerschlag unter. Eine heftige Druckwelle erschütterte den Berg und fegte die Angroschim von den Beinen wie Spielzeugkegel. Eine Wolke rußigen Staubs wirbelte durch die Ritzen um den wild schwankenden Aufzug herauf und tauchte die Welt der Zwerge in Schwärze.

Mit grimmiger Befriedigung bemerkte Saggasch Sohn des Schrogrim, dass sich die anderen Angroschim seit seinem Wutausbruch am Morgen zumindest in seiner Hörweite nur noch flüsternd verständigten. Ingams Bruder Bornax und die alte, weißhäuptige Jorlika hatten das Amt der Totenwache übernommen und erfüllten diese Pflicht in ernstem Schweigen. Der junge Priester vermutete, dass nach und nach jeder seiner Verwandten zu einem stillen Besuch an der Bahre in den Tempel gekommen war, denn er hatte unzählige Schritte kommen und gehen hören, während er seine Gebete murmelte.

Etliche schienen danach im Festsaal geblieben zu sein, um mit ihrer Trauer nicht allein zu Hause zu sitzen, denn ihre Stimmen drangen als an- und abschwellendes Raunen in die Heilige Halle hinüber. Es fügte sich harmonisch in Saggaschs eigene, dunkel vibrierende Rezitation.

»Aus einem Funken ward deine Flamme geboren,
Angrosch blies seinen Atem hinein,
fachte an das winzige Leuchten,
unbedeutend vor der göttlichen Esse Schein.«

Versunken in die Bildgewalt der uralten Liturgie ließ er einmal mehr den Ritualhammer auf den Amboss prallen.

»Zu einem winzigen Funken ist deine Flamme erloschen,
Angrosch war dein Atmen geweiht,
kurz währte dein Leben in unseren Hallen
verglichen mit der göttlichen Ewigkeit.«

Ortosch hörte das Singen des nachklingenden Hammerschlags und fragte sich, ob Ingam es ebenfalls noch vernahm oder diese Welt auf dem Weg in Angroschs Halle bereits weit hinter sich gelassen hatte. Der junge Zwerg saß neben seiner Großmutter Dorida, die gerade ihren zurückgekehrten Söhnen Murtorog und Maghir berichtet hatte, was dem alten Mechanicus widerfahren war. Ortoschs Vater schüttelte ungläubig den Kopf.

»Das begreife ich einfach nicht«, sagte er fassungslos. »Ich habe doch eigenhändig etliche Kletterhaken in diesen Fels geschlagen. Wenn ich hätte befürchten müssen, dass er einbricht, wäre ich niemals auf diese Idee gekommen.«

»Nein, den Eindruck hat das Gestein wirklich nicht gemacht«, bestätigte auch Maghir. »Wir mögen nicht Fadrims Erfahrung im Anlegen neuer Stollen haben, aber soweit ich es beurteilen kann, bestand dort keine Gefahr.«

»Ich hoffe, auch Ingtasch wird das noch einsehen«, seufzte Dorida. »Der Tod seines Bruders hat ihn schwer getroffen.«

»Wir alle wären an seiner Stelle vor Trauer nicht bei uns«, meinte Murtorog mit einem bedeutungsschweren Blick auf seinen eigenen Zwilling nachsichtig.

»Nun, wie ich sehe, seid ihr beide wohlbehalten zurückgekehrt«, freute sich der alte, weißbärtige Muramil. »Habt ihr denn etwas herausgefunden?«

»Wir waren an der Südflanke des Keilerzahns«, berichtete Murtorog. »Es gibt dort tatsächlich eine vielversprechende Stelle, die aussieht, als ob sich da ein Zugang verbirgt. Aber ein Erdrutsch hat sie weitgehend verschüttet. Wir bräuchten mehr Helfer, um das Geröll abzutragen.«

Das Familienoberhaupt setzte eine skeptische Miene auf. »Es wird nicht leicht werden, die anderen davon zu überzeugen, dass eine vermutlich leere Ruine diesen Aufwand wert ist. Wenn sie überhaupt existiert«, zweifelte er.

Maghir nickte, als hätte er seinem Bruder bereits dasselbe erklärt.

»Ich weiß«, gab Murtorog unumwunden zu. »Ich setze auf unsere Jungmänner, die die Aussicht auf ein Abenteuer noch nicht für unnütze Zeitverschwendung halten.«

Ein fernes Grollen drang an ihre Ohren und der Boden erbebte für einen kurzen Moment unter ihren Füßen. Alarmiert blickten sich die Zwerge an.

»Was war das?«, fragte Maghir voller böser Vorahnungen.

»Ein Zeichen Angroschs?«, hoffte Ortosch.

»Nein, Junge, das fühlte sich gar nicht gut an«, erwiderte der Krieger entschieden.

»Vielleicht hat der Blitz ganz in der Nähe in den Berg eingeschlagen«, schlug Dorida vor.

»Dann hätten wir auf dem Weg hierher eine Gewitterfront sehen müssen«, wehrte Murtorog ab.

»Das kam von unten«, behauptete Muramil und lief trotz des steifen Knöchels, der ihn hinken ließ, bereits los, um seine Bergmannsausrüstung zu holen. »Fadrim wollte doch in den Kohleschacht.«

»Ein schlagendes Wetter[13]?« Murtorog lud sich Rucksack und Kletterseil wieder auf die Schultern, falls er damit von Nutzen sein konnte. »Angrosch steh ihm bei!«

Hustend rappelte sich Fadurrax vom rußigen Boden auf und sah sich nach seinen Brüdern um. Jeder Gedanke an die Mumie war vergessen. Bartom saß wieder aufrecht, aber er stierte blicklos vor sich hin. Ferrasch half Ferrgat auf die Beine, der sich den Ellbogen rieb, auf dem er gelandet war. Der schwarze Staub überzog Gesichter und Bärte, Kleidung und Hände.

Fadurrax beugte sich zu Bartom hinunter.

»Balbarosch«, wisperte jener, um dann mit unerwarteter Heftigkeit aufzuspringen. Im Gebälk unter ihnen krachte es. »Balbarosch!«, schrie er und stürzte zum Förderkorb. »Bringt mich sofort da hinunter!«

»Warte!«, rief Fadurrax, der hastig verfolgte, ob das Seil irgendwo aus der Führung geraten war, doch sein Bruder stürmte bereits in den Aufzug.

»Wem hilft das denn, wenn du auch noch abstürzt?«, schimpfte Ferrgat, aber der Flaschenzug hatte keinen Schaden genommen. »Hier, nimm gefälligst die Schaufel und mach Platz!«, forderte er und stieg zu Bartom in den Korb hinein.

---

[13] bergmännischer Begriff für eine Grubengasexplosion

»Können wir die beiden denn allein runterlassen?«, wollte Ferrasch verunsichert wissen. »Du hast doch gesagt, es müssen vier Mann an der Winde sein.«

»Nur zur Sicherheit«, wiegelte Fadurrax ab. »Das Problem wird sein, wie wir sie wieder hochbekommen.«

»Quatscht nicht so viel! Mein Bruder stirbt da unten!«, heulte Bartom.

»Und Vater«, fügte Ferrgat hinzu.

»Er ist auch unser Bruder«, erinnerte Fadurrax und löste die Sperre. Er verschwieg lieber, dass er nicht daran glaubte, dass jemand, der direkt daneben gestanden hatte, diese Explosion überlebt haben könnte.

Langsam, in Bartoms Augen bedächtig wie das Wachsen eines Tropfsteins, senkte sich der Förderkorb in die dunkle, rußdurchsetzte Tiefe. In seinem Innern spürte Bartom, wie Balbaroschs Lebensflamme mit jedem Herzschlag schwächer flackerte. Ungeduldig kletterte er bereits auf das Geländer, als der Boden des Schachts im Schein ihrer Laterne in Sicht kam, und sprang hinunter, sobald ihm die Landung halbwegs sicher erschien.

»Diese Warterei treibt mich in den Wahnsinn!«, beschwerte sich Ferrasch. »Wenn Vater und Balbarosch verschüttet sind, können sie da unten jede Hand brauchen, und wir stehen hier und drehen Däumchen!«

»Aber wir können uns nicht einfach hinabsausen lassen«, hielt Fadurrax ebenso entnervt dagegen. »Willst du am Grund zerschellen wie ein fallen gelassener Krug?«

»Irgendetwas müssen wir doch tun können«, erwiderte sein Bruder beschwörend.

Fadurrax runzelte die schwarzen Brauen. »Es gefällt mir zwar nicht, unseren Posten hier zu verlassen, aber wenn du unbedingt willst, kannst du nach Hause laufen und Hilfe holen«, schlug er vor. »Ich weiß ohnehin nicht, wie wir beide allein den beladenen Korb nach oben kriegen sollen.«

»Sag das doch gleich!«, schnappte Ferrasch und wollte sich die Laterne greifen. »Mist! Wir haben nur eine Lampe.«

»Nimm du sie mit!«, bot Fadurrax großzügig an. »Du wirst sonst noch gegen Wände laufen. Wenn ich hier einfach nur herumhocke, komme ich schon zurecht.«

»Bist du sicher?«, vergewisserte sich sein Bruder.

»Seit wann hab ich Angst im Dunkeln, Kleiner?«, gab Fadurrax in Anspielung auf seine ein wenig frühere Geburt zurück. »Los! Vielleicht müssen wir schon bald Schwerverletzte bergen!«

Ferrasch rannte in den Erzstollen und rasch zog sich auch das Licht dorthin zurück, bis auf der Plattform undurchdringliche Finsternis herrschte. Fadurrax tastete nach der Winde, um nicht gegen die hervorstehenden Griffe zu stoßen, als er sich setzte. Die eiligen Schritte seines Bruders verklangen allmählich in der Ferne und tiefe Stille senkte sich auf den Schacht herab. Er lauschte. Sein eigenes Atmen hörte sich in der Dunkelheit ungewohnt laut und schnaufend an. Er versuchte, das leise Säuseln der Luft in seinen staubverkrusteten Nasenlöchern auszublenden, um auf Geräusche vom Grund des Schachts zu horchen. Wenn er den Atem anhielt, konnte er sich einbilden, ganz schwach das Schaben von Schaufeln zu vernehmen. Wahrscheinlich war der Stollen nicht direkt am Eingang kollabiert, sondern erst weiter hinten.

Bitte Angrosch, sei gnädig mit unserer Familie!, betete er. *Wenn wir deinen Zorn erregt haben, werden wir es wieder gutmachen.*

Aber worüber konnte der Gott in Wut geraten sein? Fadurrax erinnerte sich an Brodomurrs Geschichte über die Mumien aus dem Feuertempel von Algoram. War doch mehr Wahrheit darin überliefert, als sein Vater eingestehen wollte?

Siedend heiß fiel ihm wieder ein, dass eine dieser unheimlichen Leichen ganz in seiner Nähe lag. Unwillkürlich schoss sein Blick in ihre Richtung, obwohl seine Augen nur konturlose Schwärze fanden. Womöglich hätte er sogar den abgebrochenen Arm berühren können, wenn er die Hand ausstreckte. Abergläubische Furcht wallte in ihm auf. Hastig krabbelte er rückwärts von der Mumie fort, bis er mit dem Schulterblatt an die Felswand neben dem Durchbruch stieß. Das Herz schlug ihm bis zum Hals und übertönte mit seinem Pochen jedes andere Geräusch.

Herr der feurigen Essen! Und ich habe nicht einmal eine Waffe!, schoss es ihm durch den Kopf. *Zumindest keine, die es mit einem Sehnenschneider aufnehmen kann,* korrigierte er sich, während seine Hand nach dem Drachenzahn an seiner Hüfte suchte. Lautlos zog er den Dolch, den er bei seiner Feuertaufe selbst geschmiedet hatte. Die Finger um das Heft gekrampft, starrte er in die Dunkelheit. Da! Kam das leise Schleifen tatsächlich aus der Tiefe oder nicht viel eher von der Wand? Der vielfache Widerhall erschwerte auf heimtückische Weise die Ortung.

Fadurrax spürte, wie seine Handfläche feucht wurde und seinen Griff um den Dolch lockerte. Umso fester packte er zu, ohne den Schweiß zu bemerken, der auch auf seine Stirn getreten war. Huschte da nicht etwas? Was war das? Das Geräusch wurde lauter. Schritte. Viele schnelle Schritte. Der Angroscho ließ erleichtert den behelmten Schädel gegen den Fels sinken. *Und ich dachte, mir macht ein bisschen Finsternis nichts aus!*

Der Lichtschein der nahenden Helfer ergoss sich in Fadurrax Blickfeld. Beschämt steckte er den Drachenzahn wieder weg und stand auf. Die Mumie lag noch immer, wo die Zwerge sie abgesetzt hatten. Fadurrax empfand ihr unablässiges Grinsen als hämisch.

»Ich musste gar nicht weit laufen«, verkündete Ferrasch, als er auf die Plattform gepoltert kam. »Sie waren schon unterwegs.«

»Vorsicht!«, mahnte sein Bruder, als hinter ihm weitere Angroschim aus dem Stollen drängten. »Die Erschütterung hat das Gerüst beschädigt. Wir wissen nicht, wie viele von uns es noch trägt!«

»Na, prächtig«, höhnte Murtorog und musterte beiläufig die Mumie. »Was schlägst du vor?«

»Am besten kommst du mit Maghir an die Winde, damit wir erst einmal den Aufzug hochziehen können«, antwortete Fadurrax sachlich. »Die anderen warten besser so lange auf festem Boden. Dann lassen wir zwei weitere Helfer runter.«

»Nämlich mich«, betonte Ferrasch.

»Und mich«, rief Fadmaschosch, der hinter den beiden Kriegern im Durchgang stand.

Fadurrax nickte. Er und Ferrasch nahmen mit Maghir und Murtorog ihre Plätze ein und begannen zu kurbeln. Wer sie vom Stollen aus sehen konnte, schaute zu und wartete gespannt auf das Auftauchen des Förderkorbs. Jene, die in dem schmalen Gang zu weit hinten standen, vertrieben sich die Zeit damit, Mutmaßungen über die Lage im Kohleflöz anzustellen. Doch über das brummelnde Stimmengewirr und das leise Knarren und Rotieren des Flaschenzugs hinweg drang plötzlich ein ferner Schrei vom Grund des Schachts herauf.

»War das Bartom?«, flüsterte Ferrasch. »Vielleicht haben sie Vater und Balbarosch schon gefunden.«

»Still jetzt, Leute!«, forderte Murtorog so herrisch, dass alle augenblicklich verstummten.

Er wollte gerade zu dem Loch hinüber gehen, um besser nach unten lauschen zu können, als in der Tiefe Tumult entstand und weitere schrille Schreie folgten. Metall schepperte.

»Weiterkurbeln, schnell!«, befahl Murtorog. »Wir müssen da runter!«

Die vier Angroschim warfen sich ins Zeug.

»Glaubst du, es sind die Mumien?«, fragte Fadurrax bang.

»Pah, hier liegt eine und rührt sich nicht«, schnaubte Murtorog. »Ich weiß nicht, welche Dämonen da unten hausen, aber wir werden es ihnen schon zeigen!«

Es dauerte nur den Bruchteil einer Zwölftelstunde, bis der Förderkorb geradezu heraufschoss.

Ferrasch stürmte los, doch Murtorog schob den schmächtigeren Angroscho mühelos zur Seite.

»Das ist eine Angelegenheit für Krieger«, knurrte er und zog den Lindwurmschläger, von dem er sich niemals trennte.

Auch Maghir hatte bereits seine Waffe parat. Ferrasch sah ein, dass erprobte Kämpfer seinem Bruder jetzt nützlicher sein würden als er, und kehrte an die Winde zurück, wo sich Fadmaschosch und der alte Muramil zu ihm und Fadurrax gesellten. Die beiden stattlichen Krieger, die mit ihren kupferrot glänzenden Bärten und in ihren langen Kettenhemden den tapferen Streitern der Drachenkriege glichen, stiegen in den Korb. Ortosch blickte ihnen vom Durchbruch aus nach, wie sie mit grimmigen Mienen nach unten sanken.

Am Grund des Schachts war es verdächtig ruhig geworden. Verbissen kurbelten die Zwerge wieder schneller, um nicht darüber nachdenken zu müssen, was die Stille bedeutete. Obwohl es daran wenig Zweifel gab. Ortosch beobachtete gebannt das Seil, die einzige Verbindung zwischen ihnen und den beiden, die einem ungewissen Schicksal entgegenschwebten. Er schielte kurz zu den auf der Trommel verbliebenen Windungen. Sie mussten gleich unten sein.

Plötzlich pendelte das Seil, ohne zu erschlaffen, und aus der Tiefe ertönte wütendes Gebrüll. Ortosch glaubte, die Stimme seines Vaters zu erkennen, aber es war schwer zu sagen. Sämtliche Angroschim erbleichten. In das Gebrüll mischte sich ein Schrei und brach abrupt ab.

»Angrosch steh uns bei!«, entfuhr es Muramil. »Zieht sie wieder hoch! Los, kurbelt!«

Er selbst drehte an dem Rad wie besessen. Ortosch hielt es trotz Fadurrax' Warnung nicht länger an seinem Platz. Er wischte zwischen den Zwergen an der Winde und der Mumie hindurch und beugte sich über den Rand des Geländers, das das Loch im Boden sicherte. Doch unter ihm herrschte nur Dunkelheit. Nichts war mehr zu hören, und er wagte nicht zu rufen, aus Angst, damit ein Lebenszeichen zu überdecken.

Endlich tauchte im Dämmerlicht direkt unterhalb der Plattform das kantige Gestänge des Förderkorbs auf. In Ortoschs Hals bildete sich ein erstickender Kloß. Der Korb war leer. In der angespannten Stille stieg er gespenstisch aus der Tiefe auf. Blutspritzer prangten auf ihm, hatten rote Spuren hinterlassen, wo Tropfen herabgeflossen waren. Nur Murtorogs Axt lag einsam auf den rauen Brettern.

6. Kapitel

Voller Entsetzen blickten die Angroschim auf das Blut und konnten nicht fassen, was geschehen war. Muramil hinkte wie in Trance an Ortoschs Seite. Seine Augen schimmerten von aufsteigenden Tränen. Einem Schlafwandler gleich öffnete er den Einstieg des Aufzugs, hob ehrfürchtig den Lindwurmschläger auf und reichte ihn wortlos seinem jüngeren Verwandten. Ortosch streckte die Handflächen aus, auf denen Muramil das Erbstück Brogars ablegte wie eine zerbrechliche Kostbarkeit.

»Sie sind tot. Sie sind alle tot!«, sprach Ferrasch leidvoll aus, was jeder von ihnen ahnte, er jedoch in seinem Herzen als Gewissheit spürte. Sein Bruder war von ihm gegangen.

»Was sollen wir denn jetzt tun?«, fragte Fadurrax verzweifelt.

»Nichts werden wir tun. Wir ziehen uns zurück«, entschied ihr Ältester.

»Aber wir können doch nicht einfach so vergessen, dass da unten ...« Fadurrax suchte nach dem richtigen Wort. »... etwas Lebendiges ist, das unsere Verwandten getötet hat.«

»Wer hat gesagt, du sollst es vergessen?«, verteidigte sich Muramil. »Aber wie viele von uns sollen noch sterben? Glaubst du, du kannst bestehen, wo ein Drachenkämpfer gescheitert ist?«

Die Tränen liefen dem Alten nun frei über die Wangen und verloren sich in den weißen Zöpfen seines Bartes.

»Nein, Ältester, du hast Recht«, musste Fadurrax kleinlaut zugeben.

Aus der Tiefe des Schachts ertönte ein Rumpeln wie von Gesteinsbrocken, die herumgerollt wurden.

»Wir verlassen diesen Ort. Schnell!«, befahl Muramil.

Erschrocken wichen die Zwerge zum Erzstollen zurück. Der Blick des Ältesten fiel auf die Mumie, die unbeachtet an der Wand lag.

Vielleicht sollten wir sie besser mitnehmen, überlegte er. *Von ihr scheint die Gefahr nicht auszugehen, aber sie könnte wenigstens ein paar der Antworten bereithalten, nach denen Murtorog so verbissen gesucht hat.*

»Fadurrax, Fadmaschosch, helft mir, diese *Mumi-e* zu tragen!«, forderte er.

Die beiden Mechanici zögerten.

»Sie ist der einzige Hinweis darauf, was hier vor sich geht, den wir haben«, fügte Muramil hinzu, bevor sie widersprechen konnten.

Dennoch packten sie erst mit an, als sich Ortosch aus seiner Starre gelöst, den Lindwurmschläger in den Gürtel geschoben und sich überwunden hatte, den vertrockneten Leichnam zu berühren. Hinter dem Mut des Jüngeren wollten sie nicht zurückstehen. Zu viert verkam das Gewicht der Mumie zu einem lächerlichen Nichts, doch es mussten möglichst viele Hände unter den spröden Körper greifen, damit er nicht so leicht in weitere Teile zerbrach.

Wer bist du?, fragte Muramil das grinsende Gesicht im Stillen, als sie den schmalen Gang entlangeilten. *Wenn du doch nur noch reden und uns das Rätsel dieses Grauens lösen könntest!* Der alte Zwerg stutzte und wäre beinahe gestolpert. *Vergib mir den törichten Wunsch, Angrosch! Tot muss tot bleiben.*

»Das ist alles, was ich weiß«, schloss Fadurrax Sohn des Fadrim seinen stockenden Bericht über die Ereignisse dieses tragischen Tages, der ihm den Vater und drei Brüder geraubt hatte. Endlich durfte er sich wieder setzen. Um vor dem Sippenrat zu sprechen, der schleunigst einberufen worden war, hatte er seine aufgewühlten Gefühle beherrschen müssen, doch dafür war er immer erschöpfter geworden.

»Danke, Fadurrax. Wir alle teilen deine Trauer und wissen deine Worte zu würdigen«, versicherte Muramil, der mit gramvoller Miene neben dem greisen Brodomurr den Vorsitz über die Versammlung führte.

Der Sippenrat umfasste sämtliche erwachsenen Angroschim der kleinen Binge, sofern sie nicht durch wichtige Aufgaben daran gehindert wurden, teilzunehmen. Wie Mirschag Sohn des Muresch, der gemeinsam mit einem seiner jungen Neffen am Eingang zum alten Erzstollen Wache hielt, um sofort Meldung zu machen, wenn sich von dort ein Feind nähern sollte. Die Angehörigen der Sippe saßen auf den Bänken des Festsaals, dessen Tische zuvor beiseite geräumt worden waren, und jeder von ihnen hatte das Recht, gehört zu werden oder eine Frage zu stellen. Trotzdem waren sie nach strengen Regeln vorgegangen, als sie ihre Plätze eingenommen hatten. Je älter und angesehener ein Zwerg war, desto näher an den Oberhäuptern der Sippe durfte er sich niederlassen. Wäre Saggasch Sohn des Schrogrim nicht der einzige Angroschpriester der Binge gewesen, hätten seine Verwandten es ihm als nicht hinnehmbare Dreistigkeit ausgelegt, dass er sich zwischen Jorlika und Borim gesetzt hatte, die beide über dreihundert Jahre zählten.

»Soweit ich anwesend war, kann ich alle seine Aussagen bestätigen«, betonte Muramil. »Ferrasch Sohn des Fadrim, auch du warst die ganze Schicht hindurch anwesend. Ist dir über den Bericht deines Bruders hinaus etwas aufgefallen, das du dem Rat erzählen möchtest?«

Der Angesprochene schüttelte nur den Kopf. Auch wenn das enge Band, das ihn mit Ferrgat seit ihrer Geburt verbunden hatte, nach der Feuertaufe von einem Geoden gelockert worden war, hatte der Tod seines Seelenbruders ihn unmittelbarer berührt als die anderen verbliebenen

Achtlinge. Selbst wenn ihm eine Kleinigkeit eingefallen wäre, die Fadurrax vergessen hatte, wäre er in seinem Schmerz nicht fähig gewesen, darüber zu sprechen.

»Dann sollten wir nun darüber beraten, was von diesen schrecklichen Vorfällen zu halten ist und was wir unternehmen wollen«, regte Muramil an.

»Ich finde, es gibt noch einige Ungereimtheiten, die wir klären müssen«, meinte Borim, der alte Hüttenkundige. »Das passt doch alles überhaupt nicht zusammen. Zuerst stürzt über Ingam ein Stollen ein, der für sicher gehalten wurde. Dann gerät Fadrim in ein schlagendes Wetter, obwohl er einen Swerka bei sich hatte und unsere Vorfahren die Grubenlampen so weit entwickelt haben, das sie eigentlich keine Unglücke mehr auslösen. Beim Versuch, die Verschütteten zu retten, werden dann auch noch unsere besten Krieger von irgendetwas angegriffen und besiegt. Ich frage mich, welche Gemeinsamkeit hinter all diesen verschiedenen Ereignissen steckt.«

Zustimmendes Murmeln deutete an, dass er nicht als Einziger über dieses Rätsel grübelte.

»Natürlich kenne ich die Wahrheit genauso wenig wie jeder andere hier«, räumte sein Bruder Bornax ein, der nach Fadrim über die größte Erfahrung im Bergbau verfügte. »Aber ich glaube, ich weiß, wie es zu der Zündung des Schlagwetters kommen konnte. Bestimmt wurden Fadrim und Balbarosch von demselben Gegner angegriffen wie später die Krieger. Was auch immer es sein mag, es hat sie in den gefährlichen Bereich gejagt und als es zum Kampf kam, ist die Lampe umgefallen und das brennende Öl ist herausgelaufen. Dann kommt es unweigerlich zum Knall.«

»Unmöglich«, behauptete Jorlika, die trotz ihrer verweinten Augen gefasst wirkte. »Wie hätte dieses Wesen das Unglück überleben und weitermorden können?«

»Ich habe gleich gesagt, auf diesem Schacht liegt ein Fluch«, erinnerte Brodomurr knurrig. »Verschließt ihn endlich, bevor er noch mehr Leid über uns bringt!«

»Unser Ältester hat Recht«, ließen sich etliche Zwerge vernehmen. »Das alles kann nur durch einen Fluch geschehen sein.«

Zu Saggaschs Überraschung sah Muramil ihn fragend an. Rasch erhob er sich, damit die anderen ihm ihre Aufmerksamkeit schenkten.

»Wir alle haben die *Mumi-e* gesehen, die Muramil Sohn des Brogar aus dem Schacht mitgebracht hat«, erinnerte er. »Sie kann an den Vorgängen nicht beteiligt gewesen sein und ich spüre keinen Hinweis darauf, dass von ihr eine unheilige Bedrohung ausgeht ...«

»Und wie erklärst du dir dann, dass es sie überhaupt gibt?«, höhnte Brodomurr. »Selbst in meiner Jugend hat man schon seit Generationen keine Kleidung mehr mit den Runen verziert, die auf ihrem Gürtel prangen. Dieser Tote ist mindestens tausend Jahre alt! Nach den Gesetzen der Vergänglichkeit bleibt kein Leichnam so lange erhalten.«

Saggasch schluckte seinen Ärger über die Unterbrechung herunter, denn er war sich seiner Sache keineswegs so sicher, wie er vorgab. »Ich kann mir das nur durch die ungewöhnliche Trockenheit im Schacht erklären«, sagte er wahrheitsgemäß. »Gedörrte Pilze halten sich ja auch viel länger.«

Vereinzelt gab es nervöses Gelächter und Brodomurr kniff die runzligen Augen noch ein wenig mehr zusammen. »Tausend Jahre?«, zweifelte er. »Du schadest dem Ansehen unseres Schöpfers, wenn du dich lächerlich machst, Junge.«

Wenigstens sind meine Augen noch nicht vom Alter getrübt, dachte Saggasch, doch er unterdrückte die scharfe Erwiderung, die ihm auf der Zunge lag. Er durfte die anderen nicht wieder gegen sich aufbringen. »Ich denke, es ist genauso wenig hilfreich, unser Unglück auf einen Fluch Angroschs zurückzuführen«, konterte er stattdessen. »Warum sollte unser göttlicher Vater uns strafen, obwohl wir nichts Unrechtes getan haben? Und wenn er uns davon abhalten wollte, diese Kohle abzubauen, hätte es doch in seiner Macht gelegen, den Zugang völlig einstürzen zu lassen, sodass er uns auf ewig versperrt gewesen wäre. Deshalb glaube ich, dass die Gefahr von verderbten Kräften ausgeht, vor denen uns die toten Krieger warnen sollten.«

Diese Worte ließen unter den Angroschim aufgebrachte Diskussionen entbrennen. Muramil war gezwungen, mit seinem Schmiedehammer, dem Abzeichen seines Standes, auf den kleinen Amboss zu schlagen, der zu diesem Zweck neben seinem Lehnstuhl abgestellt worden war, um sich in dem Durcheinander wieder Gehör zu verschaffen.

»Gebt Ruhe, Brüder und Schwestern!«, forderte er. »So werden wir zu keiner Lösung kommen. Peritte Tochter der Pirgrima, was hast du zu sagen?«

Peritte, die Ehefrau des Hüttenkundigen Borim, stand auf, um ihren Worten mehr Gewicht zu verleihen als einem Zwischenruf aus der Menge. Ihr blondes Haar, das sie zur traditionellen Kanorgamascha geflochten trug, schimmerte ob der weißen Strähnen silbrig, die ihre fast dreihundert Lebensjahre hineingeblichen hatten.

»Diese *Mumi-en* sind widernatürlich«, stellte die alte Zwergin fest. »Ich frage euch: Warum sollte Angrosch eine solche Abscheulichkeit zu seinem Werkzeug machen? Brodomurr hat Recht. Angroschs Fluch muss auf ihnen liegen, ihnen und ihrem feuerlosen Feuerschacht!«

Viele Angroschim nickten beifällig, als die Hüterin der Pilzgärten wieder Platz nahm. Neben Saggasch drückte Jorlika die Hand ihrer Schwiegertochter Dorida und erhob sich. Die Aufmerksamkeit der versammelten Sippe wandte sich der alten Waffenschmiedin zu.

»Ich spreche in meinem Namen und dem Doridas Tochter der Diorime«, verkündete sie. Ihre Stimme zitterte, aber ihr Blick ruhte fest auf Muramil. »Wie ihr alle wisst, habe ich von Anfang an Brodomurrs Bedenken geteilt. Aber mein Enkel Murtorog vertrat die Ansicht, dass diese Toten

Helden seien, deren Opfertod endlich geehrt werden sollte. Im Gedenken an unseren tapfersten Krieger, den einzigen Absolvent der Drachenkämpferschule zu Xorlosch, den unsere Sippe seit 500 Jahren hervorgebracht hat, setzen wir uns dafür ein, diesem Unbekannten an Murtorogs Stelle eine würdige Bestattung zu bereiten.«

Die meisten Zwerge schwiegen überrascht, aber ihre Gesichter drückten Mitgefühl für die beiden Angroschax aus, die ihren Sohn und Enkel verloren hatten. Jorlika sank den Tränen nah zurück auf die Bank.

»Der Kummer trübt deinen Verstand«, behauptete Brodomurr verärgert. »Dieser Leichnam muss wieder dort eingeschlossen werden, wo er hingehört!«

»Ältester, du beleidigst unsere Verwandte!«, tadelte Muramil empört. »Auch ich bin dafür, den Stollen zu versiegeln, denn wir wissen nicht, ob das, was dort in der Tiefe lauert, doch noch einen Weg nach oben findet. Aber diese Entscheidung ist unabhängig vom Schicksal dieses Toten, über den ich nicht richten kann, weil er mir keinen Anlass dazu gegeben hat. Unsere Männer starben nicht durch seine Hand.« Er winkte Fadurrax, der aufgestanden war, um erneut zu sprechen.

»Für mich spielt es keine Rolle, weshalb dieser Fremde zu dem wurde, was er ist«, gab Fadurrax freimütig zu. »Ich zürne ihm nicht und schließe mich den Worten von Muramil Sohn des Brogar an. Aber ich bin heute zum Ältesten meiner Familie geworden, was mir die Bürde auferlegt, die Interessen meiner Geschwister, meines Schwagers und meiner Neffen zu vertreten. Es ist Vaters Stollen gewesen und als sein Erbe ...« Ihm versagte die Stimme, sodass es einen Moment dauerte, bis er fortfahren konnte. »Als sein Erbe gebe ich mein Einverständnis, diesen Schacht zu verschließen, um weiteres Unheil zu verhindern. Ganz gleich welcher Fluch darauf liegen mag, können wir nicht wider besseres Wissen weitere Leben aufs Spiel setzen. Kein Angroscho und keine Angroschna sollen ihn mehr betreten.

Nicht einmal, um unsere Toten zu bergen.« Wieder schnürte es ihm so sehr die Kehle zu, dass er die Zuhörer warten lassen musste. »Damit sich auch zukünftig niemand in Gefahr begibt, werden wir als Erstes die Plattform samt dem Förderkorb verbrennen.«

Muramil und Brodomurr nickten zustimmend. Niemand im Saal konnte daran gelegen sein, Fadurrax' Entscheidung in Frage zu stellen.

»Wie soll der Stollen gesichert werden?«, wollte der praktisch veranlagte Bornax wissen.

»Ich schlage vor, eine Mauer zu errichten«, antwortete Muramil. »Felsgestein wird unseren Zweck wohl am besten erfüllen.«

»Aber es wird lange dauern, die vielen Steine zurechtzuhauen«, gab Bornax zu bedenken. »Haben wir denn so viel Zeit?«

»Nein, wir sollten uns beeilen«, pflichtete Muramil ihm bei. »Wir werden unbehauene Steine zusammenfügen. Bei dem Einsturz sind viele zurückgeblieben und in unseren Abraumhalden finden sich mehr als genug davon.«

»Einfach so?«, wunderte sich Borim und sprach damit allen aus der Seele. Die Vorstellung einer kruden Mauer aus ungleichmäßigen Felsbrocken lief ihrem tief verwurzelten Sinn für geometrisch exakte Handwerkskunst zuwider.

»Es steht dir frei, dieses Bollwerk später hinter einer vollendeten Blendfassade zu verstecken«, gestattete Muramil zynisch. Im Augenblick hatten sie nun wirklich dringlichere Probleme.

Sein Bruder verschränkte beleidigt die Arme, nahm die Zurechtweisung jedoch hin. Auch ihm leuchtete ein, dass sie am besten sofort nach der Ratssitzung daran gingen, diese Mauer zu bauen.

»Dann müssen wir nur noch einmal auf die leidige Frage zurückkommen, was mit der *Mumi-e* geschehen soll«, seufzte Muramil. »Geweihter Angroschs, sollen wir sie –

wie es Brodomurr wünscht – wieder in den Schacht bringen, oder sie – wie es Jorlika und Dorida wünschen – mit Ingam den Flammen übergeben?«

Froh darüber, endlich ernst genommen zu werden, richtete sich Saggasch auf. »Schwestern und Brüder, die Priester in Xorlosch haben mich gelehrt, dass Untote stets durch zauberische Drachenmacht oder dämonisches Wirken erweckt werden. Deshalb bin ich zu folgendem Schluss gelangt: Wenn dort in der Tiefe tatsächlich eine bösartige Macht haust, – und alles, was wir heute erlitten haben, weißt darauf hin, dass es so ist – dann wäre es geradezu ein Sakrileg, ihr den Toten wieder auszuliefern!«

Brodomurr runzelte grimmig die Stirn, während Muramil nachdenklich nickte.

»Aber falls du Recht hast und die *Mumi-e* tatsächlich von dem beherrscht werden könnte, was im Schacht lauert, wie willst du dann verhindern, dass sie sich gegen uns wendet?«, warf Doridas Mann Mirtaschox ein.

»Indem wir sie in der Heiligen Halle aufbahren«, erklärte der junge Priester. »Dort verhindert Angroschs Gegenwart, dass sie von unheiligem Leben erfüllt wird.«

»Nicht, wenn der Gott selbst sie zu dieser Strafe verdammt hat!«, rief Brodomurr.

»Diese Idee grenzt meiner Meinung nach selbst gefährlich nah an Frevel!«, erwiderte Saggasch ebenso laut, woraufhin etliche Zwerge angesichts dieses schwerwiegenden Vorwurfs den Atem anhielten. »Aber selbst wenn sie wahr wäre und der Tote sich sogar in einem Tempel erhebt, dann doch wohl nur, um Sühne zu leisten, und nicht, um Angroschim hinzuschlachten!«

Den einsetzenden Tumult konnte Muramil wiederum nur mit Hilfe einiger Schläge auf den Ratsamboss eindämmen. Dabei gingen dem alten Waffenschmied viele Erinnerungen aus seiner Zeit unter den Menschen und ihren Geweihten durch den Kopf, die im Kampf gegen die Heere von Untoten aus den Schwarzen Landen ganz ähnlich wie

Saggasch argumentiert hatten. Nur der Segen der Götter vermochte solche Kreaturen aufzuhalten. Nur wer in geweihter Erde bestattet oder vorsorglich verbrannt wurde, war gegen das Schicksal gefeit gewesen, dass am Ende seinen Bruder Muresch ereilt hatte. Mit dem eigenen Ritualhammer des Priesters hatte Muramil den auf so schreckliche Weise Wiederauferstandenen besiegen müssen, um Murtorog und Maghir zu schützen.

Murtorog hatte Recht, dachte der alte Zwerg ergriffen. *Wir sind es Muresch schuldig, diese Leiche anständig zu bestatten. Und jetzt auch Murtorog selbst.*

»Hört mich an, Brüder und Schwestern!«, bat er in die einsetzende Stille hinein. »Jeder von euch weiß, dass ich an der Trollpforte gegen untote Krieger gekämpft und viele Erfahrungen gesammelt habe, auf die ich gern verzichtet hätte, um ehrliche Schlachten zu schlagen. Nach dem, was ich in jenen schlimmen Tagen gelernt habe, muss ich Saggasch Sohn des Schrogrim zustimmen. Es steht mir nicht zu, euch Befehle zu erteilen. Wenn sich die Mehrheit von euch für Brodomurrs Ansicht ausspricht, soll unser Ältester seinen Willen haben. Aber ich unterstütze seine Meinung nicht.«

Er ließ den Blick forschend über seine Verwandten schweifen, die verunsichert wirkten. Sie hatten schon einmal gegen Brodomurr entschieden und damit sieben Angehörige in den Tod geschickt. Wer konnte ahnen, welche Konsequenzen ihnen dieses Mal drohten? Andererseits sah sich selbst Muramil, dessen Weisheit sie schätzten, gezwungen, sich gegen den Ältesten auf die Seite des jungen Priesters zu stellen.

»Wer ist dafür, die *Mumi-e* in den fluchbeladenen Schacht zurückzubringen?«, erkundigte sich Muramil.

Nur wenige Angroschim hoben zögerlich eine Hand. Brodomurr knirschte vor Ärger und Enttäuschung mit den Zähnen. »Euer Erinnerungsvermögen ist kürzer als das eines Schrats«, knurrte er.

»Ich danke euch, Schwestern und Brüder«, ließ sich Saggasch vernehmen. »Ich hoffe, dass sich einige von euch bereit finden, eine Bahre zu zimmern, damit der Tote die verbleibenden Tage bis zum Feuermond angemessen gebettet werden kann.«

»So sei es! Der Sippenrat hat entschieden«, verkündete Muramil, aber es schwang kein Triumph, nur Müdigkeit in seiner Stimme mit.

Möge Angrosch geben, dass wir dieses Mal richtig liegen, betete er im Stillen.

Ortosch Sohn des Murtorog saß nah bei der heimischen Feuerstelle, wie es schon lange seine Gewohnheit war. Er hätte nicht erklären können, weshalb er stets die Nähe der Flammen suchte. Es lag nicht daran, dass er ständig gefroren hätte. Er fühlte sich dort einfach wohl.

Mit halb geschlossenen Augen hing er seinen Gedanken nach und nahm die Anwesenheit der Vierlinge, die mit gegossenen Zinnfiguren die Schlacht des Himmelsfeuers nachspielten, nur noch am äußersten Rand seines Bewusstseins wahr. Die kleine Doresche, die friedlich in ihrer Wiege schlief, hatte er schon vergessen. Wieder einmal war er aus der Gemeinschaft ausgeschlossen worden. Natürlich hatten sie gute Gründe dafür vorgebracht. Irgendjemand musste auf die Rasselbande aufpassen, und warum sollte ein älterer Angroschim sein Recht vergeuden, beim Sippenrat zu sprechen, wenn es auch einen jüngeren gab, auf dessen unmaßgebliche Meinung viel leichter verzichtet werden konnte?

Alle werden sehen, dass ich nicht anwesend bin. Vor allem Ubarom und Uglik, ärgerte er sich. *Wahrscheinlich werden sie darüber lästern, dass ich nicht einmal in dieser schweren Stunde wie alle anderen zusammenstehen kann. Wie ein Kahlkinn muss ich zu Hause bleiben, während jeder andere Jungmann da sein wird. Nur weil keine zweite Angroschna so kleine Kinder hat wie meine Tante, obwohl unsere Sippe doch angeblich so fruchtbar ist! Jedenfalls erzählt Brodomurr immer, dass wir von Angrosch gesegnet sind. Er sagt, in anderen Sippen werden viele Angroschim ohne einen Seelenbruder geboren. Vielleicht wäre ich dort nicht so einsam ...*

Als er im Geiste die drei weiteren Familien der Binge durchging, fiel ihm Paroscha ein. Paroscha mit den großen dunklen Augen und dem fröhlichen Lächeln. Auch sie musste jetzt allein mit ihrer jüngeren Schwester daheim sitzen, weil sie erst im nächsten Jahr die Feuertaufe absolvieren durfte, und bestimmt wäre auch sie viel lieber beim Rat dabei gewesen. Diese Gewissheit spendete Ortosch ein wenig Trost. Er mochte Paroscha. Sie gehörte zu der Hand voll Leuten, die nicht ständig auf ihm herumhackten. Sein Blick wanderte zu dem prachtvollen Lindwurmschläger, den er auf den Tisch gelegt und seitdem nicht mehr angerührt hatte.

Im Gegensatz zu meinen Vater. Aber der ist nun tot.

Die Worte lösten aufs Neue die dumpfen Gefühle aus, die ihn ergriffen hatten, als der leere Förderkorb in Sicht gekommen war. Wie betäubt betrachtete er vor seinem inneren Auge noch einmal, wie Maghir und Murtorog in dem Schacht verschwanden und nur das blutbespritzte Gestell aus Holz und Stahl wieder auftauchte.

Was hast du wirklich von mir gedacht, Vater?, fragte er das stumme Bild. *Hättest du mir eines fernen Tages freiwillig diese Axt übergeben und gesagt, dass du stolz auf mich bist? Dass sie mir zusteht? So ähnlich wie neulich in Fadrims Stollen, als du sie mir geliehen hast. War das ein Blick hinter die Maske gewesen? Hättest du sie mir anvertraut, wenn du mich immer für einen Versager gehalten hast?*

Doch sein Vater war tot und Ortosch verstand mit einem Mal, dass Murtorog ihm niemals würde gestehen können, ob er seinen einzigen Sohn trotz allem im Grunde immer gern gehabt hatte.

Er ist fort, einfach so, ohne Abschied, erkannte er und merkte peinlich berührt, dass er weinte. *Wie konnte das passieren? Er war immer so stark, so selbstsicher. Ein furchtloser Krieger, der selbst einem Drachen trotzte.*

Es ging über seinen Horizont, wie dieser imposante, unbezwinglich erscheinende Kämpfer so rasch, so gänzlich aus seinem Leben gefegt werden konnte. Welches Wesen besaß so viel Macht?

Er erinnerte sich daran, wie er den Stein neben dem toten Ingam aufgehoben hatte, und spürte augenblicklich den Stachel des schlechten Gewissens. *Hätte ich jemandem davon erzählen sollen? War ich nur feige, weil sie mich dann alle wieder schief angeschaut hätten?,* klagte er sich selbst an. *Es war nur wirres Zeug, aber vielleicht hätte es etwas geändert. Vielleicht wären sie dann vorsichtiger gewesen und Vater könnte noch am Leben sein. Ich bin wirklich ein Versager. Schuldig am Tod meiner nächsten Verwandten!*

Mühsam unterdrückte er das aufsteigende Schluchzen, das unweigerlich seine kleinen, wenig einfühlsamen Cousins auf den Plan gerufen hätte. Sie sollten nicht darüber kichern dürfen, wie er unter seiner Schande litt. In seinem Innern breitete sich die tröstliche, alles vergessen machende Dunkelheit weiter aus, lockte ihn, sich einfach fallen zu lassen. In die schwarze Leere zu sinken, den tiefen, finsteren Schacht.

Genau wie der Schacht!, schoss es Ortosch durch den Kopf und katapultierte ihn aus der Benommenheit. *Hat Großmutter nicht immer gesagt, das Dunkle in meiner Seele sei der Tod?*

Plötzlich empfand er Schrecken vor diesem einlullenden Etwas, das wie dicker Qualm durch alle Ritzen seines Verstandes drang. Wut keimte in ihm auf. Wie hatte er jemals zulassen können, dass es ihm so nahe kam?

Du bist gar nicht mein Tröster, du bist der Tod!, schleuderte er der Schwärze entgegen. *DU bist es, der mir gerade den Vater genommen hat! So wie du mir meine Mutter und meinen*

Bruder genommen hast! DU bist das schlimmste, das alles verschlingende Monster!

Bildete er sich das nur ein oder hatte die Finsternis eine hämische Note bekommen? Noch immer streckte sie ihre unzähligen Finger nach ihm aus.

Mich kriegst du nicht!, tobte er. *Verschwinde! Lass mich endlich in Ruhe!*

Doch die zähe, konturlose Masse zeigte sich unbeeindruckt.

Wie bekämpft man das Dunkel?, überlegte Ortosch hektisch. *Mit Licht! Mit hellem Feuerschein.*

Vor seinem geistigen Auge ließ er eine mächtige Flammenwand zwischen sich und der Dunkelheit auflodern und schob sie ihr entgegen.

Zurück! Weiche vor dem Feuer, das die Lebensflamme nährt!

Die schwarzen Schwaden, die eben noch nach ihm gegriffen hatten, wanden sich wie unter Schmerzen und zogen sich zuckend zurück. Euphorisch fühlte Ortosch immer mehr dieser ungeahnten Kraft emporlodern und in das tosende Inferno fließen, hinter dem die Finsternis nur mehr wie ein Schatten ihrer selbst wirkte.

Brennen sollst du! Vergehen in der Feuersbrunst!

»Ortosch! Ortosch!«, riss ihn eine panische Stimme zurück in die äußere Wirklichkeit. »Es brennt!«

Ortosch öffnete verwirrt die Augen und erschrak. Die verkohlten Holzbrocken in der Asche des Herdfeuers glühten rot, als hätte jemand hineingeblasen. Doch noch seltsamer und vor allem gefährlicher war, dass die in der Nähe der Kochstelle aufgestapelten Scheite in Flammen standen und das Feuer drohte, auf die Truhe mit den Getreidevorräten überzugreifen.

»Schlacke!«, entfuhr es Ortosch, als er aufsprang. Von den vier aufgeregten kleinen Jungs, die wild durcheinander riefen, mehr behindert als unterstützt, zerrte und schob er die schwere Kiste aus der Reichweite der Flammen. Aber damit war es nicht getan. Wegen der herausschießenden Funken konnte er das viele Holz nicht einfach niederbrennen lassen. Ihm fiel in seiner Panik nichts Besseres ein, als mit spitzen Fingern lodernde Äste und Scheite aus dem Haufen zu fischen und auf die ummauerte Feuerstelle zu werfen, bevor sie weitere Teile des Stapels entzünden konnten.

Erst als er sich dabei schmerzhaft den Handrücken versengte, kam er zur Besinnung. »Wir brauchen Wasser! Schnappt euch irgendwelche Töpfe und Krüge und holt welches!«, herrschte er die Vierlinge an, die viel zu verunsichert waren, um sich ihm wie gewöhnlich zu widersetzen. Gehorsam sausten sie mit allen möglichen Behältnissen davon, dass das Geschirr nur so klapperte. Von dem ganzen Radau war nun auch Doresche in ihrer Wiege erwacht und begann, herzerweichend zu greinen, was Ortosch noch nervöser machte.

Fahrig stocherte er mit dem Schürhaken im Feuer herum, um noch nicht angebranntes Holz mehr schlecht als recht auszusortieren. Endlich kam der erste seiner Cousins mit einer überschwappenden Suppenschüssel angerannt. Ortosch nahm sie ihm ab und kippte den Inhalt in die Flammen. Es gab ein lautes Prasseln, Dampfwolken stiegen auf und hüllten die jungen Zwerge in warmen Nebel. Ein weiterer Vierling tauchte neben Ortosch auf, um ihm einen gut gefüllten Humpen in die Hand zu drücken. Als sich der Inhalt über das Feuer ergoss, züngelten nur noch vereinzelte Flammen hervor, während sich das Wasser auf dem Boden zu einer großen Pfütze ausbreitete.

»Um der heiligen Esse willen, was ist denn hier los?«, rief plötzlich die alte Jorlika von der Tür her.

»Wir waren's nicht!«, beteuerten die Vierlinge augenblicklich.

»Meine arme Doresche! Alles voller Rauch!«, entsetzte sich Ortoschs Tante Dorame und eilte schnurstracks zu ihrem schreienden Kind.

Ortosch entriss rasch einem anderen seiner Cousins den vollen Topf, um auch noch die letzten Reste der Glut zu löschen.

»Ich will auf der Stelle wissen, was hier passiert ist!«, forderte Muramil streng.

»Wir waren's nicht!«, wiederholten die Vierlinge im Chor.

»Das will ich euch auch geraten haben! Mit Feuer spielt man nicht!«, warnte das Familienoberhaupt.

»Ich habe keine Ahnung, wie es dazu gekommen ist«, versicherte Ortosch, dem seine Verwirrung deutlich ins Gesicht geschrieben stand. »Ich muss eingeschlafen sein und dann schrie Auralm, dass es brennt.«

»Eingeschlafen?«, schimpfte Dorame mit ihrer nunmehr wimmernden Tochter auf dem Arm. »Kann man dir nicht einmal die einfachsten Sachen anvertrauen? Du weißt, dass die Jungs immer nur Unfug treiben.«

»Aber wir waren's nicht. Ich schwör's!«, beharrte Auralm, der vernünftigste der Vierlinge.

Muramil rieb sich müde die Augen, weshalb Jorlika das Wort ergriff. »Darüber sprechen wir morgen weiter«, beschloss sie. »Marsch, ins Bett mit euch! Ortosch, ich weiß, dass du heute viel erdulden musstest, aber deine Pflicht gegenüber der Sippe geht vor. Du hattest eine wichtige Aufgabe und warst dabei nachlässig. Zur Strafe beseitigst du vor dem Schlafengehen erst noch diese Überschwemmung hier!«

Ortosch nickte ergeben und begann zunächst, das gerettete Holz zum Trocknen aufzusammeln. »Wo sind denn die anderen?«, erkundigte er sich kleinlaut, da außer den beiden Ältesten und seiner Tante Dorame niemand zurückgekommen war.

»Sie helfen dabei, den alten Erzgang so schnell wie möglich zuzumauern«, erklärte Muramil, dem man seine gramerfüllte Erschöpfung nun wieder deutlich ansah. »Wir werden sie morgen früh ablösen, also halt dich nicht so lange hier auf!«

Fadurrax und sein Bruder Fadmaschosch kletterten vorsichtig über die ersten Lagen der rasch wachsenden Bruchsteinmauer.

»Passt doch auf!«, beschwerte sich Bornax, der den Bau leitete. »Ihr verschiebt mir ja alles! Der Mörtel ist überhaupt noch nicht trocken.«

»Dann richte dich schon mal darauf ein, dass wir vorhaben, wiederzukommen«, gab Fadmaschosch gereizt zurück. »Als ob wir das zu unserem Vergnügen machen würden.«

Sie warteten Bornax' Erwiderung nicht ab, sondern marschierten das Lorengleis in dem alten Stollen entlang, aus dem ihr Vater so viele Jahre Erz gefördert hatte.

Es war ein schwerer Gang für die beiden trauernden Angroschim. Nicht, weil sie gefürchtet hätten, auf den unbekannten Feind zu stoßen, der ihre Verwandten getötet hatte, sondern weil jede einzelne Bahnschwelle, jede Kerbe im Fels, jeder Drom Schiene sie an Fadrim erinnerte, den sie als kleine Jungen oft hierher begleitet hatten. Lange bevor sie merkten, dass die Gesetze der Mechanik sie weit mehr faszinierten als verborgene Lagerstätten im Gestein.

Fadmaschoschs grüne Augen schimmerten verdächtig, als er kurz innehielt und mit der Stiefelspitze das Gleis antippte.

»Was für eine Verschwendung von Eisen«, bedauerte er, um sich von seinem eigentlichen Kummer abzulenken.

Sein Bruder nickte. »Ich hätte die Schienen auch lieber abgebaut und an anderer Stelle wieder verwendet«, stimmte Fadurrax ohne echtes Interesse zu. »Oder eingeschmolzen. Aber wer könnte sich noch in aller Seelenruhe in diesen Stollen stellen? Ich bin selbst froh, wenn wir das hier hinter uns gebracht haben.«

Fadmaschosch brummte eine bestätigende Antwort und hielt die Laterne noch ein wenig höher, um weiter voraus zu leuchten. Obwohl sie entgegen ihrer üblichen Gewohnheiten Kettenhemden trugen und Äxte eingesteckt hatten, rechneten sie sich keine Chancen aus, sollte es dem unheimlichen Gegner gelingen, sie zu überraschen. Sie verließen sich darauf, dass, was immer es war, unten im Schacht gefangen saß. Wenn sie sich darin täuschen sollten, würde ihr einziges Heil in der Flucht liegen.

Als sie die Plattform erreichten, sah alles unverändert aus. Nichts rührte sich. Selbst der Förderkorb hing reglos in der vollkommenen Stille. Die beiden Brüder blieben auf dem felsigen Untergrund des Durchbruchs stehen.

»Zeig dich, Feigling, wenn du dich traust!«, rief Fadmaschosch plötzlich und hieb mit der Breitseite seines Kampfbeils auf die Bretter, dass es im Schacht nur so dröhnte.

»Hat dich der Drache gepackt?«, fuhr Fadurrax ihn erschrocken an. »Was soll das werden?«

»Besser, wir wissen, woran wir sind, oder?«, erwiderte sein Bruder, aber es klang nicht völlig überzeugt.

Bereit, jeden Augenblick herumzuwirbeln und um ihr Leben zu laufen, lauschten sie angestrengt in die undurchdringliche Tiefe, die sie unter der Plattform wussten. Es war schwer, ihren eigenen Atem und das Rauschen des Blutes in ihren Ohren von leisen Geräuschen in der Ferne zu unterscheiden.

»Nichts«, meinte Fadmaschosch schließlich, doch Fadurrax hob mahnend den Zeigefinger an die Lippen.

Nun konnten sie es beide hören. Es polterte am Grund, als rollten Steine übereinander, *große* Steine.

»Soll ich dir was sagen? Ich glaube, es ist riesig«, flüsterte Fadmaschosch.

»Du meinst wie ein Lindwurm? Aber warum klettert er dann nicht einfach hoch?«, wisperte Fadurrax zurück.

»Vielleicht klemmt es irgendwie fest«, bot sein Bruder als Erklärung an.

»Das ist lächerlich!«, hielt Fadurrax leise dagegen. »Bringen wir die Sache endlich hinter uns und verschwinden!«

Er öffnete einen kleinen Tonkrug und goss den Inhalt auf die Eichenbohlen. Das Lampenöl breitete sich zähflüssig aus, während Fadmaschosch einen Kienspan an der Laterne entzündete.

Hier, du Ungeheuer! Ich hoffe, es gefällt dir, wenn es brennende Bauteile regnet und der Schacht sich mit Rauch füllt, dachte er grimmig.

»Fadrim Sohn des Fobosch, Balbarosch, Bartom, Ferrgat, Söhne Fadrims, Murtorog und Maghir, Söhne Mirtaschox', dies soll euer Totenfeuer sein!«, verkündete er laut und ließ den harzigen Span auf das Lampenöl fallen.

7. Kapitel

»Ewiglich brennt deine Flamme, in deiner Esse wie in unserem Schrein«, murmelte Saggasch Sohn des Schrogrim, als er die geweihte Laterne in ihre Wandnische zurückstellte. Er hatte seine eigene Rituallampe an ihr entzündet, um die Heilige Flamme symbolisch hinaustragen zu können, ohne sie selbst dem Regen auszusetzen, der in der Welt außerhalb des Bergs fiel.

Der junge Priester nahm müde seinen Hammer auf. Die ganze Nacht hindurch hatte er für jeden einzelnen Toten, der dem unglückseligen Schacht zum Opfer gefallen war, die Liturgie des Ewigen Schmiedefeuers zelebriert. Umso schwerer lastete nun das prunkvolle Gewand, das bereits Muresch Sohn des Brogar und seine Vorgänger bei großen Zeremonien getragen hatten, auf seinen Schultern. Die steife, aus Leder und Loden gefertigte Robe war dicht mit goldenen und silbernen Plättchen bestickt, in die geschickte Schmiede uralte Angramrunen getrieben hatten.

Im Schein der Laternen blinkend und glänzend, drehte sich Saggasch zu seiner wartenden Sippe um, nickte den Ältesten zu und bedeutete ihnen so, dass sie anfangen konnten. Abgesehen vom leisen Schlurfen und Schaben der Stiefel auf dem Stein, herrschte andächtige Stille in dem kleinen Tempel, als sich die Prozession formierte. Der Geweihte schritt voran, die Stufen hinauf und durchmaß den Festsaal. Hinter ihm schulterten Muramil und seine drei Brüder die Bahre, auf der Ingam lag. Schweigend versahen sie diesen letzten Dienst, den sie ihrem Verstorbenen erweisen konnten. Ihnen folgten Murtorogs Brüder Ramesch und Roglosch, deren Vater Mirtaschox und deren Onkel Mirschag, die, um das Andenken ihrer beiden tapferen Krieger zu ehren, die Mumie trugen. Fadurrax und

Fadmaschosch sowie ihre Lehrlinge hatten es übernommen, Ingams wenige Besitztümer zu holen, um sie nun dem Toten bei seiner Rückkehr zu Angrosch mitzugeben. Die anderen Agroschim reihten sich hinter ihnen zu einer langen Reihe Trauernder ein und zogen mit gesenkten Köpfen an den Werkstätten vorbei ins Freie.

Der Himmel über dem Tal war mit grauen Wolken verhangen, aus denen ein leichter, aber beständiger Tropfenschleier herniederging. Vom Regen gespeist, rauschte das schmale Rinnsal vor dem Tor der Binge ungewohnt heftig unter dem Steg hindurch.

Ausgerechnet heute, am Tag des Feuers, ärgerte sich Saggasch. *Aber wir können die Bestattung nicht länger verschieben. Ingams wegen nicht, aber auch, weil diese Sache endlich ein Ende finden muss! Brodomurrs abergläubischer Unsinn darf nicht länger unseren Blick für die Wahrheit trüben. Angrosch, ehrwürdiger Vater, gib, dass diese Nässe nicht die Verbrennung verhindert, sonst wird Brodomurr das als Beweis für seine Geschichte werten!*

Doch als er jetzt in den Regen hinaustrat, fühlte Saggasch den Gott in seinem Innern so fern wie selten in seinem Leben.

Der Leichenzug, der ihm folgte, nahm im Freien groteske Züge an. Die Angroschim waren nicht nur von Gram erfüllt und übermüdet, da sie bis in die frühen Morgenstunden hinein mitgeholfen hatten, die schützende, fast einen Drumod dicke Mauer im alten Erzgang fertig zu stellen. Außer Brodomurr, der wie üblich seine eigenen, einsamen Wege gegangen war.

Sie fürchteten sich außerdem vor dem vielen Wasser, das sich auf sie ergoss und drohte, ihre Lebensflammen zu schwächen. Hatte nicht jeder von ihnen Berichte über entfernte Verwandte gehört, die gestorben waren, weil sie in Wasser getaucht wurden? Um diese Gefahr zu bannen, trugen etliche von ihnen zusätzlich zu ihren Helmen etwas bei sich, das sich schützend über den Kopf heben ließ.

Einige versuchten es mit Filzdecken, andere zogen festere Utensilien vor. Von großen Töpfen und Pfannen über hölzerne Kübel bis zu Deckeln von Bierfässern hielten sie alles hoch, was ihnen zu Hause brauchbar erschienen war. Nur die Bahrenträger und Saggasch verzichteten darauf, da sie ohnehin keine Hände frei hatten.

Als der Geweihte den riesigen Scheiterhaufen erblickte, schöpfte er neue Hoffnung und dankte Bartom und Balbarosch insgeheim für ihren Eifer. Die vorderen Bahrenträger mussten sogar kleine Stiegen zu Hilfe nehmen, um ihre Lasten auf den Holzstoß hinaufzuwuchten. Nach ihnen kletterten Ingams Gesellen und Lehrlinge die drei Stufen nach oben und drapierten seine Habseligkeiten wie das selbst geschmiedete Kettenhemd und seinen filigranen Zirkel aus Silber auf dem Leichentuch.

Saggasch wartete geduldig, bis auch Uglik – vor Nervosität ungewöhnlich umständlich – wieder heruntergestiegen war, und wandte sich dann den versammelten Angroschim zu.

»Brüder und Schwestern, im Namen Angroschs, unseres Schöpfers sind wir hier zusammengekommen, um den Körper von Ingam Sohn des Brogar dem Pfad seiner Lebensflamme folgen zu lassen«, verkündete er, eine Hand auf den langen Stiel des abgestellten Ritualhammers gestützt und in der anderen die Laterne. »Ingam Sohn des Brogar war uns geliebter Verwandter, geehrter Meistermechanicus, geschätzter Ratgeber und verlässliches Mitglied unserer Gemeinschaft. Die Chronik unserer Sippe kündet für alle Zeit von seinen Taten und wir werden sein Andenken stets in unseren Herzen bewahren. Möge er uns einst in Angroschs Hallen wieder begegnen!«

»Möge er uns einst in Angroschs Hallen wieder begegnen!«, raunte die Trauergemeinde inbrünstig.

Saggasch zögerte einen Moment. Den ganzen Morgen schon war er unschlüssig gewesen, ob er auch die Opfer, die der Schacht gefordert hatte, in den üblichen Begräbnisritus mit aufnehmen sollte. Doch jetzt entschied er sich endgültig dagegen.

»Gemeinsam mit unserem guten Bruder Ingam übergeben wir heute den Körper eines Ahnen den Flammen, dessen Name uns unbekannt ist«, fuhr er fort. »Wir haben nicht die Runen gelesen, die zweifellos für ihn gemeißelt wurden. Auch kennen wir seine Sippe nicht. Aber eines wissen wir sicher! Dass er ein Kind Angroschs war wie wir! Und deshalb wird er uns dankbar sein, dass wir an ihm handeln, wie es den Angroschim gebührt. Möge er uns einst in Angroschs Hallen wieder begegnen!«

»Möge er uns einst in Angroschs Hallen wieder begegnen!«, wiederholten die meisten Zwerge ergriffen.

»Brüder und Schwestern, vielleicht wundert ihr euch, wenn ich an dieser Stelle keine solche Rede für unsere anderen geliebten Verstorbenen halte, die sie mehr als verdient hätten. Doch ich unterlasse dies nicht aus Vergesslichkeit oder gar aus mangelndem Respekt, sondern weil ich die Hoffnung hege, dass eines fernen Tages unsere Nachfahren ihre Körper finden und für sie tun werden, was wir heute für diesen unbekannten Kämpfer tun«, erklärte er voller Überzeugung.

Diese Worte rührten viele seiner Zuhörer zu neuen Tränen. Mirtaschox drückte die laut schluchzende Dorida an sich, um ihr Trost zu spenden, obwohl auch ihm vor Schmerz über den Verlust zweier Söhne das Herz blutete.

Saggasch spürte, dass die Zeit gekommen war, den Scheiterhaufen anzuzünden. Er trat näher an den Holzstoß heran und öffnete seine Laterne, um eine Fackel, die zu diesem Zweck bereitlag, an die kleine Flamme zu halten. Das Harz sorgte dafür, dass die Fackel dem Regen zum Trotz augenblicklich Feuer fing. Er steckte sie so tief wie möglich in den Stapel, wo die Scheite trocken geblieben waren, und zog sich zu seiner Sippe zurück.

Es dauerte quälend lang, bis eine nennenswerte Rauchfahne aufstieg, aber noch immer war kein Feuer zu sehen.

Saggasch fühlte Brodomurrs bohrenden Blick im Rücken, doch er drehte sich nicht um. Eisern hielt er die Augen auf den Scheiterhaufen gerichtet, aus dem immer mehr dicker, weißlicher Qualm hervorquoll. Der Geweihte hörte leises Gemurmel hinter und vereinzeltes Zischen vor sich. Alle warteten ebenso angespannt darauf wie er, dass Angrosch sein Urteil fällte.

Endlich leckten erste Flammen aus dem Stapel hervor. Schneller und schneller griffen sie um sich, loderten in die Höhe und umringten die aufgebahrten Toten. Über dem Schauspiel des immer beeindruckender anwachsenden Brandes vergaßen die Angroschim sogar das beständige Tröpfeln aus der niedrigen Wolkendecke. Im Innern des Scheiterhaufens zerbarst das Holz in der enormen Hitze mit heftigem Krachen. Selbst Saggasch zuckte bei jedem Knall ängstlich zusammen, sah die erboste Mumie unter zornigem Gebrüll aus dem Feuer fahren.

Doch nichts dergleichen geschah. Eingehüllt von Rauch und dem Gestank nach verbranntem Fleisch, die der Regen auf den Talgrund drückte, beobachteten die Zwerge mit stoischer Geduld, wie der Stapel allmählich in sich zusammensackte und am Ende nur ein großer Haufen glühender Kohle zurückblieb, auf der zischelnd das Wasser verdampfte, das sie zugleich löschte.

Saggasch näherte sich der Asche als Erster und musterte sie mit einem Rest von Besorgnis. Aber er konnte nichts mehr entdecken, was entfernt an eine Mumie erinnert hätte. Jetzt erst kreuzte er Brodomurrs Blick. »Angrosch hat entschieden«, stellte er ohne Überheblichkeit fest. »Kein Fluch lag auf dem Fremden.«

Einige kamen nach vorn, um sich selbst zu überzeugen, doch ihr Ältester gab sich keine solche Blöße. Sein kantiges, geradezu zerklüftetes Gesicht war starr wie Stein. Er sagte nichts, erwiderte nur stur den Blick des jungen Priesters, bis Saggasch kopfschüttelnd aufgab. Es lag ihm nichts daran, den Greis zu demütigen. Jeder konnte sehen, dass der Geweihte Recht behalten hatte. »Gehen wir!«, schlug er vor.

Sie würden am nächsten Tag zurückkommen, um die erkaltete Asche zum Ort ihrer letzten Ruhe zu tragen. Nun stand erst einmal der traditionell fröhliche Leichenschmaus an, doch nach Frohsinn war keinem von ihnen zu Mute. Bald schon fielen ihnen vor Müdigkeit über dem Bier die Augen zu und kurz darauf zogen sich die Ersten zum Schlafen zurück. Nicht einmal die vorsichtige alte Jorlika dachte mehr daran, Wachen aufzustellen.

Der Einzige, der nicht schlafen konnte, obwohl auch ihm die letzten Tage schwer zugesetzt hatten, war Ortosch.

Ich sollte mich schämen, dachte er. *Anstatt angemessen um meinen Vater zu trauern, lässt mir dieser lächerliche kleine Brand neben dem Herd keine Ruhe. Ich bin wirklich ein schlechter Sohn ... aber verdammt, Murtorog Sohn des Mirtaschox, du warst auch kein besonders guter Vater!*

Mit einer heftigen Bewegung wälzte er sich unter seiner Decke auf die andere Seite, um endlich ins nächtliche Vergessen zu entfliehen. Doch das mysteriöse Feuer geisterte ihm unablässig durch den Kopf, beschwor seinen inneren Kampf mit der Finsternis wieder herauf, bedrängte ihn mit Fragen, vor deren möglichen Antworten er zurückscheute. Hatte *er* die Flammen mit seinem Zorn entfacht?

Das kann überhaupt nicht sein!, ermahnte er sich immer wieder. *Kein Angroscho kann mit seiner Gedankenkraft Funken schlagen, als wäre sie Feuerstein und Stahl! Oder doch? Ein Priester lernt so etwas. Nein, Angrosch selbst vollbringt es und der Geweihte ist nur sein Werkzeug. Gütiger Allvater! Niemals würde ich mir anmaßen, mich für einen deiner Priester zu halten! Ich schwöre es!*

Ängstlich horchte er auf ein Zeichen, ob der Gott ihm grollte, doch außer dem Schnarchen seiner Verwandten drang kein Laut an seine Ohren. Er hatte sich Angrosch nie besonders nahe gefühlt, er, der so wenig den Maßstäben entsprach, die an einen würdigen Angroscho gelegt wurden. Ganz besonders nicht in jenem Moment, als er mit dem Schicksal gehadert und den Tod selbst herausgefordert hatte.

Nein, Angrosch wirkt ganz sicher nicht durch mich, urteilte Ortosch. *Es müssen doch die Vierlinge gewesen sein, die mir diesen Streich gespielt haben. Das ist die einzige vernünftige Erklärung.*

Aber seine kleinen Cousins leugneten es überzeugend hartnäckig, selbst nach zwergischem Ermessen. Und auch seine eigenen Gedanken wollten diese Auslegung einfach nicht hinnehmen. Beständig nagte der Zweifel an ihm, forderte ihn auf, das Undenkbare in Erwägung zu ziehen.

Ich kann es nicht gewesen sein!, beharrte er und warf sich erneut auf seinem Lager herum. *Dazu müsste ich über die verderbte Drachenkraft verfügen, der sich die Zauberer bedienen. Ich mag ja ein schlechter Kämpfer und ein noch miserablerer Schmied sein, aber mit dem verfluchten Drachen hab ich nichts zu schaffen! Nichts!*

Er drehte sich auf den Bauch und vergrub das Gesicht in seinem dünnen Kissen. Doch auch das schützte ihn nicht vor der leisen Stimme, die ihm einflüsterte, dass er sich da gar nicht so sicher sein konnte. Die Ränke des Drachen hatten schon ganz andere Angroschim, große Helden der Vergangenheit, in ihrem Netz verstrickt. Wie sollte ein so wenig gefestigter Kurzbart wie er dagegen gefeit sein? War er nicht einfach nur ein seltsamer Zwerg, sondern regelrecht *drax rardosch,* dem Drachen verfallen und eine Gefahr für seine Sippe?

So sehr er sich auch weigerte, diese entsetzliche Vorstellung an sich heranzulassen, sie wollte nicht weichen. Es hatte keinen Sinn, sie verdrängen zu wollen. Sie würde ihn jagen, bis er zusammenbrach. Er musste Gewissheit haben, sonst trieben ihn seine Befürchtungen noch in den

Wahnsinn. Abrupt setzte er sich auf, nur um dann doch wieder innezuhalten.

Wenn ich so weitermache, werde ich noch alle aufwecken, tadelte er sich selbst. Deutlich behutsamer streifte er die Decke ab und stand auf. Nur mit seinem Nachthemd bekleidet tappte er in einer zwergischen Imitation elfischen Schleichens zwischen seiner schlafenden Familie hindurch zu dem Gang, der in die große Wohnküche führte. Dort angekommen, ging seine Anspannung mit ihm durch und er hastete mit patschenden Fußsohlen den Rest des Wegs, um endlich außer Hörweite zu gelangen.

Nur eine winzige Öllampe beleuchtete den Raum, doch das matte Zwielicht genügte Ortoschs empfindlichen Augen. Er stellte sich einen dreibeinigen Schemel vor die Feuerstelle, kramte etwas Zunderschwamm aus dem Vorratskästchen und legte das strohtrockene Pilzgeflecht auf die warme Asche, unter der die glimmenden Kohlen darauf warteten, dass ihnen neues Leben eingehaucht wurde.

Hm, so bringt das nichts, erkannte Ortosch kopfschüttelnd. *Auf diese Art werde ich mir wieder einreden können, dass nur mein Atem und die schlummernde Glut zusammengewirkt haben. So erfahre ich die Wahrheit nie.*

Zögerlich legte er den Zunder wieder zur Seite und griff dann entschlossen nach einem kantigen Scheit. Dessen Oberfläche wies weder hervorstehende Splitter und Fasern noch Harzflecken auf, sodass es schwer Feuer fangen würde. Um ganz sicher zu gehen, platzierte Ortosch es auf die niedrige Mauer, die das Herdfeuer umgab. Nun erst setzte er sich, atmete tief durch, konzentrierte sich auf das Holz und dachte: *Brenne!*

Nichts geschah.

Du sollst brennen!, fuhr Ortosch im Stillen das gleichgültige Scheit an. *Los! Geh in Flammen auf! Brenne!*

Allmählich geriet er in Wut. Über das unschuldig daliegende Holz, das Feuer, das nicht erschien, über sich selbst, weil er so dumm war, sich mit einem dermaßen albernen

Experiment um den verdienten Schlaf zu bringen. Schließlich zürnte er sich sogar für diese Wut, denn er sollte doch froh sein, wenn der Versuch misslang. Aber wie intensiv er das Scheit auch anstarrte, wie laut er es auch in Gedanken anbrüllte, es blieb ungerührt liegen. Nicht der kleinste Funke zeigte sich.

Nach einer Weile erlosch die Wut in Ortosch und er gab seine vergeblichen Anstrengungen auf. *Na also! Ich kann es nicht*, freute er sich erleichtert. *Hätte ich auch gleich wissen können. Ich bin trotz allem nur ein gewöhnlicher Angroscho.*

Doch schon als er nach dem Holz langte, um es auf den Stapel zurückzulegen, sprang ihn erneut der Zweifel an, warf ihm vor, sich selbst zu betrügen. Welche Beweiskraft hatte sein Tun, wenn er es gar nicht auf dieselbe Weise anging wie beim ersten Mal? Einen Moment lang sträubte er sich, wollte in dem schönen Gefühl verharren, dass mit ihm alles in bester Ordnung sei. Aber nun war ihm bereits aufgefallen, dass er die Sache falsch angepackt hatte, und er konnte diese Erkenntnis nicht einfach außer Acht lassen, wenn er seinen Seelenfrieden wiedererlangen wollte.

Seufzend schloss er die Augen, um den Anblick des Holzscheits auszublenden. Stattdessen erinnerte er sich an die Flammen des großen Bestattungsfeuers, an ihr Flackern und Fauchen, an die heiße, bläuliche Lohe in der Esse, an die Funken, die beim Schmieden aus dem Metall sprangen. Er stellte sich jede Facette von Feuer vor, die er je gesehen hatte, und tauchte darüber in das innerste Wesen des Elements selbst ein, bis sogar seine Gedanken verzehrend loderten und er sich selbst darin vergaß.

Irgendwann – er hätte nicht sagen können, wie viel Zeit vergangen war – hob er die Lider. »Angrosch steh mir bei!«, hauchte er. Vor ihm tanzte ein winziges Feuer, nicht größer als seine Handfläche, auf dem noch immer unversehrten Scheit. Er sah verwundert genauer hin, doch es schwebte tatsächlich einen knappen Rim *über* dem Holz. Die von den Flämmchen ausgehende Hitze begann jedoch, das

Scheit unter sich anzusengen, schwarz zu färben und schließlich kräuselte sich ein dünner Rauchfaden in die Höhe, kurz bevor das Holz rot aufleuchtete. Dann war die Erscheinung plötzlich verschwunden und nur noch das Scheit mit der glimmenden Stelle lag vor Ortosch.

Ich kann es doch, überkam es ihn mit einer Woge tiefer Verzweiflung. *Angrosch, steh mir bei! Was hat das zu bedeuten? Ich will das doch gar nicht. Wie kann ich das wieder loswerden? Ich brauche Hilfe! Saggasch soll den Drachen aus mir vertreiben!*

Er war drauf und dran, den jungen Priester mitten in der Nacht von seinem Lager zu zerren und um Beistand anzuflehen. Rasch löschte er das verräterische Scheit in dem Wassereimer, den Dorida nach dem letzten Zwischenfall zur Sicherheit neben dem Herdfeuer wissen wollte, und stopfte es weit unten zurück in den Stoß. Auf dem Weg zur Tür streifte ihn jedoch eine ebenso ernüchternde wie beängstigende Erkenntnis.

Es hat eine Menge Unglück in letzter Zeit gegeben. Wenn ich nun gestehe, vom Drachen besessen zu sein, was liegt näher, als in mir die Ursache für all diese schrecklichen Dinge zu sehen?, fragte er sich. *Was werden sie dann mit mir machen?*

Er wagte nicht, sich diese Vorstellung weiter auszumalen. Furcht vor schrecklichen Strafen, vielleicht sogar Verbannung, schnürte ihm die Kehle zu. Seine Familie würde sich von ihm abwenden. Die anderen würden mit dem Finger auf ihn zeigen und auftrumpfen, dass sie es ja schon immer gewusst hatten. Nicht einmal Paroscha würde dann noch freundlich zu ihm sein, ihm, der so viel Leid über die Sippe gebracht hatte. Wenn er erst einmal zum *drax rardoscho* erklärt worden war, gab es kein Zurück mehr. Ganz gleich, wie sehr er seine fragwürdige Unschuld beteuern würde.

Nein, das konnte er nicht ertragen. Er würde dieses Geheimnis für sich behalten und selbst einen Ausweg finden. Irgendeine Rettung musste es für ihn geben. Hoffte er. Sonst war er verloren.

Der schweigsame Zug, der sich Saggasch Sohn des Schrogrim am nächsten Morgen anschloss, erreichte nicht die beeindruckende Länge der Bestattungsprozession. Zu Muramils Verdruss drückten sich Ingams entferntere Verwandte mit fadenscheinigen Ausreden davor, ein weiteres Mal in den noch stärker als am Vortag strömenden Regen hinauszugehen.

Man sollte ihre eigene Asche vom Wind verstreuen lassen, grollte er, als er mit Eimer und Schaufel beladen hinter dem Priester her humpelte. Sein einst zertrümmerter und nie richtig zusammengewachsener Knöchel schmerzte bei dem feuchten Wetter schlimmer als gewöhnlich, was die Laune des alten Zwergs nur verschlechterte. Er würde sehr genau darauf achten, wer am Ende einen Teil der Asche in den Berg trug und wer feige vor dem kalten Guss kniff.

Trotz seines Ärgers vergaß er nicht, mit Fürsorge an jene zu denken, die getreulich ihrer Pflicht nachkamen. Immer wieder warf er prüfende Blicke über die Schulter, um sich zu vergewissern, dass sich alle angemessen mit Helmen oder Lederkappen, Filzdecken oder Lodenumhängen gegen das gefährliche Wasser gewappnet hatten. Ganz besonders Ortosch, der an diesem Morgen blass und unglücklich aussah, was Muramil jedoch darauf schob, dass der Jungzwerg gerade seinen Vater verloren hatte.

Kurz bevor sie das Tor der Binge erreichten, stieß Ortoschs Großvater Mirtaschox aus der Richtung der Erzgänge zu ihnen. Er nickte dem Geweihten zu und reihte sich dann neben Muramil ein, der ihm erwartungsvoll entgegensah.

»Kein Anzeichen für einen Feind«, berichtete der alte Krieger. »Die Mauer steht unangetastet. Da geht nicht einmal ein Lufthauch durch. Und ich konnte auch nichts hören, was darauf hinweist, dass sich jemand an der Rückseite zu schaffen macht.«

»Gut«, erwiderte Muramil beruhigt.

Er versank wieder in andächtiges Schweigen, doch seine Gedanken galten noch nicht seinem verstorbenen Bruder. Da Brodomurr wieder einmal wortlos in seinem eigenen, geheimnisumwitterten Refugium verschwunden war, lag es bei Muramil, als Sippenoberhaupt zu entscheiden, ob sie nun wieder zur Normalität zurückkehren konnten.

Die meisten von uns haben dringend nötig, wieder geregelten Schlaf zu bekommen, überlegte er. *Dennoch können wir nicht einfach weitermachen, als sei nichts geschehen. Wir wissen immer noch nicht, was wirklich in diesem Schacht passiert ist. Wahrscheinlich werden wir es auch nie erfahren, aber ich kann noch nicht so tun, als gäbe es keine Bedrohung mehr. Wenigstens muss jemand regelmäßig nachsehen ... lauschen, ob sich hinter unserem Bollwerk etwas tut. Und wenn das Wetter besser wird, schicke ich ein paar Männer an die Südflanke des Keilerzahns. Vielleicht finden sie, wonach Murtorog gesucht hat.*

Das laute Rauschen des zum Wildbach angeschwollenen Wasserlaufs unter dem Steg riss ihn aus seinen Grübeleien. Für einen Menschen noch unmerklich, doch für das feine Gespür eines Zwergs deutlich erkennbar zitterte der Boden bereits unter der Wucht der zu Tal schießenden Wassermassen. Ganz zu schweigen von den Planken der kleinen Brücke.

Saggasch sandte ein Stoßgebet zu seinem Gott, dann eilte er hinüber. Muramil folgte ihm bedächtiger. Er wusste, dass der Steg nach Gewitterstürmen schon schlimmeren Fluten standgehalten hatte, und vertraute auf das Können seiner Ahnen. Für die restlichen Angroschim bedeutete es trotzdem eine weitere Mutprobe, es ihm gleichzutun. Doch sie kamen heil hinüber und dankten insgeheim Angrosch für seine schützende Hand, die sie jedoch nicht vor dem niederprasselnden Regen beschirmte. Kopfschüttelnd wandte sich der Geweihte zu Muramil um.

»Bei allem Respekt vor den Toten«, sagte er und Wasser tropfte ihm dabei vom Bart. »Wir werden alle verlöschen, wenn wir uns lange mit würdevollem Schreiten aufhalten. Besser, wir bringen die Sache so schnell wie möglich hinter uns. Für Feierlichkeit wird noch genug Zeit sein, wenn wir zurück im Trockenen sind.«

Obwohl er als Priester darüber zu befinden hatte, blickte der junge Geweihte den Älteren fragend an.

»Du hast Recht«, bestätigte Muramil, bevor er sich zu den anderen umdrehte. »Leute, der Regen soll uns nicht umbringen. Macht so schnell, wie ihr könnt!«, rief er.

Sie hasteten an den erkalteten Schmelzöfen vorüber auf die Wiese, die unter ihren Stiefeln quatschte wie ein nasser Schwamm. Rußig schwarze Bäche flossen bereits aus der Asche des Totenfeuers und bestätigten die Zwerge darin, dass Eile geboten war. Jeder schaufelte rasch seinen Kübel voll, wobei sie darauf achteten, keinen der verbliebenen Knochen und der Klumpen geschmolzenen Metalls zu vergessen. Nur die größten, nicht vollständig verbrannten Äste blieben liegen, als sie sich auf den Rückweg machten.

Der flinkere junge Saggasch wartete am Eingang der Binge auf Muramil, der wegen seines Hinkens als einer der Letzten wieder den sicheren Stollen erreichte. Erst als ihr Ältester angewidert eine Kaskade fliegender Tropfen aus seinen Bartzöpfen geschüttelt hatte, formierte sich der Zug wieder in gesitteter Form, um zu der natürlichen Höhle jenseits des Tempels zu ziehen, die ihnen als letzte Ruhestätte für die Überreste ihrer Toten diente.

Auf dem Weg dorthin schloss sich ihnen – getrieben vom schlechten Gewissen, wie Muramil vermutete – der Rest der Sippe mit Fackeln und Laternen an. Das Spiel der Schatten auf den glatten Oberflächen der von Zwergenhand angelegten Gänge fügte der Prozession eine Vielzahl schemenhafter Figuren hinzu, gerade so, als ob die Geister der Ahnen ihre Nachfahren begleiteten. Auf den unbehauenen Wänden der verwinkelten Grotte sprangen die Schatten dagegen unberechenbar umher und ihr Tanz bekam eine

136

unheimliche Note, weshalb die Angroschim, ohne es zu merken, enger zusammenrückten.

Saggasch stellte sich mit seinem Ritualhammer und dem Ableger der Ewigen Flamme dort auf, wo sich bereits ein ansehnlicher Haufen Asche auftürmte. »Aus den Knochen des Gebirges warst du geformt«, verkündete er. »In die Tiefe des Bergs kehrst du nun zurück.«

Er wies mit einer einladenden Geste auf die Asche und Muramil trat als Erster vor, um seinen Eimer vorsichtig darüber auszuleeren. Nach und nach schütteten die Zwerge unter den wachsamen Augen ihres Priesters alles auf, was sie an Überresten aus dem Regen geborgen hatten. Dann schlug der Geweihte mit dem Hammer dreimal gegen den gewachsenen Fels.

»Dem Willen Angroschs ist nun Genüge getan«, sprach er die traditionelle Formel, mit der Ingam endgültig dem Totenreich übergeben war. Und mit ihm der Fremde, dessen Begleiter noch immer unbestattet am Grund des Schachts lagen.

Schon seit Stunden lauerte Ortosch auf eine Gelegenheit, sich unbemerkt aus der Schmiede zu stehlen, doch sie ergab sich einfach nicht. Nie zuvor hatte es ihn gestört, dass seine Verwandten ständig um ihn waren. Wie jeder Zwerg fühlte er sich nur im Schoß seiner Sippe wirklich geborgen. Die enge Gemeinschaft mit der Familie gehörte zum Dasein als Angroscho wie das Leben in den Stollen und die tief empfundene Liebe zum Erz.

Aber gerade diese Hingabe an das Eisen fehlte Ortosch mehr denn je. Den ganzen Tag hatte seine Großmutter Dorida ihn nach all den Lindwurmschlägern, Sehnenschneidern und Felsspaltern der letzten Jahre zur Abwechslung in die Weihen des Schwertschmiedens eingeführt. Er verstand, dass sie hoffte, ihn damit von seinem

Kummer ablenken zu können, und er war ihr auch dankbar dafür.

Doch das Geheimnis, das ihn bedrückte, ließ sich nicht durch ein bisschen Ablenkung vergessen, und als Dorida ihm den Amboss überlassen hatte, war die Berührung der Zange, mit der er den glühenden Rohling hielt, kalt wie Eis. Anstatt sich in seine Hand zu schmiegen, fühlte es sich an, als sauge das Metall das Leben aus ihm heraus.

Ortosch biss die Zähne zusammen und bezwang den Impuls, das Werkzeug von sich zu werfen. Er spürte nicht zum ersten Mal einen Widerwillen gegen Eisen auf seiner Haut, aber so heftig, nahezu schmerzhaft und im Innersten quälend hatte es sich noch nie bemerkbar gemacht. Umso vehementer drosch er mit dem Hammer auf das zukünftige Schwert ein.

»Junge, was machst du denn da?«, fragte seine Großmutter entsetzt. »Das soll doch keine Bratpfanne werden! Wo bleibt dein Gefühl für die Form?«

»Tut mir Leid«, antwortete Ortosch zerknirscht. »Ich …« Er wusste nicht weiter.

Dorida seufzte. »Schon gut«, behauptete sie traurig. »Du bist voller Wut über das, was geschehen ist. Ich verstehe das. Manchmal macht es mich auch wütend. Eine Mutter sollte vor ihren Kindern sterben, nicht umgekehrt.« Sie wischte sich die aufsteigenden Tränen aus den Augenwinkeln. »Geh nur, Junge! Such dir lieber eine grobe Arbeit, bei der du die Wut herauslassen kannst!«

Es kam Ortosch wie eine Lüge vor, seine Großmutter über seine wahren Gefühle im Unklaren zu lassen. Doch er schluckte die folgenschweren Worte hinunter. In ihrem Gram durfte er ihr nicht noch weitere Lasten aufladen. Und schon gar nicht die Bürde, auch noch einen Enkel zu verlieren. Stattdessen nickte er nur, bevor er sich trollte.

Was auch immer mit mir geschieht, es verdirbt mich immer mehr, erkannte er erschrocken. *Seine Macht über mich wächst mit jedem Tag! Wer anders als der Drache kann hinter all dem stecken, wenn es mich von meinesgleichen entfremdet? Am Ende bin ich tatsächlich an all dem Unglück meiner Sippe Schuld!*

Er musste unbedingt mit jemandem sprechen, der mehr von diesen Dingen verstand.

Aber nicht mit Saggasch! Als Priester Angroschs durchschaut er mich bestimmt sofort, befürchtete er. *Vielleicht, nein, sicher verleiht der Gott seinen Dienern ein besonderes Gespür für die Drachenmacht … Brodomurr! Trotz dieser seltsamen Mumien- geschichte hat Brodomurr ein viel größeres Wissen als unser jun- ger Geweihter. Ihn werde ich aushorchen.*

Entschlossen schlug er den Weg zur Unterkunft des Äl- testen ein, die er noch nie betreten hatte. Mit jedem Schritt verflog seine Zuversicht jedoch wieder ein Stückchen. So- weit seine Erinnerung zurückreichte, war Brodomurr Sohn der Broda ein ruppiger, strenger Weißbart mit zerzaustem Haar und finsterem Blick gewesen, dem die Kinder lieber vorsorglich auswichen. Als Bruder ihres Ahnherrn Brogar hätte er bei jeder der vier Familien der Binge wohnen kön- nen, doch er zog es vor, abseits für sich zu hausen und sich nur gelegentlich an einer der vier Tafeln zum Essen einzu- finden. Muramil hatte Ortosch erklärt, der Älteste könne das lebhafte Gebaren und die Sprunghaftigkeit der Jün- geren nicht mehr ertragen, aber das war dem Jungzwerg nur als ein noch größeres Rätsel erschienen. In seinen Au- gen verlief ihr Leben in ausgesprochen ruhigen, gleichmä- ßigen Bahnen, die ihm mitunter sogar zum Gähnen lang- weilig vorkamen. Mit der Zeit hatte er aufgehört, sich über Brodomurr zu wundern, aber die kindliche Furcht vor dem Zorn des mürrischen Alten war geblieben.

So näherte sich Ortosch Brodomurrs Reich immer zö- gerlicher, bis er vor dem schweren, dunklen Filzvorhang stand und sich entscheiden musste.

Wie willst du dich dem Wirken des mächtigsten Feindes entgegenstemmen, den die Angroschim je gekannt haben, wenn du dich nicht einmal traust, deinesgleichen gegenüberzutreten?, verhöhnte er sich selbst.

Er fasste sich ein Herz und schlug mit der flachen Hand gegen die dicken Stoffbahnen. Zaghaft zunächst, dann kräftiger. Doch das dumpfe Klopfen blieb unbeantwortet. »Brodomurr?«, rief Ortosch. »Brodomurr, bist du da?« Er legte ein Ohr direkt an den Vorhang, konnte jedoch keine noch so gedämpfte Stimme dahinter wahrnehmen. »Brodomurr?«, wiederholte er sehr viel lauter.

Allmählich wurde ihm die Stille unheimlich. Womöglich war der Älteste gestorben, ohne dass es jemand bemerkt hatte. Vielleicht sogar unter ebenso seltsamen Umständen wie all die anderen. Alarmiert fegte er den Stoff beiseite, stürmte in den Stollen dahinter und hielt überrascht wieder inne.

Vor ihm erstreckte sich ein schmaler Gang, den wenige, kleine Öllampen in sanftes Dämmerlicht tauchten. Boden und Decke hatte man nur grob behauen, während die Wände zu beiden Seiten glatt waren, wie geschliffen, doch von unzähligen kleinen Nischen gekerbt. In jeder dieser Vertiefungen ruhte ein funkelnder Kristall. Einige nur daumennagelgroß, andere wie eine Kinderfaust, schimmerten sie in dunklem Weinrot und sattem Wiesengrün, in kräftigem Königsblau ebenso wie im Weiß des Schnees, im zarten Rosa von Apfelblüten und im leuchtenden Azur des Himmels. In jeder erdenklichen Schattierung glänzten die meist durchscheinenden Kristalle, sodass sich Ortosch staunend durch einen Regen farbigen Lichts bewegte.

Viele der herrlichen Steine wiesen gleichmäßige, geometrische Formen auf, als wären sie zugeschnitten worden. Manche hatten dagegen die verzweigtere, wie aus mehreren Quellen erwachsene Struktur natürlich entstandener Mineralien. Als Krönung der Vielfalt empfand Ortosch jedoch die hohlen geöffneten Kugeln, deren Innenseiten dicht an dicht mit weiteren kleineren Kristallen überzogen waren. Bunte Lichtflecken huschten über seine Hand, als er nach einem besonders edel wirkenden Exemplar in violetten Tönen griff.

Diese Pracht soll ein Angroscho hervorgebracht haben?, wunderte er sich, während er den Stein in den Fingern drehte, um das Spiel der Reflexionen zu betrachten.

Wie jeder in der Binge war er in dem Wissen groß geworden, dass sich Brodomurr im Alter der Zucht von Kristallen verschrieben hatte. Ihm war auch nicht entgangen, dass immer wieder sorgfältig verschlossene Kästchen von verschwiegenen Boten geliefert oder abgeholt worden waren. Aber was genau der Älteste in seiner selbst gewählten Einsamkeit tat, hatte ihm nie jemand erzählt. Wie lange mochte es her sein, dass überhaupt ein anderer zu Besuch bei Brodomurr gewesen war?

Sei nicht albern, Ortosch!, schalt er sich. *Wenigstens Muramil und Jorlika kommen ab und zu hierher. Ich hätte sie wohl nur einmal nach seiner Arbeit zu fragen brauchen.*

Plötzlich wurde ihm wieder bewusst, wie still es in diesem Stollen war. Wann hatte zuletzt jemand nach dem Ältesten gesehen? Rasch legte er den Kristall zurück an seinen Platz und eilte weiter. Der Gang endete nach wenigen Schritten an einem weiteren Vorhang, bei dem sich Ortosch nicht mehr mit Klopfen aufhielt, sondern einfach hindurchsauste. Hinter den Stoffbahnen fand er sich in einem annähernd quadratischen Raum wieder, der so voll gestopft wirkte, dass Ortosch den reglosen Alten darin beinahe übersehen hätte.

Brodomurr zu erkennen wurde dadurch erschwert, dass er eine kantige, aus Stahl gefertigte Maske trug, in die ein Sichtfenster aus teurem, völlig klarem Glas eingesetzt worden war. Er stand an einem hohen Tisch, dessen steinerne Platte von einem Gestell mit acht armdicken Beinen gestützt werden musste, und träufelte sehr bedächtig eine Flüssigkeit aus einer kleinen Flasche in eine gläserne Schale, deren Inhalt Ortosch hinter all den anderen Gerätschaften auf dem Tisch nicht ausmachen konnte.

Da der Greis offensichtlich lebte, aber durch keine Reaktion zu verstehen gab, dass er die Ankunft eines Besuchers wahrgenommen hatte, blieb Ortosch eingeschüchtert stehen und sah sich mit verhaltener Neugier im Raum um. In einer Ecke, nahe der kleinen Feuerstelle, entdeckte er Brodomurrs aus wenigen Decken bestehende Schlafstatt. Eine Truhe barg wohl die persönlichen Besitztümer des Ältesten und diente zugleich als Sitzgelegenheit und Esstisch, worauf im Augenblick jedoch nur die große Zinnkanne mit Bier hinwies.

Aus dem oberen Teil der Wände waren Ablagen wie Regale herausgehauen worden, auf denen sich allerlei Utensilien aneinander reihten. Leere, weiße und grünliche Glasgefäße in verschiedensten Formen, kleine und größere Säckchen aus Leder oder dicht gewebtem Tuch, etliche Mörser samt Stößel und dazwischen weitere faszinierende Kristalle, die sich in ihren teilweise melierten Farben und bizarren Formen deutlich von jenen unterschieden, die Ortosch draußen auf dem Gang bewundert hatte. Es roch salzig und der Jungzwerg schnupperte Spuren seltener Mineralien in der Luft.

Rundherum standen schmale Tische vor dem unteren Bereich der Wände, einige allerdings auch mitten im Raum. Darauf befanden sich viele unterschiedlich tiefe Glasschalen und emaillierte Schüsseln, die mit Wasser oder farbigen Flüssigkeiten gefüllt waren, in die Brodomurr kleine Kristalle an dünnen Fäden gehängt hatte. Eine Apparatur aus Glasröhrchen, Gestänge und Kesseln erinnerte Ortosch an Hogischs Destille, in der die Sippe Beerenschnaps brannte. Doch das Seltsamste stellte für ihn der Stalagmit dar, der im Mittelpunkt des Raums aus dem Boden wuchs und künstlich genährt wurde, indem es langsam, aber beständig aus einem an der Decke aufgehängten Schlauch tropfte.

Brodomurr hatte das Fläschchen abgestellt und rührte nun vorsichtig mit einem Glasstab in der Schale. Ortosch schätzte, dass es jetzt für die Arbeit des Greises ungefährlicher sein dürfte, falls er sich erschreckte, und beschloss, sich bemerkbar zu machen.

»Fortombla hortomosch[14], Ältester!«, grüßte er laut, aber respektvoll. »Ich bin's. Ortosch.«

»Bin ich taub oder blind?«, knurrte Brodomurr hinter seiner Maske hervor, ohne aufzusehen. »Aber wenigstens überlegst du dir deine Worte reiflich, bevor du den Mund aufmachst. Die anderen plappern gleich drauflos, wenn sie reinkommen.«

»Oh«, machte Ortosch nur verwirrt, dann verschlug es ihm wieder die Sprache.

Der Älteste störte sich nicht weiter daran. Er verschloss in aller Ruhe die kleine Flasche mit einem gläsernen Stöpsel und stellte sie beiseite. Dann nestelte er hinter seinem Kopf an einem Lederband, um den stählernen Gesichtsschutz abzunehmen. Ortosch erwartete, dass Brodomurr nun auf ihn zurückkommen würde, aber stattdessen griff der Alte nach einer Zange und wandte sich wieder der Glasschale zu. Offenbar hatte er nicht vor, ein Gespräch zu beginnen.

»Ich bin hier, weil ich dich etwas fragen möchte«, erklärte Ortosch nervös. »Soll ich lieber ein anderes Mal wiederkommen?«

Brodomurr brummte zur Antwort kurz und legte die Zange wieder hin, um hinter seinem Tisch hervorzuschlurfen. »Du weißt das noch nicht, weil du deine Nase noch kaum aus dem Berg gesteckt hast – was ich nicht tadeln will, wohlgemerkt! –, aber wenn wir Angroschim – verglichen mit den anderen Völkern – eines haben, dann ist es Zeit. Meine Kristalle können warten, so wie ich. Und du kannst es auch, sonst hättest du nicht gefragt, ob wir später reden sollen. So muss das sein!«

Ortosch war sich nicht sicher, ob das nun bedeutete, dass er gehen sollte oder bleiben durfte. Er versuchte es mit einem fragenden Blick, aber die dunklen, von den langen, weißen Brauen weitgehend verdeckten Augen seines Gegenübers ruhten geduldig auf ihm. Oder sahen sie über

---

[14] zwergischer Gruß, der »Friede und Wohlstand« wünscht

ihn hinweg in vergangene Jahrhunderte? Auf jeden Fall schien Brodomurr tatsächlich viel Zeit zu haben.

Der jüngere Zwerg hatte in Gedanken mehrfach angesetzt, den Ältesten auszuhorchen, doch nun, da er vor ihm stand, kamen ihm all seine Formulierungen plump und leicht durchschaubar vor. Im Gegensatz zu Brodomurr fühlte sich Ortosch allerdings nicht, als könne er die Angelegenheit genauso gut ein paar Äonen aufschieben.

»Ältester, woran erkennt man die Gegenwart des Drachen?«, platzte er schließlich heraus.

Die grüblerischen Falten auf der Stirn des alten Zwergs vertieften sich, während er versuchte, den Sinn dieser seltsamen Frage zu erfassen. »Willst du etwa für die Aufnahmeprüfung an der Drachenkämpferakademie lernen?«, erkundigte er sich zweifelnd.

»Nein, nicht eines Drachen, sondern *des* Drachen«, wiederholte Ortosch.

»Hätte mich auch gewundert, wenn *du* noch in die Fußstapfen deines Vaters trittst«, murmelte Brodomurr.

Das Gesicht des Jüngeren erstarrte zu einer harten, ausdruckslosen Miene, aber er sagte nichts. Der Ältere schien es nicht einmal zu bemerken.

»Was soll es mit der Gegenwart des Drachen auf sich haben?«, fragte Brodomurr gereizt, da er nicht verstand, worauf der Jüngere hinauswollte. »Hab ich euch Kindern nicht genug von den Taten unserer großen Helden erzählt, die ihm trotzten?«

»Doch, das hast du«, versicherte Ortosch hastig. »Ich meinte ja auch vielmehr, wie man sein Wirken in anderen Angroschim erkennt. Ob sie seinen Ränken erlegen sind, verstehst du?«

Der Älteste sah ihn noch ein wenig schärfer an. »Wenn diese Fragerei auf die Sache mit den *Mumi-en* hinausläuft, ...«, brauste er auf, doch Ortosch schüttelte rasch den Kopf.

»Nein, darum geht es nicht«, beteuerte er. »Es war nur so viel die Rede von Frevlern, und ich will jetzt wissen, woran man sie erkennt, bevor sie ihr wahres Wesen offenbaren. Der junge Saggasch versteht bestimmt nicht so viel davon wie du.«

»Ach?« Brodomurr strich sich geschmeichelt über den Bart. »Da hast du wohl Recht.« Er versank wieder in nachdenkliches Schweigen, aber dieses Mal wartete Ortosch einfach ab, bis der Älteste von selbst weitersprach.

»Angrosch hat uns einst aus dem harten Gestein der Berge geschaffen, als er unseren Urvätern den Lebensfunken einblies«, erklärte Brodomurr. »Standhaft und unverrückbar wie der Fels sollten sich die Angroschim dem Drachen entgegenstellen und Angroschs Gebote befolgen. So will es der Weltenerbauer bis heute.« Er trat an den nächstgelegenen Tisch und winkte Ortosch heran.

»Wenn wir aus dem Herzen des Gebirges geformt wurden, dann sind Stein und Erz, Mineral und Kristall unsere Brüder«, fuhr er fort. »Bereits im kleinsten Sandkorn ist die Struktur des großen Felsens vorgegeben. In jedem noch so kleinen Bröckchen Kristall schlummert die streng symmetrische Form, die Angrosch für ihn vorgesehen hat.« Er deutete auf die Behältnisse, in denen er verschiedene neue, mit glatten Flächen und exakt gewinkelten Kanten ausgestattete Schönheiten züchtete. »Genauso verhält es sich mit uns Angroschim. Unser Schöpfer hat uns ein festes Muster eingepflanzt, nach welchem wir heranwachsen sollen. Aber manchmal gibt es Verunreinigungen, die den Kristall fehlerhaft machen.«

Er nahm ein nahezu durchsichtiges Exemplar aus dem Regal und reichte es Ortosch, damit der Jungzwerg es gegen das Licht betrachten konnte. Milchige Brüche zogen sich in einer unregelmäßigen Linie durch den Stein.

»Solch ein Kristall sieht nicht nur weniger schön aus, er ist auch nicht so haltbar und zerspringt leichter, wenn man mit ihm arbeiten will«, erklärte Brodomurr. »Wieder ist es dasselbe mit uns. Wenn nun ein Angroscho oder eine Angroschna mit einem solchen Fehler behaftet ist, weil etwas den gewünschten Ablauf seiner oder ihrer Entwicklung gestört hat, neigen beide am Ende stärker dazu, den von Angrosch vorgezeichneten Weg zu verlassen und unter dem Druck zu zerbrechen, der als Wächter wider die Geschuppten auf uns allen lastet.«

Niemand in der Binge ist ein schlechterer Angroscho als ich, dachte Ortosch. Vor lauter Angst stieg Übelkeit in ihm auf. »Aber ...«, setzte er trotzdem noch einmal an. »Aber was können wir darüber *konkret* aus der Vergangenheit lernen? Wie haben sich die Angroschim benommen, über die der Drache Macht gewonnen hat?«

»Macht! Das ist ein gutes Stichwort«, meinte Brodomurr. »Sie hat mehr Facetten als meine Kristalle und ist tückisch wie der Drache selbst. Allzu leicht geschieht es, dass einem Rogmarok sein Amt zu Kopfe steigt und er der Verlockung erliegt, über alles entscheiden zu wollen wie die Könige der Menschen. Darin erkennst du den Einfluss des Drachen, der einst gottgleich über die ganze Welt herrschen wollte!«

Das beruhigte Ortosch ein wenig. Er hatte noch nie die Neigung verspürt, andere herumzukommandieren.

»Dann wäre da noch die Habgier«, fiel dem Ältesten ein. »Denk nur an das Ende der legendären Binge Umrazim, von dem ich euch schon so oft erzählt habe! In drachengleicher Gier immer noch mehr Schätze anzuhäufen, anstatt sie Angrosch zurückzugeben, das führt unweigerlich ins Verderben. Wer dafür sogar andere Angroschim betrügt oder womöglich Gewalt anwendet, der ist dem Feind bereits verfallen. Hüte dich also vor denen, die nie genug bekommen!«

Nach Gold und Edelsteinen hat es mich auch noch nie besonders gelüstet, stellte Ortosch erleichtert fest. *Vielleicht steht es gar nicht so schlimm um mich, wie ich dachte.*

»Die schärfste Waffe des Drachengezüchts aber war schon immer die List«, warnte Brodomurr. »Hinterhältig lauern sie auf uns, wann immer sie den offenen Kampf vermeiden können. Aber auch in ihren Worten und denen ihrer Diener darfst du niemals die Wahrheit erwarten. Lügen und heimtückische Intrigen. Was Angrosch verhasst ist, kommt ihnen gerade recht. Ein ehrbarer Angroscho spricht und handelt stets offen und geradeheraus.«

Damit versetzte er Ortoschs aufkeimender Hoffnung einen harten Schlag. *In letzter Zeit besteht mein Leben nur noch aus Heimlichkeiten,* musste sich der Jungzwerg eingestehen.

»Obgleich es mitunter geboten sein kann, den Feind mit seinen eigenen Waffen zu schlagen«, räumte der Älteste ein. »Eine raffinierte Falle am richtigen Platz, um einen überlegenen Gegner zu bezwingen, das hat schon oft in unserer Geschichte das Überleben ganzer Sippen gesichert. Auch wenn man nicht immer gleich einen halben Berg einstürzen lassen kann, wie die große Heldin Rogrima, die ...«

Ortosch hörte nur noch mit halbem Ohr zu. Sollte er doch besser zu Saggasch gehen und ihm alles erzählen, anstatt die Wahrheit zu verbergen wie ein Diener des Drachen? Würde er noch mehr Unheil über seine Sippe bringen, wenn er mit all seinen Makeln behaftet in der Binge blieb?

»Was ist mit der Drachenkraft?«, fiel er Brodomurr ins Wort. »Hast du schon einmal von einem Angroscho gehört, der zaubern konnte?«

Der Älteste brummte verstimmt über die Unterbrechung, ging dann aber doch auf die Frage ein. »In den alten Tagen, als die Welt noch nicht so wirr und von Angroschs Geboten entfremdet war, hat es das nicht gegeben«, behauptete er. »Aber dann überkam uns eine Krankheit, die anstelle des Körpers den Geist verdirbt. Viele wurden damals von ihr befallen und zogen hinaus an die Oberfläche, um fortan unter freiem Himmel zu leben. Das Schmieden ist ihnen ein Gräuel, während sie Gefallen daran finden, die Welt mit Magie zu verdrehen. Was für ein Irrsinn! Diese Seuche fordert bis heute immer wieder ihre Opfer in unseren Reihen.« Er schüttelte mit grimmigem Gesicht den Kopf. »Ich habe allerdings auch Gerüchte gehört, dass neuerdings ein Angroscho völlig der Drachenmacht verfallen sein soll und mit den Zauberern der Menschen gemeinsame Sache macht. Unvorstellbar! Und da sagen die Brumborim noch, der Drache sei für alle Zeit besiegt. Diese verblendeten Narren!«

»Ältester, du sagst, die Geoden sind krank im Geist. Aber sie behaupten doch, dass ihre Macht von der Erdkraft gespeist wird, und sie vollbringen damit hilfreiche Dinge«, wandte Ortosch verzweifelt ein. »Ist nicht auch dein Seelenband mit Brogar von einem Geoden nach der Feuertaufe gelockert worden?«

»Da hast du sie, die Schliche des Drachen!«, entgegnete Brodomurr heftig. »Er lullt uns mit ein paar guten Werken ein, damit wir darüber vergessen sollen, dass diese Abtrünnigen andere Götter über Angrosch stellen und seine Gebote missachten! Erdkraft, pah! Die Kraft der Erde liegt in der Härte von Felsgestein! Niemals kann auf Dauer etwas Gutes daraus erwachsen, wenn sich Angroschim von ihrem Schöpfer abwenden! Den Zorn des Gottes laden sie damit ...«

»Brodomurr?«, tönte es von nebenan. »Brodomurr, hast du Ortosch gesehen?« Ortoschs Großonkel Mirschag steckte gehetzt den Kopf durch den Vorhang. »Ah, Ortosch! Da bist du ja. Wir haben schon überall nach dir gesucht.«

»Noch so einer, der für nichts Zeit hat«, knurrte Brodomurr.

»Ist es denn schon so spät?«, wunderte sich Ortosch.

»Nein, aber Onkel Borim glaubt zu fühlen, dass sein Seelenbruder Bornax tot ist«, erwiderte Mirschag ernst. »Bornax ist mit einigen von Fadrims Söhnen und Enkeln zur Schicht gegangen, und da hat deine Großmutter befürchtet, du könntest zu ihnen gestoßen sein, nachdem sie dich aus der Schmiede geschickt hat.«

Erneut stieg die Übelkeit in Ortosch auf. »Wo wollten sie arbeiten?«, fragte er, obwohl er die Antwort ahnte.

»Unten in den Erzgängen.«

Die Welt aus so großer Höhe zu betrachten, zählte für mich noch immer zu den überwältigenden Erlebnissen. Immer weiter hinauf trug die warme Luft, die von den sonnenbeschienenen Felsen aufstieg. Ließ den schwitzenden Fuhrmann, der seine Ochsen fluchend den Hang hochpeitschte, zu einer kleinen Spielzeugfigur schrumpfen. Unter meinem staunenden Blick breiteten sich die Ausläufer des Eisenwaldes wie eine Landkarte aus. Bäche und kleine Flüsse schlängelten sich durch die dunklen Wälder und das leuchtende Grün der saftigen Frühlingswiesen. Der breite Karrenweg zog eine Spur zwischen den abgelegenen Dörfern, von denen jedes mit einem kleinen Mosaik aus Feldern und Weiden umgeben war.

Die flotte Reiterin, die mir ohne es zu wissen als Kundschafterin dienen sollte, musste schon weit vor uns sein. Zu den Bergen hin, deren Gipfel ich näher betrachten wollte, um mich nicht für einen falschen Pfad zu entscheiden. Es verschwamm, wer nun eigentlich dahinflog, die Landschaft oder die Augen, die auf sie hinabblickten. Berauscht erkannte ich, dass ich den Zweck des Ganzen zu vergessen begann.

Konzentrier dich!, ermahnte ich mich selbst. *Wie kannst du das von anderen verlangen, wenn du selbst nicht dazu in der Lage bist?*

Aber die herrliche, in satten Farben leuchtende Landschaft war doch zu schön. War sie nicht Sumus Leib in ihrem prächtigsten Kleid, dem Lebendigen? Von Blumen und blühenden Büschen durchsetzt wie von Edelsteinsplittern? Fast schien sie mir zu atmen.

Plötzlich erinnerte ich mich wieder an die Ströme aus Blut, die in meinem Traum das Land durchflossen hatten, und wäre darüber beinahe zurück auf die kleine, versteckte Lichtung gestürzt, anstatt die Reiterin auf ihrem schnellen Ross wiederzufinden. Da war sie. Eine winzige Gestalt zwischen den immer höher aufragenden Gipfeln. Demnach lauerte auf dem Weg keine Gefahr durch Räuber und Strauchdiebe, denn eine so gut gekleidete Reisende auf einem gepflegten Pferd hätten sie sich gewiss nicht entgehen lassen.

Ich richtete meine Aufmerksamkeit weg von ihr an den Rand meines Gesichtsfeldes, zu den Bergen selbst. Hielt nach vertrauten Formen Ausschau. Mein Gefühl sagte mir, dass ich mich nicht in die Richtung des Ursprungs der bedrohlichen Magie bewegte, aber das spielte keine Rolle. Ich suchte die Gipfel, die sich hinter dem verzweifelten Fremden aufgetürmt hatten, von dem ich in meinem Traum so gerührt worden war.

Diese hier sahen zumindest so aus, als ob sie aus dem gleichen Gestein bestünden, und in den höheren Lagen blinkte hier und da letzter Schnee auf. Ganz wie in meinem Traum. Ich hatte mich nicht getäuscht. Zwei, höchstens drei Tagesmärsche auf dem alten Saumpfad, den ich immer benutzte, wenn mich dringende Angelegenheiten nach Osten riefen, spätestens dann würde ich die gesuchten Berge schon finden.

Einen kurzen Moment noch genoss ich den wunderbaren Ausblick, bevor ich mich in meinen wartenden Körper zurückfallen ließ.

8. Kapitel

Im Festsaal herrschte große Aufregung, als Ortosch mit seinem Großonkel dort eintraf. Mirtaschox hatte Brodomurr gefragt, ob er sich ihnen anschließen wolle, doch der Älteste hatte etwas in seinen Bart gemurmelt und sich abgewandt, woraufhin die Jüngeren achselzuckend ohne ihn losgelaufen waren.

Dorida entdeckte ihren Enkel, sobald er die Halle betreten hatte, und drückte ihn erleichtert an sich, als ob er noch immer ein kleiner Junge wäre und kein erwachsener Mann, der sie um eine Handbreit überragte. Peinlich berührt löste sich Ortosch möglichst schnell wieder aus ihrer Umarmung. Neben ihnen stritt sich Muramil mit Borim, der sich gerade einen Helm auf die zerzausten, grau melierten Haare drückte. Viele Stimmen schwirrten ratsuchend oder diskutierend durcheinander, doch etliche Angroschim standen auch nur mit versteinerten, angstvollen Mienen schweigend zwischen den anderen. Ortosch entdeckte Paroscha unter ihnen, die gebannt ihren aufgebrachten Großvater Borim beobachtete.

»Ich nenne es Feigheit«, warf der gerade Muramil an den Kopf. »Bornax ist ...« Er unterbrach sich gequält. »... war auch dein Bruder! Ich werde seine Leiche nicht irgendwo liegen lassen, wie du es mit Murtorog und Maghir gemacht hast!«

Das Gesicht des alten Veteranen rötete sich vor Zorn, dass sogar die Narbe über seinem Auge anschwoll. »Nenn mich noch einmal feige! Mich, der den Horden des Dämonenfürsten getrotzt hat, während du in deinem gemütlichen Stollen warst!«, brüllte Muramil und ballte drohend die Fäuste.

»Dann hast du eben damals Mut besessen, aber wo ist er jetzt?«, hielt Borim furchtlos dagegen.

»Ich gehe jedenfalls runter«, mischte sich Fadurrax ein, der ebenfalls bereits sein Kettenhemd übergestreift und einen Helm aufgesetzt hatte. »Zwei meiner Brüder und vor allem zwei meiner Neffen, – *Kinder*, Muramil! – sind da unten, und wir wissen nicht, was mit ihnen los ist! Wenn Bornax einfach nur dem Alter erlegen wäre, hätten sie ihn längst hochgebracht.«

»Das mag sein«, schnappte Muramil. »Habe ich etwa versucht, euch davon abzuhalten, nach ihnen zu suchen? Nein! Das ist euer Recht. Aber ich schicke niemanden aus meiner Familie mehr darunter. Hast du das nicht vor wenigen Tagen noch selbst gesagt, Borim?«

»Das war, als ich noch dachte, das Unglück liegt nur in diesem verdammten Schacht«, verteidigte sich der Hüttenkundige. »Wenn Fadmaschosch Recht hat und ein Drache in diesem Abgrund gefangen war, den wir jetzt befreit haben, dann ist es aber wohl an der Zeit zusammenzustehen und das Biest zu erschlagen!«

Seine Frau Peritte, gewandet in ihr langes Kettenhemd, trat bedeutungsvoll an seine Seite und ließ die Hände auf dem spiegelnden Blatt ihres Felsspalters ruhen.

»Ich glaube nicht an diesen Unsinn von einem Drachen«, versetzte Muramil heftig, woraufhin Fadmaschosch trotzig das Kinn vorschob. »Aber selbst wenn es wahr wäre – welchen Sinn hätte es dann, sich in dem schmalen Gang anzustellen, um von ihm geröstet zu werden? Solch ein Kampf kann nur zu unseren Bedingungen gewonnen werden!«

»Ich bin jetzt das Oberhaupt meiner Familie«, erinnerte ihn Fadurrax. »Solange die Hoffnung besteht, dass Xorrox und Xandhir noch leben, werde ich mein Leben gern riskieren, um sie retten.« Er war noch blasser als sonst, doch auf seinen Zügen zeigte sich unumstößliche Entschlossenheit.

»Und ich gehe dorthin, wohin mein Bruder geht«, stellte Fadmaschosch mit geschulterter Armbrust klar.

»Genauso wie ich«, ließ Ferrasch sich vernehmen.

»Ihr vergesst, dass es meine Kinder sind«, erklärte ihre Schwester Fentoscha mit zitternder Stimme. »Wenn jemand ein Recht hat, sie da herauszuholen, dann ich!«

Die Zwergenmänner, allen voran Schrogrim, der Vater der Vermissten, wandten sich der tapferen Angroschna zu.

»Nein, Fentoscha, bleib bitte hier!«, bat der von Geburt an grauhaarige Angroscho. »Ich könnte mir niemals verzeihen, wenn dir etwas zustößt.«

»Glaubst du, ich kann still hier sitzen, während meine Kinder vielleicht sterben?«, fuhr seine Frau auf. »Wir stehen schon viel zu lange herum und vergeuden unsere Zeit mit Reden!«

»Fentoscha, sei vernünftig!«, forderte nun auch Fadurrax. »Dein Leben ist zu wertvoll!«

»Peritte ist auch eine Angroschna und sie geht mit Borim!«, regte sich Fentoscha auf. Ihre Augen füllten sich vor Wut und Verzweiflung mit Tränen.

»Ich bin alt«, sagte Peritte tröstend. »Ich werde der Sippe keine Kinder mehr gebären. Aber du trägst womöglich bereits neues Leben in dir und weißt es noch gar nicht. Wirf es nicht fort!«

»Hör auf die Stimme der Weisheit!«, riet auch Muramil, und Dorida legte sanft ihren Arm um die Schulter der Jüngeren. Fentoscha brachte nur ein schwaches Nicken zustande, während sie um ihre Beherrschung rang.

»Aber in einem hat sie Recht. Wir brechen jetzt endlich auf«, verkündete Borim.

»Fadurrax«, wandte sich Muramil an den jungen Mechanicus und deutete auf Uglik und Ubarom, die hinter ihrem Vater Schrogrim bereits darauf warteten, mit ins Ungewisse zu ziehen. »Angrosch sei mein Zeuge, dass ich mir eure sichere Rückkehr wünsche! Aber wenn das Schicksal es anders will ...« Er holte tief Luft. »Lass mir deine Lehrlinge da, damit wir noch jemanden unter uns haben, der sich auf die Fallen versteht!«

Fadurrax sah den Älteren überrascht an. Er musste sich eingestehen, dass Muramil besonnener war und im Interesse der ganzen Binge einfach weiter vorausdachte als er.

»In Ordnung«, stimmte er zu. Seine beiden Neffen wollten lautstark protestieren, doch er sandte ihnen einen scharfen Blick zu und schüttelte den Kopf. »Ihr werdet tun, was Muramil sagt! Für unsere Sippe!«

»Gehen wir endlich!«, forderte Borim.

»Eines noch«, bat Muramil, aber in seiner Stimme lag nun wieder Härte. »Wir werden eine halbe Schicht auf euch warten. Wenn ihr es bis dahin nicht geschafft habt, lasse ich die Fallen scharf machen.«

Die sechs kampfbereiten Angroschim nickten grimmig.

»Wir werden rechtzeitig zurück sein«, versprach Borim. »Oder tot.«

Fadurrax hielt die gespannte Armbrust den ganzen Weg hindurch im Anschlag. Sollten sie es tatsächlich mit einer seltsamen Art von Drachen zu tun haben, galt es, schnell zu sein und auf die Augen des Ungeheuers zu zielen. Doch im Gegensatz zu seinem Bruder Fadmaschosch war er nicht restlos davon überzeugt, dass die Dinge so einfach lagen. Die Laute aus dem Schacht hätten viel eher zu einem Wühlschrat gepasst, aber das war wiederum undenkbar, denn kein noch so großer Schrat hätte Murtorog, einen ausgebildeten Drachenkämpfer, besiegen können. Daher blieb die wahre Natur ihres Feindes für Fadurrax weiterhin ein Rätsel, was den friedliebenden Zwerg noch unsicherer machte.

Hätte ich mich nur mal nicht so oft vor den Waffenübungen gedrückt, bedauerte er. *Diese ganzen Schlachten, das erschien mir immer so weit weg. Ich dachte, Bartom würde eines Tages die Familie führen und ich könnte für immer in Ruhe an meinem mechanischen Erzhauer basteln. Was für ein Irrtum!*

Sie näherten sich dem alten, zugemauerten Stollen und bewegten sich unwillkürlich langsamer, traten vorsichtiger auf, obwohl ihre Schritte in den genagelten Stiefeln niemals lautlos sein konnten. Ihre Anspannung war förmlich mit Händen zu greifen. Fadurrax ertappte sich dabei, dass er den Atem anhielt. Borim, der – die Laterne in der Linken, den Kriegshammer in der Rechten – stramm voranmarschiert war, hob die Füße kaum noch vom Boden und schob sich mehr nach vorne, als dass er ging. So sehr Fadurrax auch die Ohren anstrengte, er konnte außer den Geräuschen der anderen Angroschim nichts hören.

Sein Herz setzte einen Schlag aus, als das Licht auf einige herumliegende Steine fiel.

Es hat die Mauer durchbrochen!, schoss es ihm durch den Kopf.

Plötzlich konnte er deutlich vor sich sehen, wie sich ein mächtiges Ungetüm, das mit an Schieferplatten erinnernden Schuppen bedeckt war, grollend über die Trümmer wälzte. Doch das Bild verging und machte dem Anblick der unversehrten Wand aus Bruchsteinen Platz. Offenbar hatten die letzten übermüdeten Helfer ganz einfach die restlichen Steine zurückgelassen, als das Werk endlich vollbracht gewesen war.

Auch Fadmaschosch stieß neben ihm erleichtert die Luft aus.

»Der Zugang ist immer noch versperrt«, flüsterte Peritte. »Das lässt hoffen, dass wir uns umsonst Sorgen machen.«

»Nichtsdestotrotz ist Bornax tot«, zischte ihr Mann. »Ich habe es gespürt, als seine Lebensflamme verlosch.«

»Du weißt schon, was ich meine«, gab Peritte zurück. »Vielleicht hat ihn der Schlag getroffen. Das passiert nun einmal in unserem Alter.«

»Aber das erklärt nicht, weshalb meine Schwager nicht längst mit ihm und meinen Söhnen nach Hause gekommen sind«, warf Schrogrim ungeduldig ein. »Wir müssen sie finden!«

»Das werden wir auch, bei Angroschs Bart!«, schwor Borim und marschierte weiter.

Die anderen folgten ihm rasch. Dass es kein Loch in der Mauer gab, schürte Fadurrax' Bedenken stärker denn je.

Irgendetwas hat Ibrasch und Ingtorog aufgehalten. So viel ist sicher, dachte er und wäre fast glücklicher gewesen, wenn ihm eine eingestürzte Wand wenigstens einen Hinweis darauf gegeben hätte, dass sie es nur mit einem riesigen Ungeheuer zu tun hatten. Jetzt bedrängten ihn weit schlimmere Vorstellungen von Geistern oder gar durch Magie herbeigerufenen Dämonen, von denen sein Vater manchmal aus dem Krieg erzählt hatte. Zauberei und Hexenwerk. Alles erschien ihm nun möglich, wogegen die Angroschim mit ihren Waffen so wenig ausrichten konnten. Ja, selbst wenn die Vermissten von einem einstürzenden Stollen verschüttet worden wären, hätte Fadurrax Angrosch gedankt, dass es eine natürliche Erklärung für ihren Tod gab.

Hör auf, diese entsetzlichen Sachen zu denken!, ermahnte er sich selbst. *Vielleicht leben sie ja noch, und Xorrox und Xandhir haben ihnen bloß einen dummen Streich gespielt.*

Aber je mehr Zeit verstrich, ohne dass sie den zurückkehrenden Bergleuten begegneten, desto schwächer wurde Fadurrax' Hoffnung.

Immer mehr Zwerge waren mittlerweile von ihrem Tagewerk zurückgekehrt oder hatten zumindest von Borims Befürchtungen erfahren, sodass allmählich die ganze Mirschag-Sippe im großen Saal versammelt war.

»Geht nach Hause, Schwestern und Brüder!«, riet Muramil unablässig. »Stärkt euch, solange wir nicht wissen, was wirklich geschehen ist! Falls uns tatsächlich ein Angriff erwartet, genügt es, wen ihr später für den Kampf gerüstet zurückkommt.«

Aber aus Angst, wichtige Neuigkeiten zu versäumen, wollte sich kaum jemand in die Abgeschiedenheit der Wohnbereiche begeben. Stattdessen trugen die Angroschim ihre Mahlzeiten auf den Tischen der Halle zusammen, um sie dort mit Blick auf den Eingang verspeisen zu können, während andere die Waffen und Kettenhemden mitbrachten.

»Ortosch, warte mal!«, forderte Muramil, als er sah, dass sich der jüngere Zwerg gerade anschickte, den Saal zu verlassen. Ortosch blieb stehen und blickte das Oberhaupt seiner Familie fragend an. Muramil bedeutete ihm mit einer Geste, sich nicht von der Stelle zu rühren, und schaute sich dann nach Ramesch und Roglosch, den Brüdern Murtorogs, um.

Die beiden muskulösen Waffenschmiede waren nicht so hoch gewachsen wie der Absolvent der Drachenkämpferakademie, aber mit ihren prächtigen, dunkel kupferfarbenen Bärten und den von ihrer Arbeit gestählten Körpern vermochten auch sie, beeindruckend aufzutreten. Dass keiner von ihnen bislang eine Angroschna für sich gewinnen konnte, lag wohl in erster Linie an ihrem isolierten Leben in der abgelegenen Binge, in der es zurzeit nur eine Zwergin im heiratsfähigen Alter gab. Doch Jandrascha war als ihre Cousine zu nah verwandt, um einen von ihnen zu erwählen.

»Roglosch, Ramesch!«, rief Muramil und winkte die beiden zu sich. Im Gegensatz zu Ortosch trugen sie bereits ihre Kettenhemden, über die sie die Gürtel mit den Sehnenschneidern geschnallt hatten. »Ich möchte, dass ihr am Eingang des Stollens, der zu den Erzgängen führt, Wache haltet«, eröffnete Muramil ihnen. »Wir könnten es mit einem viel listigeren Feind zu tun haben, als wir bis jetzt glauben. Wenn er Borim und seine Begleiter in der Dunkelheit einfach an sich vorüberlaufen lässt und dann in ihrem Rücken heraufkommt, will ich davon nicht überrascht werden. Ortosch, geh mit deinen Onkeln! Solltet ihr etwas

Verdächtiges bemerken, überlässt du es ihnen, den Feind aufzuhalten, und rennst zu mir, so schnell du kannst, damit ich mit Verstärkung kommen kann! Hast du verstanden?«

Der Jüngere nickte.

»Gebt mir auch Bescheid, falls die anderen zurückkehren!«, ordnete Muramil an. »Wenn ihre Frist verstrichen ist, beziehen wir mit allen verfügbaren Kämpfern hinter den Fallen Stellung.«

»Keine Sorge, Ältester. Auf uns kannst du dich verlassen«, versprach Ramesch. In seinen freundlichen braunen Augen lagen Pflichtbewusstsein und Zuversicht. »Komm, Ortosch!«

Muramil sah den drei Angroschim nach, als sie den Saal verließen, doch seine Gedanken beschäftigten sich bereits damit, weitere mögliche Entwicklungen durchzuspielen. Wenn er nur mehr Hinweise gehabt hätte, was eigentlich vor sich ging!

Im widerhallenden Stimmengewirr, das ihn umgab, erregte plötzlich etwas seine Aufmerksamkeit.

»Langsam!«, hatte Dorida gerufen, nach der er sich nun umdrehte. Die Schmiedin hob gerade die schweren Stoffbahnen eines Eingangs zur Seite. »Ich halte sie dir schon auf«, sagte sie zu jemandem, der noch nicht zu sehen war.

Viel weiter oben, als Muramil erwartet hatte, tauchte nun zwischen den Vorhängen eine blinkende, scharfkantige Spitze auf, die sich rasch als kunstvoll ziselierte Lanze von gewaltigem Ausmaß entpuppte. Allein das vierflügelige Blatt war halb so lang wie ein Angroscho hoch ist, und ging in eine kräftige, ebenso aufwendig verzierte Tülle über, in der ein dicker Schaft aus Eichenholz steckte. Goldene Runen glänzten im Schein des Feuers auf. Die schwere, ungewöhnlich geformte Pike ruhte auf Brodomurrs gebeugter Schulter, während das zwei Drumodim lange Heft hinter dem Alten über den Boden schleifte.

»Ewiges Schmiedefeuer!«, entfuhr es Muramil, bevor er an Doridas Seite hinkte, um mit ihr dem Greis dabei zu helfen, diese uralte, aus einer geheimen Legierung gefertigte Waffe am Boden abzulegen. Schon näherten sich weitere staunende Angroschim, von denen die meisten noch nie einen der legendären *Drachentöter* gesehen hatten.

»Ewiges Schmiedefeuer«, wiederholte Muramil kopfschüttelnd. »Warum hast du dieses Monstrum denn ganz allein hierher geschleppt?«

Brodomurr, in ein Kettenhemd und einen mit eingelegten Kristallsplittern geschmückten Helm gewandet, richtete sich stöhnend wieder auf. »Alle haben es ja stets zu eilig, um mir zuzuhören«, murrte er.

»Ich bitte um Verzeihung, Ältester«, sagte Mirschag Sohn des Muresch schuldbewusst. »Ich habe nur an die Sorge meiner Schwägerin gedacht, anstatt deinen Worten Gehör zu schenken.«

»Nützt jetzt auch nicht mehr«, knurrte Brodomurr ungnädig.

»Dann glaubst du auch, dass wir es mit einem Drachen zu tun haben?«, wechselte Muramil das Thema.

»Bin ich Hellseher?«, gab der Älteste ruppig zurück. »Schafft mir lieber ein Bier und einen Stuhl heran!«

Gleich mehrere Zwerge wetteiferten darum, seine Wünsche zu erfüllen. Brodomurr nahm seinen Humpen ohne ein Wort des Dankes entgegen und ließ sich schwer auf den Lehnstuhl fallen, den jemand hinter ihm abstellte. Während sich der Alte von der Strapaze erholte, bewunderten die anderen den meisterhaft geschmiedeten Drachentöter. Voller Ehrfurcht raunten sie die Namen der unvergessenen Helden, die einst diese Waffe gegen den übermächtigen Feind geführt hatten.

Nur Muramil stand abseits und grübelte erneut darüber, welches schlafende Ungeheuer sie geweckt haben mochten.

Ein Drache mit seinem heißen Blut wäre eine Erklärung für die auffällige Trockenheit in Fadrims Schacht, überlegte er. *Aber wir haben keinen schwefeligen Atem gerochen und kein Fauchen einer Flamme gehört. Andererseits, welche Kreatur hätte sonst so rasch unsere besten Krieger überwältigen und jetzt die Mauer durchbrechen können? Nein, das kann einfach nicht sein. Wovon hätte ein Drache all die Jahrhunderte hindurch leben sollen? Nicht einmal die Krieger hat er gefressen, die zu Mumien wurden. Fadmaschosch und Brodomurr irren sich, weil sie keinen anderen Feind kennen, der so gefährlich ist. Ich aber habe sie gesehen, die Dämonen der Niederhöllen. Angrosch, steh uns bei!*

Um den Stollen zu finden, in dem Fadrims Söhne zuletzt Erz abgebaut hatten, während ihr Vater in dem alten Gang nur noch seiner Neugier und seinem Instinkt für verborgene Rohstoffe gefolgt war, mussten Borim und seine Begleiter einfach dem Lorengleis folgen. Da die kleine Sippe nur begrenzt Erz fördern konnte, musste sie sorgsam mit ihrem Eisen haushalten und die Schienen aus aufgelassenen Stollen im nächsten Gang wieder verwenden. Auf diese Art gab es kein verwirrendes Netz aus Gleisen, sondern nur eine Richtung, in der die Angroschim suchen mussten.

Wenn sie nicht aus irgendeinem Grund geflohen sind, stoßen wir früher oder später ganz sicher auf sie, sagte sich Fadurrax, doch der Gedanke tröstete ihn nicht gerade, denn genau diese Möglichkeit lag nahe, wenn seine Brüder und Neffen angegriffen worden waren. *Obwohl ...* stutzte er. *So ein Erzgang ist eine Sackgasse. Wenn etwas sie bei der Arbeit überfallen hat, war ihnen wahrscheinlich der Rückweg durch den Gegner versperrt.* Ihm wurde bewusst, dass es ihnen gelingen musste, den Stollen zu erreichen, bevor der unbekannte Feind ihn verlassen hatte, sonst würde er auch ihnen den Fluchtweg abschneiden.

Ratlos musterte er die immer gleich beschaffenen Wände. Wie nah befanden sie sich ihrem Ziel? Hatten sie die letzte Abzweigung bereits hinter sich gelassen? Saßen sie schon in der Falle, ohne es zu ahnen? Ein wildes Drängen, umzukehren und möglichst viel Abstand zwischen sich und diesen Gang zu bringen, erfasste ihn. Er kämpfte dagegen an, schimpfte sich selbst einen elenden Feigling.

»Borim, lass uns schneller gehen!«, rief er leise nach vorn, um sich selbst unter Zugzwang zu setzen.

»Warum?«, fragte der Ältere gerade zurück, als ihnen allen in der stickigen Luft ein unerwarteter Geruch in die Nase stieg. Rauch.

Jetzt beschleunigte Borim von sich aus seine Schritte. Die Spur von Qualm verdichtete sich zur Gewissheit und stank bald auch Übelkeit erregend nach verbranntem Haar. Vor ihnen kam eine dunkle Masse am Boden in Sicht, dahinter die Lore. Der Rauch stieg von einer verkohlenden Bahnschwelle auf. Borim und Peritte verhielten mit entsetzten Gesichtern, und Fadurrax drängelte sich an ihnen vorbei, um seine schlimmsten Ahnungen bestätigt zu sehen. Vor ihnen lag sein Bruder Ingtorog, was er jedoch nur noch an der schönen silbernen Gürtelschnalle erkennen konnte, denn von dem Gesicht des Toten hatten die Flammen kaum noch etwas übrig gelassen. Die Kleidung war ihm unter dem Kettenhemd verbrannt. Eine Laterne lag zerschmettert und verrußt neben Ingtorogs Kopf, als wäre sie unter einem enormen Gewicht zermalmt worden.

Fadurrax musste sich abwenden. Fadmaschosch würgte hinter ihm gegen den Brechreiz an.

»Was ist los?«, verlangte Schrogrim in wachsender Panik zu wissen und stieß die anderen grob beiseite, um nach vorne zu kommen. Beim Anblick des geschwärzten Leichnams wurde er kreidebleich. »Xandhir! Xorrox!«, brüllte er und stürzte an der Lore vorbei weiter.

Borim folgte ihm eilig mit der Lampe, in deren Lichtschein sich rasch das Ende des Stollens abzeichnete. Was die Angroschim dort fanden, ließ ihnen das Blut in den Adern gefrieren.

Saggasch Sohn des Schrogrim umkreiste mit den vorgeschriebenen zwei mal acht Schritten die Heilige Esse und verharrte an jeder Seite des Oktagons, um die Glut mit dem kleinen Handblasebalg anzufachen.

»Angrosch, Erbauer des Weltengefüges«, sprach er ehrfürchtig. »Dein Scharfsinn trennt Wahrheit und Trugbild wie die Hitze das Erz von der Schlacke. Vor deinem allsehenden Auge schmilzt die List des Drachen wie das Eisen in der Glut. Dein umfassendes Wissen formt die Erkenntnis wie der Hammer den Stahl. Deinem Vorbild will ich folgen, deine geheiligten Wege beschreiten. Schenke mir Einsicht, Vater, in das Wesen der Dinge!«

In der Erwartung, dass sein Bruder Simnax ihm den versprochenen Rohling aus den Werkstätten brachte, blickte der Geweihte nicht auf, als jemand den Tempel betrat. Doch anstatt ihm das Eisen zu geben, hielt der Betreffende inne und räusperte sich. Saggasch verstand, dass sein Besucher nicht nur zum Beten gekommen war.

Es hilft nichts, dachte er seufzend und legte den Blasebalg zu Hammer und Zange auf den Altaramboss. *Ich werde nachher noch einmal von vorn beginnen müssen.*

»Entschuldige, wenn ich dich störe«, bat Muramil, »aber ich möchte mich mit dir über die Sicherheit unserer Sippe beraten.«

»Wie du weißt, ist das Wohl der Sippe der einzige Grund, warum ich nicht an der Seite meines Vaters nach meinen Brüdern suche«, gab der Geweihte zurück und versuchte dabei, jeden Vorwurf aus seiner Stimme herauszuhalten.

»Ich zolle deiner Weisheit Respekt«, behauptete der Ältere. »Dass du trotz deiner Jugend das Wohl der Gemeinschaft über deinen Wunsch stellst, Schrogrim zu begleiten, zeigt, dass Muresch eine gute Wahl getroffen hat, als er dich zu seinem Nachfolger bestimmte. Die Binge darf nicht schon wieder ihren einzigen Priester verlieren.«

»Es war Angrosch, der mich zu diesem Amt berufen hat«, erinnerte Saggasch. »Aber Muresch hat mich gelehrt, auf welche Art ein Geweihter der Sippe am besten dient.«

»Du hast Recht«, pflichtete Muramil ihm bei. »Die Nähe zu unserem Gottvater macht den Priester aus. Darum bin ich hier. Nach allem, was ich bis jetzt über die Bedrohung weiß, die uns aus diesem Schacht erwachsen ist, befürchte ich, dass mich die Vergangenheit einholt und mich noch einmal mit den Dämonen der Niederhöllen heimsucht.« Er schauderte. »Wenn jemand von uns ihre Anwesenheit spüren kann, dann solltest du das sein. Hast du den Hauch des Bösen wahrgenommen, der sie umgibt?«

Saggasch machte eine vage Geste. »Ich hatte bei dieser Sache von Anfang an ein ungutes Gefühl, aber es ist so viel Schreckliches geschehen. Mein Herz ist so voller Trauer um die Toten und voll Sorge um jene, die wir vermissen, dass ich nicht mehr unterscheiden kann, was der Ursprung meiner düsteren Ahnungen ist«, erklärte er ernst. Sein Bruder Simnax erschien mit dem Roheisen im Eingang. Saggasch deutete auf ihn. »Ich wollte mich gerade in eine Schmiedemeditation versenken, um die Stimme Angroschs wieder lauter zu vernehmen.«

»Gut, dann werde ich dich nicht länger aufhalten«, versprach Muramil. »Im Grunde wollte ich nur wissen, ob du irgendeine Möglichkeit kennst, den Kämpfenden durch göttlichen Segen gegen Dämonen beizustehen. Ich erinnere mich, dass mein Bruder vor der Schlacht an der Trollpforte Rituale vollzogen hat, aber leider weiß ich nicht, was genau sie bewirken sollten.«

Saggasch blickte beschämt zu Boden. »Über die größten, machtvollsten Liturgien meines Lehrers verfüge ich noch nicht«, bedauerte er. »Sie erfordern weitere Jahre der Ausbildung, die mir nur vergönnt sein werden, wenn ein Hüter der Wacht unsere Binge mit seiner Anwesenheit ehren will. Wenn ich genau wüsste, welche Wesenheit uns bedroht, könnte ich einen Schutzkreis ziehen, aber denselben

Zweck erfüllt bereits der geweihte Boden unseres Tempels hier viel besser.«

»Du meinst, falls wir sie nicht besiegen können, wären wir hier vor ihnen sicher?«, erkundigte sich der Ältere.

Saggasch nickte.

»Das ist wichtig zu wissen«, meinte Muramil. »Dann werden wir diesen Ort, den unsere Vorfahren für uns geschaffen haben, im Notfall von hier aus verteidigen können.«

Während ein Teil von Fadurrax noch geschockt auf das Unfassbare starrte, fragte sich ein anderer bereits, welches Wesen über eine solche Kraft verfügte. Wie mit einer riesigen Hand war das Ende einer Lorenschiene nach oben gebogen worden, um die Brust des armen Xandhir damit zu durchbohren. Aufgespießt hing der tote Junge noch halb in der Luft, sodass der auf die Knie gesunkene Schrogrim die Arme um ihn schlingen und ihn aufschreiend an sich pressen konnte. Fadurrax hätte nicht entscheiden können, ob der Anblick selbst oder die vom Schluchzen bis zur Unkenntlichkeit entstellte Stimme seines Schwagers ihn tiefer traf.

Auf dem mit Gesteinsbrocken übersäten Boden dahinter lag Bornax wie eine hingeworfene Gliederpuppe. Die Platzwunden an seinen Händen und im Gesicht zeugten von dem, was seine Kleidung gnädig verbarg. Die Art, wie sich sein Körper dem Untergrund auf unnatürliche Weise anschmiegte, verriet die unzähligen gebrochenen Knochen. Fadurrax musste nur einmal hinsehen, um zu wissen, dass kein Leben mehr in dem alten Zwerg war.

Doch am meisten erschütterte ihn, was er am Ende des Stollens entdeckte.

»Wie ... wie ist das möglich?«, krächzte Fadmaschosch neben ihm.

»Magie«, erwiderte Fadurrax tonlos.

Vor ihnen reckte ihr Bruder Ibrasch den Kopf und einen Arm aus dem Fels, als sei er in einem Eisblock eingefroren worden.

Nein, korrigierte sich Fadurrax. *Er* hatte *sie herausgereckt.* Denn nun hingen Schädel und Arm im Tod schlaff herab. Nur einen halben Drumod daneben ragten zwei gestiefelte Beine aus der Wand, die nur dem fülligen Xorrox gehören konnten. Ferrasch stellte Laterne und Axt ab, um verzweifelt an den reglosen Unterschenkeln zu zerren. Fadurrax musste sich abwenden. Der Junge war längst gestorben, zwischen den Felsmassen erstickt oder zerquetscht. Was wussten sie schon?

Plötzlich lief ein Zittern durch das Gestein.

»Achtung! Es kommt!«, rief Fadmaschosch und riss die Armbrust hoch.

Um Fadurrax begann alles zu beben. Er kämpfte auf dem bockenden Untergrund darum, auf den Füßen zu bleiben, und drückte dabei versehentlich den Abzug. Nutzlos kratzte sein Geschoss über die raue Wand. Fluchend ließ er die Armbrust fallen und zerrte den Sehnenschneider aus dem Gürtel, während vor ihm Peritte ihren Felsspalter auf etwas niedersausen ließ, dass er wegen des riesigen schwankenden Schattens, den die Angroschna warf, nur schemenhaft erkennen konnte. War es ein baumdicker Arm?

Hinter ihm ertönte ein dumpfer Aufprall, dicht gefolgt von einem Stöhnen und dem Knirschen von Glas und Metall. Fadmaschosch und er wirbelten gleichzeitig herum, doch das jäh aufflackernde Licht des ausgelaufenen Lampenöls blendete sie. Ein neuerlicher Schlag streckte Ferrasch nieder, der das Feuer unter sich begrub. Seine Brüder wichen irritiert zurück, denn nun fielen ihre eigenen Schatten auf das Ende des Gangs und tauchten die eben noch hell erleuchtete Wand in Schwärze. Fadurrax ahnte den nahenden Hieb mehr, als dass er ihn sah. Er wich aus und hackte nach dem undeutlichen Umriss, der sich aus der Dunkelheit zu schälen begann, aber dem hässlichen Geräusch nach zu urteilen, musste er statt des Gegners den Fels getroffen haben.

Noch während er weiter zurückwich, schlug sein Zwilling mit einem Aufschrei der Länge nach hin und begann in den Steinboden zu sinken, als sei es Treibsand. Fadurrax ergriff die ausgestreckten Hände seines Bruders, der nur mit einem Bein strampelte, während das andere nutzlos zuckte. Mit seinem ganzen Gewicht warf er sich nach hinten und wuchtete Fadmaschoschs Oberkörper damit zurück auf festen Untergrund. Er kroch rückwärts, zog seinen Bruder mit sich, bis ihm ein harter, hinterrücks geführter Schlag die Luft aus den Lungen presste.

Er fühlte, wie Fadmaschosch seine Hände freigab, konnte das Heft seiner Axt wieder fester packen. Am Rande seines Bewusstseins merkte er, dass das Licht schwächer wurde. Anstatt sich aufzurappeln und dem Gegner weiterhin den Rücken zuzuwenden, rollte er sich herum und brachte den Sehnenschneider zur Parade nach oben. Doch über ihm war nichts als leere Luft bis zur Decke.

»Fadurrax!«, schrie sein Bruder und in diesem Augenblick erlosch die letzte Laterne.

9. Kapitel

Für die Wächter an der Abzweigung zu den Erzgängen verrann die Zeit quälend langsam. Nachdem sich ihre erste Anspannung verloren hatte, fiel es den drei Angroschim immer schwerer, aufmerksam in die Tiefe des Bergs zu lauschen, und fast noch schneller ermüdeten ihre Augen darüber, stundenlang in die Dunkelheit eines leeren Stollens zu starren. Doch da ihnen das Risiko zu groß erschien, die Annäherung des Feindes zu übertönen, durften sie sich weder unterhalten, noch das Warten mit einem Würfelspiel verkürzen.

Längst hatte Ortosch aufgegeben, danach zu schielen, wie hoch das Öl noch in der Laterne stand – ihre einzige Möglichkeit, das Verstreichen einer Schicht zu messen. Der junge Zwerg saß neben seinem Onkel Ramesch gegen die Wand gelehnt und döste, während Roglosch im Gang auf und ab marschierte, um sich wach zu halten.

»Soll ich dich ablösen?«, erkundigte sich Ramesch, aber er gähnte dabei.

»Nein, es geht schon«, lehnte Roglosch ab. »Die Frist muss bald abgelaufen sein. So lange halte ich noch durch.«

Die Frist muss bald abgelaufen sein ... Die Worte klangen in Ortoschs schläfrigem Geist nach. Was bedeutete das noch gleich? Die Erkenntnis vertrieb schlagartig den trägen Nebel aus seinem Kopf. Mit einem Ruck setzte er sich auf, was seinem Onkel ein protestierendes Brummen entlockte.

Das heißt, sie kommen nicht zurück! Borim hat es gesagt: Wir werden rechtzeitig da sein – oder tot.

Sein erschreckter Blick traf den Rogloschs. Der ältere Zwerg nickte so bedächtig, als sei ihm das Haupt schwer wie Blei. Das Gefühl der Schuld senkte sich erdrückend auf Ortosch herab. Den Tränen nah sackte er zurück gegen die Felswand.

Was, wenn ich wirklich der Auslöser für all das bin? Wie lange kann ich noch schweigend zusehen, wie meine Sippe stirbt? Ich muss ihnen die Wahrheit sagen!

Er öffnete den Mund, um seinen Verwandten zu gestehen, dass er mehr als nur ein wenig seltsam war, dass die schändliche Drachenkraft in ihm wohnte und er dem Gegner damit am Grund des Schachts wahrscheinlich Tür und Tor geöffnet hatte.

Doch Roglosch legte mahnend den Zeigefinger an die Lippen und horchte. Nun hörte es auch sein Neffe. Schritte und Stimmen hallten den Gang entlang. Ortosch stieß Ramesch an, der sich verwirrt umsah, bevor die Geräusche auch an seine Ohren drangen. Hastig stand er auf und hievte seinen Neffen gleich mit auf die Beine.

»Los, Junge! Du musst Muramil Bescheid geben!«, erinnerte er ihn.

»Was soll ich ihm sagen?«, fragte Ortosch überrumpelt.

»Entwarnung«, ließ Roglosch sich vernehmen. »Er ist es selbst.« Er deutete den durch vereinzelte Fackeln beleuchteten Stollen zum Herz der Binge hinab, wo in der Ferne einige Gestalten aufgetaucht waren.

Bald konnten sie das Oberhaupt ihrer Familie am Hinken erkennen. Hinter Muramil machte Ortosch seinen Großvater Mirtaschox aus, dessen Bruder Mirschag und schließlich die beiden Lehrlinge Uglik und Ubarom. Ortosch straffte sich instinktiv in ihrer Gegenwart, denn sie hatten seit dem Streit am Abend vor Ingams Tod noch kein versöhnliches Wort mit ihm gewechselt, doch nun drückten ihre Mienen nichts als Beklommenheit aus.

»Noch kein Lebenszeichen von Borim und den anderen?«, erkundigte sich Muramil bedrückt.

Roglosch und Ramesch schüttelten bedauernd die Köpfe.

»Das habe ich befürchtet«, seufzte Muramil. »Jetzt liegt es bei uns, unser Heim zu verteidigen.«

In stillem Einvernehmen sahen sich die älteren Zwerge an. Es bedurfte keiner großen Reden, um sich gegenseitig ihrer Entschlossenheit zu versichern. Jeder von ihnen wusste, dass ein Angriff erfolgen würde. Sie konnten sich darauf einstellen und dem Gegner trotzen, wie sie seit Jahrtausenden auch den übermächtigsten Feinden die Stirn geboten hatten. Dafür waren sie von Angrosch geschaffen worden.

Ortosch spürte das starke Band zwischen ihnen und fühlte sich ausgeschlossener denn je. Noch behandelten sie ihn wie einen der ihren, aber das würde sich abrupt ändern, wenn die Wahrheit ans Licht kam.

»Es ist so weit«, verkündete Muramil. »Ramesch, Roglosch, ihr könnt euch ausruhen gehen. Euer Vater und euer Onkel werden für euch übernehmen. Ortosch, du darfst natürlich auch schlafen. Ubarom wird als Bote hier bleiben, wenn wir uns um die Fallen gekümmert haben.«

»Was auch immer da unten wütet, Ingams Konstruktionen werden ihm einen blutigen Empfang bereiten«, meinte Roglosch von Rachegelüsten erfüllt. »Maghir und Murtorog sollen mit Stolz aus Angroschs Halle auf uns blicken!«

Mirtaschox erwiderte etwas, doch Ortosch hörte nicht mehr zu. Sein Blick folgte Rameschs, der sich stirnrunzelnd den Erzgängen zugewandt hatte.

»Seid mal ruhig!«, forderte der Schmied, woraufhin sich sofort alle zu ihm umdrehten und gebannt lauschten.

Aus der Schwärze drangen Schritte. Ungleichmäßig, schleifend und langsam, aber es waren eindeutig Schritte. In Ortosch beschworen sie augenblicklich das Bild einer sich heranschleppenden Mumie herauf.

»Wer ist da?«, rief Muramil, während die anderen vorsichtshalber zu den Waffen griffen.

Es gab keine Antwort, aber an der äußersten Grenze des Lichtscheins zeichnete sich ein Schemen ab, der Ortoschs grausiger Vorstellung auf beängstigende Weise ähnelte.

»Nicht schießen!«, befahl der Älteste.

Ortosch sah, wie Ugliks Finger am Abzug zitterten. Die näher kommende Gestalt hob schwerfällig die Hand.

»Das ist Fadurrax!«, schrie Ubarom auf und rannte seinem Onkel entgegen.

Beim Klang seines Namens knickten die Beine unter dem Angroscho weg. Er schlug auf den Boden auf, ohne den Sturz abzufangen, und blieb einfach liegen. Ubarom, der zuerst bei ihm war, drehte ihn auf den Rücken, was dem Verwundeten ein ersticktes Stöhnen entrang.

»Lass ihn!«, mahnte Muramil. »Du machst vielleicht alles noch schlimmer!«

Er beugte sich über den leichenblassen Mechanicus, während sich die anderen Zwerge um ihn scharten. Außer einem blauen Mal am Handgelenk konnte Ortosch kein Anzeichen einer Verletzung entdecken, was ihn noch mehr verunsicherte, als wenn der Zurückgekehrte von klaffenden Wunden übersät gewesen wäre. Fadurrax erwiderte Muramils Blick aus halb geschlossenen Augen und bewegte die Lippen, aber seine Stimme war kaum mehr als ein Wispern. »Ich ... ich bin eine Memme«, brachte er hervor.

»Unsinn, Junge«, widersprach Muramil. »Du bist freiwillig losgezogen, um deine Brüder zu retten. Niemand wird es wagen, dich einen Feigling zu nennen. Sag uns lieber, was passiert ist!«

»Aber ich bin ... davongelaufen. Als es dunkel wurde«, beharrte Fadurrax stockend. »Ich habe ... meinen Bruder ... im Stich gelassen.«

Der Älteste nahm die Hand des Jüngeren in seine. »Das glaube ich nicht«, behauptete er. »Wie könnte der Feind dich dann so zugerichtet haben?«

»Man sieht die Schläge nicht kommen ... im Dunkeln«, antwortete Fadurrax. Seine Lider drohten, sich vollends zu schließen.

»Was ist mit den anderen?«, drängte Muramil. »Konnten noch mehr entkommen?«

»Nein«, hauchte Fadurrax. »Unmöglich. Sie waren überall.«

»Also sind es mehrere«, folgerte der Älteste. »Kein Drache. Was hat euch angegriffen, Junge?«

»Ich ... weiß ... nicht. Unsichtbar. Überall.«

»Schon gut, mein Sohn. Wir bringen dich zu Saggasch. Er wird dir helfen können«, hoffte Muramil und richtete sich auf.

Uglik und Ubarom rückten noch näher heran, um ihren Onkel anzuheben.

»Nein!«, verbot der Älteste ihnen. »Ihr müsst jetzt an die Sippe denken! Roglosch und Ramesch werden ihn tragen. Macht die Fallen scharf! Wir alle verlassen uns auf euch.«

Widerstrebend rissen sich die beiden Lehrlinge vom Anblick ihres letzten verbliebenen Onkels los, um den Befehl auszuführen.

»Ortosch, lass deinem Großvater die volle Laterne hier und nimm die andere mit!«, wies Muramil den Jungzwerg an, bevor er selbst stützend mit anpackte, als die beiden Waffenschmiede Fadurrax hochhoben. Der Schmerz raubte dem Verwundeten anscheinend das Bewusstsein, denn sein Kopf sackte leblos gegen Rameschs Brust.

Sie mussten langsam gehen, um Fadurrax nicht noch mehr zu schaden, obwohl sie es doch so eilig hatten. Der Gang zog sich scheinbar endlos. Ortosch lief voran und öffnete den anderen schließlich die Tür zur großen Halle, wo sie bereits das eifrige Klingen von Saggaschs Hammer auf dem Amboss empfing. Doch Fadurrax war bereits tot, als sie den Tempel erreichten.

»Aber wie kann er denn sterben? Ich sehe nirgendwo Blut«, fragte Ortosch verzweifelt über den Leichnam hinweg.

»Dringt dein Blick etwa durch das Kettenhemd? Ich werde seinen tapferen Tod nicht dadurch entweihen, dass ich ihn seiner Rüstung entkleide, aber ich bin sicher, wir würden darunter hinreichend Anzeichen für die Schläge des

Gegners finden«, erwiderte Muramil. »Wenn in deinem Inneren etwas zerbricht, richtet das manchmal mehr Schaden an als eine Klinge.«

Immer mehr Angroschim kamen herbei, um zu erfahren, was geschehen war.

»Fadurrax ist tot?«, rief seine Schwester Fentoscha, der die anderen rücksichtsvoll Platz machten, damit sie zu ihrem Bruder gelangen konnte. »Wo sind die anderen?«

Ramesch und Roglosch schwiegen betreten. Ortosch wich dem drängenden Blick der Angroschna hastig aus.

»Sie sind nicht zurückgekommen«, sagte Muramil mit fester Stimme. »Fadurrax nahm an, dass sie im Kampf gefallen sind.«

»Nein!«, schrie Fentoscha auf. Die anderen Zwerge beiseite stoßend, bahnte sie sich einen Weg aus dem Gedränge und rannte zur Tür.

»Haltet sie auf!«, befahl Muramil, doch schon zuvor hatten sich ihr Sohn Simnax und Dorida in Bewegung gesetzt, um die außer sich geratene Angroschna abzufangen.

Simnax erreichte seine Mutter als Erster.

»Geh mir aus dem Weg oder komm mit!«, fauchte Fentoscha ihn an und fegte ihn einfach zur Seite. »Dein Vater und deine Brüder brauchen mich!«

»Das hat doch keinen Sinn mehr«, flehte Simnax. Er umklammerte von hinten ihre Schultern und nun war auch Dorida heran, um die jüngere Angroschna zu packen. »Wir haben nur noch eine Chance, wenn wir alle zusammenstehen!«

»Höre auf deinen Sohn, Fentoscha!«, drängte Dorida. »Der Feind wird kommen! Dann werden Simnax und Saggasch, Uglik und Ubarom dich brauchen. Steh ihnen bei, anstatt dein Leben wegzuwerfen!«

»Aber vielleicht liegen sie irgendwo und warten auf Hilfe!«, gab Fentoscha aufgebracht zurück und trommelte mit den Fäusten gegen die Tür, wofür sie den überraschten Simnax einfach abstreifte.

Dorida schirmte den Türgriff mit ihrem Körper ab, während sie gemeinsam mit Simnax weiter leise auf die Jüngere einsprach. Die übrigen Angroschim standen betroffen da. Nur Brodomurr saß noch immer auf seinem Stuhl und ließ vielsagend den mickrigen Rest aus seinem leeren Bierkrug tropfen. Das Hämmern des Geweihten in der heiligen Halle tönte lauter denn je zu ihnen herüber.

»Achtzehn Opfer hat dieses Unheil schon von uns gefordert«, stellte Mokrima düster fest. Trotz ihrer erst hundertachtzig Lebensjahre war die Tochter der Jorlika bereits das Oberhaupt der vierten Familie der Sippe. Ihr kupferrotes Haar hob das Grün ihrer Augen hervor und erinnerte Ortosch stets an seinen Vater Murtorog, mit dem die Angroschna ansonsten jedoch wenig Ähnlichkeit aufwies. Sorgenfalten furchten ihr Gesicht, schon solange Ortosch sich erinnern konnte.

»Achtzehn Tote, Onkel!«, wandte sie sich an Muramil. »Und wir wissen nicht einmal, wer oder was sie umgebracht hat. Viele unserer besten Kämpfer sind bereits gefallen. Wie sollen wir gegen diese Gefahr bestehen?«

Ortosch konnte in den Gesichtern lesen, dass sie nur aussprach, was die meisten dachten. Tag für Tag neue, noch schlechtere Nachrichten hatten ihre Zuversicht ausgehöhlt und Furcht in ihren Herzen gesät. Gegen einen unbekannten Feind antreten zu müssen, wog dabei besonders schwer.

»Das weiß ich nicht«, gestand Muramil. »Aber wir müssen uns dieser Herausforderung stellen oder die Binge aufgeben.«

»Was?«, donnerte Brodomurr. »Unsere Heimat aufgeben? Wie tief seid ihr gesunken, ihr jämmerlichen Baumhocker[15]! Die Binge verlassen? Niemals, sage ich!«

Damit stachelte er den Trotz seiner Verwandten an.

---

[15] zwergischer Name für die als schwächlich und wegen ihrer Magienutzung als feige betrachteten Elfen, der als Beleidigung gilt

»Recht hat er!«, stimmte die alte Jorlika ihm zu. »Wollen wir etwa unsere heilige Halle irgendwelchen niederhöllischen Kreaturen preisgeben?«

»Dieser Berg gehört uns!«, fiel Roglosch mit ein. »Dreihundert Jahre unserer Arbeit stecken darin!«

»Wir werden nicht kampflos weichen!«, verkündete auch Hogisch Sohn des Borim.

Lautstark stimmten fast alle in die Schwüre ein. Nur Ortosch beobachtete seine aufgepeitschte Sippe schweigend, während Muramil lediglich nickte. Selbst Paroscha, die eben noch heimlich Tränen über den Tod ihrer Großeltern vergossen hatte, schüttelte drohend die Faust mit der blinkenden Axt.

»So erfüllt ihr Angrosch mit Stolz«, behauptete Brodomurr, als sich der Lärm allmählich legte. »Und unsere Ahnen. Erinnert euch an das Erbe unseres Stammvaters Mirschag Sohn des Ugin!«

»Erzähle uns von seinen Taten!«, bat Jorlika. »Sein Vorbild wird uns Mut und Tapferkeit einflößen.«

Der Alte zuckte die Achseln. »Wenn mir einer nachschenkt«, brummte er.

Während Mokrima ihm den Krug auffüllte, suchten sich die übrigen Angroschim Plätze in Brodomurrs Nähe. Die Geschichte ihres Stammvaters, nach dem die Sippe benannt worden war, trug der Älteste nur zu seltenen, wichtigen Anlässen vor, sodass sie immer noch etwas Besonderes darstellte.

»Unser Ahnherr Mirschag Sohn des Ugin lebte in dunklen Zeiten«, begann Brodomurr nach einem letzten, die Stimme ölenden Schluck aus seinem Humpen. »Doch wann sind die Zeiten jemals licht gewesen, seit Ordamon den ersten Frevel beging?«

Seine Zuhörer nickten wissend.

»In jenen Tagen«, fuhr ihr Ältester fort, »nach dem Fall des Drachen, schwärmten seine herrenlosen Diener aus, um aus Rache und Habgier das unvergleichliche Xorlosch zu verheeren. Aber unsere Brüder dort wehrten selbst die mächtigsten Lindwürmer stets aufs Neue ab, obwohl sie einen hohen Blutzoll dafür entrichten mussten. So zog das Drachengezücht voller Zorn durch diese Berge hier und ließ seine Wut an den Bingen des Eisenwaldes aus. Groß war die Zahl der Opfer und viele Sippen sandten Hilferufe in unsere alte Heimat Tosch Mur. Doch unsere Vorväter konnten ihnen nur selten beistehen, denn eine andere Bedrohung erhob Anspruch auf das Land, das wir bestellten, und die Wälder, in denen wir Holz schlugen.

Immer mehr widerwärtige Goblins und verabscheuungswürdige Orks überschwemmten das Land zwischen Amboss und Yaquir. Sie lauerten unseren Hirten und Holzfällern auf, den Bauern und Schachtsteigern. Neid erfüllte sie angesichts unserer herrlichen Schmiedekunst und grenzenlose Gier nach Angroschs Schätzen, die wir in unseren Hallen angehäuft hatten, um sie vor den Drachen zu schützen. Bald schon merkten sie, dass ihre erbärmlichen Banden unserer überlegenen Kampfkraft nicht gewachsen waren. Feige, wie sie nun einmal sind, rotteten sie sich zu immer größeren Horden zusammen, um uns durch schiere Überzahl zu erdrücken.

In diesem Zeitalter, das man das eherne nennt, wurde Mirschag Sohn des Ugin geboren. Ein bewunderter Schmied war er, der so kostbare Stücke wie diesen Drachentöter schuf. Aber noch weiter drang sein Ruhm als kühner Krieger. Früh schon bewies er seine Kraft und sein Geschick, indem er unzählige Rotpelze erschlug. Wen wundert es da, dass er das Herz der schönen Balane aus der Sippe des Bergkönigs Swornir für sich gewann, und die Angroschna ihm stattliche Söhne und Töchter schenkte?

Im ganzen Amboss waren der Held und seine nicht minder wehrhaften Nachkommen bekannt. Lang währte sein beschwerliches Leben, angefüllt von den endlosen Kriegen, mit denen die Feinde uns überzogen. Hoch geachtet von allen Angroschim stieg er zum Ältesten seiner Sippe auf. Der Tod auf dem Lager jedoch wäre eines Helden wie ihm unwürdig gewesen, und Angrosch gewährte ihm, die größte Tat seines Lebens erst noch zu vollbringen.

Ein Heer der Orks wagte es, die Hallen von Murolosch, die Binge des Rogmarok selbst, anzugreifen, in der auch Mirschag lebte. Swornir Sohn des Brabur war damals Bergkönig im Amboss. Swornir Eisenfuß nannte man ihn, weil sein rechter Knöchel steif war, gerade so wie bei Muramil.«

Brodomurr deutete auf den betagten Veteranen, der bescheiden eine abwehrende Geste machte.

»Aber«, nahm der Älteste den Faden wieder auf, »das hinderte diesen großen Anführer unseres Volkes nicht daran, ein wackerer Streiter zu sein, der keinen Gegner fürchten musste.

Als nun die vielköpfige Schar der Orks die Verteidiger an den Toren überrannte und über ihre eigenen Toten hinweg trampelte, mit denen unsere Fallen und Geschütze den Boden übersät hatten, da rief der Rogmarok die Ältesten aller Sippen zum Rat. Und sie beschlossen, mit eigenen Händen die innersten Hallen und das Heiligtum unseres Schöpfers bis zum letzten Mann zu verteidigen, damit ihre Kinder und Enkel leben sollten. Angrosch segnete sie für ihre hohe Gesinnung, sodass keine Schwäche ihre Arme lähmen sollte, solange das Lebensfeuer in ihnen brannte.

So wappneten sie sich mit Harnischen aus bestem Toschkrilstahl und wählten die kunstfertig geschmiedeten Waffen ihrer Ahnen, ein jeder nach seiner Weise des Kampfes. Mirschag Sohn des Ugin jedoch nahm einem gefallenen Schwarzpelz den schlichten Lindwurmschläger ab, den der Abschaum einem Angroscho gestohlen haben musste. »Diese einfache Axt soll Ausdruck meiner Verachtung sein«, verkündete er, und sie leistete ihm so gute Dienste, dass seither alle tapferen Recken unserer Sippe einen Lindwurmschläger geführt haben, obwohl die Waffe Mirschags mit ihm in Angroschs Hallen Einzug hielt.

Zuvor aber stellten sich die sechs Ältesten und der Bergkönig den Orks an der Pforte zum Herz der Binge zum Kampf. Nur *ein* Angroscho fand in dem schmalen Durchgang Platz, wollte er noch Raum haben, um die Waffe zu schwingen, und so trat Mirschag als Erster vor, um sich der schwarzen Flut entgegenzustemmen. Einen ganzen Tag lang brandete der nie versiegende Strom der Feinde vergebens gegen ihn an! Bis zu den Hüften stand er in ihren blutigen Leibern, bevor ein heimtückischer Speer ihn fällte.

Doch sein heroisches Beispiel feuerte die anderen Ältesten an, es ihm gleichzutun. Wie die Knochen des Gebirges selbst ließ ein jeder von ihnen die Orks einen ganzen Tag lang von sich abprallen, bis nur noch Swornir Sohn des Brabur übrig war. Auch er streckte Schwarzpelz um Schwarzpelz nieder. Da endlich entschloss sich der Häuptling der Orks, der sich die ganze Zeit hinter seinen Truppen versteckt hatte, selbst zum Angriff. Hart wurde dieser ungleiche Zweikampf gefochten, der ausgeruhte Ork gegen den erschöpften Bergkönig. Viele Wunden fügten sie sich gegenseitig zu, bis sich der Schwarzpelz zu Boden warf, um dem Rogmarok die Klinge unter dem Harnisch hindurch in den Bauch zu treiben.

Der entkräfteten Hand des tödlich getroffenen Bergkönigs entglitt das Heft seines Kriegshammers, doch mit einem letzten Tritt seines Eisenfußes brach er dem listigen Ork noch das Genick, sodass die Schwarzpelze enttäuscht aufheulten und aus der Binge flohen, die so viele von ihnen das Leben gekostet hatte. Unsere Sippe jedoch lebte weiter und meißelte die Taten ihres Vaters Mirschag Sohn des Ugin in ihre Chronik, auf dass sein Heldenmut niemals vergessen werde. So ist es gewesen und so muss es sein.«

Stille senkte sich über die Halle. Von dem erhebenden Gefühl ergriffen, einer langen Heldenlinie anzugehören, hingen die Zwerge in Gedanken den Worten ihres Ältesten nach, spürten ihre tiefe Verbundenheit mit den Ahnen und dem sie umgebenden Berg. Das leise Zischen, als der Geweihte das geschmiedete Eisen aufs Neue in kaltes Wasser tauchte, machte ihnen die Nähe des Tempels und damit ihres Gottes gewahr.

Selbst in Ortosch wallten Stolz und Mut auf. *Mirschags Blut fließt durch Murtorog auch in meinen Adern*, sagte er sich. *Ich kann genauso ein Held sein wie jeder andere von uns. Aber dazu muss ich erst einmal die Furcht vor meinen eigenen Verwandten ablegen. Und die Drachenmacht von Angroschs heiliger Flamme aus mir herausbrennen lassen. Ich werde zu Saggasch gehen und ihm alles erzählen. Nur so kann ich dem Gott beweisen, auf welcher Seite ich stehen will.*

Der junge Zwerg erhob sich und schlug die Richtung zur Heiligen Halle ein. Dabei kam er an Simnax vorüber, der sofort aufsprang, als er sich zusammengereimt hatte, wohin Ortosch unterwegs war.

»Warte!«, rief er. »Der Geweihte darf jetzt nicht gestört werden.«

»Aber es ist wichtig«, erklärte Ortosch über die Schulter hinweg, ohne anzuhalten.

Simnax überholte ihn und versperrte ihm den Weg. »Du bist nicht gerade in Lebensgefahr«, stellte der Zwilling des Priesters fest. »Und wenn du etwas Hilfreiches zu unserer Verteidigung beizutragen hast, trägst du es wohl besser Muramil vor.«

Ortosch knirschte vor Wut mit den Zähnen.

»Ich warne dich!«, drohte Simnax. »Mein Bruder hat mich dazu bestellt, ihm alles vom Leib zu halten, was ihn aus seinem Zwiegespräch mit Angrosch reißt, und ich nehme diese Aufgabe ernst!«

»Du bist doch nur froh, dich endlich einmal wichtig machen zu dürfen«, hielt Ortosch dagegen.

Sie starrten sich so eindringlich an, dass ihre Bärte sich fast berührten.

»Ihr solltet euch schämen!«, tadelte die alte Jorlika und schob die Kontrahenten auseinander. »Gerade hat Brodomurr den Geist der Einigkeit beschworen und schon streitet ihr schon wieder. Setz dich wieder vor das Tempelportal, Simnax! Und du, Ortosch, gehst wohl besser nach Hause und schläfst dich aus, damit du wieder klar denken kannst!«

Das war's, dachte Ortosch niedergeschlagen und gereizt zugleich. *Das war Angroschs Antwort auf meinen guten Willen. Er braucht mein Geständnis nicht. Er weiß längst, wie es in mir aussieht, so wie er alles weiß. Er verweigert mir seine Hilfe, um mich zu prüfen. Um zu beobachten, was ein verdorbenes Werkstück wie ich aushalten kann. Er stellt mich auf die Probe, wie einen ungleichmäßigen Kristall, der beim Schleifen zerbricht. Wen interessieren die Splitter dann noch? Ihn wohl nicht.*

Saggasch Sohn des Schrogrim stand vor dem Amboss und betrachtete verwirrt das Ergebnis seiner Arbeit. Wie sein Lehrmeister Muresch es ihm beigebracht hatte, war er ohne eine bestimmte Absicht ans Werk gegangen, wenn man davon absah, dass es ihm darum ging, die Nähe seines Gottes zu suchen. In jedem Stück Roheisen schlummerte eine von Angrosch hineingegossene Form, die es zu erspüren galt.

Der junge Geweihte hatte sich ganz diesem Gedanken hingegeben und war beim Schmieden intuitiv den Linien gefolgt, die sich ihm angeboten hatten. Krumme Linien, eine Wendung gar. Noch immer hüllte ihn die Wolke aus Zuversicht und Geborgenheit ein, in der er das Wohlwollen Angroschs erkannte. Aber die Form des Eisens vor ihm beantwortete keine seiner Fragen, sondern warf lediglich neue auf.

»Du siehst nicht zufrieden aus«, stellte Muramil besorgt fest, der angesichts der eingetretenen Stille gerade den Tempel betreten hatte. »Hegt Angrosch Groll gegen uns? Hat er uns etwa verlassen?«

Saggasch schüttelte nachdenklich den Kopf. »Nein, ich glaube nicht«, erwiderte er geistesabwesend. »Sein Auge ruht mit väterlicher Güte auf dieser Binge.«

»Was bedrückt dich dann?«, erkundigte sich der Ältere.

»Ich kann seine Zeichen nicht deuten«, gab der Geweihte zu.

Muramil folgte seinem Blick zu dem Gegenstand auf dem Altar. »Du hast also einen Halsreif geschmiedet. Wirklich sonderbar«, murmelte er.

»Allerdings«, stimmte Saggasch ihm zu und konnte die Enttäuschung nicht völlig aus seiner Stimme heraushalten. »Welche erfreuliche Bedeutung kann ein eiserner Ring um den Hals schon haben? Ist es nicht vielmehr ein Symbol der Gefangenschaft?«

Dagegen konnte Muramil wenig einwenden. Er hatte in seinem langen, ereignisreichen Leben mehr von der Welt gesehen, vor allem von der der Menschen, als ihm lieb war. »Du hast Recht«, pflichtete er dem Priester bei. »Schlimmer noch. Er steht für Knechtschaft, Sklaverei. Du hast davon gehört, oder? Menschen, die anderen Menschen dienen müssen. Die niemals frei sind, dahin zu gehen oder das zu tun, wonach ihnen der Sinn steht. Die man ihren Familien entreißen und nach Belieben misshandeln darf.« Er schüttelte sich vor Abscheu.

»Hast du solche unglücklichen Wesen gesehen?«, fragte Saggasch erschüttert.

»Nein, nicht direkt. Wenigstens das blieb mir erspart«, antwortete Muramil. »Die Söldner haben sich am Lagerfeuer davon erzählt und der eine oder andere behauptete, ein entflohener Knecht zu sein.«

»Aber was hat das mit uns zu tun?«, rätselte der Geweihte. »Dieser Feind scheint uns nicht seinem Willen unterwerfen zu wollen. Er tötet, wen immer er finden kann.«

»Vielleicht steht der Reif gar nicht für das Offensichtliche, sondern einfach nur für einen Kreis? Wie den Schutzkreis, von dem du gesprochen hast?«, bot Muramil an.

Saggasch kratzte sich gedankenverloren das bärtige Kinn. »Nein, dann hätte sich das Eisen weiter gestreckt, sodass die Enden zusammengefügt worden wären«, behauptete er.

»Wie kannst du da so sicher sein? Welchen Unterschied machen schon ein paar Rim?«, zweifelte der Ältere.

»Weil ich diese Form erfühlt habe«, sagte der Geweihte knapp.

»Du bist jung und unerfahren. Möglicherweise ist dir ein Fehler ...«, begann Muramil, doch Saggasch fiel ihm verärgert ins Wort.

»Fängt das schon wieder an?«, regte er sich auf. »Meinst du jetzt auch, meine Fähigkeiten in Frage stellen zu müssen? Ich dachte, du wärst anders. Geh, Muramil! Ich werde schon allein dahinterkommen, was diese Botschaft zu bedeuten hat. Deine Hilfe wird hier nicht gebraucht!«

Er wandte sich ab und starrte auf die Heilige Flamme in ihrer Wandnische. Der ältere Zwerg war zu müde, um sich mit Saggasch zu streiten, und zu stur, um den seiner Meinung nach überempfindlichen Kurzbart zu besänftigen. Sein Bein schmerzte. Er wollte sich nur noch ausruhen.

Wie ein riesiges Geschoss sauste der Drache über Ortosch hinweg. Der entstandene Sog zerrte an Haaren und Kleidung des jungen Zwergs wie eine Sturmböe. Über ihm am erschreckend weiten, unermesslich hohen Himmel kreisten sie. Ihre lang gezogenen Körper, die in schmalen, peitschenden Schwänzen ausliefen, erinnerten Ortosch an Schlangen. Schlank und geschmeidig wanden sie sich in waghalsigen Manövern, glitten auf ihren ledrigen, vor der grellen Sonne beinahe durchscheinenden Flügeln mit dem warmen Wind. Die messerscharfen Klauen hingen dabei lässig herab, doch Ortosch konnte förmlich fühlen, wie sie seinen Leib zerfetzten. Zitternd vor Angst duckte er sich tiefer in das Gesträuch, konnte den Blick jedoch nicht von den eleganten Echsen abwenden. Vor dem strahlenden Azur des Himmels verlor er das Blau ihrer Schuppen immer wieder aus den Augen, bevor sich an anderer Stelle ein neuer Umriss aus dem Hintergrund löste. Ihre flachen, in geschwungenen Hörnern endenden Köpfe hielten unablässig Ausschau. Nach ihm?

Mit einem Mal gab es keine verbergenden Büsche mehr. Er stand weithin sichtbar auf dem kahlen Berghang und erstarrte vor Entsetzen. Einer der Drachen stieß einen triumphierenden Schrei aus, während er sich bereits auf sein Opfer stürzte. Ortosch sah, wie sich die zähnestrotzenden Kiefer öffneten und ein züngelnder Flammenstrahl auf ihn zufuhr. Die Hitze versengte seine Haut, das Feuer legte sich um ihn wie ein todbringender Mantel. Hilflos ergab er sich seinem schrecklichen Schicksal.

Doch die rot glühende Wolke verging und er trat aus ihr hervor, wie er bei seiner Feuertaufe aus der Flammenwand hervorgetreten war. Der verhangene Himmel über ihm drohte mit baldigem Regen. Von den Drachen entdeckte er weit und breit keine Spur mehr. Verwitterte Berggipfel, auf denen noch vereinzelte Schneefelder leuchteten, ragten mit ihren Spitzen in den grauen Dunst und setzten der Furcht erregenden Weite wieder beruhigende Grenzen.

Ortosch sah sich um. Er kannte diese Landschaft, aber von dieser Stelle aus hatte er sein heimatliches Tal noch nie betrachtet, dessen war er sicher. Am besten ging er einfach wieder nach Hause. Zurück in die Sicherheit des Berges, wo sich keine Drachenhorden auf ihn stürzen konnten. Doch irgendetwas stimmte an dieser Überlegung nicht. Es gab da einen dunklen Fleck, an den er sich besser wieder erinnern sollte.

Das Geräusch kullernder Steine riss ihn aus seinen Grübeleien. Noch während er sich umdrehte, fiel ihm alles ein, was in dem alten Kohleschacht passiert war. In der Erwartung, nun diesem unbekannten Feind gegenüberzustehen, klopften seine Hände den Gürtel nach einer Waffe ab. Aber hinter ihm, auf einem mit grünen Grasinseln gesprenkelten Hang jenseits der Schlucht zu seinen Füßen, wanderte lediglich ein anderer Angroscho zur Talsohle hinab. Der Fremde trug zu Ortoschs Überraschung weder Helm noch Rüstung, obwohl er sich doch schon seit längerem im Freien aufhalten musste. Auf dem zotteligen felsgrauen Haar saß lediglich eine Lederkappe. Dem prächtigen, jedoch noch nicht über den Gürtel hinabreichenden Bart nach zu urteilen, hatte nicht das Alter ihn ergrauen lassen. Auch seine festen Schritte wiesen darauf hin, dass er sich in der Blüte seines Lebens befand.

Der Fremde hielt inne und sah zu Ortosch hinüber, als hätte er dessen Blick gespürt. Er rief etwas, doch die Worte vergingen, als hätte der Wind sie davongetragen, obwohl keine Brise wehte. Ortosch hob achselzuckend die Hände, um dem älteren Angroscho deutlich zu machen, dass er nichts verstand. Daraufhin bedeutete der Fremde ihm, näher zu kommen. Sah er denn die Schlucht nicht? Die Felswand, die direkt vor Ortoschs Zehen senkrecht abfiel? Wieder lud ihn der Ältere mit unmissverständlicher Gebärde ein.

»Aber wie soll ich denn ...?«, wollte Ortosch wissen, als er sich plötzlich auf seiner eigenen Schlafstatt wiederfand. *Was war das?*, staunte er. *Ein Traum? So echt wirkt das?*

Er schauderte bei der Erinnerung an die so wirklich erscheinenden Drachen über dem endlos weiten, blauen Horizont. Seine Decken waren vom Angstschweiß klamm.

Das hat mir gerade noch gefehlt, stöhnte er innerlich. *Als ob die verwünschte Magie nicht Fluch genug wäre! Jetzt fange ich auch noch an zu träumen.* Selbstmitleid wusch über ihn hinweg wie eine Meereswoge. *Ich werde niemals wieder ein gewöhnlicher Angroscho sein. Was heißt wieder? Ich war ja nie einer. Aber jetzt ist es damit endgültig vorbei. Und dann kommen natürlich Drachen in meinem Traum vor. Nicht, dass mir unsere*

Ahnen eine Botschaft schicken, wie die Binge zu retten sei, oder mir enthüllen, was all meine Verwandten tötet, wie sie es bei den Helden der alten Geschichten getan haben. Nein. Ich werde allein in einem fremden Land gegrillt wie ein Spanferkel und dann winkt mir irgendein Kauz, der zu dumm ist, sich angemessen zu schützen, wenn er seine Binge verlässt.

Davon brauche ich gar nicht erst zu erzählen, dachte er. *Dann halten sie mich nur endgültig für übergeschnappt. Aber mit all diesen Geheimnissen kann ich auch nicht ewig leben.*

Der finstere Abgrund, an dem er in seinem Innern so lange entlangbalanciert war, rückte wieder näher, doch Ortosch verspürte keine Sehnsucht mehr danach, sich hineinfallen zu lassen. Dieser unersättliche Rachen hatte in den letzten Tagen mehr als genug Angroschim verschlungen.

Verschwinde!, befahl Ortosch wütend und schleuderte die Dunkelheit im Geiste von sich. *Ich weiß selbst, was ich zu tun habe. Sie werden mich verbannen, also kann ich auch selbst mein Bündel packen und gehen.*

Sein Gewissen regte sich und sandte ihm den Gedanken, ob er es sich nicht zu einfach machte, wenn er feige davonlief, anstatt seiner Sippe in ihrer Not beizustehen. Was würden sie anderes denken, als dass er vor der Bedrohung geflohen war?

Spielt das jetzt überhaupt noch eine Rolle?, fragte er sich. *Ob sie mich nun für einen gefährlichen Geisteskranken oder ein Hasenherz halten, ist im Grunde doch egal. Oder? Eigentlich will ich nicht, dass Paroscha in mir einen Feigling sieht. Und es wäre sehr viel besser, geradezu heldenhaft, wenn ich ihnen sagen könnte, dass ich gehe, um sie vor weiterem Unheil zu bewahren. Denn möglicherweise stimmt es ja und ich bin der Grund für unser Leid. Nur, dass ich dann sicher wieder Spott und Beleidigungen, vielleicht sogar Verwünschungen und Schläge einstecken darf.*

Diese Aussicht ließ ihn in seinem Entschluss wanken. Was sollte er tun? Innerlich zerrissen starrte er zur kaum erkennbaren Decke hinauf und hoffte nun doch, dass ein plötzlicher Angriff des unbekannten Feindes ihm die Entscheidung abnehmen würde, indem er ihm einen ehrenvollen Tod bescherte.

10. Kapitel

»Noch ein Rachenputzer?«, bot Hogisch Sohn des Borim an und hielt seinem Zwilling einladend die flache, mit einem Korken verschließbare Blechflasche hin, für die er eigens ein Futteral an seinem Gürtel angebracht hatte.

»Danke, Bruder, für mich nicht mehr«, lehnte Harbosch ab, obwohl er kaum befürchten musste, dass ihn der Schnaps daran hinderte, aufmerksam Wache zu halten. Wasser war der Lebensflamme schließlich nur dann zuträglich, wenn es von innen her ordentlich einheizte.

Hogisch, den man bei genauerer Betrachtung schon an seiner geröteten Nase von seinem Zwilling unterscheiden konnte, zuckte die Achseln und hob die Flasche zu einem Trinkspruch. »Auf unseren Vater Borim!«, sagte er mit grimmiger Miene. »Möge meine Axt seinem Mörder den Schädel spalten!«

»Das hast du dir schon für die Drachenbrut gewünscht, die unsere Mutter auf dem Gewissen hat. Einen von beiden wirst du mir abtreten müssen«, stellte Harbosch klar, während sein Bruder einen Schluck nahm und zufrieden die Kehle hinabrinnen ließ.

»Dann wirst du eben schneller sein müssen als ich«, brummte Hogisch, verschloss die Flasche und steckte sie zurück in den Gürtel.

»Das hab ich noch immer geschafft«, meinte Harbosch selbstgefällig.

»Pah!«, machte sein Zwilling, dessen dunkelblonder Bart sich dabei sträubte wie der einer fauchenden Katze. »Bildest dir wohl ganz schön was darauf ein, verheiratet zu sein und Kinder zu haben. Dafür bin ich zuerst Onkel geworden.«

Harbosch musste trotz allem grinsen. Der Tod seiner Eltern war schlimm genug, aber sie würden sich davon nicht unterkriegen lassen, weder von Untoten noch Drachen noch von irgendwelchem Dämonenpack. Die Fallen würden dem Gegner schon zeigen, wer die Herren in diesem Berg waren, und dann würden Hogisch und er ihm den Rest geben.

Vom Tor der Binge her kam sein Sohn Hamax zurück. Bis auf die braunen Augen hatten die beiden wenig gemeinsam. Mit seinen von Geburt an felsgrauen Haaren und der auffallend kleinen Stupsnase war Hamax ganz nach seiner Mutter geraten.

»Na, wie sieht es draußen aus?«, erkundigte sich Harbosch.

»Ziemlich trostlos«, antwortete sein Sohn, der als Hüttenkundiger in die Fußstapfen seines Vaters und Großvaters trat. »Das Tal wirkt verlassen, wenn unsere Schmelzöfen nicht rauchen.«

»Eine Binge ohne Rauch ist eine tote Binge«, sagte Hogisch düster. »Wenn der Spuk hier erst einmal vorbei ist, wollen wir die Feuer schon wieder ordentlich schüren, aber unsere Toten werden uns bitter dabei fehlen. Diese Binge war noch nie groß. Hoffen wir, dass vielleicht ein paar von jenen zurückkommen, die in die Fremde gezogen sind.«

Dazu konnten Harbosch und Hamax nur schweigend nicken.

»Die Fackeln drohen zu verlöschen«, bemerkte Harbosch nach einer Weile. »Komm, Junge, wir wechseln sie aus! Das wird uns eine Weile beschäftigen.«

Er schlug, gefolgt von seinem Sohn, die Richtung zu den Werkstätten ein, wo der Vorrat an Fackeln für den langen Stollen gefertigt und gelagert wurde. Hogisch blieb an der Abzweigung zu den Erzgängen zurück und versank in dieselbe Grübelei, die alle Zwerge der Binge an diesem Tag quälte. Die Frage nach der Art ihres Gegners.

Harbosch lud seinem Sohn einen Packen harzgetränkter Äste und einen schmiedeeisernen Eimer auf, sodass er selbst die Hände frei hatte, um die verbliebenen Stummel mit einer Zange aus den Halterungen zu nehmen und die neuen Fackeln daran zu entzünden, bevor er die brennenden Reste in den Eimer legte. So gingen sie linkerhand den ganzen Stollen ab, bis sie in die Nähe der Tür des Festsaales kamen, hinter der sie Stimmen hörten, die heftig debattierten.

Neugierig wollte Hamax die letzten Drumodim überwinden, um zu lauschen, doch sein Vater winkte ihn energisch fort.

»Dafür haben wir jetzt keine Zeit«, behauptete Harbosch. »Wir wollen deinen Onkel nicht länger allein lassen, als unbedingt nötig.«

»Er kann doch rufen, wenn etwas ist«, hielt Hamax verständnislos dagegen.

»Weißt du das so genau?«, tadelte ihn sein Vater und marschierte zielstrebig zur ersten Fackel auf der anderen Stollenseite weiter. »Wir werden es schon früh genug erfahren, falls etwas Wichtiges beschlossen wird.«

Hamax folgte ihm enttäuscht. Aus dem Eimer stieg eine immer stärkere Hitze auf, doch der junge Zwerg – abgehärtet durch Schmiedefeuer und Schmelzöfen – spürte es kaum.

Sie waren erst in der Mitte des Gangs angelangt, als ihnen ein Poltern und Rumpeln entgegendrang. Es hätte auch aus den leeren Werkstätten oder vom Tor der Binge her kommen können, doch sie dachten sofort an die Fallen und Hogisch. Harbosch warf die Zange von sich, während sein Sohn den Eimer abstellte und die Fackeln fallen ließ. In diesem Klappern ging Hogischs Rufen beinahe unter. Sein Zwilling und sein Neffe rannten los, um ihm beizustehen.

Hogisch befand sich noch immer auf seinem Posten. Er hatte die Armbrust geladen und zielte damit in die Dunkelheit. »Das ist der Feind!«, kam er der Frage seines Bruders zuvor. »Hamax, verschwinde und gib Muramil Bescheid!«

Der Jüngere zögerte und suchte den Blick seines Vaters.

»Tu, was er sagt! Wir brauchen jetzt alle Kämpfer hier«, drängte Harbosch.

Sein Sohn begriff, dass er damit weit mehr bewirken konnte, als wenn er blieb, und hastete davon. Harbosch zog seinen Sehnenschneider.

»Nimm auch die Laterne!«, forderte sein Bruder ihn auf. »Wir sehen uns das aus der Nähe an. Wenn das Biest – oder von mir aus auch die Biester – lebend in der Fallgrube sitzen, machen wir sie fertig!«

»Hat sich eher so angehört, als wäre etwas unter den herabstürzenden Felsblock geraten«, vermutete Harbosch.

»Ist mir auch recht«, knurrte Hogisch. »Sehen wir nach!«

Schritt für Schritt rückten sie vor. Im Gang vor ihnen herrschte nun wieder Grabesstille. Das Knirschen ihrer genagelten Stiefel auf dem Gestein war Harbosch noch nie so laut erschienen.

Das Licht ihrer Laterne erreichte die erste Falle, die aus Sicht des Feindes die letzte war. Im Boden des Gangs gähnte ein großes, rechteckiges Loch, das die ganze Breite des Stollens einnahm. Sie näherten sich vorsichtig dem Rand der, wie sie wussten, mit stählernen Speeren gespickten Grube.

»Bei der Heiligen Esse!«, entfuhr es Hogisch, als er in das Loch hinabblickte.

Die Deckplatte, die eigentlich nur an robusten Scharnieren wegklappen sollte, lag zertrümmert am Grund der Grube, wo die Gesteinsbrocken sich mit verbogenen, zersplitterten und abgebrochenen Stahlspitzen vermengten, als habe jemand mit einem riesigen Löffel darin herumgerührt. Von ihrem Feind fehlte jede Spur.

Als Ortosch wieder erwachte, hatte Großvater Mirtaschox seine Wache ebenfalls längst beendet und schnarchte wie immer so laut, dass nur die müdesten Angroschim dabei schlafen konnten.

Heute soll es sich entscheiden, beschloss Ortosch, während er sich anzog. *Entweder sterbe ich einen heldenhaften Tod im Kampf, oder ich verlasse die Binge.*

Seine Finger brannten bei der Berührung des Kettenhemds und erinnerten ihn schmerzlich daran, dass er gute Gründe für seinen Entschluss hatte. Sorgfältig zog er Ärmel und Kragen der gepolsterten Unterkleidung zurecht, damit keinesfalls einer der unzähligen Ringe direkt auf der Haut zu liegen kam. Vermutlich würde im Gefecht ohnehin alles wieder verrutschen, aber daran war nichts zu ändern.

Wahrscheinlich werde ich dann ganz andere Sorgen haben, dachte Ortosch zynisch. Nur so konnte er auch noch die Zähne zusammenbeißen, um den Helm aufzusetzen, für dessen gefütterte Innenseite er dankbarer war denn je.

Abgesehen von seinem schlafenden Großvater befand sich seine ganze Familie offenbar in der großen Halle. Selbst die Wiege der kleinen Doresche war verwaist. Auf der langen Tafel stand benutztes Geschirr herum und im Topf über dem Feuer dickte ein Rest Kartoffelsuppe ein, den Ortosch zu seinem Frühstück erkor, das wohl eher ein verspätetes Mittagessen war.

Noch bevor er sich an den Tisch setzte, nahm er den Lindwurmschläger seines Vaters von dem neuen Ehrenplatz an der Wand und steckte die Axt in den Gürtel. Er begann, die mittlerweile zähe, aber schmackhaft gewürzte Suppe zu löffeln, doch schon bald bedrückte ihn die ungewohnte Stille im Raum so sehr, dass er aufstand und seine Schale mit nach draußen nahm.

Nahezu alle Angroschim der Binge waren im Festsaal versammelt, als Ortosch eintraf. Bis auf die Kinder war jeder von ihnen mit einer Rüstung und den bevorzugten Waffen angetan, denn sie rechneten jetzt jederzeit mit einem Angriff. Ortosch suchte sich einen Platz am Rand, von wo er in Ruhe verfolgen konnte, was vor sich ging.

»Ich weiß nicht, warum du dich nun wieder quer stellen musst«, beschwerte sich Muramil gerade. »Für mich liegt nichts Ehrenrühriges darin, unsere Nachbarn um Hilfe zu bitten.«

Brodomurr schnaufte abfällig. »Es rührt immer an die Ehre der Sippe, wenn sie zum Bittsteller wird«, beharrte er. »In diesem Fall sogar ohne Not.«

»Ohne Not?«, lachte Mokrima auf, doch sie klang nicht fröhlich. »Wann siehst du Not gegeben? Wenn du allein gegen den Feind übrig geblieben bist?«

Ortosch fand, dass sich die Sorgenfalten über Nacht noch tiefer in das Gesicht der Bäuerin gegraben hatten.

»Ich habe nicht über hundert Jahre die steinigen Äcker im Tal bestellt und sieben gesunde Kinder geboren, damit diese Sippe jetzt in Stolz und Ehre untergeht!«, machte sie deutlich.

»Was faselst du da von Untergang?«, gab der Älteste ungehalten zurück. »Ja, einige von uns sind gestorben. Und nicht die Schlechtesten, das ist wahr. Aber ein paar Todesopfer waren für aufrechte Angroschim noch nie ein Grund, sich geschlagen zu geben.«

»Niemand hat etwas von Aufgeben gesagt«, stellte Muramil klar. »Wir sind uns alle einig, dass wir unser Zuhause um jeden Preis verteidigen werden. Wie unsere Ahnen es uns vorgelebt haben. Aber warum sollen wir gegen einen so starken Widersacher nicht weitere Kämpfer herbeirufen?«

»Hat Mirschag Sohn des Ugin um Hilfe gefleht?«, hielt Brodomurr dagegen.

»Nein«, musste Muramil zugeben.

»Waren seine Gegner etwa nicht sogar in der Überzahl?«, bohrte der Älteste weiter.

»Doch, aber das kann man doch gar nicht vergleichen«, behauptete Muramil trotzig.

»Und ob man das kann!«, erwiderte Brodomurr ebenso stur.

»Also ich sehe das wie Mokrima«, ließ sich Ortoschs Großmutter Dorida vernehmen und blickte herausfordernd in
die Runde. »Unsere Ehre liegt darin, standhaft zu sein und
diese Binge zu halten. Aber *wie* wir das bewerkstelligen,
ist allein unsere Entscheidung.«

»Ich bin da nicht so sicher«, meinte die alte Jorlika. »Das
Beispiel unserer Ahnen sollte den Ausschlag geben.«

»Vielleicht wäre es dann besser, wenn Brodomurr uns
noch ein paar Fälle aus der Vergangenheit vortragen würde, damit wir ...«, begann Ingtasch, der nun schon drei Brüder verloren hatte. Doch er konnte seinen Vorschlag nicht
zu Ende bringen, weil in diesem Augenblick die Tür so
vehement aufgestoßen wurde, dass sie weit aufschwang
und gegen die Wand knallte.

»Der Feind greift an!«, gellte Hamax. »Die Fallen wurden ausgelöst!«

Wie sämtliche Angroschim sprang auch Ortosch auf. Alle
griffen nach ihren Waffen oder wimmelten durcheinander, um ihre abgestellte Ausrüstung aufzuheben.

»Bleibt ruhig!«, rief Muramil. »Denkt daran, was wir be-
sprochen haben!«

Sofort kehrte wieder etwas mehr Ordnung im Saal ein.
Ortosch beobachtete aufgeregt, was die anderen taten, denn
er wusste nicht, welche Anweisungen Muramil im Lauf des
Tages erteilt hatte. Die Zwerginnen scheuchten die Kinder
nach hinten, wo sich Saggasch mit seinem Ritualhammer
im Portal des Tempels aufgestellt hatte. Ihm oblag es, diese letzte Zuflucht gegen dämonisches Wirken zu verteidigen. Vor ihm postierten sich die Angroschax, um ihn und
die Kinder zu schützen, falls es zum Äußersten kam.

Roglosch und Ramesch packten zu zweit den schweren
Drachentöter und bildeten damit die Sturmspitze. Hinter
ihnen reihten sich die erfahrenen, älteren Angroschim ein,
aber Ortosch fand es fraglich, ob sie nach dem langen Lauf
durch den Stollen auch zuerst am Kampfplatz ankommen
würden. Er mischte sich unter die anderen Jungzwerge

dahinter, die sich paarweise aufstellten. Bruder neben Bruder. Sein Blick traf den Simnax', der ohne Saggasch in die Schlacht ziehen musste. Im Angesicht der Gefahr war ihr Streit der vorangegangenen Nacht vergessen. Schweigend schlossen sie das Bündnis, sich gegenseitig den Rücken freizuhalten.

»Für Angrosch!«, brüllte Brodomurr. Seine greise Faust schwang den mit Silber verzierten Lindwurmschläger Richtung Tür.

»Für Angrosch!«, antwortete seine Sippe im Chor und stürmte ihrem Schicksal entgegen.

Gerade als sie losrannten, dröhnte ein weiteres Rumpeln den Stollen herab. Viel lauter dieses Mal, sodass es sogar über das Getrampel und Gebrüll ihrer Schar hinweg zu hören war, und der Boden zitterte dabei. Doch der Lärm spornte Roglosch Sohn des Mirtaschox nur zu noch schnellerem Lauf an. Er spürte das Gewicht des Drachentöters kaum in seinen Händen. Getragen von flammendem Zorn auf das Ungeheuer, das es wagte, ihnen den Berg streitig zu machen, flog er geradezu den Stollen entlang. Er wusste seinen Bruder hinter und die tödlich scharfe Spitze der Lanze vor sich. Besser gewappnet hatte sich kaum je ein Angroscho dem Feind entgegengeworfen. Auch wenn Ramesch und ihm Murtorogs sorgfältige Ausbildung an dieser Waffe fehlte, stellte sie selbst für die dickste Drachenhaut eine ernsthafte Bedrohung dar. Roglosch fühlte sich mit ihr jedem Gegner gewachsen, den er sich vorstellen konnte.

Sie wetzten an der Abzweigung zu den Werkstätten vorbei und brüllten noch immer ihren Schlachtruf heraus. Vor ihnen verdunkelte sich der Gang. Eine dichte Staubwolke trübte das Licht der Fackeln, wo sie nicht bereits erloschen waren.

Welche Niedertracht mag sich der Feind nun wieder ausgedacht haben?, schoss es Roglosch durch den Kopf. *Hat er etwa den Stollen einstürzen lassen?*

Er tauchte in die erstickenden Schwaden feinen Gesteinsmehls, das augenblicklich in Kehle und Augen drang. Aber ihm blieb nicht einmal Zeit zu husten, da ragte vor ihm eine massige Gestalt auf, gerade so hoch wie die Decke es erlaubte. Er nahm all seine Kraft zusammen und warf sich blindlings nach vorn, um die mächtige Lanze in den unförmigen Wanst zu rammen.

Die Härte des Aufpralls erwischte Roglosch völlig unvorbereitet. Ungeahnte Wucht schleuderte ihn auf den Gegner, während ihm der Schaft des Drachentöters aus den Händen geprellt wurde. Er stieß gegen die raue, kalte Haut des Ungetüms, taumelte um es herum und fing sich erst in dessen Rücken wieder. Dort türmten sich Schutt und Felsbrocken auf. Der Gang zum Tor der Binge war versperrt.

Roglosch fuhr wieder herum, die tränenden Augen gegen den Staub zusammengekniffen. Hastig zerrte er den Sehnenschneider aus dem Gürtel, um dieses Monstrum, dessen grobschlächtiger Kopf ohne erkennbaren Hals in den plumpen Rumpf überging, von hinten zu attackieren. Es hob einen mächtigen Arm, um ihn – wie Roglosch vermutete – auf Ramesch niedersausen zu lassen.

»Nein!«, schrie er und hieb die Axt in den breiten Rücken. Wieder fuhr ihm beim Aufprall ein jäher, heftiger Schmerz in die Knochen, sodass er das Heft nur mit größter Willensanstrengung festhalten konnte. Funken flogen. Er sah keine Wunde, wo er den Gegner getroffen hatte. Nur graue, *fels*graue Masse.

Besteht dieses Ding etwa aus Stein?, wunderte er sich.

»Das kann nicht sein!«, krächzte und hustete er wütend. »Es bewegt sich, es lebt, es muss verwundbar sein!« Und mit jedem Wort drosch er, dem Schmerz zum Trotz, aufs Neue auf den scheinbar unbeeindruckten Feind ein, dass die Funken nur so stoben.

Plötzlich blitzte in Roglosch der Gedanke auf, dass er gar nicht so sicher sein konnte, es tatsächlich mit der Rückseite der Gestalt zu tun zu haben, als ihn auch schon ein rippenbrechender Hieb in die Seite traf und gegen die Wand des Stollens schmetterte. Benommen und keuchend rappelte er sich wieder auf, spuckte Blut und den allgegenwärtigen Staub. Sein benebelter Verstand fragte sich, wo dieses Wesen eigentlich seine Beine hatte. Es schien direkt aus dem Boden gewachsen zu sein. Aber es hatte gewaltige, in keulenartigen Fäusten endende Arme und schlug damit aufs Neue nach Ramesch, was Roglosch neue Kraft verlieh.

Die nachdrängenden Streiter raubten seinem Bruder den Raum, um rechtzeitig auszuweichen. Der am Boden liegende Drachentöter entpuppte sich als gefährliche Stolperfalle. Die Faust des Ungetüms sank herab, verfehlte Rameschs Helm und landete krachend auf seiner Schulter. Der Angroscho brach mit einem Aufschrei zusammen, während das Monstrum zu einem neuen Schlag ausholte. Roglosch gab es auf, sich nach seiner Axt umzusehen, sprang stattdessen hoch und klammerte sich an den dicken, steinharten Arm, der ihn mühelos mit nach vorn schwenkte, aber nun wenigstens nicht mehr auf Ramesch zielte.

Einen Drumod in die Luft gehoben, erblickte Roglosch zum ersten Mal so etwas wie ein Gesicht auf dem klotzigen Schädel. Zumindest blickten ihn zwei milchig graue Augen an wie die eines Blinden. Dort! Dort musste das Wesen verletzlich sein! Roglosch riskierte, sein volles Gewicht nur einem seiner muskulösen Arme anzuvertrauen, um mit der freien Hand nach seinem Drachenzahndolch zu fingern. Erst als sich die steinerne Klaue um seinen Unterschenkel schloss und ihn mit einem kräftigen Ruck um seinen unsicheren Halt brachte, erinnerte er sich daran, dass auch das Ungeheuer zwei Arme hatte.

So sehr sich Muramil auch anstrengte, es gelang ihm nicht, mit dem voraneilenden Gespann am Drachentöter mitzuhalten. Im Stillen verfluchte er sein lästiges Hinken. Immer mehr Jüngere rannten unter lautem Kampfgeschrei an ihm vorüber, wobei ihn am meisten wurmte, dass er nun in dem begrenzt breiten Gang womöglich erst an den Feind herankommen würde, wenn andere vor ihm gefallen waren. Und *das* wünschte er wahrlich niemandem!

Verbissen humpelte er weiter, hinein in den herumwirbelnden Staub. Die Streiter vor ihm wurden langsamer, stockten, sodass er wieder aufholte. Seine Größe hätte ihm einen guten Überblick verschaffen sollen, stattdessen krümmte er sich hustend zusammen. Als der Reiz ihn aus seinem Würgegriff entließ, fand sich Muramil inmitten seiner vorwärtsdrängenden Gefährten wieder, die es alle auf eine massige, durch die wabernden Staubschwaden nur undeutlich erkennbare Gestalt abgesehen hatten. Neben ihm tauchte der nach Atem ringende Brodomurr auf, der von dem für seinen greisen Körper zu anstrengenden Lauf bedrohlich wankte, aber der Blick des Ältesten zeugte noch immer von Entschlossenheit.

Hinter ihnen ertönte plötzlich ein dumpfes Stöhnen und jemand schrie: »Vorsicht, sie haben uns eingekesselt!«

Der beiden alten Zwerge fuhren herum. Ein weiteres klobiges Ungetüm versperrte ihnen den Rückweg.

»Der Mistkerl muss sich in den Werkstätten versteckt gehalten haben«, krächzte Brodomurr, und Muramil ärgerte sich über seine eigene Dummheit, weil er diese Schliche nicht vorausgeahnt hatte.

Das Monstrum erinnerte ihn an eine unfertige Statue. Wie eine Gerölllawine wälzte sich die Gestalt auf sie zu, anstatt auf Beinen zu gehen, während ihre enorme Faust den Hals eines verzweifelt strampelnden jungen Angroscho gegen die Wand presste und ihm damit die Luft abdrückte. Die nächststehenden Zwerge hieben mit ihren Äxten auf den Gegner ein, um den Unglücklichen aus seiner Not zu retten, doch das Genick des Angroscho brach bereits unter der schieren Kraft. Von einem Moment auf den anderen hingen seine Glieder schlaff herab und die riesige Pranke gab ihn frei.

Durch die Jüngeren abgeschirmt, die nun mit verdoppelter Wut auf ihren unbeeindruckten Angreifer einhackten, blieb das Ungetüm außerhalb von Muramils und Brodomurrs Reichweite. Tatenlos mussten die beiden Alten mitansehen, wie es wuchtige Schwinger austeilte, denen die Angroschim nichts entgegenzusetzen hatten. Die Treffer ihrer Waffen hinterließen kaum größere Scharten, als die Schneiden selbst zurückbehielten.

»Hilfe!«, gellte es hinter ihnen. »So helft mir doch!«

Wieder drehten sie sich um und erblickten Jalgat, einen der Söhne Mokrimas, der bereits bis zur Hüfte in der Felswand steckte. Sein Bruder Jorborix und Ortoschs Onkel Aurax zerrten an seinen Armen, hingen mit ihrem vollen Gewicht daran, doch noch immer wurde er weiter in das Gestein gesogen.

»Das ist übelste Drachenmacht«, hauchte Muramil entsetzt, doch er spürte nicht das unaussprechliche, alles zersetzende Grauen, das ihn an der Trollpforte beim Angriff der Dämonen ergriffen hatte.

»Das hier ist alles Zauberei«, schimpfte Brodomurr und packte mit an. »Was glaubst du denn?«

Muramil umfasste rasch den anderen Arm.

»Zieht!«, schrie Jalgat immer wieder. »Zieht!«

Zu viert stemmten sie sich gegen den Sog. Jalgats Gelenke knirschten beängstigend und seine Stimme wurde schriller, aber schon war er bis über den Bauch im Fels verschwunden. Mit hochroten Köpfen zogen die Zwerge an ihm, stützten sich schließlich sogar mit den Füßen an der Wand ab. Irgendetwas riss in Jalgats Armen, doch das schien er kaum wahrzunehmen.

Es war alles vergebens. Als sich der Fels um die Brust des sich windenden Angroschos legte, gingen seine Schreie in atemloses Keuchen über. Muramils der Schulter nähere Hand stieß plötzlich bereits an das Gestein, sodass der alte Zwerg nun Ellbogen und Unterarm umklammern musste.

»Tut doch etwas!«, schrie nun Jorborix. »Jalgat, ich gebe dich nicht auf!«

Aber die Macht, die am anderen Ende seines Bruders zog, war stärker. Fels wuchs um Jalgats Hals, umschloss vollkommen seine Schultern, näherte sich dem Kinn. Der panische Angroscho rang röchelnd nach Atem. Muramil fühlte sich so elend und hilflos wie nie zuvor in seinem Leben. Noch immer zerrte er an Jalgats Arm, aber das Ende nahte unaufhaltsam. Er konnte nicht hinsehen, als sich das Gestein über Mund und Nase legte, ertrug den Blick der gequälten, aufgerissenen Augen nicht. Das hier war nicht richtig. Kein Angroscho hatte so einen Tod verdient.

Er musste loslassen, wich erschüttert von der so gewöhnlich aussehenden Wand zurück, während Jorborix sogar noch an den zuckenden Fingern zog.

»Komm weg da!«, herrschte Brodomurr ihn an und schob ihn mit Gewalt von den verschwindenden Händen weg. »Willst du etwa auch da hineingezogen werden?«

»Lass mich!«, fauchte Jorborix. Er riss sich los, um seinen fallen gelassenen Kriegshammer aufzuheben und damit auf den Fels einzuschlagen. »Ich hole ihn da wieder raus!«

Muramil erinnerte sich nun wieder an die Bedrohung in ihrem Rücken und sah sich um. Überall um das unverwundbare Monstrum herum lagen oder krochen zwergische Streiter. Nur wenige waren noch auf den Beinen, doch sie führten ihre Schläge angesichts der Vergeblichkeit nur noch halbherzig. Angst hatte sich in ihre Gesichter geschlichen, während sie den Hieben der schweren Fäuste auswichen.

Keine unserer Waffen kann ihnen etwas anhaben. Was sollen wir gegen einen solchen Gegner ausrichten?, fragte sich Muramil verzweifelt. *Angrosch hat uns doch verlassen. Wir werden alle sterben.*

Hamax Sohn des Harbosch blinzelte mit tränenden Augen gegen den allgegenwärtigen Staub an. Hustend war er hinter seinen Vordermännern zum Stehen gekommen und hatte feststellen müssen, dass es für ihn keinen Platz gab, um anzugreifen. Als er beinahe von der Axt eines ausholenden Kameraden getroffen worden war, hatte er sich – zur Untätigkeit verdammt – zwei Schritte zurückgezogen, und musterte nun so gut es ging ihren Respekt einflößenden Gegner. Ein Fels, der sich bewegte. An dem der Drachentöter wirkungslos abgeprallt war, anstatt in einer tiefen Wunde stecken zu bleiben. Von so einem Wesen hatte Hamax noch nie gehört.

»Hamax, siehst du Vater irgendwo?«, fragte sein Bruder Halbarox heiser.

Hamax reckte den Hals, um jenseits der Kämpfenden im Dunkel der Abzweigung etwas zu erkennen, doch es gelang ihm nicht. Stattdessen sah er, wie Ramesch unter einem Hieb des Ungeheuers zusammenbrach und Roglosch mit einem mal an dem ast-, nein, eher baumstammdicken Arm hing.

»Wir müssen Ramesch da wegziehen!«, rief er und eilte, Halbarox an seiner Seite, nach vorn.

Der getroffene Waffenschmied setzte sich bereits stöhnend wieder auf. Mit der Rechten hielt er noch immer den Lindwurmschläger, aber der linke Arm baumelte nutzlos herab. Die Jungzwerge bückten sich, um ihm aufzuhelfen, Ramesch beachtete sie jedoch nicht, sondern starrte stattdessen nach oben.

»Komm, Ramesch! Lass *uns* für dich kämpfen!«, drängte Hamax und versuchte, seine Schulter stützend unter den unverletzten Arm des Waffenschmieds zu schieben.

»Roglosch!«, brüllte der Verwundete plötzlich. Er sprang unvermittelt vor und schüttelte seine Helfer dabei ab.

Ein warmer Regen traf Hamax' Hände und Wangen. Entgeistert blickte der junge Angroscho auf die dunklen Spritzer, die ihn und Halbarox überzogen. An seiner Lippe schmeckte er Blut. Ein Körper landete neben ihnen am Fuß der Wand und weckte Hamax aus seinem Schock. Rogloschs Leib fehlte ein Bein. Aus dem grausigen Loch ergoss sich ein roter Strom, doch Rogloschs Augen waren bereits geschlossen und er rührte sich nicht mehr.

»Wo ist Vater?«, schrie Halbarox.

Auch Hamax befürchtete nun das Schlimmste. Vor ihnen schlug Ramesch, der die Axt jetzt beidhändig führte, wie rasend auf das Ungeheuer ein, das seinen Bruder getötet hatte. Neben ihm wichen weitere Zwerge vor und zurück, um einen Hieb anzubringen und dann wieder aus der Reichweite der knochenbrechenden Fäuste zu gelangen. Blieb ein schmaler Spalt zwischen Ramesch, dem Ungetüm und der Felswand. Ohne lange nachzudenken, warfen sich die Zwillinge durch die Lücke. Im Rücken der grausamen Kreatur stolperten sie in das Geröll, das nach dem Einsturz den Gang blockierte.

»Angrosch steh uns bei!«, spuckte Halbarox, der eine weitere Ladung Staub geschluckt hatte. »Glaubst du, Vater ist verschüttet worden?«

»Keine Ahnung«, hustete Hamax und behielt sorgfältig den Feind im Auge. »Komm weg hier! Wenn er da drunter liegt, können wir ohnehin nichts mehr für ihn tun.«

Sie huschten hinter dem Feind vorbei in den Stollen, dessen Fallen diesen Gegner nicht hatten aufhalten können. Durch die Staubwolken, die von den Kämpfenden stets aufs Neue aufgewirbelt wurden, drang kaum noch ein Lichtstrahl hierher vor.

»Vater?«, rief Hamax. »Onkel Hogisch?«

»Du gehst links an der Wand lang, ich rechts«, schlug Halbarox vor.

»Nein, wir dürfen uns auf keinen Fall trennen!«, widersprach Hamax und hoffte, dass sein Bruder ihn nicht nach den Gründen fragte, denn außer seiner Angst, den Zwilling zu verlieren, hätte er nichts vorbringen können.

Sie tasteten sich ins Dunkel vor, als sie über den Kampflärm hinweg Muramils Stimme vernahmen. »Angroschim!«, brüllte er. »Wir ziehen uns zurück! Rückzug! Wir verschanzen uns im Festsaal!«

»Was machen wir denn jetzt?«, erkundigte sich Hamax bang.

»Wir gehen nicht ohne ihn«, beharrte sein Bruder. »Vater? Ich bin's! Halbarox!« Er ging weiter und Hamax folgte ihm.

»Hier«, krächzte es ihnen leise aus der Finsternis entgegen. Im schwachen Dämmerlicht machte Hamax einen dunklen Fleck auf dem Gang aus und rannte hinüber.

»Vater! Halbarox, wir müssen ihn tragen«, stellte er fest, als der hingestreckte Harbosch nur matt die Hände hob. »Ist Onkel Hogisch auch hier?«

»Er ist tot«, flüsterte sein Vater. »Stürzte in die Grube, als es uns angriff.«

»Schnell! Wir müssen weg!«, mahnte Halbarox. Er packte Harbosch unter den Achseln. Hamax griff in die Kniekehlen seines Vaters, dann hoben sie ihn gemeinsam an und liefen zurück zum Hauptstollen, wo noch immer das steinerne Ungeheuer den Weg versperrte. Die anderen Zwerge wichen bereits zurück. Einzig Ingtasch Sohn des Brogar schwang noch seinen wuchtigen Felsspalter nach dem Gegner, um den Rückzug zu decken. Hamax sank das Herz. Wie sollten sie unbemerkt mit ihrer schweren Last an dem Feind vorbeikommen?

Nur noch wenige Schritte trennten sie von der Reichweite der unbezwingbaren Arme, als Ingtasch sie entdeckte. Der alte Zwerg riss erstaunt die Augen auf, bevor er grimmiger denn je dreinblickte. »Rennt einfach los!«, rief er. »Ich lenke es für euch ab!«

Damit stürmte er vor, direkt in die Fäuste des Monstrums, schwenkte nach links und attackierte mit seiner schartig gewordenen Streitaxt.

»Jetzt!«, schrie Halbarox.

Gefangen zwischen den Beinen seines bewusstlosen Vaters, konnte Hamax nicht so schnell, wie er wollte, und trippelte mehr, als dass er rannte. Etwas traf seinen Helm, dann seine Schulter, landete zu seinen Füßen und ließ ihn straucheln. Genau in jenem Moment, als sie sich zwischen der Wand und dem Feind befanden, prasselten plötzlich Steine auf sie herab.

»Jorborix, hör auf damit und komm jetzt!«, herrschte Muramil den außer sich geratenen Angroscho an, der noch immer mit seinem Kriegshammer auf den Felsen eindrosch, wo sein Bruder verschwunden war.

Aurax packte Jorborix am Arm, um ihn mit sich zu zerren, doch der schwarzbärtige Zwerg schwang mit einem Wutschrei den Hammer nach ihm und traf den Helm. Benommen schwankte Aurax rückwärts. Muramil griff rasch nach ihm, um ihn zu stützen. Über Aurax' Stirn prangte eine unübersehbare Delle.

»Bist du völlig wahnsinnig geworden?«, brüllte Muramil, aber Jorborix hörte ihn in seiner Raserei gar nicht.

Wir müssen ihn aufgeben, erkannte der alte Veteran. *Er wird uns eher umbringen als mitzukommen.*

Er sah sich hastig um. Hamax und Halbarox schleppten gerade ihren Vater an ihm vorüber. Hinter ihnen stand niemand mehr aufrecht und die gegnerlose Felskreatur schob sich näher.

Angrosch sei Dank sind diese Wesen offenbar nicht die schnellsten, stellte er fest.

»Jorborix, wir gehen jetzt!«, rief er noch einmal, obwohl er wusste, dass es vergebens war. Der Jüngere reagierte

202

nicht. Muramil wandte sich endgültig von ihm ab. Er durfte jetzt nur an jene denken, die leben wollten, und das hieß auch, selbst zu überleben. Brodomurr, Aurax und er waren tatsächlich die Letzten, die noch an dem steinernen Monstrum vorbeischlüpfen mussten, das ihnen den Rückweg abschnitt. Es warf einen toten Zwerg beiseite und blickte sich nach neuen Opfern um.

Muramil verhärtete sein Herz und zwang sich, nicht auf die Leichen seiner geliebten Verwandten hinabzuschauen. Er musste seine ganze Aufmerksamkeit darauf richten, diesen tödlichen Hieben zu entgehen, sonst war er verloren.

»Brodomurr! Du und Muramil zuerst«, schlug Aurax vor. »Ich bin jünger und flinker als ihr und schaffe es auch, ohne dass ihn jemand für mich ablenkt.«

»Pah! Und das von einem Graubart wie dir«, zog der Älteste ihn wegen seines von Geburt an grauen Haars auf. »Nichts da! Du hast Frau und Kinder. Du gehst zuerst!«

Muramil befürchtete einen neuen Streit mit dem sturen Alten, wofür sie nun wirklich keine Zeit hatten. Hinter ihnen begann Jorborix zu schreien, aber Muramil gestattete sich keinen Blick mehr zurück. »Wir laufen alle zugleich los. Das verwirrt ihn vielleicht«, meinte er.

»Macht ihr nur!«, brummte Brodomurr. »Das wäre der erste Felsbrocken, dem ich mich geschlagen gebe.« Er hastete los, den Lindwurmschläger bereit zum Hieb in die Höhe gereckt, sodass Muramil ihm nur noch folgen konnte, obwohl die Worte des Ältesten ihn nichts Gutes ahnen ließen.

»Du bist auch nur ein Stein«, tönte Brodomurr. »Warte, bis ich mit Eisen und Schlägel komme!«

Muramil verschloss sich seinen Befürchtungen und humpelte schneller. Er sah dabei nur flüchtig auf den Boden, behielt lieber den rechten Arm des Ungetüms im Auge, das die drei herankommenden Zwerge abzuschätzen schien. Bedächtig, ohne jede Eile. Der leere Blick kreuzte jenen Muramils und blieb an ihm haften. Der Spalt zwischen dem lebendig gewordenen Fels und der Wand wurde schmaler. Die geballte, steinerne Faust holte aus.

»Hör mir gefälligst zu, wenn ich mit dir rede, du schlecht gehauener Klotz!«, rief Brodomurr und knallte die nutzlose Axt mitten auf die Brust des Gegners. »Welcher Stümper hat dich mit seinem Meißel verbrochen? In den Feuerfällen von Algormosch sollte man dich schmelzen!«

Schmähungen und Schläge gingen gleichermaßen auf das irritierte Monstrum nieder. Seine Augen wanderten von Muramil zu dem furchtlosen Alten. Muramil schrie auf, wollte dieses Opfer nicht annehmen, dessen er sich nicht wert fühlte, aber plötzlich war Aurax bei ihm, anstatt auf der anderen Seite des Gangs durchzubrechen, und riss ihn mit sich, weg von diesem fortwährenden Grauen.

»Worauf wartest du? Wir sollen uns doch zurückziehen«, beschwerte sich Simnax. Aus seiner gebrochenen Nase rann Blut, und Ortosch wusste nicht, welche Verletzungen der kleine, kräftige Angroscho noch erlitten hatte, aber da Simnax aufrecht stehen und seine geborstene Waffe halten konnte, nahm er an, dass es dem Bruder des Geweihten nicht allzu schlecht ging. Im Gegensatz zu Gandrog Sohn des Cughir, der auf seinen Seelenbruder gestützt an ihnen vorüberhumpelte.

»Wir warten, bis alle Vewundeten an uns vorbei sind«, beschloss Ortosch, den nur das überdehnte Schultergelenk schmerzte, nachdem ihn ein Schwinger des Ungetüms gestreift hatte. »Jemand muss die Nachhut bilden.«

Simnax straffte sich. »Du hast Recht«, gab er zu. »Jemand, der noch kämpfen kann.« Er schwankte leicht, blinzelte und stellte sich rasch breitbeiniger hin, um einen besseren Stand zu haben.

»Was ist mit dir?«, fragte Ortosch beunruhigt.

»Nichts, mir ist nur ein bisschen schwindlig«, wehrte Simnax ab.

Borzag Sohn des Borim, ein blonder Angroscho mit einer selbst für zwergische Verhältnisse enormen Nase, rannte ihn beinahe um, da er sich seinen Bruder über die Schulter geworfen hatte und kaum noch vor sich sehen konnte.

»Sollen wir dir tragen helfen?«, bot Ortosch an, doch Borzag stürmte bereits weiter.

Wo bleiben Roglosch und Ramesch? Was ist mit Muramil?, fragte sich Ortosch besorgt. Die Lust auf einen Heldentod war ihm früh vergangen, als das Monstrum direkt vor seinen Augen Cadmasch das Genick gebrochen hatte. Von da an war Ortosch nur noch seinem Überlebensinstinkt gefolgt und hatte keinen unbedachten Schlag mehr riskiert. Je stärker sich abzeichnete, dass er mit dem Blatt seiner Axt im wahrsten Sinne des Wortes auf Granit biss, desto seltener hatte er den übermächtigen Gegner attackiert. Die Vergeblichkeit seines Tuns war im Begriff gewesen, ihn endgültig zu lähmen, als Muramil zum Rückzug rief.

Jetzt fühlte sich Ortosch einmal mehr als feiger Schwächling und hoffte, dass seine Onkel oder Muramil ihm doch noch eine Gelegenheit liefern würden, sich für sie zu opfern. Das steinerne Ungeheuer hob gerade den rechten Arm. Es schüttelte Cadrix, der seinen Bruder Cadmasch rächen wollte, anstatt sich in Sicherheit zu bringen, in der riesigen Hand, unter der Hamax und Halbarox mit ihrem Vater hindurchhasteten.

»Gibt es noch mehr Verletzte, die wir holen müssen?«, erkundigte sich Simnax bei den beiden, obwohl er so bleich war, dass Ortosch allmählich ein schlechtes Gewissen bekam, ihn aufgehalten zu haben.

»Ich weiß nicht, ob Ramesch oder Ingtasch noch leben«, antwortete Halbarox im Vorübereilen. »Aber es ist Selbstmord, jetzt zurückzugehen.«

»Wir können sie nicht einfach so liegen lassen, oder?«, wandte sich Ortosch an Simnax.

Der deutete erschüttert auf Cadrix, der gegen die Wand prallte, an deren Fuß er zerschmettert liegen blieb. »Sie werden so tot sein wie er«, sagte Simnax tonlos. Sein Blick war glasig. »Wir haben einfach zugesehen, wie es ihn umgebracht hat. Wir sind solche feigen Orks!«

Ortosch konnte nur nicken, obwohl in seinem Kopf gleich mehrere Stimmen schrien, Cadrix wäre ohnehin gestorben, weil dieser Feind niemanden mehr freigab, den es einmal in die Finger bekommen hatte. Dass sie nur vernünftig gehandelt hatten. Dass ihre Klingen bloß stumpf wurden und zerbrachen, statt Wunden zu schlagen. Aber das alles konnte nichts daran ändern, dass sie ihren Verwandten im Stich gelassen hatten, um ihre eigene Haut zu retten.

Jenseits der zum Leben erwachten Felskreatur, wo mittlerweile sämtliche Fackeln erloschen waren, begann jemand erbärmlich zu schreien. Ortosch fasste den Lindwurmschläger fester und rückte wieder vor. Er würde nicht noch einmal tatenlos mit ansehen, wie ein Kamerad starb. Durch die Lücke hindurch entdeckte er Muramil, der auf ihn zurannte, dabei jedoch in eine andere Richtung blickte. Er hörte Brodomurrs knurrige Stimme schimpfen und sah Muramil zögern, aber plötzlich tauchte Aurax auf, packte den Veteran um die Schultern und schob ihn weiter. Sie sprangen durch die Lücke.

»Was ist mit Brodomurr?«, rief Ortosch ihnen entgegen. Er drängte vorbei, um dem Ältesten zu Hilfe zu kommen.

»Nein!«, schrie Muramil und erwischte ihn gerade noch am Ärmel. Auch Aurax hielt ihn fest.

»Das war seine Entscheidung, um uns zu retten. Mach das nicht sinnlos!«, forderte Muramil. »Wir müssen jetzt die Frauen und Kinder beschützen.«

Aurax und er warteten Ortoschs Antwort nicht ab, sondern schleiften ihn einfach mit sich. Dicht gefolgt von Simnax rannten sie den Stollen hinab, in dem Jorborix' Schreie leiser wurden und schließlich verhallten.

Muramil war froh, dass ausgerechnet Jorlika, die Witwe seines Bruders, ihnen bereits die Tür aufhielt. Die Miene der alten Zwergin drückte gefasste Ruhe und Entschlossenheit aus, woran sich Muramil nach all dem Tod und Entsetzen dankbar wieder aufrichtete. Er wusste, dass seine Sippe diesem Gegner einfach nicht gewachsen war, aber solange er lebte, wollte er dafür Sorge tragen, dass sie jede noch so kleine Chance nutzten.

Am liebsten hätte er sofort mit Saggasch über diese seltsamen Kreaturen aus Felsgestein gesprochen, doch der Geweihte war über dem bewusstlosen Harbosch ins Gebet vertieft. Muramil kannte die heilenden Kräfte der Priester und wagte nicht zu stören, wenn es vermutlich um das Leben des Verletzten ging. Stattdessen vergewisserte er sich, dass Jorlika den Gang im Auge behielt und alle Verwundeten versorgt wurden. Es traf ihn tief, dass nur wenig mehr als die Hälfte seiner Streiter aus dem ungleichen Kampf zurückgekehrt war. So tapfer sie sich auch verteidigten, gegen diese machtvolle Magie würden sie letztlich unterliegen, wenn er nicht schnellstens einen Ausweg fand.

Harbosch wachte auch dann nicht auf, als der Geweihte sein Gebet beendet hatte, aber er sah weniger blass aus. Saggasch eilte zu Baschurr weiter, der schwer atmend immer wieder Blut hustete und dringend Hilfe brauchte.

»Da ihr euren Vater gefunden habt, müsst ihr dicht bei Roglosch und Ramesch gewesen sein«, sprach Muramil die Söhne Harboschs an, die den Platz an der Seite ihres Vaters für ihre Mutter und ihre Schwestern frei gemacht hatten. »Was ist dort vorne geschehen?«

Hamax, blutbespritzt und wie sie alle mit grauem Gesteinsstaub bedeckt, berichtete ihm in knappen Worten, was den Trägern des Drachentöters zugestoßen war. Es fiel dem jungen Zwerg sichtlich schwer und er wirkte erleichtert, als Muramil ihn unterbrach.

»Der Gang zum Tor ist also unpassierbar, sagst du?«, hakte der Veteran nach. Hamax nickte.

»Es würde bestimmt Tage dauern, ihn frei zu räumen«, fügte Halbarox bekräftigend hinzu.

»Danke, Jungs«, murmelte Muramil und wandte sich ab. Für einen Moment hatte er gehofft, seine Sippe durch einen Ausfall retten zu können, denn er war nicht so dumm, zu glauben, dass sie eine Belagerung durch unverwundbare Steinstatuen überdauern konnten. Sie würden schlicht verhungern und verdursten.

Das kann ich nicht zulassen! Angrosch kann es nicht zulassen!, haderte er mit dem Schicksal. *Irgendwie müssen wir aus der Binge kommen.*

»Ortosch!«, rief er und ging dann doch selbst zu dem auf einer Bank sitzenden Jungzwerg hinüber, weil Dorida jenem gerade zur Stärkung ein Bier gereicht hatte. Muramil wollte ihn nicht unnötig aufscheuchen. Sie konnten nicht wissen, wie viel Zeit ihnen zum Verschnaufen blieb.

Ortosch sah ihm fragend entgegen. Die smaragdgrünen Augen, die den jungen Angroscho als Nachfahren Brogars auswiesen, leuchteten aus dem von Staub und aschehaltigem Fett verdunkelten Gesicht. Wieder einmal musste Muramil feststellen, dass von Murtorogs Spross etwas Befremdliches ausging, auch wenn er das als liebendes Familienoberhaupt nie wahrhaben wollte.

»Ortosch, du hast doch schon oft als Schachtsteiger gearbeitet«, begann er. »Können wir durch einen der Kamine fliehen?«

Doridas Augen weiteten sich.

»Schscht!«, machte Muramil leise. »Ich will nur alle Möglichkeiten kennen«, log er. Einen Streit oder gar Panik konnten sie jetzt am allerwenigsten brauchen.

»Die Rauchfänge in diesem Teil der Binge münden alle in natürliche Risse und Spalten im Gestein«, erklärte Ortosch bedauernd. »Da passt nicht einmal ein Kind durch. Und wenn doch, nützt das auch nichts, weil es nicht den blanken Fels hochklettern kann. Der einzige Kamin, in dem wir hochsteigen könnten, ist der in den Werkstätten, über der Esse.«

Muramil zwirbelte gedankenverloren seinen Bart. *Das hieße, dem Feind direkt in die Arme zu laufen,* überlegte er. *Wir Männer könnten versuchen, diese Ungeheuer auf uns zu lenken, aber bis alle nacheinander in den Kamin geklettert sind, wird sehr viel Zeit vergehen. Sehr viel Zeit. Und was, wenn sich die grausamen Kerle gleich auf die leichtesten Opfer stürzen?*

»Es würden eine Menge von uns sterben, hab ich Recht?«, fragte Ortosch.

»Das kannst du nicht zulassen«, forderte Dorida. »So viele sind bereits tot!«

Bleibt mir wirklich eine andere Wahl?, grübelte Muramil.

»Lass mich gehen!«, schlug Ortosch zur Überraschung des Älteren vor. »Ich kenne mich oben auf dem Berg aus und kann zur Binge von Calbarog laufen. Er wird uns sicher beistehen.«

»Siehst du? In seiner Brust schlägt doch das Herz seines Vaters«, sagte Dorida stolz zu Muramil.

»Deine Tapferkeit in Ehren, Junge, aber wie willst du allein an diesen Ungetümen vorbeikommen?«, erkundigte sich der Veteran und versuchte vergeblich, sich nicht vorzustellen, was sie dem Jungzwerg antun würden.

»Ich weiß es nicht, aber da sie keine Beine haben, sind sie sehr langsam. Das muss ich ausnutzen«, erwiderte Ortosch.

»Ist es wirklich so gefährlich?«, wollte Dorida besorgt wissen.

»Diese Ungeheuer sind so groß, dass sie mit ihren ausgestreckten Armen von einer Wand des Stollens zur anderen reichen«, erklärte Muramil ihr. »Ich kann das nicht erlauben, mein Junge. Du wirfst dein Leben weg.«

Ortosch erhob sich, um auf gleicher Augenhöhe mit dem hoch gewachsenen Ältesten zu sprechen. »Du kannst es mir aber auch nicht verbieten«, stellte er fest.

Nein, das kann ich tatsächlich nicht, musste sich Muramil eingestehen. *Wir Alten betrachten es immer als selbstverständlich, dass die Jüngeren unseren Rat auch befolgen, aber es bleibt doch ihre eigene Entscheidung. So wie kein Bergkönig mir Befehle erteilen kann, wenn ich sie nicht für angemessen halte. Und Ortoschs Leben scheint ohnehin verwirkt, egal wie ich mich entscheide.*

Er senkte den Blick. »Nein, ich kann es dir nicht verbieten«, gab er zu und sah Ortosch wieder an. »Angrosch sei mit dir, mein Sohn.«

»Willst du denn überhaupt nichts mitnehmen, Junge?«, bohrte Dorida hartnäckig. »Nicht einmal etwas zu essen oder eine Lampe?«

»Großmutter, wenn ich eine Laterne schwenke, kann ich auch gleich laut ›Ich bin hier!‹ schreien«, antwortete Ortosch nachsichtig, aber bestimmt. »Das Licht der verbliebenen Fackeln wird schon reichen, damit ich sehe, worauf es ankommt.«

Diese riesigen Ungetüme können sich ja kaum großartig verstecken oder gar tarnen, indem sie toter Fels spielen, dachte er.

»Was ist mit deiner Kletterausrüstung?«, erkundigte sich seine Urgroßmutter Jorlika, ohne den Stollen aus den Augen zu lassen.

»Die könnte mir am Berg vielleicht nützlich sein«, gab Ortosch zu. »Aber es wird auch ohne gehen. Sie würde mich zu unbeweglich machen, wenn es eng wird.«

»Und im Schacht?«, warf Muramil ein.

»Da gibt es eiserne Griffe, die ...« Ortosch stutzte. »Ich könnte Handschuhe brauchen«, sagte er dann.

»Ich hole sie dir. Und du willst wirklich keinen Proviant?«, vergewisserte sich Dorida.

»Nein!«, erwiderte Ortosch mit Nachdruck. »Es gibt Wasser genug da draußen, und ich will mich nicht mit irgendwelchen Taschen behängen, die mich nur behindern würden.«

»Schon gut«, meinte seine Großmutter und eilte davon.

Ortosch prüfte, ob sein Drachenzahndolch noch fest in der Scheide steckte, dann betrachtete er bedauernd das schartige Blatt des Lindwurmschlägers. Er hatte nicht die Ruhe, es jetzt zu schleifen, wollte nur so schnell wie möglich fort. Wenn er es schaffte, auch die Nacht hindurch zu laufen, konnte er am nächsten Morgen in der Binge sein, wo Muramils Freund Calbarog Ältester war.

»Wäre es nicht besser, ich würde mit ihm gehen?«, wandte sich Jorlika an Muramil. »Vier Arme stemmen mehr als zwei.«

Der Veteran schüttelte den Kopf. »Du hast diesen Feind noch nicht gesehen, Jorlika, aber du musst dich nur umschauen, wie viele Opfer er schon gefordert hat. Natürlich könntest du das erste Ungeheuer ablenken, damit Ortosch vorbeischlüpfen kann, doch du würdest das vermutlich mit dem Leben bezahlen und auf ihn wartet dann noch das zweite. Vielleicht sogar noch andere Gefahren als das, was Jalgat passiert ist.« Muramil schauderte. »Er ist in der Wand versunken, gerade so, als sei er in einen Sumpf geraten. Magie ist hier am Werk, Ortosch! Rechne nicht nur mit dem, was du siehst!«

»Hier, mein Junge«, sagte Dorida atemlos und hielt ihrem Enkel ein Paar lederner Handschuhe hin.

»Danke, Großmutter. Dann werde ich jetzt aufbrechen«, verkündete Ortosch, während er die Handschuhe überstreifte.

Dorida drückte ihn kurz an sich. In ihren Augen schimmerte es verdächtig, und Ortosch bewunderte ihre Stärke, ihn widerspruchslos gehen zu lassen, obwohl sie gerade erst ihre letzten Söhne verloren hatte.

»Viel Glück, Junge!«, wünschte Muramil und klopfte ihm ein wenig linkisch auf die Schulter.

»Angrosch mit dir!«, sagte Jorlika ergriffen. Auch sie umarmte ihn raubeinig.

Ortosch brachte kein Wort heraus. Er floh geradezu in den Gang hinaus. All die Zuneigung und Angroschs Segen hatte er seiner Ansicht nach nicht verdient. Aber das konnten seine Verwandten nicht wissen. Dafür hatte er mit seinem Schweigen gründlich gesorgt.

Jetzt habe ich sie, die Gelegenheit, alles wieder gut zu machen, bevor ich die Binge für immer verlasse. Angrosch, ich erwarte nicht von dir, dass du mir um meiner selbst willen beistehst, betete er. *Aber wenn du meiner rechtschaffenen Sippe Gnade erweisen willst, dann hilf mir jetzt!*

Nach den ersten hastigen Schritten, mit denen er aus der Reichweite seiner Verwandten entkommen wollte, pirschte sich Ortosch langsamer voran. Die Axt in der rechten, berührte er mit der linken Hand immer wieder die Wand des Gangs, obwohl es hell genug war, damit er seinen Weg nicht ertasten musste. Vielmehr gab ihm der feste, am Leder der Handschuhe kratzende Fels unter seinen Fingern inneren Halt. Das Gefühl, dass wenigstens einige Dinge noch immer waren, wie sie sein sollten.

Vor ihm herrschte Stille im Stollen, während die leisen Stimmen aus der großen Halle in immer weitere Ferne rückten. Bald stieß er auf den abgestellten Blecheimer, in dem die letzten, verkohlten Holzreste orange-rot funkelten und ihn an Brodomurrs farbenprächtige Kristalle erinnerten.

Doch diese Glut würde bald verlöschen, wie die Lebensflamme des Ältesten erloschen war. Seine Kunstwerke würden jedoch die Zeit überdauern und in seiner Sippe weitergegeben werden. Ein Teil Brodomurrs lebte in ihnen fort.

Vorausgesetzt ich kann verhindern, dass wir alle sterben, erkannte Ortosch und löste sich von den melancholischen Gedanken, die ihn jetzt nur ablenkten. Sorgsam umging er die hingeworfenen neuen Fackeln, um nur kein Geräusch zu verursachen.

Je weiter er vordrang, desto mehr Staub schwebte noch immer in der Luft. Er zwang sich, langsam und gleichmäßig durch die Nase zu atmen, in der Hoffnung, so einen Hustenanfall zu verhindern. Schritt für Schritt näherte er sich der Abzweigung zu den Werkstätten. Jenseits davon verbarg gnädige Finsternis das Schlachtfeld. Ortosch glaubte, zumindest zwei Umrisse toter Angroschim ausmachen zu können, aber von dem Ungetüm, gegen das er dort gekämpft hatte, fehlte jede Spur.

Aus dem Gang hinter ihm hallte das Plärren eines Kindes herauf.

Ewiges Schmiedefeuer, Doresche, doch nicht ausgerechnet jetzt!, schimpfte er bei sich. *Du wirst sie noch anlocken.*

Er starrte in die Dunkelheit. Seine Muskeln verkrampften sich vor Anspannung. *Wohin ist das Ungeheuer verschwunden?*, fragte er sich. *Lauert es etwa hinter der Ecke auf mich?*

Die Vorstellung, dass dieses schwerfällige Monstrum hinter einer Tür kauerte, um sich aus dem Hinterhalt auf ihn zu stürzen, war beängstigend und absurd zugleich. Ortosch fasste sich ein Herz und rannte los, quer über den Gang, um sich in dem abzweigenden Stollen wieder gegen die Wand gepresst umzuschauen. *Nichts*.

Er schlich weiter, brauchte nun die Linke tatsächlich am Gestein, bis sich seine Augen an das Dämmerlicht gewöhnt hatten.

Plötzlich schoss es wieder seinen Arm hinauf: die unheimliche Empfindung eines fremdartigen Lebendigseins. Bilder von Schlägen und Schreien und Tod. Mit einem erschrockenen Laut wich er von der Wand zurück, gerade als eine Felskeule auf ihn zusauste, die ihn – anstatt seinen Schädel zu zertrümmern – nur streifte und ihm den Helm herunterriss, der scheppernd am Boden landete. Ortoschs Ohr brannte wie Feuer, aber er konnte jetzt nicht nachsehen, ob es zerfetzt worden war.

Er stolperte rückwärts von der Stelle weg, wo der gigantische Arm aus dem Fels gewachsen war, fand endlich in der Drehung sein Gleichgewicht wieder und rannte weiter. Hinter ihm ertönte Schaben und Knirschen, doch er blickte sich nicht um. Er durfte seinen kleinen Vorsprung nicht aufs Spiel setzen. Gleich in der vordersten Werkstatt hielt er direkt auf die große Gemeinschaftsesse zu, deren Schornstein der einzige Weg nach draußen war, als ihn eine Bewegung seitlich davon innehalten ließ.

Wie eine Welle, eine wandernde Verwerfung unter dem Fußboden, glitt etwas auf den aus dem Berg selbst herausgearbeiteten Sockel zu, auf dem sich die niedrige Ummauerung der Esse erhob. Entsetzt beobachtete Ortosch, wie sich langsam ein grobes, kantiges Gesicht aus dem Gestein hervorwölbte und leere, blicklose Augen auf ihn richtete.

»Wo geht er denn hin?«, erkundigte sich Hamax verblüfft, der gemeinsam mit seinem Bruder neugierig zur Tür gekommen war.

»Er wird versuchen, durch die Schächte ins Freie zu gelangen, um von Calbarog Verstärkung zu holen«, erklärte Muramil, der ebenso ernst hinter Ortosch her blickte wie Dorida und Jorlika.

Hamax erbleichte. Er war so froh, den schrecklichen Gegnern fürs Erste entkommen zu sein, dass er niemals auf die Idee verfallen wäre, freiwillig zurückzugehen. Ortoschs Mut beschämte ihn, aber er brachte es nicht über sich, seine Unterstützung anzubieten. Der Feind würde bald genug angreifen und dann wollte er lieber bei seiner Familie sein.

Halbarox und er reckten die Hälse, um über die Schultern des größeren Muramil und der ähnlich hoch gewachsenen Jorlika hinweg zu verfolgen, wie Ortoschs Gestalt in dem langen Gang allmählich kleiner wurde und schließlich mit der Dunkelheit verschmolz. Sie alle lauschten so gebannt darauf, ob ihnen ferne Geräusche etwas über das Schicksal des jungen Zwergs verraten würden, dass ihnen Doresches überraschender Schrei durch Mark und Bein fuhr.

Dorame eilte sofort zu ihrer Kleinen, die lauthals ihre Verzweiflung darüber herauskrähte, dass ihre Mutter nicht zur Stelle gewesen war, als der Hunger sie überkommen hatte. Jetzt ließ Doresche sich nicht mehr einfach dadurch beruhigen, auf die Arme genommen zu werden. Ihre Mutter wiegte sie und summte eine sanfte Weise, während ihr Vater Aurax hilflos Grimassen schnitt, weil das manchmal half, Doresche vom Greinen abzulenken.

Weit vor ihnen im Stollen flackerte plötzlich ein helles Licht auf, vor dem sich eine riesige, plumpe Gestalt abzeichnete.

»Angrosch steh uns bei!«, hauchte Dorida.

»Das Geschrei hat es auf uns aufmerksam gemacht«, vermutete Jorlika.

»Sie wären ohnehin gekommen«, meinte Muramil und wich von der Tür zurück. »Dorame! Bring das Kind zum Schweigen oder trag es weg! Schafft die Verwundeten in den Tempel!«

Dorame verschwand mit Doresche hinter den dämpfenden Filzvorhängen, wo sie beinahe mit Mirschag und Mirtaschox zusammengestoßen wäre, die zu wecken, die anderen in der Hektik schlicht vergessen hatten.

»Warum hat das Ding so ein Feuer im Gang entfacht?«, fragte Halbarox, ohne mit einer Antwort zu rechnen. »Es hat seinen Angriff damit nur früher verraten als nötig.«

»Vielleicht war es keine Absicht, sondern nur Gleichgültigkeit«, erwiderte Hamax und schätzte die Entfernung. »Es könnten die Fackeln sein, die ich fallen gelassen habe.« Es schien ihm bereits Jahre her zu sein.

Der vage an einen Torso erinnernde schwarze Umriss kam näher. Schob sich langsam, aber – wie die Zwerge nur zu gut wussten – unaufhaltsam heran. Hamax schluckte und zog seine Axt aus dem Gürtel hervor, obwohl er wusste, wie sinnlos das war.

Das steinerne Gesicht blickte Ortosch ausdruckslos an, doch der junge Angroscho brauchte kein schadenfrohes, triumphierendes Grinsen, um zu wissen, dass er in der Falle saß. Er hörte seinen Verfolger bedrohlich nah hinter sich und wählte die Flucht nach vorn. Rasch schob er den nutzlosen Lindwurmschläger in den Gürtel, bevor er entschlossen auf die Esse zustürmte, deren Sockel sich nun wand, als ob der Berg selbst bebte.

Ortosch sprang und flog mitten hinein in Kohle und Asche, unter denen noch immer die Glut schwelte. Eine riesige Faust brach neben ihm von unten hervor und ließ glühende Kohle auf ihn regnen. Er rollte sich zur Seite, wo er gegen eine zweite Faust prallte, die aus der Asche aufragte wie aus einem dunklen Pfuhl.

Wieder zuckte Ortosch zurück, strampelte panisch, um wieder auf die Füße zu kommen, während das andere Ungeheuer immer näher kam. Funken und Asche stoben. Er fühlte die Hitze durch das Leder von Hose und Handschuhen hindurch, das versengt roch. Die steinernen Hände griffen und schlugen blindlings nach ihm. Offenbar konnte ihn das Wesen im Sockel durch die Glut hindurch nicht sehen. Dafür blickte ihn das zweite Ungetüm umso unbeirrbarer an und wälzte sich auf die Esse zu.

Blenden, verbrennen, ablenken, schmelzen. Ortosch wusste nicht, ob er irgendetwas davon erreichen konnte, aber ihm fiel nichts Besseres mehr ein. Wenn der Tod selbst vor seinem Feuer gewichen war, würden es vielleicht auch diese lebenden Statuen. Er legte all seine Vorstellungskraft in das Bild der züngelnden Flammenwand, die er bei seiner Taufe durchschritten hatte. Verband sich mit den flackernden, knisternden Kohlen, wurde eins mit der verzehrenden Lohe, die in ihnen schlummerte.

Plötzlich spürte er das Feuer um sich. Schweiß trat ihm aus allen Poren. Heiße Luft fuhr ihm sengend in die Lungen. Er riss die Augen auf, sah die Fäuste des herangekommenen Angreifers, die durch den Flammenring blindlings nach ihm schlugen, ohne ihn zu treffen, da er hinter dem Feuer verborgen war.

Die Hitze wurde unerträglich. Riesige Finger wühlten sich durch die Glut, auf der Suche nach ihm, trieben ihn auf die Füße. Ortosch blickte nach oben, wo die erste eiserne Steighilfe in unerreichbarer Höhe prangte. Er sprang hinauf, verfehlte sie jedoch um einen guten Drom. Das Feuer, dem die Nahrung fehlte, drohte, in sich zusammenzufallen. Wieder erhob sich ein Hügel aus Asche und Kohle, wo gleich eine wuchtige Hand erscheinen würde. Ortosch hatte aufgehört zu denken. Tollkühn trat er mit seinem Stiefel auf die hervorbrechende Faust, drückte sich ab und ließ sich von ihr nach oben katapultieren.

»Seid ihr da festgewachsen?«, ärgerte sich Muramil, als er wieder neben Hamax auftauchte.

»Pst!«, machte Jorlika und bedeutete ihm, in den Gang zu blicken, wo sie den nahenden Feind beobachtet hatten. »Es ist stehen geblieben und hat dann umgedreht«, flüsterte sie. »Als ob es hinter sich etwas gehört hätte.«

»Vielleicht hat Ortosch es abgelenkt, der gute Junge«, hoffte Dorida.

»Das könnte sein«, meinte Muramil nüchterner. »Es würde jedenfalls bedeuten, dass er an ihm vorbeigekommen ist.« Nachdenklich starrte er vor sich hin, während Ortoschs Großvater Mirtaschox und dessen Bruder Mirschag herankamen. Die beiden kriegerischen Waffenschmiede machten über ihren langen, kupferroten Bärten grimmige Gesichter.

»Ich sehe weder meine Söhne noch meinen Enkel«, stellte Mirtaschox vorwurfsvoll fest.

Dorida öffnete den Mund, um ihm die schlechten Neuigkeiten zu verkünden, doch augenblicklich musste sie gegen das aufsteigende Schluchzen ankämpfen und brachte kein Wort heraus. Muramil nahm ihr die traurige Pflicht ab.

»Roglosch und Ramesch sind tot«, eröffnete er Mirtaschox. »Sie starben den alten Helden gleich, als sie den Drachentöter gegen den Feind führten. Dein Enkel überlebte, aber er ist ausgezogen, um uns Verstärkung von Calbarog zu holen.«

»Ich fasse es nicht, dass ihr uns den Kampf einfach habt verschlafen lassen«, beschwerte sich Ortoschs Großvater zornig und sah dabei vor allem Dorida an. »Mirschag und ich waren dazu bestimmt, die Lanze in die Schlacht zu tragen.«

»Es ging alles so schnell«, verteidigte sich die Angroschna. »Ich wollte ...«

»Gebt Ruhe!«, verlangte Muramil streng. »Alle, Mirtaschox! Ich glaube, diese Wesen sehen nicht besonders gut. Wenn wir so leise sind wie irgend möglich, finden sie uns vielleicht nicht so schnell. Also hört auf, euch zu streiten! Ich schlage vor, wir verschanzen uns, so gut wir können. Auch wenn das diese Kolosse nicht lange aufhalten wird, dämpft es zusätzlich unsere Geräusche.«

»Ich will, dass mir endlich jemand verrät, welcher Feind alle meine Söhne niedergemacht hat! Ich habe ein Recht darauf!«, knurrte Mirtaschox.

»Wenn du so weiter machst, wirst du ihn sehr bald zu sehen bekommen«, prophezeite Muramil. »Wir werden gleich reden, wenn ich ohnehin mit dem Priester darüber sprechen muss, aber jetzt helft mir gefälligst, unsere Stellung zu sichern!«

Ortosch bekam mit der Linken den untersten Griff zu fassen und baumelte einen bangen Moment hilflos über der Esse, bevor er ihn auch mit der anderen Hand packen und anfangen konnte, sich nach oben zu ziehen.

Ein jäher Schmerz jagte durch seine Wade, als ihn eine der blindlings durch das schwindende Feuer gerammten Fäuste traf. Die Wucht des Schlags brachte seine Beine zum Schwingen und zerrte damit an seinen zum Zerreißen gespannten Armen. Er biss die Zähne zusammen, versuchte, gar nicht an die steinernen Pranken zu denken, die sich womöglich bereits nach ihm ausstreckten.

Sobald er es so hoch geschafft hatte, dass sein bärtiges Kinn die Eisenstange streifte, vertraute er sein ganzes Gewicht dem protestierenden rechten Arm an, um den linken nach oben zu schnellen und nach der nächsten Sprosse zu greifen.

Ein suchender Finger stieß gegen seinen Fuß. Erschrocken winkelte Ortosch rasch die Beine an und zog sich weiter nach oben, wobei er sich bald sogar mit dem rechten Arm von der ersten Stange hochstemmen konnte, bis es leichter wurde, umzugreifen. Die Flammen fielen endgültig in sich zusammen. Verzweifelt krümmte sich Ortosch so weit, wie es seine Knochen gestatteten, fischte mit den Füßen nach der untersten Sprosse, um seine unsäglich langsamen Klimmzüge zu beenden.

Noch immer schlug und wühlte das Wesen im Sockel der Esse durch Kohle und Asche, doch das andere Ungetüm, dem kein Feuer mehr die Sicht nahm, hatte aufgehört, ins Leere zu boxen. Durch die Eisenstange und seine Handschuhe hindurch überfiel Ortosch plötzlich wieder das Gefühl für die Gegenwart der magisch belebten Kreatur. Schiere Panik beflügelte ihn, förmlich zu explodieren.

Die Stange unter den Zehen zu spüren und nach oben zu hechten, dauerte nicht länger als einen Lidschlag. Mit einer Behändigkeit, die niemand einem Angroscho zugetraut hätte, wieselte er die Sprossen im senkrechten Schacht hinauf, bis er sich verhaspelte und beinahe abgestürzt wäre. Keuchend hing er in dem rußigen Schlot und riskierte einen Blick nach unten. Vor dem matten Licht der Glut konnte er keinen Feind entdecken, aber mit der Wand des Schornsteins stimmte etwas nicht. Sie schien an einer Seite leicht zu zittern.

Siedend heiß fiel Ortosch ein, wie das Felswesen durch den Boden in die Esse gefahren war, und er ahnte, dass es ihn nun auf dieselbe Weise verfolgte. Hastig kletterte er weiter.

Es ist langsam, redete er sich ein. *Ich muss es nur abhängen, dann bin ich gerettet.*

Doch der Schacht nahm kein Ende und Ortoschs Beine wurden ihm schwer wie Blei. Sie zu heben kostete ihn immer mehr wertvolle Kraft. Sein Herz raste schneller und schneller, während er immer langsamer vorankam. Sein Vorsprung schrumpfte. Es wurde kälter, aber auch heller in dem finsteren Schlot. Zum ersten Mal in seinem Leben flößte das Licht der Sonne Ortosch Mut statt Furcht ein. Er blickte weder hinauf noch hinab, sah eigentlich gar nichts, hangelte sich nur noch wie von selbst weiter, ohne zu denken oder etwas anderes wahrzunehmen als seinen rasselnden Atem.

Plötzlich prallte er mit voller Wucht mit dem Kopf gegen etwas Hartes. Vor seinen Augen herrschte schlagartig Schwärze, in der kleine, helle Lichter aufblitzten. Er spürte die Sprosse unter seinen Stiefeln nicht mehr und klammerte sich entsetzt an der rostigen Eisenstange fest, die alles war, was ihn von einem Sturz in die Tiefe trennte.

Der schlimmste Schmerz verging. Sein Blick klärte sich, und er merkte, dass er noch immer sicher stand. Über ihm deckte ein schweres Eisengitter den Schacht ab, sperrte unerwünschte Eindringlinge aus und verhinderte, dass größere Steine oder gar Tiere hineinstürzten. Der Hebel, um die Verriegelung des Gitters von innen zu öffnen, war in einer Vertiefung versteckt, damit er von außen unerreichbar blieb.

Die Sprosse unter Ortoschs Füßen vibrierte. Fieberhaft ertastete er den Hebel, riss daran, legte ihn um, während er bereits höher stieg, die Schultern gegen das Gitter gestemmt. Das Gewicht drohte, ihn wieder nach unten zu drücken. Ortoschs Kraft reichte nicht mehr, um den dicken Rost schwungvoll aufzuklappen. Halb eingeklemmt kroch er aus dem Loch in der Bergflanke und blieb mit einem Stiefel hängen, als der Fels unter seinen Händen nachgab. Wie in zähen Morast sanken seine Finger ein. Das Grauen der fremdartigen Gegenwart packte ihn.

Mit einem Ruck befreite er seinen Fuß und warf sich zur Seite. Er kam auf einer Kante zu liegen, bekam Schlagseite und fiel.

Hamax und Halbarox legten die armdicke Eisenstange in die dafür vorgesehenen Halterungen zu beiden Seiten der Tür. Als die übrigen Zwerge sahen, wie Muramil, Dorida, Mirschag und Mirtaschox gemeinsam einen der wuchtigen Tische zum verriegelten Eingang schleppten, verstanden sie sofort, worum es ging, und fassten mit an. Im Nu hatten sie Stühle, Tische und Bänke zu einer beeindruckenden Barrikade aufgetürmt und verkeilt. Ortoschs Onkel Aurax übernahm es, dort nach Hinweisen auf einen bevorstehenden Angriff zu lauschen, während sich die anderen Angroschim möglichst weit von der Tür zurückzogen.

Saggasch Sohn des Schrogrim bemühte sich gerade, seinem verwundeten Bruder Simnax Mut zuzusprechen, als Muramil neben ihn trat und sich räusperte.

Auch wenn er nach Brodomurrs Tod nun tatsächlich unser Ältester ist, soll er nur nicht glauben, dass ich springe, wenn er pfeift, dachte der junge Priester trotzig und erhob sich widerwillig.

»Saggasch, musst du noch mehr Verletzte heilen, oder hast du jetzt Zeit für einen alten Besserwisser wie mich?«, zog Muramil ihn auf. Offenbar hatte auch er ihr letztes Gespräch nicht vergessen.

Will er sich damit entschuldigen oder mich verspotten?, rätselte Saggasch und setzte eine betont sachliche Miene auf, als er sich ihm zuwandte. »Zu heilen gäbe es noch genug, aber ich muss mit Angroschs Gaben haushalten, da wir nicht wissen, was dieser Tag uns noch bringen wird«, erklärte er.

»Gut, denn genau darüber müssen wir reden«, meinte der Älteste. »Gehen wir in die Heilige Halle, damit unsere Stimmen nicht bis zur Tür dringen.«

Wie wäre es damit, dass Angroschs Weisheit uns dort erleuchtet?, dachte Saggasch bissig, sagte jedoch nichts.

Muramil bedeutete Mirschag und Mirtaschox, ihm zu folgen, wozu er die beiden grollenden Waffenschmiede nicht zweimal auffordern musste. Auch deren Mutter Jorlika schloss sich ihnen an. Saggasch bemerkte, dass sich aus ihrem weißen, zur Kanorgamascha geflochtenen Haar ein paar Strähnen gelöst hatten, die nun ihren Helm umflatterten. Doch das tat ihrer Würde keinen Abbruch.

Die fünf Angroschim ließen sich mit gekreuzten Beinen im Kreis auf den Steinfliesen des Tempels nieder, ohne sich an den Verwundeten und ihren Angehörigen zu stören, denn jeder sollte hören dürfen, was die Ältesten besprachen. Alle Augen richteten sich auf Muramil. Auch wenn Saggasch von seinem Bruder bereits einiges über ihre verheerende Niederlage gegen die grauen Ungetüme gehört hatte, war er dennoch gespannt, was der alte Veteran berichten würde.

Muramil, dessen weißer Bart ihm bis über die gekreuzten Knöchel wallte, schilderte in knappen Worten den Verlauf des Kampfes, bevor er auf das zu sprechen kam, was dem jungen Geweihten insgeheim große Sorgen bereitete.

»Diese Kreaturen bestehen aus purem Fels«, erklärte er. »Unsere Waffen sind nutzlos, als würden wir versuchen, mit Holzlöffeln einen Stollen ins Gestein zu treiben. Nicht einmal im Heer des Dämonenmeisters habe ich solche wandelnden Statuen gesehen.«

»Zweifellos steckt mächtige Magie hinter diesem heimtückischen Angriff«, meinte Mirtaschox. »Wer anders als ein Zauberer könnte solches bewirken und sich dabei feige aus dem Kampf heraushalten?«

»Ich glaube nicht, dass der, mit dessen Dienern wir es zu tun haben, noch am Leben ist«, äußerte Jorlika skeptisch. »Wahrscheinlich haben sie sich gegen ihn gewandt, nachdem er sie entfesselt hatte, und es bedurfte tapferer Angroschim, um diesen Fluch in die Tiefe zu verbannen. Nun haben wir sie wieder geweckt. Also ist es unsere Pflicht, sie aufzuhalten.«

»Und dabei als Sippe zu überleben«, fügte Muramil hinzu.

»Ist es nicht Aufgabe der Priester, Dämonen zurück in ihre Niederhölle zu schicken?«, fragte Jorlika.

Saggasch spürte die Blicke der Älteren auf sich. Unergründliche, feste Blicke, die so viel mehr gesehen hatten als er. Aus denen selbst im Angesicht des wahrscheinlichen Todes noch innere Ruhe und Stärke sprachen, sowie der unbedingte Wille, die Sippe und das Erbe der Ahnen gleichermaßen vor der Vernichtung zu bewahren. Dem jungen Geweihten wurde mit einem Mal bewusst, dass er zwischen den alten Zwergen wie ein Frischling unter imposanten Keilern wirkte. Seine eigene Unzulänglichkeit traf ihn wie ein Peitschenschlag.

»Ich habe Muramil schon gesagt, dass ich nicht über die nötige Macht verfüge«, erwiderte er gereizt. »Von Dämonen wie diesen habe ich zudem noch nie gehört. Wenn Muresch sie in seinen Unterweisungen erwähnt hätte, würde ich mich wohl erinnern.«

»Dafür macht dir niemand einen Vorwurf«, versicherte Muramil. »Du hast Angrosch um ein Zeichen gebeten, doch wir verstehen es nicht. Auch das können wir dir nicht allein anlasten. Jetzt ist nicht die Zeit, über unsere Fehler in Streit zu geraten, sondern zusammenzustehen, denn der Feind kann jeden Augenblick durch unseren lächerlichen Schutzwall brechen. Jeder von uns ist bereit, alles zu tun, was notwendig ist, um diesen Gegner aufzuhalten. Es geht nicht darum, dir die Schuld an unserer Lage zuzuschieben. Du bist derjenige von uns, der am meisten davon versteht, üble Magie und dunkle Mächte zu bekämpfen. Nur deshalb brauchen wir deinen Rat.«

Aber genau das war es, was Saggasch Qualen bereitete und sich in seinem Ärger Luft verschaffte. Er wusste keinen Rat.

Ich weiß nicht einmal, ob diese Ungeheuer Dämonen sind, denn ich spüre keine Anzeichen für ihre Gegenwart. Aber wenn sie einer anderen Quelle entspringen, die ich nicht kenne, wie soll ich dann wissen, ob wir auf geweihtem Boden wirklich sicher vor ihnen sind?, haderte er mit sich. *Angrosch, Vater, wenn es dein Wille ist, schenke mir nur einen Funken Zuversicht!*

Er horchte in sich hinein und fühlte eine Andeutung von Wärme. Zu schwach, um ihn zu beruhigen, aber wenigstens fühlte er sich nicht mehr völlig allein.

»Angrosch hat uns nicht vergessen, aber er ist fern«, sagte Saggasch bedrückt. »Seine Heilige Halle ist unsere einzige Hoffnung, bis er uns einen Ausweg weist. Ich kann uns nur seiner Gnade empfehlen und dafür wäre es gut, ihm angemessen zu opfern.«

Die alten Zwerge nickten bedächtig.

»Das ist ein guter Rat«, befand Jorlika. »Wir sollten Angrosch beweisen, dass wir seiner würdig sind und seine Schätze nicht zu unserer eigenen Bereicherung sammeln, sondern in seinem Namen.«

»Dann soll es so sein«, beschloss Muramil.

»Mutter, bitte! Würdest du endlich aufhören, an meinem Bart herumzuwischen?«, beschwerte sich Simnax, der Seelenbruder des Priesters.

»Aber da sind ...«, wollte sich Fentoscha verteidigen und deutete auf die letzten dunklen Krusten, die das Blut aus der Nase ihres Sohnes in seinem hellroten Bart hinterlassen hatte.

»Das sieht kein Angroscho. Und wenn doch, ist mir das auch egal«, fiel Simnax ihr ins Wort. »Es geht mir gut. Ich brauche nur ein bisschen Ruhe.«

»Wie du meinst«, erwiderte die zurückgewiesene Angroschna schneidend, doch ihre Miene verriet, dass sie in Wahrheit um ihre Beherrschung rang. Solange sie sich um Simnax gekümmert hatte, war sie von dem Verlust ihres Mannes und ihrer jüngsten Söhne abgelenkt worden. Jetzt wallten Trauer und Wut aufs Neue in ihr auf. Der Kummer legte sich als übermächtiger Schmerz auf ihre Brust und drohte, sie zu erdrücken, aber sie durfte sich ihm nicht hingeben. Durfte sich nicht schluchzend und klagend Luft verschaffen, da sie dadurch den Feind anlocken würde. Zumindest hatte Muramil das gesagt, und alle hielten sich an seine Anweisung, dämpften ihre Stimmen oder flüsterten gar.

Fentoscha rang nach Atem. *Das ist unwürdig,* dachte sie zornig. *Es ist unwürdig, einer Mutter zu verbieten, um ihre Kinder zu trauern! Und soll Schrogrim etwa unbeweint gestorben sein? Angrosch steh mir bei! Ich muss stark sein, um der Söhne willen, die mir geblieben sind. Aber du prüfst uns hart, Vater. Lass all das nicht umsonst gewesen sein!*

Sie sah, wie Saggasch hinter Muramil und den anderen alten Angroschim aus dem Tempel trat. Er wirkte müde und angespannt, doch als sein Blick auf seine Mutter fiel, rang er sich ein Lächeln ab. Fentoscha wusste, dass sein Amt in diesen schrecklichen Tagen schwer auf ihm lastete, und lächelte zurück. Der junge Priester zögerte, dann kam er zu ihr herüber.

»Was habt ihr beschlossen?«, erkundigte sie sich, nun wieder gefasst.

»Ich habe ihnen erklärt, dass ich es für das Beste halte, Angrosch ein großes Opfer darzubringen«, antwortete Saggasch ernst. »Wir konnten uns darauf einigen, dass wir die wertvollsten Besitztümer der gesammten Sippe in der Heiligen Halle sammeln wollen, um sie ihrem Schöpfer zurückzugeben.«

»Das heißt, es steht wirklich schlimm, oder?«, fragte sein Bruder.

»Du hast gegen diese Kreaturen gekämpft. Du musst es besser wissen als ich«, gab Saggasch vage zurück, bevor er sich wieder an seine Mutter wandte. »Du bist jetzt die Älteste unserer Familie. Würdest du nach Hause gehen und auswählen, was unsere kostbarsten Schätze sind?«

»Das ist dann wohl meine Pflicht«, stellte Fentoscha tonlos fest. Sie erhob sich und ging – einer Schlafwandlerin gleich – davon. Dankbar stürzte sie sich in die Aufgabe, vor ihrem inneren Auge alles zu betrachten, was ihre Familie besaß, und darüber zu entscheiden, ob es als Gabe für Angrosch in Frage kam. Gedankenverloren schritt sie den Gang entlang, ohne zu bemerken, dass etwas fehlte.

Wenn ich schon da bin, kann ich auch Uglik und Ubarom wecken, nahm sie sich vor. *Wie können die beiden nur so lange schlafen, obwohl es jeden Moment zum Kampf kommen wird?*

Eine böse Ahnung beschlich sie, und nun fiel Fentoscha auch auf, dass ihr kein Vogelgezwitscher entgegenklang. Sie rannte los.

Das hat nichts zu heißen, belog sie sich selbst. *Wahrscheinlich sind einfach nur die Lampen heruntergebrannt, dann singen die Swerkas nicht mehr. Wie jede Nacht.*

Aber ihr Gefühl sagte das Gegenteil. Hastig bahnte sie sich den Weg durch die Türvorhänge und fiel beinahe in den Raum dahinter, wo schwaches Dämmerlicht sie umfing. Überall raschelte und scharrte es. Anstatt in der Dunkelheit still auf ihren Stangen zu verharren, flatterten die kleinen Meisen aufgeregt in ihren Käfigen herum.

Fentoscha lief weiter zu den Schlafkammern und stürmte hinein. Der Anblick, der sich ihr bot, ließ sie erstarren. Ein Schrei stieg in ihrer Kehle auf, doch sie erstickte ihn, indem sie die Hände auf den Mund presste. Sie stolperte rückwärts, wich vor dem Bild ihrer erschlagenen Söhne zurück, bis sie wieder die Filzbahnen hinter sich spürte. Erst dann riss sie sich los, getragen von dem einen Gedanken: Saggasch und Simnax zu warnen.

Traumgesichte(r)

Die Sonne leuchtete als weißgoldene Scheibe durch den dunstigen Schleier, der sich um die Gipfel des Eisenwaldes gelegt hatte, als wolle er die Landschaft meinem Traum angleichen. Doch auch ohne graue Wolkenhauben hätte ich sie wiedererkannt. Zu meiner Linken erhob sich das felsige Bergmassiv mit dem Rest Schnee, dessen Umriss an die Sichel des Madamals erinnerte, und ich entdeckte sogar die einzelne, krumme Kiefer, die sich hartnäckig in einem steilen Abbruch festkrallte. Aber das Wichtigste war, dass mich mein Gespür für die Dinge hinter dem Offensichtlichen darin bestärkte, auf dem richtigen Weg zu sein. Ich steuerte direkt auf etwas zu, das den gewöhnlichen Fluss jener Kräfte störte, die die Welt durchwoben wie Erzadern ein Gebirge.

Den Hang, auf dem sich mein Pfad entlangschlängelte, spickten große Steinblöcke, in deren Schatten der Wind einen eisigen Stachel bekam. Immer dichter schoben sich die Wolken zusammen, bis sie grau und regenschwanger in die Schluchten hinabsanken und die Sonne völlig verdeckten. Wenn ich nicht bald ans Ziel kam, würde ich womöglich noch nass werden, weshalb ich begann, mich nach Felsüberhängen und Höhlen umzusehen, anstatt auf subtile Strömungen der Erdkraft zu achten.

Als ich wieder einmal um einen der baumhohen Basaltbrocken bog, bot sich vor mir ein weiteres Bild aus meinem Albtraum. Die Flanke des Bergs setzte sich weniger zerklüftet und dafür mit mehr Grasflecken bewachsen fort. An ihrem Fuß rann ein schmaler Bachlauf zwischen rund gewaschenen Steinen dahin, der zu meiner Erleichterung jedoch nur Wasser führte, anstelle von zähflüssigem Blut.

Während ich jenseits des Rinnsals eine hohe, senkrechte Wand vorausgesehen hatte, wartete die Wirklichkeit lediglich mit einem rasch ansteigenden Geröllfeld auf, in dem sich mein Pfad fürs Erste verlor. Aber als ich stehen blieb, um nach dem jungen Kurzbart aus meinem Traum Ausschau zu halten, ertönte bereits Kriags warnender Schrei am Himmel. Ein gutes Stück oberhalb von mir war am gegenüberliegenden Hang eine dunkle Gestalt aufgetaucht, die zu mir herüberstarrte.

Ich konnte den Gesichtsausdruck auf diese Entfernung noch nicht erkennen, doch ich zweifelte nicht daran, dass ich den richtigen Angroscho vor mir hatte. Falls er tatsächlich in der Verfassung war, die sich mir offenbart hatte, musste er froh sein, wenn ich ihm meine Hilfe anbot. Es sollte wohl nicht allzu schwer sein, mit ihm ins Gespräch zu kommen.

»Garoschem, mein Freund!«, rief ich ihm also zu, obwohl ich mich gewöhnlich Fremden gegenüber zurückhielt. »Weißt du einen Unterschlupf für einen müden Wanderer, bevor der Regen einsetzt?«

Er stand immer noch da wie versteinert, also hob ich die Hand und winkte ihm, näher zu kommen. Mir fehlte allerdings die Geduld, darauf zu warten, ob er sich nun endlich rühren, fortlaufen oder an Ort und Stelle Wurzeln schlagen würde. Stattdessen marschierte ich weiter, um den kleinen Bach zu überqueren. Von Stein zu Stein balancierend, holte ich mir nicht einmal nasse Füße.

Als ich wieder aufsah, war der junge Angroscho bis auf wenige Schritte herangekommen. Seltsamerweise trug er ein Kettenhemd, aber keinen Helm. Seine schwarzen Haare und der gleichfarbige, noch ungeflochtene Bart waren zerzaust, was wiederum dazu passte, dass Staub und Schmutz seine Hose zierten und abgerissenes Moos zwischen einigen Gliedern seiner Rüstung klemmte. Entweder hatte er schon eine Weile im Freien übernachtet, oder er war an einem Hang abgestürzt. Nach der blutigen Schramme in seinem Gesicht zu urteilen, tippte ich auf Letzteres. Was mich dagegen erstaunte, war die starke Ausstrahlung unbeherrschter Erdkraft, die mir trotz des vielen Eisens an seinem Körper entgegenschlug, als ich ihm noch näher kam.

»Garoschem, mein Freund«, wiederholte ich, da er mich mit seinen großen, grünen Augen weiterhin anstarrte wie einen Geist. »Ist deine Binge so abgelegen, dass du noch nie einen Fremden gesehen hast?«

»Ich ... ich ...«, stotterte er, bevor er seine Sprache wiederfand. »Diese Begegnung. Ich kenne dich. Aus einem Traum. Aber wie kann das sein?«

Das war in der Tat bemerkenswert. »Du hast geträumt, du würdest mich treffen?«, hakte ich nach. Er nickte verwirrt. »Und deshalb bist du hierher gekommen?«

»Nein, ich will zu der Binge am ...« Er brach ab, als ob ihm gerade eingefallen wäre, dass es einen fremden Angroscho nichts anging, wohin er unterwegs war. Sein Gesicht wirkte nun verschlossen, sein Blick gehetzt. Die Angelegenheit flößte ihm offenbar Unbehagen, wenn nicht Furcht ein.

Ich ahnte, dass er mich am liebsten rasch loswerden wollte, um zu tun, was auch immer er gerade vorhatte. Da half nur schonungslose Offenheit. »Du willst es mir nicht sagen, weil du nicht weißt, ob du mir vertrauen kannst. Ich verstehe das«, behauptete ich. »Aber ich glaube, du bist doch hier, weil wir uns begegnen sollten, denn ich habe auch von dir geträumt und nur deshalb den weiten Weg aus den Windhag-Bergen auf mich genommen«, eröffnete ich ihm.

Er schluckte. Seine Angst, die magische Aura ... mir dämmerte allmählich, dass er auf der Flucht vor sich selbst war. Er erinnerte mich an meine eigene Jugend, meine Verunsicherung und die endlosen Auseinandersetzungen mit meinem Vater, der kein Verständnis für meine seltsamen Neigungen aufbringen konnte.

»Du hast nicht zufällig deinen Zwillingsbruder verloren?«, riet ich ins Blaue hinein.

»Äh, ich ... er starb bei unserer Geburt«, antwortete der junge Angroscho verblüfft. »Woher ...?«

»Nur so ein Gefühl«, wiegelte ich ab. Jetzt war nicht der passende Moment, um dieses Thema zu vertiefen. »Mein Name ist Greifax Sohn des Goratox, aber meistens nennt man mich Greifax Windmeister. Und das da oben ist meine alte Freundin Kriag.«

Er blickte kurz zu dem kreisenden Sturmfalkenweibchen hinauf, bevor er sich auf eine angemessene Verneigung vor dem Älteren besann. »Ich bin Ortosch Sohn des Murtorog aus der Mirschag-Sippe«, stellte er sich vor. »Du bist ein Geode, nicht wahr?«

»Ein Diener Sumus, unserer guten Mutter«, bestätigte ich nickend. »Die uns nicht zum Spaß bedeutungsvolle Träume schickt.«

»Vermutlich nicht«, gab Ortosch zu und kratzte sich nachdenklich am Kopf. »Aber ich bin gerade sehr in Eile. Meine Sippe schwebt in großer Gefahr, und ich muss Verstärkung holen, so schnell es geht. Vielleicht möchtest du ja mitkommen?«

Sein Gefühl der Dringlichkeit war ansteckend, aber ich wollte mich nicht von den Ereignissen überrollen lassen. Jemand oder etwas – wer konnte das schon mit Sicherheit sagen – hatte mich hergeschickt, weil ich mich Ortoschs Schwierigkeiten annehmen sollte. Wenn es mit ein paar waffenschwingenden Raufbolden getan wäre, hätte er mich wohl kaum gebraucht. Um seine brachliegende Magiebegabung in die richtigen Bahnen zu lenken, war ich schon besser geeignet, aber dann wäre es nicht nötig gewesen, mich ausgerechnet jetzt hierher zu führen, da seine Familie in Not war. Hinter all dem steckte mehr, und es wurde Zeit, dass ich herausfand, was.

»Wird eure Binge angegriffen?«, erkundigte ich mich. Er trat ungeduldig auf der Stelle, wollte jedoch anscheinend vorläufig nicht unhöflich sein. »Von wem?«

»Das weiß ich nicht. Es sind große Statuen oder jedenfalls die obere Hälfte davon, und sie sind unverwundbar, weil sie aus Fels bestehen«, berichtete er eilig. »Sie haben schon so viele von uns getötet, deshalb muss ich jetzt unbedingt Hilfe holen.«

»Ihr kämpft gegen Elementare?«, staunte nun zur Abwechslung ich. »Ja, Junge, was glaubst du denn, was da ein paar Äxte mehr ausrichten sollen?«

»Du weißt, was das für Wesen sind?«, fragte er aufgeregt zurück.

»Natürlich weiß ich das. Jeder Geode hätte dir das sagen können. Es wird wirklich höchste Zeit, dass du unter deinesgleichen kommst«, meinte ich.

Er überging die Andeutung und klammerte sich an den Strohhalm, den ich ihm mit meinen Worten hingehalten hatte. »Dann kannst *du* vielleicht meine Sippe retten?«, hoffte er.

»Es ist sehr viel einfacher, Elementare zu beschwören, als sie wieder loszuwerden«, dämpfte ich seine Erwartungen. »Am besten erzählst du mir die ganze Geschichte von Anfang an.«

»Aber das wird ewig dauern«, wandte er ein.

»Wenn es um die Kraft der Erdmutter geht, sind Kleinigkeiten manchmal von großer Bedeutung«, klärte ich ihn auf. Ich kam jedoch nicht umhin, einzusehen, dass es um Leben und Tod ging. Außerdem wurde es bald dunkel und wahrscheinlich auch nass. Die Aussicht, im Regen zu stehen, gefiel mir genauso wenig wie jene, mich unvorbereitet in eine Schlacht gegen einen Haufen wild gewordener Felsbrocken zu stürzen, aber was blieb mir für eine Wahl? »Führ mich einfach zu deiner Binge!«, schlug ich vor. »Wir können uns unterwegs unterhalten.«

Und dabei über dieses Geröll kraxeln, fügte ich in Gedanken hinzu. *Da meint es jemand wahrlich gut mit mir.*

12. Kapitel

Saggasch Sohn des Schrogrim ließ seinen Blick durch den Festsaal schweifen und konnte kaum fassen, wie wenige seiner Verwandten noch übrig waren. Dorida saß im Kreise der zappeligen Vierlinge, denen es am schwersten fiel, sich ruhig zu verhalten. Das Bild der gutmütigen Schmiedin, die ihren Enkeln mit leiser Stimme eine Geschichte erzählte, um sie zu beschäftigen, hatte etwas Tröstliches an sich, doch Saggasch war zu bewusst, wie sehr die Idylle trog.

Angrosch, sieh auf diese wehrlosen Kinder herab!, betete er. *Sollen etwa auch sie sterben? Sieh die hübsche Jandrascha, die sich mit ihrer Axt bereithält, einen sinnlosen Tod zu finden! Ist es nicht auch dein Wille, dass sie stattdessen heiraten und kleine Angroschim gebären soll, um dein erwähltes Volk zu mehren? Die Hüter deiner Schätze und Rädchen deines Weltenmechanismus?*

Doch der Gott sandte ihm noch immer ein vages, kaum wahrnehmbares Gefühl der Zuversicht, das Saggasch mehr ärgerte, als ihn in seinem Glauben zu bestärken. Es rief in ihm die Vorstellung eines milde lächelnden Vaters herauf. Wie sein eigener Vater Schrogrim geschmunzelt hatte, wenn er – Saggasch – als kleiner Junge mit einem vermeintlich unlösbaren Problem zu ihm gekommen war, das Schrogrim dann mit wenigen Worten oder einem simplen Handgriff aus der Welt geschafft hatte. In seinem Schmerz, den die Erinnerung weckte, empfand der Geweihte Angroschs gütiges Lächeln als blanken Hohn.

Mein Vater und mein Großvater sind tot! Acht Onkel und zwei jüngere Brüder hast du mir genommen!, empörte er sich. *Der Feind wird jeden Augenblick wieder angreifen und du hast nichts als ein mildes Lächeln für mich? Oh, verzeih mir! Da wäre ja noch ein eiserner Halsring, mit dem ich die Ungetüme an die Kette legen kann.*

Er erschrak über seinen eigenen Sarkasmus, aber zu viel Bitterkeit vergiftete sein Herz, als dass er eine Entschuldigung zustande gebracht hätte.

»Da kommt Mutter«, sagte Simnax in die aufgewühlten Gefühle seines Bruders hinein. »Mit ihr stimmt etwas nicht.«

Saggasch blickte auf. Fentoscha eilte auf ihn zu, eine Hand noch immer auf die Lippen gepresst und ein Flackern des Irrsinns in den Augen.

»Was ist passiert?«, rief er ihr in der Stille entgegen und lenkte damit endgültig aller Aufmerksamkeit auf die bebende Angroschna, die keine Antwort gab. Erst als sie direkt vor ihm stand, wisperte sie hinter vorgehaltener Hand. Saggasch verstand kein Wort.

»Was sagst du?«, fragte er und beugte sich zu ihr vor.

»Sie sind tot«, flüsterte seine Mutter. »In ihren Betten. Es hat sie in ihren Betten erschlagen. Und jetzt wird es hierher kommen.«

»Uglik und Ubarom sind tot?«, entfuhr es Saggasch. »Aber sie waren doch zu Hause. Das kann nicht sein.«

Seine Gedanken überschlugen sich, während die anderen Zwerge plötzlich alle aufgeregt durcheinander redeten. Muramils Bericht über den armen Jalgat fiel dem Geweihten wieder ein. War der Angroscho am Ende gar nicht durch Drachenkraft im Fels versunken, sondern von jemandem hineingezogen worden? Von jemandem, der mehr Kraft hatte als vier Angroschim zusammen? Konnten diese Kreaturen sich in Gestein bewegen wie Fische im Wasser?

»Komm, komm, wir müssen fort!«, wisperte Fentoscha und zupfte an seinem Ärmel. »Wir nehmen Simnax mit und gehen weg. Weg von diesem bösen Ort.«

Saggasch betrachtete sie einen Moment lang irritiert, dann begriff er, dass sie den Verstand verloren hatte. »Ja ...

ja, Mutter, gleich«, wimmelte er sie ab, denn um ihn herum drohte, Panik auszubrechen.

Ortoschs Onkel Aurax rannte in Sorge um Dorame und seine Tochter bereits aus dem Saal und weitere Zwerge schickten sich an, seinem Vorbild zu folgen, um jene zu retten, die sich noch in den Wohnbereichen befanden.

»Nein, wartet!«, protestierte Saggasch. »Seid vernünftig!« Er sah sich nach Verbündeten um und entdeckte Ortoschs Großmutter, die ihre vier aufgeschreckten Enkel zum Portal des Tempels leitete. »Nehmt euch ein Beispiel an Dorida!«, drängte er. »Zieht euch in die Heilige Halle zurück! Der geweihte Boden ist unsere einzige Hoffnung!«

»Aber Onkel Borzag ist nach Hause gegangen, um die Opfergaben zu holen«, wandte Hamax vom linken Ausgang her ein.

»Genauso wie meine Mutter«, fügte ein Sohn Mokrimas hinzu.

»Und Muramil«, ließ sich die alte Jorlika von der anderen Seite her vernehmen.

»Das weiß ich«, erwiderte Saggasch. »Aber wenn wir uns aufteilen, haben wir nicht die geringste Chance. Ihr würdet ebenfalls sterben.«

»Nur ein Feigling scheut den Tod und lässt darüber seine Verwandten im Stich«, verkündete Mirtaschox entschlossen.

»Ich gebe dir Recht«, pflichtete der Geweihte ihm bei. »Aber wenn Muramil hier wäre, würde er euch dasselbe sagen wie ich. Wer soll das Überleben der Sippe sichern, wenn ihr euch alle abschlachten lasst? Wer soll in Zukunft das Erz schmelzen und das Eisen schmieden, um die Kinder zu ernähren? Wer wird ihnen Pilze und Rüben anbauen?«

»Das ist wahr«, gab Jorlika widerwillig zu. »Aus dir spricht Muramils Weisheit. Angrosch gebe, dass er heil mit Aurax und Dorame zurückkommt!«

Immer wieder schielte Ortosch verstohlen zu dem Fremden hinüber, anstatt auf das schwierige Gelände zu achten. Dass der Angroscho, der sich als Greifax Windmeister vorgestellt hatte, der Gestalt aus seinem Traum so ähnlich sah, war ihm unheimlich, doch die offene, selbstsichere Art des Geoden flößte ihm Vertrauen ein. Daran konnte auch das seltsame Auftreten nichts ändern. Denn merkwürdig kam ihm der Fremde durchaus vor.

Abgesehen davon, dass der Geode beim Reden gern mit seinem Wanderstock herumfuchtelte, ohne es zu merken, und sprunghaft das Thema wechselte, war Greifax nicht nur nach zwergischen Maßstäben wie ein Landstreicher gekleidet. Die dunkelgrüne Hose und das weite, braune Obergewand aus rauem, abgewetztem Wollstoff hatten schon bessere Tage gesehen. Dazu die speckige Lederkappe und die brüchigen, an manchen Stellen aufgeplatzten Stiefel, sowie der Umhang aus grauem Filz, der auch als Schlafdecke diente und dementsprechend dreckverkrustet war – das alles schien der Geode gar nicht wahrzunehmen. Auf die Pflege seines bis auf die Brust reichenden Bartes legte er dagegen offenbar größten Wert, obwohl Ortosch die Frisur eigentümlich fand. Er hatte noch nie gesehen, dass sich jemand die Oberlippe freirasierte.

»Ich glaube, das mit dem Kohleschacht habe ich jetzt alles verstanden«, schnaufte Greifax. »Aber diese Rune ... die musst du mir einmal aufmalen.«

»Womit denn?«, fragte Ortosch. »Ich habe keinen Kohlestift bei mir.«

»Du bist ein Umstandskrämer, Junge«, tadelte der Geode. »Die Erdin Sumu gibt uns alles, was wir brauchen. Nimm einen von diesen unzähligen Steinen hier und ritz das Zeichen in den Felsblock da!«

Ortosch wollte widersprechen, weil sie das nur aufhielt, aber andererseits hatte er viel Zeit gewonnen, da er so rasch auf Hilfe gestoßen war. Deshalb schwieg er und kratzte gehorsam mit der Kante eines Steins auf der gewünschten Stelle herum, was tatsächlich feine, weiße Linien hinterließ. »So ungefähr«, behauptete er und deutete auf seine Skizze.

»Aha«, machte Greifax. »Da kannst du gleich etwas lernen. Das ist das alte Symbol für das Element Erz. Heutzutage lässt man die Striche da außen weg, dann sieht es aus wie die Rune ›a‹.«

»Und was nützt mir das jetzt?«, wollte Ortosch wissen.

»Gar nichts, weil du ein Einfaltspinsel bist!«, brummte der Geode und marschierte weiter. »Was für eine dämliche Frage!«

»Weshalb soll das eine dämliche Frage sein?«, beschwerte sich Ortosch, der schnell wieder die Führung übernahm.

»Weil man im Leben oft Dinge erfährt, mit denen man zunächst nichts anfangen kann«, erklärte der Geode. »Aber man muss sie sich trotzdem merken, denn wenn man ein bestimmtes Wissen braucht, ist es meistens zu spät, um jemand Klügeren zu fragen.«

Das leuchtete Ortosch zwar ein, doch so bald wollte er sich nicht geschlagen geben. »Du meinst, es hilft uns jetzt gar nicht weiter, dieses Zeichen zu kennen?«, hakte er nach.

»Jetzt nicht mehr«, gab Greifax zurück. »Aber wenn du es gleich erkannt hättest, wärst du vielleicht früher auf die Idee gekommen, einen Geoden um Rat zu fragen.«

»Und was sagt es dir?«, bohrte Ortosch weiter.

»Dass es entweder als Warnung gedacht war oder jemand einen unbeholfenen Versuch gemacht hat, diesen Gegner zu bannen«, antwortete Greifax. »Kommen wir zurück zu den wichtigen Fragen! Wie weit ist es noch?«

Bevor Ortosch den Mund öffnen konnte, schoss etwas vom Himmel herab und landete auf der Schulter des Geoden. Der große Sturmfalke schüttelte raschelnd sein Gefieder, während sich Ortosch noch von dem Schreck erholte.

»Du willst getragen werden, was?«, wandte Greifax sich an das Tier, dessen beeindruckenden Schnabel sich Ortosch nicht so nah an seinem Gesicht gewünscht hätte. »Na ja, man sieht ja auch kaum noch die Kralle vor Augen, hm?«

»Wir müssen dort hinauf«, ergriff der jüngere Zwerg wieder das Wort und wies an einem weiteren, beschwerlich aussehenden Hang nach oben.

»Sieht aus, als hättest du noch reichlich Zeit, mir zu erzählen, was als Nächstes geschehen ist«, kommentierte der Geode trocken.

Muramil wählte nicht lange aus, welche Preziosen Angrosch dargebracht werden sollten. Die Zeit drängte und er wollte nicht feilschen. Der Gott sollte sehen, dass die Mirschag-Sippe ihm ergeben und frei von Geiz und Habgier war.

In Windeseile durchwühlten Dorame und Muramil die beiden Truhen, in denen die Familie jene Besitztümer verwahrte, die im alltäglichen Leben nicht benutzt wurden. Alles Wertvolle, das ihnen in die Hände fiel, landete klirrend und klimpernd in einem Weidenkorb, bevor Muramil die Waffen und Trophäen an den Wänden in Augenschein nahm. Plumpe Orkbeile und -säbel mochten als Erinnerung an die Schlachten der Ahnen unbezahlbar sein, aber für Angrosch stellten sie wohl kaum Schätze dar. Genauso wenig wie der bunt bemalte Schild eines thorwalschen Söldners oder die zähnestarrenden Fänge eines Tatzelwurms.

Muramil griff gerade nach einem uralten Bronzehelm, der einst einen bosparanischen Offizier nicht vor zwergischen Axthieben in die Kniekehle hatte bewahren können, als Aurax hereinstürmte.

»Dorame!«, rief der aufgeregte Angroscho und schloss erleichtert seine Frau in die Arme. »Du lebst!«

»Ja, natürlich, ich war doch die ganze Zeit hier«, erwiderte die Zwergin verständnislos.

»Ihr seid hier nicht sicher«, behauptete Aurax. »Nimm Doresche mit und komm! Du auch, Muramil!«

»Aber sie ist gerade endlich eingeschlafen«, protestierte Dorame und schob sich abschirmend vor die Wiege.

»Das wird sie auch wieder tun«, hielt der Angroscho dagegen, während Muramil zu wissen verlangte, was eigentlich vorging. »Fentoscha hat Ubarom und Uglik zu Hause tot aufgefunden«, antwortete Aurax mit gehetztem Blick. »Der Feind kann jeden Augenblick auch hier sein.«

»Allmächtiger!«, entfuhr es Dorame. Sie wirbelte herum, um ihr Kind aus der Wiege zu reißen, bemühte sich dann aber doch, so behutsam zu sein, dass die Kleine nicht erwachte.

Muramil stand einen Moment da, als hätte ihn der Schlag getroffen. *Sie gehen durch Fels! Ich hätte es ahnen müssen,* warf er sich vor. *Sie sind der Fels selbst. Nichts wird sie aufhalten.*

»Muramil, komm schon!«, drängte Aurax, der Dorame bereits den Türvorhang aufhielt.

Der Älteste warf den Bronzehelm zu den anderen Kostbarkeiten, schnappte den Korb bei den Henkeln und folgte seiner Großnichte nach draußen. Gemeinsam rannten sie den Stollen zum Festsaal entlang. Doresche rührte sich auf dem Arm ihrer Mutter und blinzelte Muramil verwundert über das Geschüttel an, doch die Müdigkeit übermannte sie wieder, sodass der kleine Kopf zurück auf Dorames Schulter sank.

Aurax war ihnen voraus, um aufs Neue die Filzbahnen aus dem Weg zu ziehen. In der großen Halle dahinter herrschte gähnende Leere. Sämtliche Angroschim hatten sich in den Tempel zurückgezogen, an dessen Portal Jorlika und Mirtaschox nach ihnen Ausschau hielten.

»Angrosch sei Dank, ihr seid noch am Leben!«, rief die alte Angroschna erleichtert. »Fehlt nur noch meine Tochter.«

»Dann sind die anderen wohlauf?«, erkundigte sich Muramil, während er den Korb zu der achteckigen Esse trug.

»Borzag schon, aber Fentoscha ist ... Ich glaube, sie ist vor Schmerz verrückt geworden«, berichtete Jorlika. »Ihre Augen huschen ständig umher und sie redet wirres Zeug.«

»Ich werde sehen, was ich für ihre Seele tun kann, wenn das alles hier vorbei ist«, versprach der Geweihte und half Muramil, dessen Schätze zu Borzags Gaben in die Asche zu legen.

»Da kommt Mokrima«, verkündete Aurax vom Eingang her, um Jorlika zu beruhigen.

Mokrima, die nichts vom Tod der Lehrlinge ahnte und annahm, alle hätten sich nur wegen des Opfers in der Heiligen Halle versammelt, trat mit dem wenigen von Wert, das ihre Familie besaß, zu Muramil und dem Priester, um ihren bescheidenen Beitrag zu leisten.

Ringe und Armreife, Schalen und Pokale aus Gold und Silber, einige kunstvoll verziert und mit Juwelen besetzt, andere von der schlichten Schönheit gediegener Formen, häuften sich bald mit Prunkwaffen und blinkenden Dukaten in der Esse auf. Es tat Muramil fast Leid, sie unter den Scheiten verschwinden zu sehen, die Saggasch darüber aufschichtete. Dem jungen Priester ging der Vorrat jedoch rasch aus, und Muramil bezweifelte, dass diese Menge Brennholz ausreichte, um die Opfergaben zu beschädigen.

Damit Angrosch sie annimmt, müssen wir sie unbedingt zerstören. Woran soll er sonst erkennen, dass wir sie ihm tatsächlich zurückgeben?, fragte er sich.

»Saggasch, bist du sicher, dass du damit Erfolg haben wirst? Wir könnten auch die Stühle und Bänke verfeuern, wenn das Holz nicht reicht«, bot er an.

Der Geweihte lächelte, als er dem Älteren antwortete, aber es war nur ein flüchtiges Lächeln, das viel zu schnell wieder der ernsten Miene wich. »Lass mich nur machen!«, sagte er. Seine Worte sollten überzeugend klingen, doch warum spürte Muramil dann keine Zuversicht dahinter?

Die Angroschim rückten enger zusammen, um für den Priester genügend Raum vom Altar bis zur Esse frei zu machen. Aus ihren Gesichtern sprach bange Erwartung, denn sie alle teilten dieselben Ängste. Dass der Angriff erfolgen würde, bevor das Opfer vollbracht war. Schlimmer noch: dass Angrosch ihre Gaben zurückweisen könnte. Und insgeheim, sodass sie es nicht einmal zu denken wagten, fürchteten sie, dass der geweihte Boden die steinernen Ungeheuer nicht aufhalten konnte.

»Angrosch, Weltenschöpfer und allmächtiger Vater«, sprach Saggasch so laut, dass jeder ihn verstehen konnte.

Muramil biss sich auf die Zunge, um ihn nicht zu ermahnen, leiser zu sein. Wer von Angrosch erhört werden wollte, der musste den Mut haben, seine Stimme zu heben, sonst ging sie womöglich im Hämmern des Gottes unter, wenn der Allvater gerade an seiner Schöpfung schmiedete.

»Sieh auf deine Kinder, die in Worten und Taten stets treu nach deinen Geboten gelebt und gehandelt haben!«, fuhr der Geweihte fort. »Sie sind hier versammelt, um sich deinem strengen Urteil zu stellen, denn du bist die Gerechtigkeit. Sieh die Schätze der Erde, die wir aus weiter Ferne und aus den Händen Unwürdiger zusammengetragen haben, um sie dir zurückzugeben! Vater, wir bitten dich, nimm unser Opfer an und blicke mit Gnade und Wohlwollen auf uns herab!«

»Vater, wir bitten dich«, wiederholte die ganze Sippe einträchtig.

Saggasch legte seinen Ritualhammer auf dem Altaramboss ab und nahm die Laterne mit der Ewigen Flamme aus ihrer Wandnische, um damit zur Esse hinüberzuschreiten. Mit Hilfe eines harzigen Zweigs übertrug er das heilige Feuer auf den Zunder unter den Schätzen und dem Holz in der Esse. Er fachte die kleine Flamme mit seinem Atem an, bis sie zu groß war, um wieder zu verlöschen.

Niemals reicht diese mickrige Lohe!, befürchtete Muramil. *Sie wird das Edelmetall höchstens mit Ruß schwärzen.* Seine Hoffnung schwand, und mit ihr die aller anderen Zwerge, die langsam begriffen, welches Unglück sich anbahnte.

Doch Saggasch harrte unbeirrt an der Esse aus, hob die Laterne und senkte sie auf das Feuer herab. »Flamme, die ewig brennt, Flamme, der alles entstammt – spende diesem Feuer deine Kraft!«, betete er.

Muramil traute seinen Augen kaum. Die Glut verfärbte sich, leuchtete heller, bis sie ihn blendete. Er konnte die Hitze auf seinem Gesicht spüren, als stünde er in seiner Schmiede. Der schmeichelnde Duft heißer Edelmetalle erfüllte die Luft, vermischte sich mit der salzigen Note erhitzter Edelsteine. Die kostbaren Gaben der Angroschim begannen zu schmelzen. So langsam, dass es kaum wahrnehmbar war, sackten die aufgehäuften Schätze in sich zusammen. Die Zwerge verfolgten gebannt dieses Wunder. Ehrfurcht und neue Zuversicht regten sich in ihren Herzen, als ein lautes Krachen wie ein Donnerschlag in ihre Glieder fuhr.

Ortosch glitt auf der schmierigen Oberfläche eines Felsens aus und schlidderte einen halben Drumod den Hang hinab, bevor er mit seiner Stiefelspitze wieder an einem Spalt Halt fand. Schwer atmend verharrte er einen Augenblick auf Händen und Knien, um den Nieselregen zu verfluchen, der den Aufstieg im Dunkeln zu einem waghalsigen Unterfangen machte. Seine empfindlichen Angroschimaugen erlaubten ihm zwar, weiterzuklettern, wo sich ein Mensch längst blind durch die Finsternis hätte tasten müssen, aber ein Sturz wie dieser an der falschen Stelle konnte ihn dennoch das Leben kosten.

»Du sagst also, es gab vor euch einen von diesen Elementaren und hinter euch«, ließ sich Greifax Windmeister unterhalb von ihm vernehmen. »Und irgendwo dazwischen wurde dieser Jalgat ins Gestein gezogen?«

Ewiges Schmiedefeuer! Ich ramme ihm beinahe meine Füße ins Gesicht und er scheint es nicht einmal zu merken, dachte Ortosch gereizt über die unerschütterliche Gleichmut des Geoden.

»Was ist? Soll ich schieben oder sind wir endlich angekommen?«, fragte Greifax.

»Nein und ja«, antwortete Ortosch knurrig, während er sich aufrichtete, um seinen Weg fortzusetzen. »Nein, wir sind nicht da, aber es kann nicht mehr weit sein. Und ja, genauso war es in diesem Kampf.«

Der Geode schwieg eine Weile, sodass Ortosch bereits versucht war, sich umzudrehen und nachzuschauen, ob sich sein verschrobener Begleiter vielleicht in Luft aufgelöst hatte.

»Ich glaube, es sind drei«, meinte Greifax schließlich. »Auch wenn du nur zwei von ihnen gesehen hast.«

»Dann hatte ich Recht? Einer von ihnen saß in der Wand und hat Jalgat zu sich hineingezerrt?«, vergewisserte sich Ortosch.

»So ähnlich«, bestätigte der Geode. »Diese Geister haben keinen Körper wie wir. Sie formen sich aus ihrem Element einen, wenn sie ihn brauchen, um den Auftrag ihres Beschwörers zu erfüllen. Aber wenn sie ihr Ziel auch ohne das erreichen können, dann verändern sie einfach nur ihre Umgebung, indem sie zum Beispiel das Gestein aufweichen. Zu unserem Glück gelingt ihnen das jedoch nur mit ihrem eigenen Element.«

Ortosch war zu sehr damit beschäftigt, sich über einen Felsvorsprung zu ziehen, um etwas zu erwidern, doch als er sicher auf dem darüberliegenden Sims stand und Greifax über den Rand half, während der Sturmfalke auf der Schulter des Geoden um sein Gleichgewicht rang, fiel ihm auf, wie wenig ihnen dieser vermeintlich glückliche Umstand nützte.

»Aber der ganze Berg besteht mehr oder weniger aus Erzen«, wandte er ein. »Das heißt, die Elementare können sich da völlig frei bewegen ... sogar durch die Wände!«

»Fällt dir das auch schon auf?«, spottete der Geode.

»Deshalb konnten sie auch durch den zugemauerten alten Gang kommen«, erkannte Ortosch.

»Ich wäre mir nicht so sicher, ob sie überhaupt diesem Stollen gefolgt sind«, bezweifelte Greifax. »Sie können im Gestein herumwandern, wie sie wollen. Sie brauchen eure Gänge nicht. Aber warum sind sie dann überhaupt ...?« Er verstummte grübelnd.

»Angrosch steh uns bei! Das bedeutet ja, sie können jederzeit in unseren Kammern auftauchen und meinen Verwandten in den Rücken fallen!«, bemerkte Ortosch und kletterte hastig weiter. Vor seinem geistigen Auge sah er die grauen Ungetüme überall in seinem Zuhause. Sie zerschlugen die Wiege mit der kleinen Doresche darin und jagten die hilflose Paroscha, während schlafende Angroschim einfach vom Boden verschluckt wurden.

Wir sind viel zu langsam! Womöglich sind wir schon zu spät!, trieb er sich selbst an. Der verzweifelter Wille, seine Familie und Paroscha zu retten, verlieh ihm neue Kraft. In Gedanken raste er voraus, um ... eigentlich *was* zu tun? Doch im Augenblick konnte er diese Frage nicht klären, denn er hatte den Einstieg in den Schacht erreicht und spähte nach Anzeichen für den Elementargeist, der ihm hier vor wenigen Stunden so dicht auf den Fersen gewesen war.

Angespannt kroch er auf das Gitter zu, konzentrierte sich auf seine Hände, lauerte auf eine Spur des Furcht erregenden Gefühls, das ihn überkam, wenn das Gestein noch die Essenz dieser Wesen in sich barg. Aber das Grauen blieb aus. Die Berührung sandte nur noch ein leichtes Prickeln über seine Haut.

»Sind wir da?«, erkundigte sich Greifax beim Anblick des Gitters, doch er klang nicht so erfreut, wie Ortosch erwartet hatte.

Der jüngere Zwerg nickte und strich sich die feuchten Haare aus der Stirn. »Es könnte doch sein, dass wir im Schlot bereits auf den Elementar stoßen, der hinter mir her war, oder? Also wie kann ich mich wehren?«, wollte er wissen.

»Indem du dich nicht erwischen lässt«, eröffnete ihm der Geode ernst.

»Das habe ich doch schon die ganze Zeit gemacht«, beschwerte sich Ortosch aufgebracht. »Ich dachte, du weißt, wie man diese Ungeheuer bekämpft! Es muss doch einen Trick geben, eine verwundbare Stelle, irgendetwas!«

»Nichts kannst du tun, solange du deine Zauberei nicht gemeistert hast«, stellte Greifax klar.

Woher weiß er ...?, fragte sich Ortosch erschrocken, aber der Geode tippte ihm mit dem Wanderstab auf die Brust und lenkte damit seine Aufmerksamkeit unweigerlich wieder auf sich.

»Ich werde allein mit den Elementaren fertig werden müssen, und glaub ja nicht, dass mir die Aussicht gefällt!«, schimpfte Greifax und unterstrich seine Worte mit weiteren Schlägen gegen Ortoschs Kettenhemd. »Wir können da unten alle sehr leicht ums Leben kommen, weil nicht mal ich es mit allen dreien gleichzeitig aufnehmen kann, verstanden? Deine Aufgabe wird sein, sie mir vom Leib zu halten, damit ich meine Magie wirken kann. Also, egal was passiert, selbst wenn es so aussieht, als ob ich gerade einschlafe, lenk sie von mir ab!«

Der Geode hörte endlich auf, Ortosch mit seinem Stock zu malträtieren, und wich zurück. »Ich vertraue mein Leben einem hirnlosen Kurzbart an«, grummelte er. »Wo hab ich bloß meinen Verstand gelassen?« Er warf einen abschätzenden Blick durch den Eisenrost. »Kriag, altes Mädchen, das wird reichlich eng da drin«, wandte er sich an das Falkenweibchen und streckte den Arm aus, auf dem das Tier zu seiner Hand hinunterwanderte. »Du solltest besser hier draußen bleiben.«

Der Sturmfalke schüttelte das mit Wasserperlen besetzte Gefieder, bevor es einen für Ortoschs Ohren widerspenstig klingenden Schrei ausstieß.

»Doch, ich bestehe darauf!«, sagte Greifax mit Nachdruck. »Du kannst im Berg nicht vernünftig fliegen und wärst eine leichte Beute für diese Felsnasen. Ich werde es ohne dich leichter haben.« Da das Tier keine Anstalten machte, seinen Arm freiwillig zu verlassen, half der Geode liebevoll mit der anderen Hand nach. »Warte auf mich! Ich werde schon wiederkommen.«

Während Kriag davonstolzierte, als sei sie beleidigt, hob Ortosch das schwere Gitter an. Greifax sah ihm zu, wie er sich abmühte, es aufzuklappen und jenseits der Öffnung abzulegen.

Der Herr Zauberer ist sich wohl zu fein, mit anzupacken, ärgerte sich Ortosch, während der Geode den Schacht genauer inspizierte.

»Gib mir deine Handschuhe!«, verlangte Greifax plötzlich.

»Was? Die brauche ich!«, weigerte sich der Jüngere. Schon bei dem Gedanken, den ganzen langen Kamin hinabzusteigen, ohne seine Hände vor der Berührung der Griffe schützen zu können, brannten seine Finger.

»Bei Sumus heiligem Blut! Du trägst einen halben Berg Eisen am Leib! Selbst wenn du noch zaubern wolltest, käme nicht mehr viel dabei heraus«, wies der Geode ihn zurecht. »Mal ganz davon abgesehen, dass das niemandem nützen würde. Aber *meine* Magie wird da drin gebraucht, also her mit den Dingern!«

Ortosch sah ein, dass Greifax Recht hatte, und streifte widerstrebend die Handschuhe ab.

»Das Eisen bringt dich schließlich nicht um«, meinte der Geode ein wenig freundlicher. »Es schneidet dich nur von der Erdkraft ab. Und jetzt vorwärts! Du gehst voran.«

Saggasch Sohn des Schrogrim eilte zum Tempelportal und mit ihm alle Angroschim, die nicht zu schwer verletzt waren. Ein zweiter heftiger Aufprall ließ die Barrikade im Festsaal erzittern. Der Geweihte hörte die gemurmelten Stoßgebete seiner Verwandten um sich her, doch sein eigener Geist war leer, fand nach den unzähligen Bitten und Fragen, den letztendlich ergebnislosen Ritualen und Anrufungen schlicht keine Worte mehr. Saggasch konnte nur noch auf die Tür starren, die unter einem dritten Hieb plötzlich barst.

Eine klobige Steinkeule, an der sich erst jetzt Finger ausbildeten, ragte durch die zersplitterten Eichenbohlen und tastete nach dem schweren, eisernen Riegel. Doch anstatt ihn aus den Halterungen zu heben, verschmolz die Riesenhand mit der massiven, armdicken Stange, die sich auf einmal krümmte und bog wie ein Wurm an der Angel. Die Haken, in die die Zwerge den Riegel eingehangen hatten, brachen unter der schieren Kraft schlicht aus der Wand und wurden in den Raum geschleudert. Der neue Eisenstangenarm des Ungetüms fegte Tische und Bänke zur Seite wie Spielzeug, während der unförmige Rumpf durch die Tür walzte und sie zermalmte, als wäre sie aus brüchigem Korbgeflecht.

»Achtung, hinter euch!«, schrie einer der Söhne Mokrimas, der wegen seines gebrochenen Beins noch immer an der Tempelwand saß.

Die Angroschim fuhren herum, und Saggasch zwängte sich zwischen Mirschag und der alten Jorlika hindurch, um zu sehen, was den Verwundeten alarmiert hatte. Der Anblick ließ seine Finger um den Griff der geweihten Laterne verkrampfen.

Mitten aus dem Boden der Heiligen Halle wuchs ein Felsblock empor, warf die Zeremonialesse um, nein, verband sich mit ihr. Asche wirbelte auf und Kohle rieselte herab, während die schwarze Mauer der Esse zerfiel und die einzelnen Steine sich vermengt mit dem grauen Fels des Untergrunds in die Höhe reckten. Die Andeutung eines Kopfes schälte sich aus dem beängstigenden, unnatürlich wuchernden Gestein. Goldene und silberne Adern aus den geschmolzenen Schätzen der Angroschim durchzogen den gedrungenen Körper, dem nun die Ansätze kräftiger Arme entsprossen, um sich rasch zu massigen Gliedmaßen auszuwachsen.

Entsetzen lähmte Saggasch. Entsetzen darüber, dass diese Kreatur ungestraft in Angroschs Tempel wüten durfte und sich dazu sogar der Opfergaben bediente, die er soeben dem Gott dargebracht hatte. Wie konnte Angrosch das zulassen? Welche Macht konnte dem grimmigen Weltenschöpfer trotzen?

Noch immer schwoll das Monstrum an, und in seinem groben Schädel zeichneten sich nun die Umrisse von Augen ab, die auf die Zwerge gerichtet waren. Saggasch stand stumm inmitten seiner Verwandten, von denen einige in Panik kreischten, während andere ihre Wut über die verzweifelte Lage herausbrüllten. Er erinnerte sich an die Worte eines Bannspruchs, vor dem Dämonen zurückweichen mussten, aber seine Lehrer hatten ihm unmissverständlich erklärt, dass die Formel ohne den Namen des Feindes völlig wertlos war. Er wusste jedoch nicht einmal, wie er diese lebende Statue bezeichnen sollte, geschweige denn, wie der wahre Name dieser Kreatur lautete. Im Gegenteil, je länger er dieses Ungetüm betrachtete, desto sicherer war er, dass es kein Wesen der Niederhölle war. Niemals hätte ein Dämon die Heilige Halle so mühelos betreten können. Dies hier entstammte einer anderen Quelle, einer Macht, die den Gott überlistete, indem sie seine eigene Schöpfung, das Felsgestein, für ihre Zwecke benutzte.

Eine Macht, die den Gott selbst hinters Licht führen kann? Saggasch fühlte sich bei diesem Gedanken elend und schwach. Dass sich die steinernen Arme zu tödlichen Schwingern hoben, hatte jede Bedeutung für ihn verloren. Er war besiegt. Angrosch hatte ihm keinen Weg gezeigt, die ihm Anvertrauten zu retten. Wozu sein armseliges Leben noch ein paar schmerzliche Augenblicke verlängern? Seine Lebensflamme würde verlöschen und die Ewige Flamme dieses Tempels, die er in seiner Hand hielt, mit ihr.

Die Vorstellung zuckte wie ein greller Blitz durch seinen gelähmten Geist und zerfetzte den schwermütigen Gedanken daran, aufzugeben. Die Ewige Flamme ausgehen zu lassen, war für einen Geweihten ein unverzeihlicher Frevel, den Angrosch ihm niemals vergeben würde. Saggasch erwachte aus seiner Erstarrung, gerade als Muramil ihn nach hinten riss.

Aurax Sohn des Artosch stellte sich schützend vor seine Frau Dorame, die mit einem erschrockenen Keuchen zurückwich, als der Elementar vor ihnen emporwuchs. *Wo sind die Jungs?*, fragte sich der tapfere Angroscho und hielt ängstlich nach den dunkelgrauen Schöpfen seiner kleinen Söhne Ausschau, die er bei Dorida entdeckte. Die sonst so furchtlosen Vierlinge kauerten sich mit weit aufgerissenen Augen hinter ihre Großmutter, die sich mit ihrer Axt breitbeinig vor ihnen aufbaute.

»Dorida!«, rief Aurax, doch seine Stimme ging im Lärm der polternd herumgeworfenen Tische, der kreischenden Zwerge und dem dumpfen Rumpeln des sich bewegenden Gesteins unter. »Dorida!«, brüllte er noch einmal.

»Was?«, bellte die Schmiedin zurück.

»Du kannst sie nicht beschützen. Sie sollen weglaufen! Weglaufen und sich verstecken!«, forderte Aurax.

Mit einem abschätzenden Blick zu dem nur angedeuteten Gesicht des Elementars nickte Dorida. Sie wandte sich nach den verängstigten Kindern um und sprach auf sie ein. Zunächst rührten sich Aurax' Söhne nicht, doch dann sausten sie so plötzlich los, dass ihr Vater sie nicht alle im

Auge behalten konnte. Die beiden mit den helleren Haaren verschwanden hinter dem Ungetüm, wo die Verwundeten lagen. Aurax hätte sich ohrfeigen mögen. *Jetzt sitzen sie in der Falle!*, schoss es ihm durch den Kopf.

Etwas prallte gegen sein Bein, und er sah auf den für gewöhnlich so vorwitzigen Auralm hinab, der Hilfe suchend zu ihm aufblickte. Die schwarzen Augen wirkten zu groß in dem blassen, verstörten Gesicht.

»Auralm, wo ist dein *Rogar*[16]?«, verlangte Aurax rasch zu wissen.

»Hier«, rief Dorame und deutete auf die kleine Gestalt, die sich zwischen sie und die Tempelwand presste.

»Ihr dürft hier nicht bleiben,« erklärte Aurax streng. »Lauft weg, so weit ihr könnt!« Er blickte immer wieder hektisch zu dem Elementar hinüber, der die Arme zum Schlag erhoben hatte und den erstarrten Geweihten fixierte. »Auralm, mach endlich!«, fuhr er seinen Sohn an. »Versteckt euch!«

Widerwillig löste sich der Junge vom Bein seines Vaters und ergriff seinen Bruder am Handgelenk.

»Tut, was er sagt!«, bestärkte Dorame die beiden, obwohl sie selbst bleich und verzweifelt aussah.

Es erleichterte Aurax und schmerzte ihn zugleich, als sich seine Söhne ein Herz fassten und durch die Lücken zwischen den Erwachsenen Richtung Festsaal schlüpften. Er hoffte wider besseres Wissen, dass sie sich in irgendwelchen Löchern verkriechen würden, wie nur Kinder sie kannten, und dort sicher sein würden.

»Und wohin gehen wir?«, fragte Dorame.

Ihr Blick, bar jeder Hoffnung, traf Aurax, als hätte ihn jemand mit einem Speer durchbohrt. Denn er wusste keine Antwort. Es gab für sie keine Zuflucht mehr. Aber es widerstrebte ihm zutiefst, nicht bis zum letzten Moment alles zu versuchen. »Weich ihnen aus, solange du kannst!«, bat er. »Das bist du *ihr* schuldig.« Er deutete auf seine kleine

---

[16] zwergischer Ausdruck für den Seelenbruder

Tochter, die Dorame in ihren Armen barg. »Ich werde Artil und Argrim holen.«

Auch Muramil konnte im ersten Augenblick nicht fassen, dass sich dieser Stein gewordene Schrecken ausgerechnet aus dem geweihten Boden der Heiligen Halle zu erheben vermochte. Doch der Veteran hatte seine Schlachten nicht dadurch überlebt, sich lange über die Stärke des Feindes zu wundern. Als Saggasch sich nicht rührte, obwohl alle anderen zurückgewichen waren, packte Muramil ihn kurzerhand an einer Falte des Priestergewands und riss ihn nach hinten.

Der Geweihte stolperte aus der Reichweite der schweren Faust, die nur knapp an ihm vorüberpfiff. Aber die Linke des Ungeheuers war ebenfalls heran und streifte ihn am Arm, was immer noch genügte, um Saggasch weiter aus dem Gleichgewicht zu bringen. Muramil fing den taumelnden Priester auf, während der Elementargeist zu neuen Hieben ausholte.

»Leg dich mit mir an, du Missgeburt!«, gellte Jorlika, rannte unter einem der massigen Arme hinweg und schlug dem Gegner mit ihrer Axt Funken aus der Seite.

»Oder mit mir!«, rief ihr Sohn Mirtaschox und vollführte das Gleiche auf der anderen Seite.

»Und vergiss mich nicht!«, fügte sein Bruder Mirschag hinzu, bevor er zwischen Saggasch und den Elementar sprang.

»Wie wär's mit mir?«, bot Mokrima an und ließ dabei wild ihren Kriegshammer kreisen.

Muramil nutzte die Verwirrung des Gegners, um mit Saggasch, der weiterhin die Laterne mit der Ewigen Flamme umklammert hielt, am Portal in Deckung zu gehen. Neben ihm wischten zwei der kleinen Vierlinge hindurch in den Festsaal, wo Borzag, Hamax und Halbarox sich vor dem anderen Ungetüm zurückzogen, das mit der schweren Eisenstange um sich schlug und dabei Tische und Bänke zertrümmerte.

»Wo wollt ihr hin?«, rief Muramil den beiden Jungen nach, die ihn entweder nicht hörten oder nicht beachteten. Sie rannten auf den Ausgang zu, der zu ihrem Wohnbereich führte, doch noch bevor sie ihn erreicht hatten, erzitterte der Filzvorhang und ein dritter Elementar wälzte sich wie ein Bergrutsch herein.

Kreischend stoben die Kinder vor diesem neuerlichen Schrecken davon, direkt in die ausgebreiteten Arme des anderen Gegners.

Ortosch rannte – dicht gefolgt von Greifax Windmeister – den Stollen zur großen Halle hinab. Er war noch benommen von der Berührung des Eisens, aber der Geode hatte Recht behalten. Das Gefühl, dass ihm das Leben ausgesogen wurde, ließ sich unterdrücken und verschwand schließlich ganz, wenn er es einfach nicht beachtete.

Als sie aus den Werkstätten gekommen waren, hatte Ortosch in der Ferne Lärm und Geschrei gehört, woraufhin er losgelaufen war, so schnell er konnte. Jetzt näherten sie sich dem Festsaal. Ortosch erkannte bereits die eingeschlagene Tür und dahinter heftige Bewegungen, als er sich plötzlich von hinten festgehalten fühlte.

»Warte!«, befahl Greifax. »Wir können da nicht einfach hineinplatzen.«

Ortosch starrte ihn entgeistert an und wollte sich aus dem Griff des Geoden befreien. »Bist du taub?«, regte er sich auf. »Meine Sippe stirbt da drin!«

»Und wird es erst recht, wenn ich keine Zeit habe, ihnen angemessen beizustehen!«, erwiderte Greifax hart. »Sorge dafür, dass ich nicht gestört werde! Egal, wie lange es dauert!«

Er ließ von Ortosch ab, stellte sich mitten im Gang auf und hob die Arme mit geöffneten Handflächen vor sich, als hielte er eine große, bauchige Schale.

»Was hast du vor?«, wollte der Jüngere ungeduldig wissen.

»Ich beschwöre einen Elementar«, knurrte Greifax und schloss die Augen.

»Noch einen?«, schnappte Ortosch entsetzt. »Das kann doch ...«

»Halt endlich deine Klappe, bis du mehr Verstand hast als ein Wühlschrat!«, fuhr der Geode ihn an. »Je länger du mich von meiner Arbeit abhältst, desto länger stehen wir hier sinnlos herum! Also sei jetzt still und pass auf, dass mich auch sonst niemand mehr unterbricht! Schaffst du das?«

Ortosch nickte.

Greifax Windmeister senkte erneut die Lider und hüllte sich in konzentriertes Schweigen. Die Zeit dehnte sich für Ortosch ins Unendliche und dann hörte er die panischen Schreie der Kinder.

13. Kapitel

Sechs Angroschim, denn mittlerweile hatten sich auch Mokrimas Tochter Jandrascha und Ortoschs Großmutter Dorida den mutigen Herausforderern angeschlossen, standen im Halbkreis vor dem Elementar, der ihre Heilige Halle verwüstet hatte. Jeder von ihnen schwenkte seine Waffe und spie dem übermächtigen Feind Verwünschungen entgegen, um die Aufmerksamkeit auf sich zu lenken. Jeden Augenblick konnte sich der Gegner für einen von ihnen entscheiden und in dessen Richtung vorrücken, weshalb Aurax Dorame einen eindringlichen Blick zuwarf.

»Geh!«, flehte er. »Im Festsaal ist mehr Platz. Da wirst du leichter ausweichen können.«

»Angrosch mit dir!«, wünschte die Angroschna leise, bevor sie sich von seinem Anblick losriss und zum Portal eilte.

Aurax sah gerade noch rechtzeitig wieder zum Gesicht des Elementargeistes hinauf, um verwundert festzustellen, dass die leeren Augen mit dem umgebenden Grau verschwammen und nackten Fels hinterließen. Gleichzeitig wanderten die groben Schultern nach hinten, die Arme verdrehten sich. Ein entsetzter Schrei ertönte von der vermeintlichen Rückseite des Ungeheuers her, und Aurax begriff, dass sich der Elementar auf seine ganz eigene Art wehrloseren Opfern zugewandt hatte. Er blickte nun auf die Verwundeten herab, dorthin, wo Aurax auch zwei seiner Kinder wusste.

Die alte Jorlika und ihre Tochter Mokrima hatten die Lage als Erste erfasst und stürmten vor, um das Ungetüm durch Schläge in seinen Rücken dazu zu bewegen, sich gegen sie zu wehren. Doch Aurax wartete nicht ab, ob sie damit Erfolg haben würden. Er rannte an dem fluchenden Mirtaschox vorbei, hinter Dorida her, die ebenfalls die Seite des Elementars umrundete, der sich nun auf die verletzten Angroschim zuwälzte.

In der rasenden Sorge um seine beiden Söhne erkannte Aurax in dem Gedränge liegender, gebeugter und hektisch agierender Leiber keine Gesichter. Er rempelte jemanden an, der einen dritten stützte, duckte sich unter einer zuschlagenden Riesenfaust weg, sah, wie sein Sohn Argrim ihm an der starken Hand Doridas entgegengeschliffen wurde. Aber wo steckte Artil?

Halb strauchelte, halb sprang er über einen Bewusstlosen, zog irgendein weinendes Mädchen mit sich zu Boden, als eine getroffene Angroschna gegen die Wand geschmettert wurde, und rappelte sich wieder auf. Da! Ein grauer Schopf lugte hinter dem Altaramboss hervor. Aurax stürzte darauf zu. Zornig schreiende Angroschax stürmten an ihm vorüber, um sich zwischen den Feind und die Verwundeten zu werfen. Der Boden unter seinen Füßen erbebte und der Altar begann zu wanken.

»Nein!«, schrie Muramil, als die kleinen Zwillinge Auralm und Aurelosch angesichts des dritten Elementars kehrtmachten und kreischend zwischen die zum guten Teil zertrümmerten Tische, Stühle und Bänke des Festsaals flohen, wo die armdicke Eisenstange als Verlängerung des anderen Ungetüms auf sie niederfuhr.

»Du feiges Scheusal!«, brüllte Borzag mit so wutverzerrter Miene, dass niemand geglaubt hätte, dass er für gewöhnlich friedlich der Pilzzucht nachging. Der blondbärtige Angroscho schleuderte seine Axt nach dem Gegner, doch die Waffe prallte nutzlos an dem Felsrumpf ab und verschwand wie die Kinder zwischen der verwüsteten Einrichtung.

Muramil zögerte nicht länger. Den Lindwurmschläger bereits zum Hieb erhoben, humpelte er unter dem Portal

hervor, aber diesmal war es der Priester, der ihn zurückhielt.

»Ältester, hüte du die Ewige Flamme!«, forderte Saggasch
und drückte Muramil die Laterne in die freie Hand. »Diese Aufgabe erfordert flinkere Füße als die deinen.«

Damit eilte er auf den Bereich zwischen den beiden Elementargeistern zu, der sich Drom für Drom verkleinerte.
Auch die anderen drei Angroschim rückten wieder vor,
doch ihr Gegner schwang die Eisenstange in weitem Bogen nach ihnen, sodass sie sich zu Boden werfen und außer Reichweite rollen mussten.

Neben Muramil erschien Dorame mit ihrer kleinen Tochter auf dem Arm, gerade als der dunkle Kopf eines ihrer
Söhne unter einer zerbrochenen Bank auftauchte. Über
ihm ragte der Elementar auf, der nach dem nächsten Opfer auspähte und ihn dabei offenbar nicht sehen konnte,
doch er hatte Saggasch entdeckt, dem er sich nun näherte.
Der kleine Junge befand sich direkt dazwischen.

»Aurelosch!«, schrie Dorame und drohte, sich und Doresche in den sicheren Tod zu stürzen, um ihn zu retten.

Muramil versperrte ihr mit ausgebreiteten Armen den
Weg, da er keine Hand frei hatte, um die Angroschna fest-
zuhalten. »Sei vernünftig, Dorame!«, herrschte er sie an.
»Bring Doresche in Sicherheit!«

»Es gibt keine Sicherheit mehr und das weißt du!«, gab
die Zwergin schrill zurück.

»Saggasch wird deinen Sohn holen«, behauptete Muramil und warf einen Blick über die Schulter, um sich selbst
von seinen Worten zu überzeugen, aber alles, was er sah,
war die hereinbrechende Katastrophe. Der Elementar
drosch mit seinem verlängerten Arm nach dem Priester,
wobei noch mehr Teile der einstigen Barrikade zerschla-
gen wurden, während der dritte Gegner Saggasch fast erreicht hatte.

Plötzlich erregte eine neue Bewegung die Aufmerksamkeit des Ältesten, sodass er gänzlich herumfuhr und die

Angroschna nur noch halbherzig zurückhielt. Doch auch Dorame hatte das Unglaubliche entdeckt, das sie nun mit offenem Mund anstarrte, während sie instinktiv die wimmernde Doresche wiegte. Durch die Tür des Festsaals, von der nur noch Trümmer in den Angeln hingen, sauste eine deckenhohe Windhose herein. Möbelteile in alle Richtungen schleudernd, sodass die Zwerge unwillkürlich in Deckung gingen, fegte sie mit rasanter Geschwindigkeit auf den Elementar zu, der sich ihr am nächsten befand.

Sobald der äußerste Rand der wirbelnden Luft die Felsgestalt berührte, hielt das Ungeheuer inne, was Saggasch Gelegenheit verschaffte, endlich auf den Gegner in seinem Rücken zu achten, der bereits die Faust nach ihm schwang. Der Geweihte wich dem Hieb aus, fiel dabei in die herumliegenden Trümmer und kroch auf allen vieren hektisch weiter.

»Pass auf die Stange auf, Saggasch!«, rief Muramil, denn der andere Elementar teilte wieder Schläge mit seinem Eisenarm aus. Doch er zielte damit nicht auf den Priester, sondern versuchte, den Wirbelsturm zu treffen, der sich als schwirrende Wolke um ihn gelegt hatte. Wie Wasser teilte sich die verdichtete Luft, die nur deshalb sichtbar war, weil sie Gesteinsstaub und Holzsplitter vom Boden enthielt, umfloss spiralig den Rumpf des Ungetüms und hüllte es bald vollständig ein. Nur die Felsarme stießen immer wieder abwehrend und zuschlagend aus der Windhose hervor.

Saggasch robbte schneller voran, warf abwechselnd Blicke nach oben und hinter sich, während der kleine Aurelosch ihm bereits die Hände entgegenstreckte. Endlich kam er wieder auf die Füße, wollte vor dem nächsten Hieb seines Verfolgers zur Seite springen und blieb mit dem Ärmel an einem zersplitterten Tischbein hängen.

Ortosch folgte staunend der aus dem Nichts erstandenen Windhose und dem Geoden, der endlich aus seiner Versunkenheit erwacht war. »Was ist das?«, erkundigte er sich, als er Greifax überholte.

»Ein Luftelementar, was sonst?«, antwortete der Geode gereizt.

»Aber wie kann uns Luft gegen Felsgestein helfen?«, zweifelte Ortosch.

»Das muss sie selbst wissen«, schnappte Greifax.

Sie rannten durch die eingeschlagene Tür und fanden sich in den Überresten der Barrikade wieder. Vor Ortosch krabbelte sein kleiner Cousin Auralm unter einem Stuhl hervor, huschte über die Schneise, die die Elementare hinterlassen hatten, und verschwand auf der anderen Seite hinter einem umgestürzten Tisch. Greifax' kleiner Wirbelsturm legte sich um eines der Ungetüme, das damit wenigstens von Ortoschs Verwandten abgelenkt erschien.

Ortosch entdeckte hinter den anderen Angroschim Muramil und Dorame unter dem Tempelportal, aber sie hatten ihn noch nicht gesehen, sondern starrten auf etwas, das sich hinter den beiden ringenden Elementaren befand.

»Wir brauchen besseren Überblick«, erklärte Greifax, während er bereits auf den Eingang zur Heiligen Halle zuhielt.

Sie bahnten sich ihren Weg zwischen den Trümmern hindurch, was endlich einem der anderen Zwerge ins Auge fiel.

»Ortosch!«, rief Borzag überrascht. »Wen hast ...?«

»Später!«, unterbrach der Geode ihn barsch und eilte an ihm vorbei.

»Später«, wiederholte Ortosch entschuldigend im Vorbeilaufen, denn auch er hatte nun die Schreie aus der Heiligen Halle gehört.

Paroscha Tochter der Andele blickte von Grauen geschüttelt zu dem klobigen Felskopf hinauf, der plötzlich Augen bekommen hatte, mit denen er prüfend die Verwundeten und jene, die ihnen beistanden, musterte.

»Hebt euren Vater auf, Mädchen! Schnell!«, drängte ihre Mutter. »Ihr müsst ihn hier wegtragen!« Andele selbst stellte sich mit ihrem Sehnenschneider, der Paroscha angesichts des enormen Gegners lächerlich winzig erschien, zwischen ihre Töchter und den heranwalzenden Elementar.

Paroscha griff dem bewusstlosen Harbosch unter die Schultern, während ihre kleine Schwester Himela ihn bei den Knöcheln packte, um anzuheben. Doch das hatte nur den Effekt, dass seine Beine hochklappten, während die Hüfte am Boden blieb.

»Los, Himela, du musst ihn hochheben!«, schrie Paroscha, die am Oberkörper ihres deutlich schwereren Vaters zerrte und sich vergeblich mühte, sein volles Gewicht allein zu stemmen. Die noch schmalere Himela hievte panisch Harboschs Beine herum, ohne den geringsten Erfolg. Tränen der Verzweiflung rannen über ihr verängstigtes Gesicht.

Bevor Paroscha recht wusste, was geschah, tauchte Ortoschs Onkel Aurax hinter ihrer Schwester auf. Er warf sich mit dem erschreckt aufkreischenden Mädchen neben den Verwundeten, als ihre Mutter auch schon über die Stelle hinwegflog und gegen die Tempelwand prallte, an deren Fuß sie liegen blieb. Aurax stürzte an Paroscha vorbei weiter, die den Blick nicht von ihrer reglosen Mutter abwenden konnte, bis die sich aufrichtende Himela ihr die Sicht versperrte.

Die braunen Augen ihrer Schwester weiteten sich, und es war bloßer Instinkt, dass sich Paroscha daraufhin vornüber fallen ließ, da sie bereits über ihren Vater gebeugt stand. Der Hieb des Elementars zischte so knapp über sie hinweg, dass der Luftzug ihre Wange streifte. Himela sank rechtzeitig nach hinten, um ebenfalls nicht getroffen zu werden. Sie starrte flehentlich ihre große Schwester an, die wiederum Hilfe suchend nach den anderen Angroschim Ausschau hielt. Aber Gandrog humpelte gerade mit seinem gebrochenen Bein und auf seinen Bruder gestützt um die Flanke des Elementars, sodass nur noch der ohnmächtige Baschurr auf dieser Seite der Heiligen Halle verblieben war.

Paroscha schloss besiegt die Augen. Doch in diesem Moment wurden Stiefeltritte und Geschrei hinter ihr laut. Gleich drei waffenschwingende Angroschax kamen unter dem Arm des Feindes hervorgestürmt und verteilten sich vor den Verwundeten. Der Boden unter ihnen bebte auf einmal, sodass sie um ihr Gleichgewicht kämpfen mussten, während der Elementar nach ihnen schlug.

Er bekam Mokrimas Kriegshammer zu fassen und hob ihn mitsamt der Angroschna empor, um mit der anderen Hand nach ihr zu greifen, aber Mokrima ließ sich bereits fallen. Sie landete unsanft auf dem sich aufwerfenden Untergrund, wo sie keinen Halt fand und stürzte. »Lauft, Mädchen!«, keuchte sie.

Paroscha brachte es jedoch nicht übers Herz, ihre wehrlosen Eltern einfach liegen zu lassen. Sie schlang erneut die Arme unter den Schultern ihres Vaters hindurch und hob an. »Himela, hilf mir!«, schrie sie ihre Schwester an. »Wir ziehen ihn weg!«

Plötzlich war Aurax wieder an ihrer Seite und packte mit an. Gemeinsam schleiften sie Harbosch am Altar vorbei zur anderen Seite des Tempels, wo der Boden seltsamerweise vollkommen ruhig dalag.

»Bleib bei ihm!«, wies Aurax Himela an, bevor er – Paroscha dicht auf seinen Fersen – zurücklief.

Wo die Verwundeten lagen, bebte die Halle noch immer. Paroscha sah die Faust des Elementars auf den bewusstlosen Baschurr niederfahren, den die alte Jorlika und ihr ebenfalls herbeigeeilter Sohn Mirtaschox gerade noch wegzogen, sodass die steinerne Hand in die Fliesen krachte.

Doch da ihnen nach hinten Platz gefehlt hatte, war ihnen nichts anderes übrig geblieben, als Baschurr näher an den Elementar heranzuzerren, weshalb sie sich nun alle drei in seiner Reichweite befanden.

Dieses Mal musste ihr Gegner nicht erst überlegen. Als er die Hand zurückzog, war Jorlika im Weg. Die steinerne Pranke schloss sich um den Arm der alten Zwergin.

Saggasch fühlte sich an seiner rechten Seite zurückgerissen, was ihn mit seinem eigenen Schwung rechtsherum um das in die Luft ragende Tischbein schleuderte, während dort, wo er sich eben noch befunden hatte, der Hieb des Elementars wie ein mächtiger Hammerschlag niederkrachte. Der Geweihte rupfte gewaltsam die aufgespießte Stofffalte von den Splittern und rannte weiter. Er bückte sich, um den kleinen Jungen bei den Händen zu fassen und aus seinem Versteck zu ziehen, als es über ihm einen metallischen Knall gab.

Wie von selbst blickte er nach oben und hob gleichzeitig Aurelosch hoch, der seine Arme so fest um Saggaschs Hals schlang, dass er den Geweihten würgte. Über ihnen hatte das blindlings nach dem Luftelementar um sich schlagende Monstrum mit der Eisenstange den anderen Erzelementargeist getroffen, dessen Arm unter der Wucht des Aufpralls gesprungen war. Die abgebrochene Faust landete wie gewöhnlicher Fels in den Holztrümmern, aber aus dem verstümmelten Arm des Ungeheuers wuchs bereits eine neue Hand.

Für einen Augenblick hatte Saggasch gehofft, sein Gegner würde nun den eigenen Verbündeten angreifen, doch der Elementar sah bereits wieder ihn an. Der Priester versuchte, die schmerzhafte Umklammerung des Jungen auszublenden, und stolperte mit seiner kostbaren Last durch die herumliegenden Möbel weiter.

Im Eingang zum Tempel kam Ortosch seine Großmutter Dorida mit einem weiteren seiner vier Vettern entgegen. In ihrem besorgten Gesicht leuchtete ein Strahlen auf, als sie ihn entdeckte.

»Du hast es geschafft!«, freute sie sich. Offenbar glaubte sie bei Greifax' Anblick, ihr Enkel sei mit Verstärkung zurückgekehrt.

Ortosch, der gegen den Geoden stieß, weil jener abrupt wieder stehen geblieben war, war jedoch nicht nach Jubel zu Mute. »Geht irgendwo in Deckung!«, riet er hektisch. »Für Erklärungen ist jetzt keine Zeit.«

»Das weiß ich doch!«, schnaubte die Schmiedin und lief mit dem kleinen Jungen weiter.

Erst jetzt konnte Ortosch mehr als einen flüchtigen Blick in die Heilige Halle werfen. Er erkannte den Tempel kaum wieder. Der einst so schöne, gefliese Boden glich größtenteils einem umgepflügten Acker. Die achteckige Esse war verschwunden, und dafür nahm ein weiterer der ungeschlachten Erzelementare, der ihnen scheinbar den Rücken zuwandte, die Mitte des Raums ein. Ortosch wusste plötzlich, dass sich jenseits der breiten Gestalt die Verwundeten und Paroscha befanden, was den furchtsamen und wütenden Schreien für ihn eine neue Bedeutung verlieh.

Greifax machte noch einen Schritt ins Innere des Tempels, bevor er Ortosch scharf ins Auge fasste. »Ich muss mich jetzt auf dich verlassen«, mahnte er.

»Aber wir haben nicht so viel Zeit!«, widersprach der Jungzwerg.

»Es wird dieses Mal schneller gehen, aber vergiss nicht: Wenn ich sterbe, bedeutet das für alle den sicheren Tod!«, stellte der Geode klar.

Ortosch schluckte. Greifax wandte sich ihrem Gegner zu, fuhr mit der Linken durch die Luft, als wolle er etwas schöpfen, und wies dann mit der Rechten auf den Elementar. Wie der Geode auf so sanfte Weise die Lider senken und im Angesicht des Schreckens so ruhig verharren konnte, war für Ortosch unbegreiflich.

Was treibt er nur?, fragte sich der jüngere Zwerg. *Es passiert rein gar nichts.*

Er entdeckte Paroscha und ihre Schwester, wie sie mit Aurax' Hilfe ihren Vater von dem Ungeheuer wegschleiften, und war ein wenig erleichtert. Doch anstatt den Tempel zu verlassen, legten sie Harbosch nur an der gegenüberliegenden Wand ab, um sogleich zurück in die Reichweite des Elementars zu laufen. Ortosch wollte »Nein!« schreien, aber er erinnerte sich rechtzeitig, dass er damit Greifax nur vom Zaubern abgehalten hätte.

Ängstlich verfolgte er, wie Paroscha und Aurax wieder hinter dem wuchtigen Feind verschwanden. Ortoschs Innerstes schrie danach, endlich etwas unternehmen zu dürfen, während seine Füße wie festgewurzelt standen. Auf Greifax' Stirn erschienen Schweißperlen. Ortoschs Blick folgte der Richtung, die die angespannte Hand des Geoden wies. Plötzlich löste sich ein scharfkantiger Splitter aus dem steinernen Rumpf des Gegners, dann noch einer und noch einer. Ein Ruck ging durch den Elementar. Aus dem vermeintlichen Hinterkopf starrten mit einem Mal Augen auf Ortosch und Greifax herab. Das Ungetüm schwenkte seine Arme, um sie nach der unerwarteten Bedrohung auszurichten, wobei die eben noch festgehaltene Jorlika fortgeschleudert wurde und quer durch den Raum taumelte, bis sie an der Tempelwand wieder Halt fand.

Immer mehr kleine Gesteinsbrocken spritzten als gefährliche Geschosse nach allen Seiten, während sich das Monstrum auf den Geoden zuwälzte. Ortosch dämmerte, dass es nun an ihm war, den Elementar von Greifax abzulenken. Aber wie?

Ob es nun Drachenkraft oder die Erdkraft der Geoden ist, die in mir wirkt, ich bin auch ein Zauberer, sagte er sich. *Sollen es ruhig alle wissen, wenn es uns jetzt hilft!*

Er lief weiter in die Heilige Halle hinein und baute sich vor dem nahenden Gegner auf, sorgsam darauf bedacht, nicht in die direkte Linie zwischen Greifax und dem Elementar zu geraten. Da ihm nichts Besseres einfiel, ahmte er die Pose des Geoden nach, zwang sich, die Augen zu schließen, und konzentrierte sich auf das Bild seiner Flammenwand.

Damit habe ich dich schon einmal aufgehalten, erklärte er seinem Widersacher im Stillen. Er beschwor die Erinnerung daran, sah das Feuer deutlich vor sich. Aber irgendetwas fehlte. Es war nur ein Bild. Keine Hitze, kein gieriges Lodern. Die Flammen hatten kein Leben, er spürte sie nicht.

Das Eisen!, schoss es ihm durch den Kopf. *Zu viel zu lange davon!*

Er riss die Augen auf, sah den Arm kommen, der ihn aus dem Weg fegte. Der Schlag traf ihn seitlich auf die Brust. Etwas knackte. Eine Woge aus Schmerz brandete auf und löschte seinen Verstand aus.

Als die Dunkelheit seine Sicht wieder freigab, fühlte er sich fliegen und prallte auch schon gegen harten Fels. Wieder drohte der Schmerz, ihn zu überwältigen, doch die Finsternis wich zurück, noch bevor sie sich gänzlich um ihn geschlossen hatte. Seine Knie waren weich, aber seltsamerweise trugen sie ihn dennoch, als er sich von der Wand abstieß, um wieder auf den Elementar zuzulaufen. Ein Hagel aus Steinsplittern empfing ihn und prasselte unablässig auf ihn ein, während er unter dem Arm des Gegners hinwegtauchte, um seine Hände auf den knirschenden, rumpelnden Rumpf zu legen.

»Ich bin ein Zauberer, und ich will, dass du anhältst!«, presste er zwischen zusammengebissenen Zähnen hervor. Das fremdartige Sein des durch Magie zum Leben erweckten Wesens floss in ihn ein, doch dieses Mal war Ortoschs Empfindung nur gedämpft. Sie überwältigte ihn nicht, wie er es erwartet hatte, und er erhielt eine Ahnung von Ewigkeit und Beharrlichkeit, wie nur Felsgestein sie haben konnte. *Genau, das ist es, was du bist, also benimm dich auch so und erstarre!*, herrschte er in Gedanken den sturen Elementargeist an.

Er wagte nicht, in dem peinigenden Schauer aus Steinsplittern die Augen zu öffnen. Das musste er auch nicht, um zu merken, dass das Ungetüm noch einmal innehielt, um sich ihm zuzuwenden. Ergeben richtete er sich auf einen weiteren, dieses Mal tödlichen Hieb ein.

»Du bekommst meinen Enkel nicht!«, rief sein Großvater plötzlich nah an Ortoschs Ohr.

Er fühlte sich gepackt und hinter den Elementar gezerrt. Der wiedererwachte Schmerz in seiner Brust ließ ihn aufkeuchen. Mirschag und Mirtaschox trugen ihn mehr, als dass er selbst rückwärts stolperte. Er war ihnen dankbar, doch nun setzte sich das Monstrum wieder in Bewegung. Es hielt noch immer auf Greifax zu.

Muramil fiel ein Stein vom Herzen, als der Geweihte den kleinen Jungen an sich drückte und mit ihm über die letzten Trümmer stieg. Auf ebenem Boden konnte Saggasch den langsamen Koloss erst einmal abhängen. Auch Ortoschs Auftauchen hatte in dem Ältesten neue Hoffnung geweckt. *Wenn der Junge wieder hereingekommen ist, scheint der Weg durch den Kaminschacht frei zu sein,* überlegte er. Aber dann fiel ihm ein, was eine solche Flucht bedeutete. Weder hätte Borzag seinen verletzten Bruder zurückgelassen, noch Dorame ihre anderen Kinder, von denen sie nicht wussten, wo sie sich befanden. *Nein, das ist keine Lösung. Ich könnte nie wieder jemandem in die Augen sehen vor Scham.*

Er drehte sich nach der Heiligen Halle um, in der er noch so viele seiner Verwandten wusste, und betrachtete den fremden Angroscho, der offenbar als Einziger mit Ortosch gekommen war.

Natürlich, bemerkte er, *in der kurzen Zeit hätte der Junge unmöglich bei Calbarog sein können.*

An der nachlässigen Kleidung und dem eigentümlichen Schnitt des grauen Bartes allein hätte Muramil den Unbekannten noch nicht als Geoden erkennen können, aber da der Angroscho offensichtlich kein Priester war und sich dennoch unbewaffnet dem Feind entgegenstellte, erriet der Älteste, dass es sich um einen Diener Sumus handelte. Er kam nicht umhin zu bewundern, mit welchem Mut der Geode dem Feind mit geschlossenen Augen trotzte.

Was auch immer der Fremde tat, es bewirkte, dass unzählige Stücke aus der wandelnden Statue brachen und in alle Richtungen sprangen, als würden Hunderte von Steinmetzen ihre Meißel an ihr erproben. Doch trotzdem war noch immer genug von dem gewaltigen Elementar übrig, um sich dem Geoden mit erhobenen Fäusten bedrohlich zu nähern. Schon flogen die ersten scharfkantigen Splitter bis unter das Portal, prasselten auf den Geoden selbst ein, dessen auf den Feind gerichtete Hand zitterte, und hinterließen blutige Schnitte.

Muramil war sich nur zu bewusst, dass in seinem Rücken ihr dritter Gegner nahte. Wenn er und die übrigen Angroschim, die sich mit ihm im Eingang des Tempels befanden, nicht zwischen den beiden Ungetümen zerrieben werden wollten, mussten sie schleunigst fliehen.

»Wir müssen hier weg!«, rief er. »Dort hinüber! In den Durchgang!« Er drängte Dorame vor sich her, die von selbst schneller lief, als der Geweihte sie mit ihrem Sohn auf den Armen überholte.

Muramil warf einen letzten Blick zurück. Der Elementar glitt weiter heran, hatte den Geoden fast erreicht. Es tat dem Ältesten Leid um ihren selbstlosen Helfer, der nun ihr unausweichliches Schicksal teilen würde, aber er konnte nichts daran ändern. Hastig hinkte er hinter den anderen her, zur Seitenwand des Festsaals, und verlor die Sicht auf das, was hinter dem Portal der Heiligen Halle vor sich ging.

Ortosch wurde von seinem Großvater gestützt, damit er seine Balance wiederfand, doch kaum stand er halbwegs sicher, befreite er sich auch schon aus dem Griff und rannte durch die Wolke schmerzhafter kleiner Geschosse wieder um den Elementar herum. Täuschte er sich, oder war der Koloss langsamer geworden?

Doch das änderte nichts daran, dass Greifax in dem Hagel von Gesteinssplittern stand und noch immer die Augen geschlossen hatte, weshalb er die Faust seines Gegners nicht kommen sah.

Ortosch japste erschrocken auf, rannte noch schneller, aber es war zu spät. Wie von einer enormen Keule traf der Hieb den Geoden am Kopf und warf ihn ein Stück durch die Luft. Im gleichen Augenblick, als Greifax Körper gegen Ortosch prallte, erstarrte auch der kräftige Arm des Ungetüms mitten in der Luft. Die letzten Felsspäne regneten herab, und zurück blieb ein aufrechter Felsblock, dessen Form vage an den Oberkörper eines Ogers erinnerte. Spalten und Risse sprangen darin auf, dann wurde es in der Heiligen Halle still.

Ortosch hatte jedoch kaum einen Blick für das Wunder, denn er war auf die Knie gesunken und stützte mit seinem Arm den leblosen Greifax im Nacken. Über der Schläfe des Geoden prangte eine große Platzwunde, aus der Bäche aus Blut über sein Gesicht und durch die Haare zu Boden rannen. Verzweifelt starrte Ortosch auf die erschlafften Züge seines gerade erst gewonnenen Gefährten herab. »Nein, nein, nein, du darfst jetzt nicht sterben!«, beschwor er ihn. »Wir hätten es doch beinahe geschafft!«

Jorlika, die ihren linken Arm mit dem rechten ruhig hielt, und Mirtaschox beugten sich zu ihnen hinab.

»Komm, Junge, wir müssen ihn nach hinten tragen!«, drängte Ortoschs Großvater. »Das andere Ungeheuer ist schon vor dem Portal!«

»Was bringt das jetzt noch?«, fuhr Ortosch schluchzend auf. »Niemand außer ihm kann sie aufhalten! Greifax, wach auf, verdammt!« Er rüttelte an dem ohnmächtigen Geoden, dessen Lider plötzlich flatterten. »Greifax!«, rief er noch einmal, hielt den Verwundeten nun jedoch wieder behutsamer.

Der Geode blickte ihn an und bewegte die Lippen. Ortosch neigte den Kopf, um ein Ohr näher an Greifax' Mund zu bringen.

»Das Eisen«, flüsterte der Geode.

»Oh!«, machte Ortosch peinlich berührt, nahm rasch den Kettenhemd bewehrten Unterarm aus Greifax' Nacken und stützte ihn stattdessen mit der Hand. Blut drohte dem Geoden ins Auge zu laufen, doch es rann bereits spärlicher.

»Wo ... ist ... der Elementar?«, brachte Greifax hervor.

Ortosch sah hinaus in den Festsaal. Noch immer wand sich die Windhose um einen der beiden Erzelementare. Die wirbelnde Luft war so angefüllt mit Staub und Steinchen, dass sie einem Sandsturm glich, der an einem Felsblock schmirgelte. Doch selbst Ortosch fiel auf, dass der Sturm an Vehemenz eingebüßt hatte. Greifax Windmeisters Kreatur drohte zu unterliegen, auch wenn nicht zu leugnen war, dass auch das steinerne Ungetüm an Masse verloren hatte. Aber all das würde jeden Augenblick hinter der breiten Gestalt verborgen sein, die das Portal schon fast gänzlich versperrte und den Boden davor erzittern ließ.

»Steht schon vor dem Eingang«, antwortete Ortosch bedrückt.

Greifax stieß ergeben die Luft aus. »Helft mir auf!«, forderte er leise und spannte den Rücken, um sich aufzurichten.

Rasch wollte Ortosch den Geoden anheben, doch ein heftiger Stich in seiner Brust setzte der Bewegung ein jähes Ende. Mirtaschox packte hastig mit an, und gemeinsam gelang es ihnen, Greifax auf die Füße zu stellen. Doch der

Geode schwankte, seine Beine gaben augenblicklich unter ihm nach, als er drohte, wieder ohnmächtig zu werden.

»Festhalten!«, schrie Jorlika.

Greifax blinzelte und sein Blick fand in die Wirklichkeit zurück. Er lehnte sich gegen Ortosch, aber mit den Händen schob er matt die anderen von sich. »Geht in Deckung!«, flüsterte er. »Schnell!«

Widerwillig zogen sich die beiden älteren Angroschim zurück, während der Elementar die Schwelle des Portals erreichte. Ortosch stützte den Geoden, doch in seinem Innern war er bereits gestorben. Nur noch ein Drumod trennte sie von ihrem Ende.

Greifax atmete tief durch. Dann sammelte er noch einmal alle verbliebene Kraft, um mit der rechten Hand in die Luft zu greifen und dem Feind etwas für Ortosch Unsichtbares entgegenzuschleudern.

Wie aus dem Nichts erhob sich ein gewaltiger Sturmwind, obwohl der Geode zusammenbrach und Ortosch vor Schmerz stöhnend mit ihm zu Boden sackte. Der heftige Windstoß fuhr fauchend durch die Hallen und steigerte sich dabei zu einem wütenden Orkan. In Ortoschs Ohren pfiff und heulte es wie von einer Horde zorniger Gespenster. Er musste die Lider gegen den Wind zusammenkneifen, um überhaupt noch etwas sehen zu können. Der Elementar rückte vom Eingang des Tempels ab und verschwand um sich schlagend in der geballten, wirbelnden Luft, die mit Staub, Steinen, Splittern und Kleinholz angereichert war. Die wilden Böen rissen an Ortoschs Haaren und Kleidern, der Lärm wuchs zu einem betäubenden Tosen an. Bierkrüge und Schüsseln, Stühle und halbe Bänke wurden wild herumgeschleudert und krachten gegen Decke und Wände des Festsaals, der sich in einen brodelnden Hexenkessel verwandelt hatte.

Ein umherfliegendes Tischbein sauste plötzlich auf die beiden Angroschim zu. Ortosch warf sich über den Geoden, um ihn mit seinem Körper abzuschirmen. Das Geschoss prallte gegen seine Schulter und landete hinter ihm klappernd am Boden. Die Arme schützend über dem Kopf verschränkt, blieb Ortosch erschöpft liegen und ließ den Zorn des Elements über sich hinwegtoben.

Doch dann, beinahe ebenso unvermittelt, wie sich der Sturm entfaltet hatte, flaute der Wind ab. Was in die Höhe gerissen worden war, polterte wieder zu Boden. Nur der Staub hing noch in der Luft. Ortosch sah auf. Greifax lag reglos halb unter ihm, aber seine Brust hob und senkte sich, wenn auch schwach.

»Was ist mit den Ungeheuern?«, erkundigte sich Jorlika und spähte um das Säulenrelief, das den Eingang des Tempels flankierte.

Erst jetzt blickte Ortosch hinaus. Von Greifax' Windhose entdeckte er keine Spur mehr. Die Erzelementare standen dagegen noch da, aber von jenem mit der Eisenstange war nur noch ein rund geschliffener Monolith übrig. Der andere ragte in der Nähe des Portals auf und wirkte wie ein Spiegelbild der Statue innerhalb des Tempels. Auf seiner Oberfläche bildeten sich Risse. Ortosch atmete auf.

»Ich glaube, sie sind tot«, sagte er. »Wenn sie überhaupt jemals richtig lebendig waren.«

14. Kapitel

»Wie können wir da sicher sein?«, wollte Jorlika besorgt wissen.

Ortosch blickte Greifax fragend an, doch der Bewusstlose konnte ihm keine Antwort geben.

»Wir müssen es wohl einfach glauben«, meinte Jorlikas Tochter Mokrima.

Damit wollte Ortosch sich jedoch nicht zufrieden geben. Er stand auf und trat an den erstarrten, von Rissen zerfurchten Elementar heran, dem er die stechenden Rippen zu verdanken hatte. Unzählige verstreute Steinsplitter knirschten unter seinen Stiefeln. Dünne goldene und silberne Adern durchzogen die massige Schulter der Statue, und von der verschwundenen geweihten Esse stammten Streifen schwarzen Basalts.

Es kostete Ortosch Überwindung, seine Hände noch einmal an das Ungetüm zu legen. Er fürchtete sich vor der Empfindung, aber noch mehr davor, dass der Kampf doch nicht zu Ende war. Seine Finger berührten die raue Oberfläche. Eine schwache Ahnung des einstigen Grauens überfiel ihn, dann war es fort. Er betastete nichts als kalten, toten Fels.

»Da ist nichts mehr«, behauptete er und bemerkte erst jetzt die verwunderten Blicke der Umstehenden.

»Das glaube ich erst, wenn ich ein Stück herausgehauen habe«, knurrte sein Großvater Mirtaschox. »Ich hole Schlägel und Eisen.« Der alte Zwerg wandte sich zum Gehen.

»Meinst du etwa, ich lasse dich allein, solange wir nicht sicher sein können?«, empörte sich Mirschag und schloss sich ihm an.

»Wartet!«, bat Muramil, der gerade im Eingang erschienen war. »Wenn ihr schon nach Hause geht, bringt Decken und Wasser mit! Wir sollten die Verwundeten nicht unnötig bewegen, und ich glaube, wir sind uns alle einig, dass es besser ist, gemeinsam hier zu lagern, wo wir zusammen sind.«

Die beiden alten Kämpen nickten und verließen die Heilige Halle, während sich die geflohenen Angroschim nach und nach alle zurück in den Festsaal wagten. Ortosch suchte mit den Augen den Tempel nach Paroscha ab, doch die junge Angroschna war über ihre verletzte, aber zumindest nicht mehr bewusstlose Mutter gebeugt und hatte keinen Blick für ihn.

»Wie es aussieht, hat unsere Sippe diesem Fremden viel zu verdanken«, sagte Muramil respektvoll und ließ sich neben dem Geoden nieder, um seine Wunde zu begutachten.

Ortosch drehte sich wieder zu ihm um.

»Angrosch sei Dank, dass er ihn uns geschickt hat. Ohne ihn wäre diese Binge heute ausgelöscht worden«, pflichtete der Geweihte dem Ältesten bei. »Ich kümmere mich um ihn. Ein wenig von Angroschs heilenden Kräften habe ich noch übrig.«

»Das ist das Mindeste, was wir für ihn tun können«, meinte Muramil. Er erhob sich und trat zu Ortosch, um ihm anerkennend auf die Schulter zu klopfen, was den Jüngeren jedoch stöhnend zusammenzucken ließ. »Verzeih mir! Aber das hast du gut gemacht, Junge. Ich bin stolz auf dich und dein Vater wäre es auch.«

»Danke, Ältester«, erwiderte Ortosch ergriffen. »Ich glaube, ich habe einfach endlich meine Bestimmung gefunden«, eröffnete er ihm. Dann legte er seinen Gürtel mit dem Lindwurmschläger ab und zog unter Schmerzen das Kettenhemd aus, um es niemals wieder zu tragen.

Unter den wachsamen Augen von Mirschag und Mirtaschox schliefen die Angroschim bis weit in den nächsten

Tag. Alle vier Söhne von Aurax und Dorame waren wohl-behalten wieder aufgetaucht – selbst Auralm, den sie erst nach einigem verzweifelten Suchen in einer Truhe wieder-gefunden hatten –, sodass auch die erleichterten Eltern zur Ruhe gekommen waren.

Nun kümmerten sich die Zwerge, vor allem Saggasch und Greifax, um die Verwundeten, so weit ihre angeschla-genen Kräfte es erlaubten. Der Geweihte schaute dem er-fahreneren Geoden dabei oft über die Schulter und lernte vor allem bei der Besänftigung von Fentoschas verwirr-tem Geist viel Neues über die Kunst des Heilens.

»Und was ist mit dir?«, erkundigte sich Greifax, als sie zur Stärkung eine Mahlzeit einlegten. Dank des heilenden Segens des Geweihten erinnerte nur noch gerötete Haut an die Platzwunde am Kopf des Geoden und trotz eines gelegentlichen Schwindelgefühls konnte er zumindest auf nichtmagische Weise bereits wieder den anderen Verwun-deten Hilfe leisten.

»Mit mir?«, fragte Saggasch verblüfft. »Mir geht es gut. Nur ein paar blaue Flecken.«

Der Geode schüttelte den Kopf. »Das meine ich nicht. Dich bedrückt doch etwas. Raus damit!«, forderte er.

»Macht es dir zu schaffen, dass ich euch mit Sumus Erd-kraft helfen musste? Ich weiß doch, wie ihr Geweihten über die Zauberei denkt.«

»Nein!«, beteuerte Saggasch. »Ich bin viel zu dankbar, um deswegen verärgert zu sein.«

»Was wurmt dich dann?«, bohrte Greifax.

Der Priester wand sich unter dem forschenden Blick, bis er sich sagte, dass er wohl kaum etwas zu verlieren hatte. »Es geht um ein Zeichen«, gab er zu.

»Mhm«, brummte der Geode nur.

»Ich hatte Angrosch um ein Zeichen gebeten, aber ich konnte nichts damit anfangen«, gestand Saggasch. »Es geht mir nicht aus dem Kopf, weil ich noch immer nicht weiß, wie es zu deuten ist.«

»Mhm«, wiederholte Greifax.

»Er hat mich einen Halsring schmieden lassen«, fuhr der Geweihte fort. »Und ich verbinde einfach nichts mit einem Halsring, das einen Sinn ergibt.«

»Hm«, machte der Geode nachdenklich und schwieg einen Moment. »Vielleicht meinte Angrosch das hier.« Er nestelte an seinem Kragen und legte einen schmalen, goldenen Reif frei, der einer Schlange nachgebildet war, die sich in den eigenen Schwanz biss.

»Ewiges Schmiedefeuer!«, hauchte Saggasch. »Aber woher hätte ich das wissen sollen?«

»Alle Geoden tragen diesen Ring«, erklärte Greifax. »Er verbindet uns fester mit der Erdkraft und kann nicht mehr abgelegt werden.«

»Wenn ich das nur geahnt hätte!«, bedauerte der Priester. Er dachte eine Weile darüber nach und meinte dann: »Aber findest du es nicht verwerflich, ausgerechnet eine Abbildung eines geschuppten Tieres um den Hals zu haben? Was ist eine Schlange schon anderes als ein Geschöpf des Drachen?«

»Ich wusste, dass du das sagen würdest«, lachte der Geode.

»Der Einbruch im Stollen ist gar nicht so großflächig, wie wir befürchtet haben«, berichtete Borzag beim Abendessen, das die Überlebenden immer noch gemeinsam im Tempel einnahmen. »Ich konnte sogar Licht durch eine Ritze schimmern sehen. Wahrscheinlich wäre der Ausgang schon in zwei Tagen freigelegt, wenn wir nur mehr Angroschim hätten, die mit anpacken.«

»Wir werden bald Hilfe bekommen«, erwiderte Muramil zuversichtlich. »Ich habe schon mit Mirtaschox und Dorida gesprochen. Sie wollen morgen zu Calbarog aufbrechen. Einem so angesehenen Paar werden sich bestimmt viele

Angroschim anschließen, um uns beim Wiederaufbau unserer Binge zur Hand zu gehen.«

»Und das haben wir wahrlich nötig, bei Angroschs Hammer!«, meinte die alte Jorlika, die einen Arm in der Schlinge trug. »Am dringlichsten müssen wir Holzstöße aufschichten, um unsere tapferen Kämpfer angemessen zu bestatten.«

»Das ist wahr«, bestätigte Saggasch. »Dafür müssen wir als erstes Sorge tragen, wenn das Tor nach draußen wieder offen ist. Ich werde morgen beginnen, die Liturgien für die Verstorbenen zu sprechen, wenn wir die Verwundeten aus der Heiligen Halle bringen können.«

»Gut, dann wissen wir ja schon, was wir morgen zu tun haben«, stellte Muramil nüchtern fest.

»Das mag sein«, ergriff Dorida das Wort. »Aber was sollen wir Calbarog sagen, wenn er fragt, was genau bei uns vorgefallen ist und wie wir sicher sein können, seine eigenen Verwandten nicht geradewegs in den Schlund des Drachen zu führen?«

Ratlosigkeit zeigte sich auf den Gesichtern der Angroschim.

»Darüber zerbreche ich mir schon den ganzen Tag den Kopf«, gab Muramil zu. »Ortosch hat mir zwar erzählt, dass unsere Gegner Wesen waren, die man Elementare nennt, doch das wird kaum geeignet sein, Calbarogs Zweifel zu beseitigen, wenn er Gefahr für seine Sippe fürchtet. Greifax Windmeister«, wandte er sich respektvoll an den Geoden.

Denn als er dessen Namen gehört hatte, war er ihm sogleich bekannt vorgekommen, und mittlerweile hatte er sich daran erinnert, dass Greifax vor einigen Jahren zu Arombolosch, dem Bergkönig von Waldwacht, gerufen worden war, um dessen rätselhafte Träume zu deuten. »Falls du uns mehr darüber sagen kannst, wäre ich dir außerordentlich dankbar. Wir alle könnten in Zukunft bestimmt besser schlafen, wenn wir eine Ahnung davon hätten, warum uns dieses entsetzliche Unglück eigentlich zugestoßen ist. Und warum es sich nicht wiederholen wird.«

Greifax nickte verständnisvoll. »Ich will euch gern alles sagen, was ich weiß«, versicherte er. »Obwohl ich über einige Zusammenhänge nur Vermutungen anstellen kann, bin ich recht sicher, dass ich die Erklärung dafür gefunden habe.«

Seine Zuhörer rückten gespannt näher. Ihre geschundenen Seelen hungerten nach einer Begründung für das unsägliche Leid, das ihnen in den letzten Tagen widerfahren war.

»Nach allem, was mir Ortosch berichtet hat, bin ich zu dem Schluss gekommen, dass wir es mit einem Schrecken aus dem Zeitalter der Drachenkriege zu tun hatten«, eröffnete der Geode ihnen und rief damit ehrfürchtiges Staunen und auch ein wenig Stolz bei den Angehörigen der Mirschag-Sippe hervor. Einem Gegner aus der ruhmreichsten Ära der zwergischen Geschichte getrotzt zu haben, ließ die beinahe erlittene Niederlage in einem neuen Licht erscheinen.

»Aus jener Zeit vor Tausenden von Jahren, als es in unserem Volk weder Geoden noch Priester gab, da wir alle Angrosch noch nahe standen wie unserem leiblichen Vater«, fuhr Greifax fort. »Damals ersann der durch unseren hartnäckigen Widerstand gedemütigte Drache, Prdrax[17], der sich selbst für einen Gott hielt, eine Waffe, um die Angroschim zu vernichten. Aus Erz und Gestein formte er die Körper neuer Kreaturen, und mit seiner magischen Drachenkraft zwang er harmlose Geister in diese Hüllen hinein, um ihnen scheinbares Leben einzuhauchen. Doch diese Wesen waren nur Sklaven seines Willens, gefangen durch Zauberkraft und zu nichts anderem geschaffen, als seine Befehle auszuführen. Und er gebot ihnen, uns zu jagen und zu töten.«

---

[17] Name der Zwerge für den Gottdrachen Pyrdacor

Tiefe Stille hatte sich über die Heilige Halle gesenkt, und so mancher warf einen heimlichen Blick auf den erstarrten Elementar, ob er sich auch wirklich nicht mehr rührte.

»In jenen Tagen wäre unser Volk beinahe ausgelöscht worden«, erzählte der Geode weiter. »Denn weder die stärksten Krieger noch die härtesten Waffen konnten den Elementargeistern etwas anhaben. Einige hatte Prdrax aus Erz geschaffen und mit scharfen Klingen versehen, andere wuchsen einfach aus dem Felsgestein. Manche, so sagt man, bestanden sogar aus purem Gold, um Angroschs Gebot zu verhöhnen, die Schätze der Erde zu schützen. Aber am heimtückischsten waren jene, die ganz nach unserem Abbild geschaffen waren und zunächst für unsereinen gehalten wurden, bevor sie aus den Schatten traten und ihre Gesichter aus Erz zeigten.«

»Wie haben unsere Ahnen überlebt?«, wollte Borzag wissen.

»Die Erdmutter Sumu hatte Mitleid mit uns und enthüllte den ersten Geoden das Wirken ihrer ureigensten Kraft«, antwortete Greifax. »Viele starben bei dem Versuch, die neu gewonnene Macht gegen die Elementare des Drachen einzusetzen, doch einigen gelangen auch Siege. Der größte Triumph aber blieb Brandan Enkel des Brogar vorbehalten, von dem ihr vielleicht schon gehört habt. Jener Anführer der Geoden vollbrachte es, einen Pakt mit dem Gebieter des Erzes selbst, dem Herrn über das Element, zu schließen. Der Herr des Erzes befreite seine Geister aus den Körpern, die Prdrax geschaffen hatte, und versiegelte alle Stollen der Angroschim, auf dass sie niemals mehr von Elementaren betreten werden konnten.«

»Aber das haben sie doch!«, warf Jorlika ein.

»Weil eure Binge nicht alt genug ist«, erklärte der Geode. »Nur jene Städte und Gänge, die zu jener Zeit bereits existierten, verfügen über diesen magischen Schutzschild. Und damit kommen wir zu dem, wovon ich glaube, das es hier geschehen ist. Als in den Tagen Brandans die alte Binge,

zu der der Kohleschacht gehörte, von Elementaren angegriffen wurde, da opferten sich mutige Angroschim, damit andere den Schacht verschließen konnten. Doch sie
hätten damit nichts erreicht, wenn ihnen nicht ein Geode
beigestanden hätte, der zwar nicht wusste, wie er die Gegner zerstören konnte, aber dem es irgendwie gelang, sie
wenigstens an diesen Ort zu bannen. Dann schloss Brandan sein Abkommen mit dem Herrn des Erzes, und selbst
als der Zauber des unbekannten Geoden mit den Jahren
verflog, waren die Elementare in den nun für sie undurchdringlichen Wänden gefangen. So überdauerten sie die
Jahrtausende, denn die Zeit kann ihnen so wenig anhaben wie dem Fels selbst. Erst als ihr ihnen aus Unwissen-
heit einen Ausgang geöffnet habt, wurden sie wieder befreit.«

Die Angroschim schwiegen betroffen, und Greifax schlug
die Augen nieder, um deutlich zu machen, dass seine Erzählung beendet war.

»Armer Fadrim«, sagte Dorida schließlich. »Er hat es
immer nur gut gemeint. Fast müssen wir froh sein, dass er
nicht mehr unter uns ist. Dieses ganze Unheil ausgelöst
zu haben! Das hätte er sich niemals verzeihen können.«

Ihre Verwandten nickten bekümmert dazu.

»Wie können wir jetzt wirklich sicher sein, dass es nicht
mehr als drei von diesen Ungeheuern gibt?«, fragte Mirtaschox skeptisch.

»Streng genommen können wir das nicht«, gab der Geode zu. »Aber ich halte es für unwahrscheinlich.« Er bemerkte die aufkommende Unruhe unter seinen Zuhörern
und hob begütigend die Hand. »Trotzdem werde ich noch
ein paar Tage hier bleiben, für den Fall, dass sich doch noch
ein Nachzügler zeigt.«

»Das ist sehr freundlich von dir«, dankte ihm Muramil.

»Hm«, brummte Greifax. »Was hätte es genutzt, eure
Leben zu retten, wenn ich sie dann leichtfertig verspielte?
Das wäre nicht in Sumus Sinn. Hm. Und außerdem muss

ich mich einfach noch eine Weile erholen, bevor ich weiter-
reisen kann.«

Ortosch fühlte sich nackt, als er ohne Helm und Kettenhemd hinter Greifax Windmeister den Steg vor der Binge
überquerte. Die Sonne strahlte in einer ersten Andeutung
des Sommers vom leer gefegten, blauen Himmel herab
und entlockte dem Geoden damit ein zufriedenes Lächeln,
während Ortosch krampfhaft seinen Drang unterdrückte, heimlich nach den Drachen auszuspähen, an die er sich
noch lebhaft aus seinem Traum erinnerte.

Der Abschied von seiner Familie war ihm unerwartet
schwer gefallen. Auch wenn er sich immer als nur gedul-
deten Außenseiter empfunden hatte, wusste er im Grunde seines Herzens doch, dass sie ihn alle liebten, und er
bereitete ihnen ungern so viel Kummer. Vor allem seine
Großmutter hatte Tränen vergossen, die ihm in der Seele
wehtaten, aber sein Entschluss stand fest. Er musste Geode
werden. Einen anderen Weg konnte es für ihn nicht geben.

Er schritt freier aus, den Blick auf Greifax' Rücken gehef-
tet, um weniger in Versuchung zu geraten, zum beängstigenden Himmel hinaufzuschielen, als Paroscha aus einer
der Hütten trat, in denen sich die Schmelzöfen befanden.
Der Geode nickte dem Mädchen zu, ohne anzuhalten, und
murmelte etwas in seinen Bart. Paroscha lächelte ihm nur
flüchtig zu, dann sah sie Ortosch an. Der Jungzwerg wurde
nervös, obwohl er darauf gehofft hatte, sie hier draußen
noch einmal zu treffen. Paroscha, die keine Furcht vor der
sonnigen Außenwelt kannte. Er blieb stehen und ließ sie
herankommen.

»Eigentlich wollte ich ihm ja noch danken«, behauptete
das Mädchen und deutete mit dem Blick hinter Greifax
Windmeister her, der zügig weitermarschiert war. »Aber

ich glaube, er möchte das gar nicht. Er ist sehr seltsam, nicht wahr?«

»Und ob«, erwiderte Ortosch froh über das unverfängliche Thema. »Die meiste Zeit habe ich das Gefühl, er hört mir überhaupt nicht zu. Und dann weiß er doch alles, was ich gesagt habe.«

Sie lächelten sich verlegen an.

»Na, wenigstens kann ich dir danken«, meinte Paroscha. »Wie du dich dem Ungeheuer entgegengestellt hast, das war sehr tapfer ... und ein bisschen verrückt.« Sie grinste.

Ortosch errötete. »Ein bisschen verrückt war ich wohl schon immer, was?«, gab er schmunzelnd zurück.

Paroscha nickte. »Und jetzt gehst du mit ihm weg«, stellte sie fest. »Wird er dein Lehrer?«

Ortosch zuckte die Achseln. »Das weiß ich noch nicht. Er wohl auch nicht. Er sagt, es wäre sinnvoller, wenn ich von einem Meister lerne, der auch dem Feuer nahe steht. So wie ich«, erklärte er. »Außerdem meint er, er habe gar keine Zeit für einen Schüler, weil in der Welt da draußen irgendwelche großen Dinge vor sich gehen, über die er besorgt ist. Unser Unglück hier sei nur eine Art Vorbote gewesen für das, was noch kommen wird. Aber bei ihm weiß man nie. Vielleicht überlegt er es sich gerade schon wieder anders.«

»Du wirst nicht zurückkommen, oder?«, fragte sie geradeheraus.

»Ihr seid meine Sippe«, widersprach Ortosch. »Wie könnte ich nicht zurückkommen?«

»Aber die Geoden leben nicht bei ihren Familien im Berg«, erinnerte ihn Paroscha. »Sie wohnen dort, wo sie Sumu näher sind.«

Darauf wusste Ortosch keine Antwort. Stattdessen zog er Murtorogs Lindwurmschläger aus der Halterung am Gürtel und reichte ihn Paroscha. »Ich hatte gehofft, dich zu treffen«, gestand er. »Ich möchte, dass du ihn für mich aufbewahrst.«

Das Mädchen nahm ergriffen das alte Erbstück entgegen. »Er wird bei mir in guten Händen sein«, versprach sie. Sie beugte sich vor und drückte Ortosch einen hastigen Kuss auf die Wange, bevor sie zurückwich. »Hoscha reworim[18], Ortosch!«, hauchte sie.

»Hoscha reworim, Paroscha!« Er sah ihr nach, wie sie zur Binge davonlief, bis sie im Schatten des Tores verschwunden war. Erst dann setzte er seinen Weg fort und beeilte sich, um Greifax Windmeister wieder einzuholen.

Der Geode hatte den Ausgang des langen, schmalen Tals bereits erreicht, als Ortosch zu ihm aufschloss. Seine Vertraute, Kriag, kreiste hoch über den Köpfen der beiden Angroschim und schenkte dem jüngeren das beruhigende Gefühl, dass zumindest jemand über ihnen wachte und den Himmel im Auge behielt.

»Werde ich auch einen Sturmfalken bekommen?«, wollte er wissen.

»Hm«, machte Greifax. »Da du dem Feuer so zugetan bist, wäre meiner Ansicht nach ein kleiner Meckerdrache das Richtige für dich. Hilft ungemein beim Zündeln.«

Ortosch starrte den Geoden entsetzt an, der ihn einige Schritte schmoren ließ, bevor er sich schmunzelnd nach ihm umwandte.

»Das war ein Scherz«, stellte Greifax klar. »Ich reite doch auch keinen Westwinddrachen. Obwohl mich das wirklich einmal reizen würde ...«

Das kann ja heiter werden, dachte Ortosch kopfschüttelnd und stapfte ergeben hinter dem Geoden her. *Und ich hab mich immer für verrückt gehalten!*

---

[18] zwergischer Abschiedsgruß (»Hundert Jahre«), der bedeutet, dass man sich hoffentlich spätestens in Hundert Jahren wieder sehen wird

Längenmaße

1 Rim (›Nut‹) = etwa 0,4 cm
1 Drom (›Stiefel‹) = etwa 0,28 m
1 Drumod (›Stütz‹) = 6 Dromim = etwa 1,7 m
1 Drasch (›Schacht‹) = 4 Drumodim = etwa 6,7 m
1 Dumad (›Gesenk‹) = 11 Draschim = etwa 74 m
1 Dorgrosch (›Schlund‹) = 16 Dumadim = etwa 1.180 m
1 Pakasch (›Stieg‹) = etwa 25 km

Begriffe

Algoram, Feuertempel: *bedeutender Angrosch-Tempel der Zwerge*
Die Säulen und Wände des Feuertempels von Algoram sind mit poliertem Kupfer verkleidet, in welchem sich die Flammen des heiligen Feuers tausendfach widerspiegeln. Der Tempel ist Bestandteil von **Tosch Mur**. Bergkönig Arombolosch Sohn des Agam und Hochgeweihter des Angrosch führt persönlich die Zeremonien in diesem Tempel durch.

Amboss: *Gebirgszug in Mittelaventurien*
Das Ambossgebirge, Urheimat der Ambosszwerge, bildet den östlichen Ausläufer des **Eisenwald**es. Das Gebirgsinnere ist wild und zerklüftet und ragt bis zu 4.000 Meter hoch auf. Es wird im Wesentlichen seit über 6.000 Jahren nur von Zwergen besiedelt. Lediglich an den Rändern findet man kleinere Siedlungen der Menschen. Der Amboss ist reich an Kupfervorkommen und Eisenerz.

Angramrunen: *Bezeichnung der Schriftzeichen der alten zwergischen Sprache*

Angram oder *Alt-Zwergisch* ist eine Jahrtausende alte Sprache, die heute nur noch von den **Angrosch**priestern verwendet wird. Die komplizierten Schriftzeichen sind sehr bildhaft. Der Entzifferung ihrer Bedeutung widmen manche Priester ihr ganzes Leben. Die Angramrunen sollen direkt nach dem Willen Angroschs geschaffen worden sein, um alle kulturellen Errungenschaften vor dem Verlust im Kampf gegen die Drachen zu bewahren. Seit ca. 4.500 Jahren hat sich *Rogolan* als einheitliche Schriftsprache der Zwerge durchgesetzt. Seine Schriftzeichen beinhalten weder Schleifen, Bögen noch waagrechte Linien, um sie einfach und gut lesbar in Stein meißeln zu können.

Angrosch: *Gott und Schöpfer der Zwerge*
Während die Menschen Angrosch als Ingerimm, den Gott des Feuers und Handwerks, als Bestandteil ihres Zwölfgötterglaubens verehren, ist für die Zwerge Angrosch alleiniger Gott und Schöpfer und wird als ihr Stammvater betrachtet. Zwischen den verschiedenen Zwergenvölkern variiert allerdings das Gottesbild von streng und kritisch bis gütig und wohlwollend.

Angroschim: *Selbstbezeichnung der aventurischen Zwerge*
Aventurische Zwerge sehen sich als direkte Nachkommen Angroschs und als die von ihm ernannten Wächter über die Schätze der Erde, insbesondere zum Schutz vor der Gier der Drachen und **Lindwürmer**. Zwerge sind robust, kräftig und langlebig und ca. 140 cm groß. Sie sind sehr widerstandsfähig gegenüber Krankheiten, Giften und Verzauberungen. Zu den größten Volksgruppen der Zwerge gehören die Erz-, Amboss-, Hügel- und Brillantzwerge – alle äußerlich nicht unähnlich, doch sehr unterschiedlich in ihrer Lebensweise.

Angroscho: *männlicher Zwerg, Mehrzahl: Angroschim*
Während männliche Zwerge in anderen Sippen nur zu ca. 30 % als Mehrlingsgeburten zur Welt kommen, sind Mehrlinge innerhalb der Mirschag-Sippe die Regel, wo-

bei stets zwischen *einem* Bruderpaar eine ganz besondere Seelenverbindung besteht. So stellt beispielsweise der Tod eines Seelenbruders ein äußerst traumatisches Erlebnis für den anderen dar, von dessen Schock er sich oft nicht mehr vollständig erholt. Daher wird im Rahmen der **Feuertaufe** dieses Seelenband gelockert. Ganzer Stolz und Würde eines männlichen Zwergs ist sein dichter, langer Bart, der seine Chancen beim anderen Geschlecht erhöht.

Angroschna: *weiblicher Zwerg, Mehrzahl Angroschax*
Weibliche Zwerge kommen stets als Einzelgeburten zur Welt und stellen so nur ein Viertel der Zwergenbevölkerung. Daraus ergibt sich eine ganz besondere Stellung der Frau, gilt sie doch als Garant für den Fortbestand der Sippe.

BF – Bosparans Fall: *Zeitrechnung seit dem Untergang der Stadt Bosparan*
Vor 2.000 Jahren auf Geheiß des *Göttlichen Horas* erbaute Hauptstadt des *Alten Reiches* der Menschen, die vor ca. 1.000 Jahren durch ein siegreiches Heer vollkommen zerstört wurde. Das riesige Ruinenfeld südlich der heutigen Stadt *Vinsalt* kündet noch immer von der einstigen Größe dieser Stadt.

Bosparan, bosparanisch: *Hauptstadt des Alten Reiches*
Nachdem Siedler aus dem sagenumwobenen *Güldenland* vor 2.500 Jahren die Westküste *Aventuriens* erreicht hatten, wurde Bosparan unter dem *Göttlichen Horas* gegründet. Das schnell expandierende Reich soll von ihm über 500 Jahre regiert worden sein. Schon früh kam es zu Auseinandersetzungen mit den Ureinwohnern *Aventuriens*, u. A. auch mit den **Angroschim**. Dennoch konnte das Reich fast 1.500 Jahre bestehen, bevor es in der *Zweiten Dämonenschlacht* zerstört wurde, siehe auch **BF**.

Brumborim: *zwergische Bezeichnung der Hügelzwerge*
Die genaue Bezeichnung heißt eigentlich *Gorschafortbrumborim* und heißt wörtlich *Kinder des Friedens/der Ruhe.*

Hügelzwerge betreiben nicht Bergbau wie ihre Verwandten, sondern bestellen Felder und betreiben Viehzucht. Sie leben in Hügelhäusern und sind eher offenherzig, gastfreundlich und genießen üppiges Essen, ein gutes Bier oder eine Pfeife.

Dämonenmeister: *Beiname Borbarads, des einst mächtigsten Magiers Aventuriens*

Geboren wurde er vor ca. 550 Jahren und gilt als Meister der Beschwörung von Dämonen sowie als Schöpfer einer Unzahl von *Chimären* und mehrerer Dutzend Zauberformeln und magischer Rituale. Er wurde schließlich von *Rohal dem Weisen*, seinem angeblichen Zwillingsbruder, in den *Limbus* verbannt. Vor dreizehn Jahren konnte *Borbarad* aus dem *Limbus* zurückkehren. Sein dunkles Heer verwüstete weite Teile *Aventuriens*, bis er in der *Dritten* **Dämonenschlacht** besiegt werden konnte.

Dämonenschlacht: *entscheidende Schlacht gegen den Dämonenbeschwörer Borbarad*

Durch das Aufgebot eines großen Heeres von Menschen aller Völker sowie Zwergen und **Elfen** an der **Trollpforte** konnte vor sieben Jahren unter massiven Verlusten *Borbarad* endgültig vernichtet werden.

Drachenkämpfer: *Absolventen der Schule des Drachenkampfes zu Xorlosch*

Zu der Kriegerakademie *Schule des Drachenkampfes zu* **Xorlosch** werden unter strenger Auslese nur die begabtesten Kämpfer zugelassen. Die über etliche Jahre dauernde Ausbildung beinhaltet nicht nur Übungen an der Waffe, sondern umfasst auch theoretische Aspekte wie Taktik oder Physiologie des Feindes, vornehmlich der Drachen. Drachenkämpfer genießen in der Zwergengesellschaft höchstes Ansehen, aber dafür wird von ihnen erwartet, dass sie sich im Falle der Bedrohung ohne Rücksicht auf ihr eigenes Leben dem Feind entgegenstellen.

Drachenkraft: *Bezeichnung der Zwerge für Magie*

Zwerge stehen der Magie sehr misstrauisch gegenüber.

Vor allem deshalb, weil sich ihre alten Feinde, allen voran der goldene Drache Pyrdacor, dieser Drachenkraft bedienen.

Drachentöter: *berühmte Waffe der Zwerge, für den Kampf gegen Drachen entwickelt*

Der Drachentöter besteht aus einem vier Meter langen Schaft und einer rasiermesserscharfen Spitze aus speziell legiertem *Zwergenstahl*, die einen halben Meter misst. Im Kampf wird diese Waffe stets von zwei Zwergen geführt, die sich in jahrelanger Übung perfekt in der Handhabung abstimmen. Normal sterbliche Menschen werden diese geheimnisvolle Waffe kaum zu Gesicht bekommen, da sie von den Zwergen nicht verkauft und gut gehütet in ihren Arsenalen gelagert wird.

Drachenzahn: *schwerer Dolch der Zwerge*

Der Legende nach wurden die ersten Drachenzähne tatsächlich aus den Reißzähnen von Drachen gefertigt. Heute besteht die Klinge jedoch aus hochwertigem *Zwergenstahl*.

Eisenwald: *Gebirgszug in Mittelaventurien*

Die südwestlichen Ausläufer reichen bis an das *Meer der sieben Winde* zur Hafenstadt *Grangor* und im Osten erstreckt der Eisenwald sich bis zum **Amboss**gebirge. Die höchsten Gipfel erreichen fast 3.000 Meter. Seinen Namen hat der Eisenwald durch seine reichen Eisenerzvorkommen erhalten, aber auch Kupfer, Edelsteine und Steinsalz kommen in ausreichenden Mengen vor. Hier findet man auch die ältesten und ergiebigsten Eisenerzminen der Zwerge.

Elf: *hoch zivilisiertes, magiebegabtes Volk Aventuriens*

Elfen sind von schlankem Wuchs, ihre Ohren laufen spitz zu und ihre Augen sind groß sowie leicht schräg gestellt. Sie verfügen über außerordentlich scharfe Sinne und eine Naturbegabung für Magie. Ihre Lebensspanne ist höchst unterschiedlich, kann aber mehrere hundert Jahre umfassen. Ein Alterungsprozess findet nicht statt. Bis auf die *Auelfen*, leben die Elfen in der Regel recht zurückgezogen. Weitere wichtige Elfenvölker sind die *Wald-*, *Firn-* und *Steppenelfen*, die sich jeweils den natürlichen Gegebenheiten ihrer Heimat perfekt angepasst haben.

Feuertaufe: *Initiationsritus der Zwerge*

Die Feuertaufe ist das bedeutendste Ereignis im Leben eines Zwergs. Er wird hierdurch in den Kreis der Erwachsenen aufgenommen und gilt nun als vollwertiges Sippenmitglied. Diese Prüfung wird in der Regel mit dem Beginn des 35. Lebensjahres durchgeführt und beinhaltet, dass sich der Zwerg dem heiligen Feuer stellen und seine Angst überwinden muss, es für einen kurzen Moment zu berühren.

Geode: *zwergischer Zauberkundiger*

Geoden leben meist als Eremiten völlig zwergenuntypisch in mehr oder minder freier Natur. Sie haben noch vor ihrer **Feuertaufe** ihren Zwillingsbruder verloren (siehe auch **Angroscho**) und ziehen ihre Kraft direkt aus dem Erdreich. Sie verehren die Urriesin *Sumu*, die der Sage nach im Kampf mit dem Himmelsgott *Los* die Welt erschuf.

Ghul: *Leichenfresser*

Ghule sind von annähernd menschlicher Gestalt, besitzen jedoch einen vorspringenden Kiefer mit gefährlichen Reißzähnen und lange, fast bis zum Boden reichende Klauenhände. Ihre nackte Haut ist von graugrüner Farbe. Sie leben tagsüber in Grüften oder selbst gegrabenen Höhlen, um sich vor den tödlichen Sonnenstrahlen zu schützen. Nachts streifen sie auf Nahrungssuche über die Friedhöfe.

Goblin: *aventurischer Ureinwohner*

Goblins sind mit 150 cm Körpergröße kaum größer als die Zwerge. Ihr Aussehen ist affenähnlich, die Gesichtszüge sind ausgesprochen grob und durch hervorstehende Zähne geprägt. Die Nase ist breit und die Stirn fliehend. Der Körperbau ist gedrungen, die Arme wirken zu lang. Aufgrund ihres struppigen, rötlichen Fells werden sie auch *Rotpelze* genannt. Ihre Kultur ist sehr alt, gilt aber als vergleichsweise primitiv.

Ingrakuppen: *Gebirge in Mittelaventurien*
Der *Große Fluss* teilt den kleineren, nördlichen Teil, die Ingrakuppen, vom **Eisenwald**. Ihr Felsmassiv beherbergt die heilige Stadt und Urheimat aller Zwerge **Xorlosch**.

Isnalosch: *alte Hauptstadt des Königreichs der Erzzwerge im Eisenwald*
Isnalosch, oder auch die Eiserne Stadt, weil sie vollkommen aus Eisen errichtet wurde, war einst die legendäre Hauptstadt des Königreichs der *Erzzwerge*. Warum die Stadt aufgegeben wurde, ist nicht bekannt, man spricht aber von einem Fluch. Das Begehen der maroden und verrosteten Ruinen ist in heutiger Zeit aufgrund der Einsturzgefahr und der längst vergessenen Fallen nicht ungefährlich.

Khom: *große Wüste im Süden Aventuriens*
Die Wüste Khom ist von verschiedenen Gebirgszügen begrenzt und besteht sowohl aus Geröllwüsten wie auch aus Sandwüsten mit ihren typischen Dünen. Im Süden der Khom liegt ein großer Salzsee. Ganzjähriges Wachstum findet nur in den Oasen statt, die im Besitz berittener Kriegerstämme sind.

Kissenbovist: *Pilzart aus der Zucht der Zwerge*
Der Beruf des Pilzzüchters ist unter Zwergen hoch angesehen, da die verschiedenen Pilzsorten die Zwerge mit vielen teils lebenswichtigen Rohstoffen des täglichen Lebens versorgen und sie unabhängig von der Erdoberfläche machen. So spenden etliche Pilzsorten Licht, andere haben den Nährwert von Brot und Fleisch bzw. haben Materialeigenschaften von Holz, Stoff oder Leder. Der Kissenbovist zeichnet sich im Inneren durch eine faserige Struktur aus, die zum Polstern verwendet werden kann.

Lindwurm: *eigentlich Riesenlindwurm, mächtiger, magiebegabter Drache mit drei Köpfen*

Der Riesenlindwurm mag zwar nicht der klügste unter den Drachen sein, zählt aber zu den stärksten und gefährlichsten. Der grün geschuppte Leib wird von sechs Beinen getragen und misst allein bereits zehn Meter, weitere zehn Meter sein Schwanz. Er verfügt über drei, auf langen Hälsen unabhängig agierende Köpfe, die bei Bedarf nachwachsen. Seine Flügel von 16 Meter Spannweite ermöglichen ihm das Fliegen. Neben den gefährlichen Klauen und Fängen setzt er im Kampf auch Magie und Feuerodem ein. Ein Riesenlindwurm wird bis zu 2.500 Jahre alt.

Lindwurmschläger: *beliebtes, einhändig geführtes Kampfbeil der Zwerge*

Der Lindwurmschläger ist das klassische, einhändige Kampfbeil der Zwerge mit einem nach unten lang auslaufenden (›bärtigen‹) Blatt und ist speziell für den Kampf mit größeren Gegnern ausgelegt.

Madamal: *Bezeichnung des aventurischen Mondes*

Wie auf der Erde benötigt das Madamal fast genau 28 Tage für einen Durchlauf, der in vier siebentägige Phasen unterteilt wird (Phase des Kelches, des Rades, des Helmes und der Toten und *Wiedergeborenen Mada*).

Malmarzrom: *bedeutendstes Heiligtum der Zwerge von Tosch Mur*

Der Eingang zur Hammerhöhle Malmarzrom (Höhle, in der der Hammer **Angroschs** klingt) liegt oberhalb einer 600 Meter aufragenden Steilwand. Im Zentrum der Höhle befindet sich der Amboss *Angraborosch*. Etwa einmal pro Minute ist ein lauter, metallischer Schlag zu hören, der langsam abklingt. Die Legende besagt, dass dieses kreisrunde, tiefe Tal jene Stelle war, an der **Angroschs** Hammer *Malmar* aufschlug, als er auf seinem Amboss das Leben erschuf.

Meckerdrache: *auch als Taschendrache bezeichnet, kleiner, mürrischer Drache*

Diese relativ weit verbreitete Drachenart ist sehr intelligent, verfügt über Sprache und einfache Magiefähigkeiten. Die Lebenserwartung beträgt 80 Jahre. Sein nur ca. 50 cm messender Körper wird von vier Beinen getragen, sein Schwanz ist in etwa noch einmal so lang. Seine Flügel machen ihn zu einem gewandten Flieger. Der geschuppte Leib ist von graugrüner Färbung, hat aber die Eigenschaft, sich der Umgebung farblich anpassen zu können. Im Kampf setzt dieser kleine Drache Zähne, Klauen und Feuerodem effektiv ein, was ihn zu einem ernst zu nehmenden Gegner macht.

Niederhölle: *allgemeine Bezeichnung für die Heimat der Dämonen*

Im Zentrum der Niederhölle befindet sich die sogenannten *Seelenmühle*, in der die Seelen der Gottlosen und Dämonenanbeter gequält werden, bis sie ihr schließlich selbst als Dämonen entsteigen. Herrscher der Niederhölle ist der *Dämonensultan*.

Oger: *hoch gewachsene, menschenähnliche Ureinwohner Aventuriens*

Ausgewachsene Oger messen 2,60 bis 2,80 m. Ihr Körper ist massig, oft fett, von bleicher Hautfarbe und unbehaart. Ihr Wesen wird hauptsächlich vom Paarungs- und Fresstrieb beherrscht. Im Prinzip essen sie alles, Menschenfleisch scheint aber offenbar besonders schmackhaft zu sein. Sie leben in Familienverbänden in Höhlen, kommunizieren mittels einer einfachen Sprache und verwenden primitive Werkzeuge.

Ork: *menschenähnlicher Ureinwohner Aventuriens*

Die Orks bilden eines der ältesten Völker *Aventuriens*, ihr Kalender reicht 37.000 Jahre in die Vergangenheit. Orks sind im Durchschnitt einen Kopf kleiner als Menschen, aber muskulöser und kräftiger gebaut. Der Körper ist mit dichtem, dunklem Fell bedeckt, weshalb sie auch den Beinamen ›Schwarzpelz‹ tragen. Das Gesicht hingegen ist wenig behaart. Die Nase ist breit und flach und geht in eine fliehende Stirn über. Das Gebiss ist kräftig und weist im Unterkiefer vorstehende Eckzähne auf, die Ohren laufen spitz zu. Die Lebenserwartung der relativ frühreifen Orks beträgt 40 Jahre.

Pyrdacor: *einer der mächtigsten Hohen Drachen*
Pyrdacor wurde einst der Zugang zu *Alverans Hallen*, der Wohnstatt der Götter, verwehrt. So kam es vor etwa 11.000 Jahren zum ersten Drachenkrieg mit seinem Bruder *Famerlor*. Geschlagen gründete er auf dem Kontinent *Aventurien* das Echsenreich *Zze Tha* und wurde als Gottkaiser verehrt. Ca. 7.000 Jahre später wurde er im zweiten Drachenkrieg erneut besiegt und von der Welt verbannt.

Rogmarok: *hoher Ehrentitel der Zwerge*
Der Rogmarok, oder auch Bergkönig, fungiert als Schlichter und Friedensrichter und soll sein Volk in Zeiten der Not führen, besitzt aber keine Adelsprivilegien oder umfassende Befehlsgewalt, wie wir sie von Menschenkönigen kennen.

Rondrikan: *stürmischer Nordwestwind*
Dieser verheerende Sturmwind an der Westküste *Aventuriens* tritt vornehmlich im Herbst und Frühling unter Begleitung von Blitz und Hagel auf und ist wegen seiner Heftigkeit bei den Seeleuten gefürchtet.

Rotpelz: *siehe* **Goblin**

Schachtsteigerwurf: *zwergischer Bergmannsknoten, ähnlich dem irdischen Mastwurf*

Schlacht des Himmelsfeuers: *erste Auseinandersetzung der Zwerge mit Pyrdacor*
Gemäß der zwergischen Mythologie fand dieser Kampf mit 20 goldenen *Kaiserdrachen* und unzähligen Echsenwesen vor ca. 8.200 Jahren statt. Zwei der drei bedeutenden Bingen wurden ausgelöscht und eingeschmolzen, nur **Xorlosch** entging der Vernichtung. Viele tapfere Zwerge starben in der Schlacht, aber auch **Pyrdacors** Sohn fand den Tod. Daraufhin konnte ein Waffenstillstand ausgehandelt werden.

Schrat: *Gruppenbezeichnung der Schratartigen*

Zu den Schratartigen gehören unter anderem verschiedene Zweibeiner wie *Trolle*, *Waldschrate*, **Wühlschrate** und *Yetis*.

Schwarze Lande: *östliche Landesteile Aventuriens, die durch* **Borbarad** *verwüstet wurden*

Nach der Niederlage **Borbarads** ging die Macht über die Schwarzen Lande an die so genanten *Heptarchen* über, die sich teilweise untereinander bekämpfen und um die Vorherrschaft ringen. Weite Landstriche sind verwüstet, Dämonen, Skelette, Zombies und andere Monster streifen umher.

Seelenbruder: *siehe* **Angroscho**

Sehnenschneider: *zwergische Doppelblattaxt*

Der Sehnenschneider wird auch als *Zwergenskraja* bezeichnet, weil sie in der Form der *Skraja* der *Thorwaler* ähnelt. Diese traditionelle Waffe geriet etwas in Vergessenheit, erfreut sich allerdings in jüngster Zeit wieder einer vermehrten Beliebtheit unter den Zwergen.

Sippenkrieg: *Auseinandersetzung innerhalb der Sippen einer Binge oder eines Volkes*

Vor ca. 300 Jahren entbrannte zwischen der Mirschag-Sippe und ihren Nachbarsippen in der alten Heimat Tosch Mur eine Auseinandersetzung, die sogar zu Gewalttätigkeiten und schließlich dem Exodus der Mirschag-Sippe führte. Vorgeblich ging es bei diesem Streit um persönliche Freiheiten und Betretungsrechte innerhalb der Binge, aber es darf angenommen werden, dass die anderen Sippen sich in Wahrheit von der hohen Rate an Mehrlingsgeburten bedroht sahen, die auf Dauer in eine Vormachtstellung der Mirschag-Sippe gemündet hätte.

Strecke: *waagrechter Gang, in dem der Rohstoff (z. B. Eisenerz) abgebaut wird*

Im Bergbau der Angroschim wird zunächst ein senkrechter (Förder-) Schacht in die Tiefe angelegt, von welchem aus dann waagrechte Gänge in die Lagerstätte hinein vorgetrieben werden, in denen der eigentliche Abbau des Rohstoffs stattfindet.

Sumus Leib: *Bezeichnung der Welt*

Der Legende nach wurde die Urriesin *Sumu* im Kampf mit dem Himmelsgott *Los* getötet bzw. tödlich verwundet. Aus ihrem gefallenen Körper bildete sich die Welt und ihre Anhänger sagen, dass ihre Lebenskraft noch heute in allem Lebendigen fließt.

Swerkablaumeise, Swerka: *eigens gezüchtete Vogelrasse der Angroschim*

Die Swerkas wurden von den Angroschim eigens gezüchtet, um möglichst ununterbrochen zu singen. Da die Tiere bei Beunruhigung verstummen, warnen sie die Bergleute damit vor schlechter werdender Luft, bevor die Angroschim es bemerken würden. Darüber hinaus ersticken sie bei hohen Konzentrationen giftiger Gase schneller als ihre Besitzer und warnen jene dann durch ihren Tod.

Tatzelwurm: *entfernter Verwandter der Drachen*

Auch in den Adern des Tatzelwurms fließt heißes Blut, das aber im Gegensatz zu jenem der Drachen nicht kocht, sondern nur auf etwa 60 Grad kommt. Auch verfügt er weder über Flügel, noch über Feuerodem und ist nicht besonders intelligent. Er wird bis zu 200 Jahre alt. Kennzeichnend ist sein extrem faulig riechender Atem, der für empfindliche Nasen unerträglich ist. Der Körper misst vier Meter und wird von drei Beinpaaren getragen. Der Tatzelwurm lebt in Höhlen der Gebirge *Mittelaventuriens*, in denen er seine Schätze zusammenträgt.

Thorwal, thorwalsch: *Gebiet im Nordwesten Aventuriens, Heimat der Thorwaler*

Das Land der Thorwaler ist rau und so auch ihre Einwohner, ein Volk von unbeugsamen Seefahrern. Thorwaler sind hoch gewachsen und kräftig und von heller Haut- und Haarfarbe.

Tosch Mur: *alte Bergfestung der Ambosszwerge*
Tosch Mur, in den **Amboss**bergen gelegen, bedeutet in der Sprache der Zwerge ›rotes, brüchiges Erz von den Wurzeln der dunklen Bäume‹. Die gebräuchlichere Bezeichnung in *Aventurien* lautet *Bergfreiheit Waldwacht*. Erbaut wurde die Festung während der Drachenkriege und gilt auch Tausende Jahre später noch als Bollwerk gegen Gefahren und als Heimat der Ambosszwerge. Hier residiert ihr Bergkönig und Erster Richter *Arombolosch Sohn des Agam* und lenkt die Geschicke seines Volkes.

Toschkrilstahl: *seltenes, äußerst widerstandsfähiges Metall*
Toschkril – oder auch Zwergensilber genannt – ist außerordentlich kostbar. Rüstungen oder Waffen aus Legierungen mit Toschkril zeichnen sich durch eine besondere Härte aus.

Trollpforte: *Gebirgspforte zwischen den Herzogtümern Darpatien und Tobrien*
Vor sieben Jahren wurde an der Trollpforte die dritte **Dämonenschlacht** ausgetragen, in deren Verlauf unter großen Verlusten der Dämonenmeister **Borbarad** endgültig besiegt werden konnte.

Westwinddrache: *elegante Drachengattung von der Westküste Aventuriens*
Sein schlanker, beweglicher Körper macht den Westwinddrachen mit seinen zehn Metern Spannweite zum schnellsten und gewandtesten Flieger unter den Drachen. Der vierbeinige Leib ist von der blaugrünen Färbung des Meeres, wobei die Unterseite hellblau gefärbt ist. In kleinen Schwärmen jagen sie sowohl Tiere zu Land als auch zu Wasser. Sie sind mäßig intelligent, Sprach- und Magiebegabung sind jedoch kaum vorhanden. Im Kampf kommen Zähne, Klauen, Schwanz und Feuerstrahl zum Einsatz. Ihre Lebenserwartung beträgt 250 Jahre.

Wetter, matte : *bergmännischer Ausdruck für schlechte oder verbrauchte Luft unter Tage*

Wetterschacht: *ausschließlich zu Belüftungszwecken angelegter Schacht*

Wetter, schlagende : *bergmännischer Ausdruck für explosive Gasgemische unter Tage*

Wühlschrat: *lichtscheuer, zweibeiniger Höhlenbewohner*

Wühlschrate sind in fast allen Gebirgen Aventuriens weit verbreitet und von sehr unterschiedlicher Größe, im Durchschnitt um 1,50 m. Ihr Körper ist von rauer, rissiger Haut bedeckt, die so widerstandsfähig ist, dass sie kaum mit Waffen durchdrungen werden kann. Die Zähne sind so hart und die Beißmuskeln so kräftig, dass sie Fels zerteilen können, von dem sie sich wahrscheinlich auch ernähren. Wühlschrate leben sehr scheu in kleinen Familienverbänden, aber wenn sie in die Enge getrieben werden, geraten sie in wilde Raserei. Sie graben scheinbar ohne Plan kreuz und quer ihre Gänge in den Berg und haben damit schon oft Stollen der Zwerge, wahrscheinlich unbeabsichtigt, zum Einsturz gebracht.

Xorlosch: *die heilige Heimatstadt und Pilgerort der Zwerge*

Gegründet wurde Xorlosch vor über 10.000 Jahren und ist damit die älteste ununterbrochen bewohnte Siedlung *Aventuriens* und Mittelpunkt vieler Legenden. Die prachtvolle Stadt, die ausschließlich von Zwergen bewohnt wird, liegt in einem Vulkankrater der **Ingrakuppen**, einem Gebirgsausläufer des **Eisenwaldes**. Der unterirdische Teil erstreckt sich weit ins Felsmassiv. Die Gebäude außerhalb verteilen sich am Fuße des Kraters und werden meist von den sog. Heimkehrern bewohnt, Zwerge anderer Völker, die hier als Handwerker und Händler leben.

Yaquir: *großer Strom in Mittelaventurien*

Mit einer Länge von 800 Kilometern ist der Yaquir der zweitgrößte Fluss *Aventuriens* und mündet an der Westküste in das *Meer der sieben Winde*.

Zeitalter der Drachenkriege: *legendäre Periode aus der Geschichte der Zwerge*

Dieses Zeitalter, das mehrere Tausend Jahre umfasst, bezieht sich auf den Kampf der **Angroschim** mit dem legendären Gottdrachen **Pyrdacor** und seinen Dienern.

GLOSSAR ALLGEMEINER BEGRIFFE

Die Götter und Monate des Zwölfgötterglaubens

Gottheit	Aspekte	Symbol	Monat
Praios	Sonne, Gesetz, Herrschaft, Hierarchie, Recht, Ordnung	Greif	Juli
Rondra	Krieg, Ehre, Zweikampf, Tapferkeit, Sturm, Donner	Löwin	Aug.
Efferd	Wasser, Meer, Luft, Regen, Fischfang, Schifffahrt	Delphin	Sept.
Travia	Gastfreundschaft, Heimat, Herdfeuer, Treue, Milde, Ehe, Moral, Friedfertigkeit	Gans	Okt.
Boron	Tod, Schlaf, Vergessen, Schweigen, Dunkelheit	Rabe	Nov.
Hesinde	Gelehrsamkeit, Wissen, Wissenschaft, Magie	Schlange	Dez.
Firun	Winter, Jagd, Eis, Natur, Selbstbeherrschung, Askese	Eisbär	Jan.
Tsa	Wandel, Schöpfung, Beginn, Geburt, Freiheit	Eidechse	Febr.
Phex	Handel, Diebe, Nacht, Nebel, List, Glück, Humor	Fuchs	März
Peraine	Fruchtbarkeit, Ackerbau Selbstlosigkeit, Arbeit, Ackerbau, Pflanzen, Erde	Storch	April
Ingerimm	Handwerk, Schmiede, Beständigkeit, Härte, Feuer, Zorn, Fleiß	Hammer und Amboss	Mai
Rahja	Liebe, Lust, Rausch, Wein, Ekstase, Harmonie	Stute	Juni

Die Zwölfe   = die Gesamtheit der Götter
Der Namenlose = der Widersacher der Zwölfe
                     (auch als Dreizehnter bezeichnet)

Wichtige Maße und Münzen

Meile	= 1 km
Schritt	= 1 m
Spann	= 20 cm
Finger	= 2 cm
Dukat (Goldstück)	= 10 Silbertaler
Silbertaler	= 10 Heller
Heller	= 10 Kreuzer

Zeitrechnung

BF = seit dem Untergang der Stadt Bosparan (›Bosparans Fall‹)

Hal = (nur im Mittelreich benutzt) seit der Krönung des Kaiser Hal von Gareth; das Jahr 0 Hal entspricht dem Jahr 993 BF

Bei Fanpro erschienen bzw. erscheinen folgende Titel:

ISBN 3-89064-

Das Schwarze Auge

Shadowrun

Classic BattleTech

Paläo-Fiction

Hardcover

Weitere Titel

Es handelt sich um eine Bibliographie und nicht um ein
Verzeichnis lieferbarer Titel. Es ist leider nicht möglich, alle
Titel vorrätig zu halten.
Sollten Sie Fragen haben, kontaktieren Sie uns bitte unter

Fantasy Productions GmbH
Postfach 1517
40675 Erkrath
www.fanpro.com